中国古代名著全本译注丛书

入蜀记 吴船录 译注

[宋] 陆 游 [宋] 范成大 著
朱迎平 译注

入蜀、返吴示意图

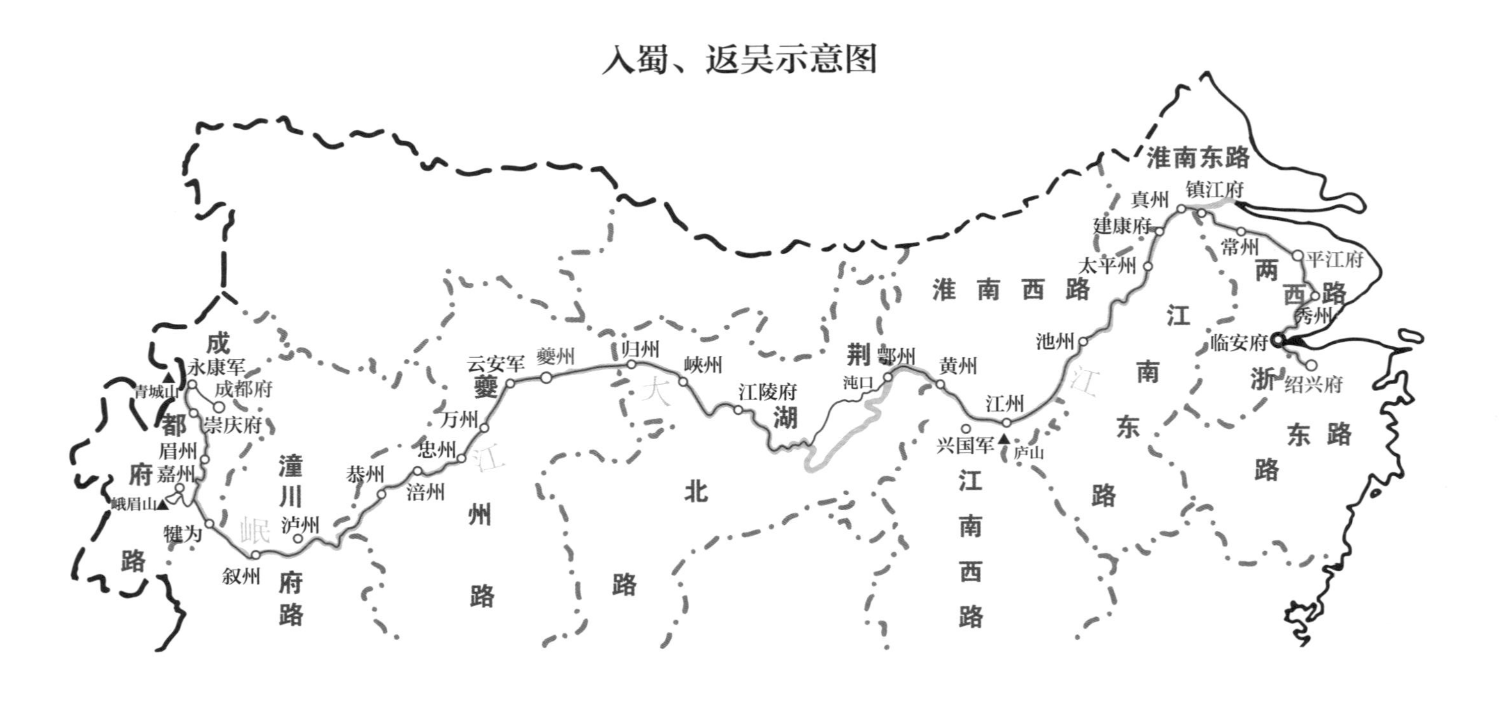

陆游入蜀之路：起自绍兴府，终于夔州。

范成大返吴之路：起自成都府，终于平江府。

目　录

前言　宋代日记体游记的双璧

中国古代散文中，有一种以逐日记载行程、描写景物、抒发观感为主旨的日记体游记，中唐李翱的《来南录》是其中早期较为成熟的文本。[①] 李翱为韩愈弟子，受岭南节度使杨於陵邀请，于元和四年(808)正月己丑日离开东都洛阳，南下广州，于六月癸未日到达。《来南录》依次载录其主要的南游行迹，间有所见景物描绘，末载详尽的分段水陆里程。全文不满千字，是极其简练的行程日记。宋代此类日记体游记撰作勃兴，内容大为丰富，且可依其出行目的分为出使日记、宦游日记、漫游日记等类别。欧阳修《于役志》、王延德《高昌行记》、路振《乘轺录》、张舜民《郴行录》、郑刚中《西征道里记》、楼钥《北行日录》、范成大《揽辔录》、周必大《归庐陵日记》、周煇《北辕录》、吕祖谦《入越录》、方凤《金华洞天纪行》等等作品层出叠现，尤以南宋为盛，体现出这一文体的成熟和繁荣。其中，更孕育出宋代日记体游记的双璧——陆游的《入蜀记》和范成大的《吴船录》。

一、《入蜀记》《吴船录》成书缘起

《入蜀记》和《吴船录》都属于宦游日记，以记载受命赴任和奉召返朝的行程为主要内容。

陆游于乾道二年(1166)遭遇仕途挫折，被罢官归乡家居三年

① 古代日记体著述的源头，陈左高《中国日记史略》(上海翻译出版公司1990年版)列举了清代学者的三种观点，即西汉说、东汉说和唐代说，并提出：“李翱作《来南录》，排日记载来岭南的行役，则被一致公认为日记存于今世的最早篇章，且为宋代以后日记作者所延袭，清代洋务派薛福成说：‘日记及记程诸书，权舆于李习之《来南录》、欧阳修《于役志》，厥体本极简要。’”

多时间，至乾道五年十二月六日，才得报差通判夔州，《入蜀记》的记载即始于此时。因“久病未堪远役”之故，直到乾道六年闰五月十八日，陆游才携家人从山阴故居出发，开始入蜀的行程。此行全程走水路，由大运河至镇江，再转长江溯流而上，于十月二十七日抵达夔州，途径绍兴府、临安府、秀州、平江府、常州、镇江府、真州、建康府、太平州、安庆军、宁国府、池州、舒州、江州、兴国军、黄州、鄂州、江陵府、峡州、归州等二十个州府军，全程五千余里，历时一百五十七天。六卷记文逐日记载了所经之地、所观之景、所历之事、所见之人，以及由此引发的联想和思考，为我们留下了这次入蜀行程的全记录。

七年后的淳熙四年(1177)夏，范成大从成都路制置使兼知成都府任上被召还京城，于五月二十九日自成都起程，至十月三日抵达平江府(苏州)盘门。此次行程分为两段：前段从成都出发，经永康军、蜀州、眉州，至嘉州，共用三十三天，行程约六百里，主要走陆路，范成大率领成都府众幕僚一行数十人游览了青城山、中岩、峨眉山等景点。后段从嘉州出发走水路，范成大携家人由岷江入长江，再转大运河，经过叙州、泸州、恭州、涪州、忠州、万州、云安军、夔州、归州、峡州、江陵府、鄂州、黄州、江州、池州、太平州、建康府、镇江府、常州，抵达平江府，行程共计七千余里，用时八十九天。两段行程总计约八千里，历时一百二十二天。在此期间，范成大亦用逐日记事的文体载录了沿途所见所感，取杜甫名句“门泊东吴万里船”之意题名为《吴船录》。

陆游和范成大都名列南宋“中兴四大诗人”，两人年岁相仿(陆游长范成大一岁)，又是相知相契的终身好友。早在高宗绍兴末年，陆游和范成大同在枢密院编类圣政所共事时就已相交，但此后两人的仕途轨迹差别颇大。陆游屡遭贬谪，甚至被罢官返乡，四十六岁时才入蜀赴任夔州通判；范成大则仕途顺畅，历任秘书省正字、著作佐郎、礼部员外郎、起居舍人兼侍讲、实录院检讨官等职，随后孝宗又任命其为代理资政殿大学士、醴泉观使兼侍读，充任祈请国信使。两人的人生轨迹在乾道、淳熙年间多有交织缠绕。乾道六年(1170)六月二十八日，入蜀途经镇江金山寺的陆游巧遇出使金国途中的范成大，范成大在玉鉴堂招待陆游，两人倾诉相别八年的思念之情。其后，陆游抵达夔州，并于任满后赴南郑王炎幕府戍边，随即又到成都任参议官及周边州府任职，而范成大使金归国后擢升中书舍人，又以集英殿修撰出知静江府兼广西经略安抚使，淳熙二年(1175)又受任四川制置使兼知成都府，陆游遂成为他的下属。随后两年中，两位诗人唱和不断，陆游为范成大作《范待制诗集序》《筹边楼记》《铜壶阁记》等文，并于淳熙四年夏参加为范成大离蜀返朝送行巡游的行列，一路唱酬。分别后，范成大沿岷江先到达夔州，再沿陆游入蜀之路反向返回吴地，而陆游则于次年春亦奉召东归，沿着范成大的吴船之路从成都顺流返越。八年之间，两位好友的行迹都围绕着进出蜀地和沿溯长江展开，而两位大诗人也都用其如椽彩笔记录下或入蜀、或归吴的艰险历程，展现出南宋中期长江沿线的壮美江山和社会生活图景，从而为中国文学史留下了这组无比瑰丽的姐妹篇章。

二、《入蜀记》《吴船录》主要成就

作为日记体游记双璧的《入蜀记》和《吴船录》取得的主要成就有如下几方面。

1. 长江全貌的描画

作为中华民族母亲河之一的长江，很早就成为地理学家、迁客骚人关注和吟咏的对象，《诗经·江有汜》、东晋郭璞的《江赋》、北魏郦道元的《水经注·江水》等就是这类作品中的代表。但它们或缺乏真实感，或缺乏全面性，难称长江全貌的真实记录。《入蜀记》《吴船录》的出现改变了这种状况，前者的上水行程和后者的下水行程首尾相接，恰好涵盖了长江干流的全部，二者更为具体细致地展现了沿途的地理风貌和社会生活图景，成为一幅绚烂多姿的万里长江全景图。

从长江上游的岷江开始[1]，这幅壮美的图卷就徐徐展开。首先是岷江边青城山峰顶所见的“天下伟观”：

> 自丈人观西登山，五里至上清宫。在最高峰之顶，以板阁插石，作堂殿。下视丈人峰，直堵墙耳。岷山数百峰，悉在栏槛下，如翠浪起伏，势皆东倾。……雪山三峰烂银琢玉，闯出大面后。雪山在西域，去此不知几千里，而了然见之，则其峻极可知。上清之游，真天下伟观哉！（《吴船录》卷上）

群山起伏，地势峻极，银装素裹，无限辽远，这是川西地区长江上游的典型景观。其他如永康军离堆（都江堰）壮观的岷江分流、眉山中岩的“林泉最佳处”、嘉州凌云寺的雄伟佛像、峨眉山光明岩的奇丽光相等等，也都在画卷上次第展现。

以嘉州为起点，长江上游的主要支流穿越千山万壑，纷纷注入干流：导江、沫水（大渡河）在嘉州、马湖江（金沙江）、南广江在叙州、内江在泸州、赤水河在合江、嘉陵江在恭州、黔江在涪州、开江在开州等等，先后来“合大江”（均见《吴船录》卷下），浩浩荡荡，蔚为壮观，展现出川江沿途的独特景观。

船过夔州，即进入了三峡组成的峡江。《吴船录》记载了过瞿塘峡的情景：

> 早遣人视瞿唐，水齐仅能没滟滪之顶，盘涡散出其上，谓之滟滪撒发。人云如马尚不可下，况撒发耶！是夜，水忽骤涨，渰及排亭诸篁舍，亟遣人毁拆，终夜有声，及明走视，滟滪则已在五丈水下。……至瞿唐口，水平如席。独滟滪之顶，犹涡纹瀺灂，舟拂其上以过，摇橹者汗手死心，皆面无人色。……每一舟入峡数里，后舟方敢续发。水势怒急，恐猝相遇，不可解拆也。帅司遣卒执旗，次第立山之上下，一

---

[1] 《尚书·禹贡》称“岷山导江”。岷江历史上曾被认为是长江正源，南宋时从源头至夔州一段都称岷江。明代徐霞客经实地踏查，确认金沙江一支才是长江正源，岷江在宜宾注入长江。

舟平安，则簸旗以招后船。（卷下）

可谓惊心动魄，惊险无比。瞿塘峡过后，江流又依次经过巫峡、东奔滩、巴东县、吒滩、归州（秭归）、白狗峡、新滩、黄牛峡、扇子峡、蛤蟆碚、平善坝，抵达峡州。这一路峡谷、险滩相间，奇峰突兀，怪石嶙峋，迂回曲折，幽深秀丽，呈现出大江最为壮美的景色。

一出峡江，地势陡降，江面宽阔，“回首西望，则杳然不复一点，惟苍烟落日，云平无际，有登高怀远之叹而已”（《吴船录》卷下）。沿江而下，江陵楚国渚宫的荒芜败落、公安二圣庙塑像的阴威凛然、荆楚沌水的幽深曲折、鄂州南楼的繁盛景象、黄州东坡的悠远情韵、庐山东林的高僧遗迹、江州庾楼的登览绝景，一幕幕在眼前展现，秀美的自然风光和丰富的人文景观交相辉映。

荆江过后是皖江，大江流经丘陵地带，“群山苍翠万叠，如列屏障，凡数十里不绝”，江中多有孤峰石矶突兀而起。小孤山“自数十里外望之，碧峰巉然孤起，上干云霄，已非他山可拟，愈近愈秀，冬夏晴雨，姿态万变，信造化之尤物也”（《入蜀记》卷三）。澎浪矶、烽火矶、狮子矶、阳山矶、枭矶、大小褐山矶、采石矶、慈姥矶、三山矶，纷至沓来，各有特色，并带着美丽的传说。还有九华山的奇秀，天门山的崔嵬，姑熟溪的澄澈，凌歊台的萧索，连同着繁密的人文遗迹，共同描画着大江沿途的壮丽河山。

气象雄伟的石头城，秦淮河上的赏心亭，彰显着建康府的故都气派；而镇江府穷极壮丽的金山禅寺，“天水尽赤”的日出伟观，展现出大江下游的壮阔景象。由《入蜀记》《吴船录》绘制的万里长江图卷，到镇江告一段落，往东便是浩荡的入海口了。

从岷江分流的都江堰，到“江平如镜”的瓜州渡，奔流的江水穿越千山万壑，流经峡谷险滩，绕过丘陵山地，纳入支流湖泊，奔向一马平川。流域的地貌气候、植被物产，或雄奇，或珍贵；沿途的大小都市、民居驿站，或繁富，或贫瘠；两岸的自然风光、人文景观，或壮伟，或秀丽；乃至地理里程、每日气象，所有这一切，都被画入了这幅万里长江图卷的各个细节中。如果说，王希孟的《万里江山图》是以形象思维、写意笔法和青绿色调展现华夏大地的壮丽景色和勃勃生机，那么，《入蜀记》《吴船录》则以亲历感受、写实手法和绚丽色彩描画了万里长江的实时图景、生动细节和浩瀚气韵，较之前者，显然更为真实，更为震撼。

2. 人文遗迹的荟萃

万里长江是华夏文明的主要发源地之一，它的广袤流域内上演过无数重大的历史事件，活跃过无数杰出的历史人物，吟唱过无数瑰丽的诗篇华章，留存了无数珍贵的人文遗迹。《入蜀记》《吴船录》就像一条红线，将这些不同时代的人文遗迹串联起来，汇聚起来，形成了一条无比丰富的长江人文遗迹长廊。李冰父子凿崖建离堆，有大功于西蜀，代代享受祠祭；诸葛亮在成都送客使吴称“万里之行始于此”，杜甫吟唱“门泊东吴万里船”；继业禅师出使西域求宝，携经书舍利回归，定居峨眉，建牛心寺修习；寇准任巴东令，手植双柏，建秋风亭、白云亭，备受敬仰；屈原生秭归县，有清烈公祠，近旁又有宋玉宅、明妃庙，名人迭出；欧阳修被贬夷陵，记至喜亭，游黄牛庙，诗文长传；楚王熊绎受封丹阳，楚王城、渚宫遗迹斑斑俱在；苏轼卜居黄州，泊临皋亭，开东坡，建雪堂，风流蕴藉，名篇传扬；慧远法师居庐山，聚白莲社，建东林寺，张李碑、复寺碑等唐碑历历可考；李白葬于当涂青山，祠堂前太白乌巾，白衣锦袍，飘逸潇洒，并有谢朓故宅相伴；樊若冰不得志于南唐，隐居采石矶，献策宋室建浮桥渡江，遂灭李氏；王安石退居金陵钟山，造宝公像，住报宁禅院，号半山，定林庵内李公麟所画像栩栩如生……大江沿线的故事、人物、景观、遗迹交替呈现，令人目不暇接。

以下用陆游笔下记写船过九华山的一节为例，可见其荟萃人文的魅力：

> 二十三日。过阳山矶，始见九华山。九华本名九子，李太白为易名。太白与刘梦得皆有诗，而刘至以为可兼太华、

> 女儿之奇秀。南唐宋子嵩辞政柄，归隐此山，号九华先生，封青阳公，由是九华之名益盛。惟王文公诗云“盘根虽巨壮，其末乃修纤”，最极形容之妙。大抵此山之奇，在修纤耳。然无含蓄敦大气象，与庐阜、天台异矣。岸旁荻花如雪。旧见天井长老彦威云，庐山老僧用此絮纸衣。威少时在惠日亦为之，佛灯珣禅师见而大嗔云：“汝少年辄求温暖如此，岂有心学道耶?”退而问兄弟，则堂中百人，有荻花衣者才三四，皆年七十余矣。威愧恐，亟除去。泊梅根港。巨鱼十数，色苍白，大如黄犊，出没水中，每出，水辄激起，沸白成浪，真壮观也。(《入蜀记》卷三)

这一节文字，交代了九华山盛名的由来，引刘禹锡语、王安石诗评论其特色，肯定“修纤”之奇，也指出其“无含蓄敦大气象”的缺点；又由岸边荻花引起联想，记述彦威禅师因用荻絮作纸衣而受到师父严厉斥责的故事；末尾则记录了亲眼所见江中巨鱼出水激浪的壮观。这里既有景点历史的考证、景点特色的评论辨析，又有亲见之景物、联想之故事，就像一位循循善诱的导游在介绍和指导游览，而其中包含着极其丰富的人文意蕴。这样的例子在《入蜀记》《吴船录》中俯拾皆是，两书简直可视为荟萃了历代人文遗迹的长江旅游攻略。

3. 民情风俗的记录

除了自然景观和人文遗迹，对社会民情、各地风俗的真实记录，也是《入蜀记》《吴船录》值得关注的内容。如地处长江中游的鄂州作为当时商贸中心的记载就很有代表性：

> 食时至鄂州，泊税务亭。贾船客舫，不可胜计，衔尾不绝者数里，自京口以西皆不及……市邑雄富，列肆繁错，城外南市亦数里，虽钱塘、建康不能过，隐然一大都会也。(《入蜀记》卷四)
>
> 晨出大江，午至鄂渚。泊鹦鹉洲前南市堤下。南市在城外，沿江数万家，廛閈甚盛，列肆如栉。酒垆楼栏尤壮丽，

> 外郡未见其比。盖川、广、荆、襄、淮、浙贸迁之会，货物之至者无不售，且不问多少，一日可尽，其盛壮如此。（《吴船录》卷下）

贾船数里，商铺数万，各地货物交易“一日可尽”，两书的记录互为补充，真实展现了全国贸迁都会的盛壮景象，令人叹为观止，也折射出南宋乾道、淳熙年间社会稳定、经济恢复的中兴局面。

此外，如《入蜀记》记载的运河泛滥，村民车出积水，妇女足踏水车，手犹绩麻不停（卷一）；武人王秀曾参加北方义军抗金，南归后不被录用，前程渺茫（同上）；秦桧病死后家族衰落，生计窘迫，甚至典卖家产（卷二）；沙市舵工王百一因职位被夺，抑郁不快，以至投水自尽（卷五）；过三峡新滩，船主因图利多载陶器超重，导致锐石穿破船底搁浅（卷六）；巴东穷县政简省心，但县令空缺常两三年无人来补（卷六）。又如《吴船录》所记载的离堆李冰父子祠祭每年宰羊五万头，永康军财政全仗羊税（卷上）；川峡地区水气尤毒，人常生颈瘤，妇女尤多（卷下）；归州原隶属湖北，后属夔州，但财赋仍归湖北，一州两属，疲于奔命（同上）；出三峡至平善坝，舟船都停船靠岸，相互庆贺如同新生，船工上下一片欢腾，将帅官吏交换名片相贺（同上）等等，都是当时社会民情的真实记录。它们广泛涉及南宋时期的政治、经济、交通、民生等社会生活的诸多方面，可以作为正史记载的补充。

两书中还有各地民风习俗的生动记写，五花八门，令人大开眼界。如川西郫县出产装酒的郫筒，刳竹倾酿，留节为底，上覆盖子，两三天香气外溢，斫取饮用；青城山附近有绳桥，长达百二十丈，分成五段，宽用十二根绳索并列，上铺竹篱笆，立数十根大木为桥墩，风吹桥面晃动剧烈，须快步过桥；峨眉山旁符文镇出产麻布，村妇聚集道旁，边走边搓麻线，无人空手，村民点燃艾蒿挂在门上，熏香迎客；嘉州附近称年高的长辈为“波”，祖父、外祖父均可称“波”，又有天波、日波、王波等尊称（以上均见《吴船录》卷上）。峡江中运输大多靠妇女背负，汲水用大肚小口的木盎，盛水后束盎背上行走，未嫁女子梳同心髻高二尺，前插银钗，后插大象牙梳；江州湓口夜间江面大灯球数百蔽江而下，如繁星满天，乃施放五百枚灯球用来禳灾祈福的江乡旧俗（分别见《入蜀记》卷六、卷三），等等，都别开生面，使人耳目一新。

4. 珍贵文献的揭载

《入蜀记》《吴船录》在记录沿途亲身观察所得的材料以外，还重视相关珍贵文献的发现和揭载，其中最为典型的就是继业禅师的《西域行程录》。

继业禅师俗姓王，耀州（今陕西铜川）人，原为东京天寿院僧人。北宋乾德二年（964），太祖下诏京城佛寺组织三百僧人，去往天竺（古印度）求取佛祖舍利和佛教经书，继业入选其中。继业一行从阶州（今甘肃武都）出境，西行经兰州、河西走廊入新疆，再经哈密、吐鲁番及焉耆、于阗、疏勒、大食等中亚诸国，然后南下度过葱岭、雪山进入西北印度，历经犍陀罗、那烂陀、鹿野苑、摩揭陀国等处，参拜了菩提树金刚座、迦耶城、王舍城等佛教圣迹。这些行程和唐代高僧玄奘等所行路线基本相同。继业在游历古印度诸国后抵达尼泊尔国，然后经吐蕃（今西藏）返回。① 开宝九年（976），继业回到东京，取经活动前后历时十三年。时宋太宗即位，继业呈上所得舍利和佛经，诏令选择名山继续修习。继业遂至峨眉山，建牛心寺任住持，年八十四圆寂寺内。继业在取经途中，在每天随带阅读的《涅槃经》每卷的后面，随手记录下当天的行程，包括所到地名、里程和佛寺佛塔等建筑。这部四十二卷的《涅槃经》及上面记录的西域行程，原来不被世人所知，淳熙四年夏，范成大在游览峨眉山时居于牛心寺，在翻阅《涅槃经》时发现了这份行程，觉得“虽不甚详，然地里大略可考，世所罕见”，就记录下来，“以备国史之阙”。范成大敏锐地意识到

---

① 参见王邦维《峨眉山继业三藏西域行程略笺释》，载《南亚研究》1993 年第 5 期；霍巍《宋僧继业西行归国路经“吉隆道”考》，载《史学月刊》2020 年第 8 期。

这批原始记录的价值，就将其全文载录在《吴船录》中，以防日后散失。范成大对历史文献传播的这一重大贡献可谓功德无量，它对研究我国宗教史、中外交通史等，都具有重大意义。

此外，《吴船录》还记录了青城山丈人观真君殿四壁北宋孙太古所作三十二仙真画、青城山长生观孙太古所作龙虎二君画、峨眉山牛心寺唐画罗汉、忠州酆都县平都山仙都道观中隋殿后壁十仙像、晋殿内壁溪女像等，都是古代绘画史上的珍贵史料。对于庐山东林寺、西林寺内的唐代碑刻，《入蜀记》《吴船录》都有记载，而尤以《吴船录》为详，对李邕《东林寺碑》、张又新《东林寺碑阴记》、李讷《兀兀禅师碑》及颜真卿题词、柳公权《复寺碑》等的状况，都有详尽的载录、考证，成为中国书法史的重要文献。

5. 奇景异物的观赏

发现和观赏自然界罕见的奇异景物，探索其来龙去脉，是旅游途中的一大乐趣。《入蜀记》《吴船录》中就记录了不少这样的奇景异物，使人眼界大开。范成大对青城山“圣灯”和峨眉山“光相”的描绘最为精彩：

> 方升坛，有大炬出殿后岩上，色洞赤，周旋山顶。有顷灭变。同游者疾趋来观，则无有矣。余默请于丈人，此灯正为仆出者，当复见，使诸人共观之。语脱口，灯复出，分合眩转，若经藏然，食顷乃没。……夜，有灯出。四山以千百数，谓之圣灯。圣灯所至多有，说者不能坚决。或云古人所藏丹药之光，或谓草木之灵者有光，或又以谓龙神山鬼所作，其深信者则以为仙圣之所设化也。（《吴船录》卷上）

> 有顷，大雨倾注，氛雾辟易。僧云：“洗岩雨也，佛将大现。”兜罗绵云复布岩下，纷郁而上，将至岩数丈辄止。云平如玉地，时雨点有余飞。俯视岩腹，有大圆光，偃卧平云之上。外晕三重，每重有青黄红绿之色。光之正中，虚明凝湛，

观者各自见其形现于虚明之处，毫厘无隐，一如对镜，举手动足，影皆随形而不见旁人，僧云摄身光也。此光既没，前山风起云驰，风云之间，复出大圆相光，横亘数山，尽诸异色，合集成采。峰峦草木，皆鲜妍绚蒨，不可正视。云雾既散，而此光独明，人谓之清现。凡佛光欲现，必先布云，所谓兜罗绵世界。光相依云而出，其不依云，则谓之清现，极难得。(同上)

大自然的鬼斧神工，光和影的奇妙变幻，使人如同身临其境，如梦如幻，极其震撼。

陆游在《入蜀记》里则特别关注长江中的奇异景象。过三山矶，他发现“江中江豚十数出没，色或黄或黑。俄又有物长数尺，色正赤，类大蜈蚣，奋首逆水而上，激水高三二尺，殊可畏也”(卷三)。泊梅根港，他发现“巨鱼十数，色苍白，大如黄犊，出没水中，每出，水辄激起，沸白成浪，真壮观也”(同上)。在马当港，他发现“忽有大鱼正绿，腹下赤如丹，跃起舵旁，高三尺许，人皆异之”(同上)。泊橹脐洑，他发现“隔江大山中，有火两点若灯，开合久之。问舟人，皆不能知。或云蛟龙之目，或云灵芝丹药光气，不可得而详也”(卷四)。在潜军港，他发现“有水禽双浮江中，色白，类鹅而大，楚人谓之天鹅，飞骞绝高。有弋得者，味甚美，或曰即鹄也”(卷五)。最奇者，在富池江面，“遇一木筏，广十余丈，长五十余丈。上有三四十家，妻子、鸡犬、臼碓皆具，中为阡陌相往来，亦有神祠，素所未睹也。舟人云：‘此尚其小者耳，大者于筏上铺土作蔬圃，或作酒肆，皆不能复入夹，但行大江而已。’”(卷四)这简直就是古代的“江上邮轮”，令人叹为观止。

三、《入蜀记》《吴船录》特色比较

陆游和范成大是同时代齐名的大诗人，《入蜀记》和《吴船录》作为宦游日记，文体相同，内容相近，真情实感，文采斐然，被视为日记体游记的双璧诚然是实至名归。而两位作者人生遭际不同，创作重点有别，行文风格相异，比较两书各自的特色，可以帮助我们深入领会和欣赏两部名著的内涵意蕴。

1. 内容详略处理

《入蜀记》和《吴船录》在内容的详略处理上有各自的特点。《入蜀记》是陆游入蜀赴任过程的全记录，凡是所经之地、所观之景、所遇之人、所历之事，无不依照先后顺序一一载录下来。其中较为重要的有两项。一是地方官员的接待会见。陆游职位不高，赴任夔州通判仅是州郡副职，为地方中层职位，因而所过州县，与其地位相当的州府军乃至相关县的正副长官和僚属都来与之会见，州府还往往设宴招待，即文中所谓“郡集”。记文将这些官员的名字及职务职级一一记录在册，所涉及有名有姓者共有百人之多，数量十分可观，其目的或为与各地官员加强沟通，联络人脉。二是都邑景点的来龙去脉。陆游精于史学，谙熟掌故，尤其是南唐史事，他又熟悉历代文人的名篇佳作，因而每到一地，即将所见景物，与该地的历史沿革、古今名人、重大事件、流传名篇等融会贯通，娓娓道来，间作评点。这样的地点有大小数十处，光引用名家诗篇达 110 余首，相关叙述占据了全部记文的极大比重。此外，陆游还访问了沿途寺观的僧人道士数十人，了解他们的身世经历；关注为其服务的船主船工，记述他们的喜怒哀乐；关心家人的身体健康，为他们求医问药，携带诸子上岸游览，等等。此类琐事的记载都充满了生活气息，展现了广阔的社会风貌。

与《入蜀记》相比，范成大对归吴行程的记载有着明显的不同。他的前段行程在成都周边游览三十三天，途经六百余里，所记内容几乎占据全书篇幅的一半，而后段行程八十九天，途经七千余里，也只用了一半篇幅，这其中的畸轻畸重一目了然。之所以如此处理详略，当与作者的身份密切相关。范成大的前段行程，是以卸任西南军事和成都府主官的身份，在领地内巡游，接受百姓的围观送行，携带僚属游览景点，突出自己深受百姓爱戴和僚属眷恋的形象。而数十名僚属为主官送行至数百里外，最远的三人一直送到千里外的泸州合江，更是体现了相互间的深情厚谊，历代传为佳话。范成大的后段行程，主要在赶路，又是顺流直下，因而所记集中于主要的州府、景点，如三峡、江陵、鄂州、江州（庐山）、建康等地，其余则几笔带过，甚至只列里程而已。这里或许有《入蜀记》已详记此段行程，不必重复的考虑，但也可能与范成大位高权重，无意与沿途州县长官周旋而急忙赶路回京接受新的任命有关。这样的处理使全书的记叙在整体结构上给人以虎头蛇尾之感，而与《入蜀记》有始有终记录全程的写法形成了不同的格局。

2. 表现手法运用

在表现手法上，《入蜀记》和《吴船录》也有较大的差别，尤其是在景物描写方面，前者着意于人文内涵，后者专注于精细刻画，各具特色。《入蜀记》在一般性的行程叙述之外，对于所见之景往往不作单纯的描写，而是与当地沿革的说明、历史事件的追述、名家诗篇的引用和自己对此的评论糅合在一起展开，前引过九华山一节即是一例，又如江上中秋一节：

> （八月）十六日。过新野夹，有石濑茂林，始闻秋莺。沙际水牛至多，往往数十为群，吴中所无也。地属兴国军大冶县，当是土产所宜尔。晚过道士矶，石壁数百尺，色正青，了无窍穴，而竹树迸根，交络其上，苍翠可爱。自过小孤，临江峰嶂无出其右。矶一名西塞山，即玄真子《渔父辞》所谓“西塞山前白鹭飞”者。李太白《送弟之江东》云：“西塞当中路，南风欲进船。”必在荆楚作，故有“中路”之句。张文潜云：“危矶插江生，石色擘青玉。”殆为此山写真。又云：“已逢妩媚散花峡，不泊艰危道士矶。”盖江行惟马当及西塞最为湍险难上。抛江泊散花洲，洲与西塞相直。前一夕，月犹未极圆，盖望正在是夕。空江万顷，月如紫金盘自水中

涌出，平生无此中秋也。(卷四)

这里描写新野夹的水牛、道士矶的石壁和散花洲的中秋之月，都是抓住特征，寥寥数笔，摹写传神，犹如三组精心选择的特写镜头。尤其是空江万顷，金盘涌出，诗意盎然，意境全现，动人心弦，引人遐思，“平生无此中秋”的感慨，更烘托出作者此刻的心境。而这些写景文字，与地理的说明对比、景点别名的介绍和三位唐宋名家的诗句融合于一体，用最为精炼的语言，将这一天中三段景物记录下来，并发掘出其中的人文意蕴，使人不得不佩服陆游古文的表现力。

与陆游多在航行的舟船上观察，故景物多似单帧照片不同，范成大的写景文字集中于前段游程，是从容地驻足观赏所见，前引青城山“圣灯”和峨眉山“光相”两段文字就是代表。它们都专注于景物的发展过程，并细致地描绘其变化细节，故留给读者的印象像一段段视频，包含自始至终的演变经过和细致入微的特写镜头。再如游峨眉龙门峡一节：

> 冒雨以游龙门，竭蹶数里，欻至一处，涧溪自两山石门中涌出，是为龙门峡也。以一叶舟棹入石门，两岸千丈岩壁，色如碧玉，刻削光润。入峡十余丈，有两瀑布各出一岩顶，相对飞下嵌根，有盘石承之，激为飞雨，溅洙满峡，舟过其前，衣皆沾洒透湿。又数丈，半岩有圆龛，去水可二丈，以木梯升之，即龙洞也。峡中无底，石寒水清，非复人世。舟行数十步，石壁益峻，水益湍，亟回棹。(卷上)

这是写棹舟游览，同样表现移位换形所见的过程，视点屡变，动感十足，突出“天下峡泉之胜，当以龙门为第一”的结论。这样的表现效果，与走马观花式的观景所得自然不同，是一种纯粹观赏者流连风景才能达到的境界。

3. 情感基调展露

游记以记游、写景为主旨，但作者写作时的情感基调还是会有意无意地在文字中流露出来。仔细阅读《入蜀记》和《吴船录》二书，可以发现航行在同一条江上的两位作者，彼时彼刻的心境、情绪各自有别，而这主要缘于各自不同的境遇。

陆游此行，是在罢官后多年不被选调的情势下为求生计勉强入蜀的，“又尝闻此邦，野陋可嘲诮。通衢舞《竹枝》，谯门对山烧”，去到这样的荒凉边城，前景难以预料，“浮生一梦耳，何者可庆吊？”（《将赴官夔府书怀》）整个行程一开始就笼罩在凄凉迷惘的氛围中。沿途亲友的宽慰关心、同僚的热情接待使他心情稍有回暖，但漫长艰险的旅程又使他时时提心吊胆，难以宽怀。或许单看记叙文字还不够明晰，参考他沿途所作诗篇抒写的心情便更为直接：“风月未须轻感慨，巴山此去尚千重”（《宿枫桥》），“半世无归似转蓬，今年作梦到巴东”（《晚泊》），“万里羁愁添白发，一帆寒日过黄州”（《黄州》），“西游处处堪流涕，抚枕悲歌兴未穷”（《武昌感事》），“天地何心穷壮士，江湖从古著羁臣”（《哀郢》其二），“青山不减年年恨，白发无端日日生”（《塔子矶》），“不为山川多感慨，岁穷游子自消魂”（《大寒除江陵西门》），“历尽风波知险阻，平生错羡捕鱼郎”（《荆门冬夜》）……尽管一路上风景如画，陆游也作了记录描画，但笔下屡屡出现凄冷幽深的意境，烘托其忧郁压抑的心境，而且越是接近目的地，越是强烈，终于在巴东秋风亭上奔泻出来：“登秋风亭，下临江山，是日重阴微雪，天气飂飃，复观亭名，使人怅然，始有流落天涯之叹。”（卷六）这种自感天涯沦落的心情，投射在整个入蜀行程中，形成了低沉抑郁的情感基调，给《入蜀记》整体蒙上了略显阴沉暗淡的色调。

与陆游入蜀的心境全然不同，范成大此次归吴可称是衣锦还乡。他在仕途上虽也有挫折，但总体顺风顺水，擢升迅速，这回从封疆大吏任上召回，朝廷另有重用（次年即官拜参知政事），因此可谓志得意满，踌躇满志。这种情绪在《吴船录》里也难以掩抑。他带领一班僚属巡游属地名山，百姓夹道欢送，僚属簇拥陪伴，洋洋自得，竟然占据了全书一半篇幅。所见景物，多为高峻雄奇，壮丽灿烂，衬托出作者登高临远、欢愉勃郁的心理状态。

而接着从嘉州沿岷江转大江顺流而下，更是携带一日千里、无可阻挡的气势，真像“轻舟已过万重山”。即使在三峡遇险，范成大也是从容镇定，稳坐船头，“任其荡兀”（卷下），顺利脱险。船到鄂州，恰逢中秋，地方官员郡集南楼为其接风。“天无纤云，月色甚奇，江面如练，空水吞吐。平生所遇中秋佳月，似此夕亦有数”，范成大慨叹“十三年间，十一处见中秋，亦可以谓之游子”，即席赋《水调歌头》一阕抒写胸怀，畅想“倘恩旨垂允，自此归田园，带月荷锄，得遂此生矣”（卷下）。这与流落天涯的陆游在散花洲万顷空江上迎接圆月时的心情真有天壤之别。事业有成、春风得意的范成大的吴船之旅，充满自信和欢快，因而《吴船录》的文字也展露出整体明快昂扬的情调，与陆游恰成鲜明的对照。

四、《入蜀记》《吴船录》总体评价

陆游和范成大都以诗名在南宋文坛著称，他们又在游记散文的领域联手，先后创作了《入蜀记》和《吴船录》，在相近的时间，面对相近的对象，展示了各自的风采，为我们留下了这组日记体游记的双璧，成为古代文学史上的一段佳话。

对于日记体游记的写作，陆游和范成大都是事前有备而来的。《入蜀记》中提到了欧阳修的《于役志》和张舜民的《郴行录》，[①] 二者都是北宋此体的代表作，陆游显然读过二书，其创作很可能直接受到二书的启发。范成大则在归吴前就著有记载出使金国的《揽辔录》和赴任广西的《骖鸾录》，早有写作此体的经验，后者更是与《吴船录》相似的宦游日记，而且因为他与陆游的密切关系，很有可能在成都时读到过《入蜀记》。

基于这样的背景，两位大家挥动各自的生花妙笔，写下了各

---

① 《入蜀记》卷三：“夜行堤上，观月大信口。欧阳文忠公《于役志》谓之带星口，未详孰是。《于役志》盖谪夷陵时所著也。”又：“张芸叟《南迁录》（按即《郴行录》）云：‘庾亮镇浔阳，经始此楼。’其误尤甚。”

具特色的长江游程记录。陆游是首次踏上入蜀之旅，虽然此行心境不佳，但不断变幻的壮丽江景仍然激起了他的创作激情。他调动起相关的历代掌故、史事场景、人物活动、诗文作品等全部积累，将沿江的每一景点写得鲜活，写得深透，写得厚重，呈现出穿越时空的立体景观和人文内涵，成为后代人文游记的范本。陆游还将景观描绘、交际叙述和琐事记载融为一体，自然流畅，极大地丰富了游记的社会意义，渗透了作者的人生感悟。《四库全书总目》也称其“于山川风土，叙述颇为雅洁，而于考订古迹，尤所留意……其他搜寻金石、引据诗文以参证地理者，尤不可殚数，非他家行记徒流连风景、记载琐屑者比也”（卷八五《入蜀记》提要）。

范成大曾有沿江入蜀的经历，[①] 此次出蜀归吴，他将记叙重点放在蜀中景观，也是别出心裁，自成特色。他对蜀中景观作了精细描绘，突出其辽阔、高远、雄奇的特点，又着力摹写景观变化的全过程，细腻传神，笔下的圣灯、光相、双溪、龙门、娑罗花等，无不如此，可称一幅幅精彩绝伦的风景画作。其他如写三峡、庐山景物，也都如此。明人陈宏绪称道其“纪大峨八十四盘之奇，与银色世界兜罗绵云，摄身清光，现诸异幻，笔端雷轰电掣，如观战于昆阳，呼声动地，屋瓦振飞也。蜀中名胜不遇石湖，鬼斧神工，亦但施其伎巧耳。岂徒石湖之缘，抑亦山水之遭逢焉”（《吴船录题词》）。此外，他在珍贵文献的揭载上用力尤深，厥功甚伟。

前人早有将《入蜀记》《吴船录》二书相提并论的。元人戴表元在《刘仲宽诗序》中说到自己少时学诗，有一老先生回答他：“子欲学诗乎？则先学游，游成，诗当自异于时……但时时取陆放翁《入蜀记》、范至能《吴船录》之类，张诸坐间，想象上下，计其往来，何止日行数千万里之为快！”（《剡源文集》卷九）明人何宇度则说：“宋陆务观、范石湖皆作记妙手，一有《入蜀

---

① 范成大淳熙二年由静江府（桂林）赴成都，取道湖南，过洞庭湖至公安，转入长江西行，至万州再转陆路抵达成都。见《石湖居士诗集》卷十五、十六。

记》，一有《吴船录》，载三峡风物，不异丹青图画，读之跃然。”（《益都谈资》卷上）的确，陆游和范成大在记写长江行程上，各具特色，各有千秋，难分伯仲，共同拓展了游记文的写作空间，并树立起这一文体的标杆，对后代影响深远；二者又相互补充，相互衬托，实现了长江干流两岸面貌的全覆盖，并在南宋特定的时代背景下，展现了广阔的社会风貌和丰富的人生况味，值得仔细体味咀嚼。这些或许就是《入蜀记》《吴船录》这组日记体游记双璧的主要价值所在。

本书中《入蜀记》原文，以南宋嘉定十三年（1220）陆子遹溧阳刊本《渭南文集》卷四三至四八《入蜀记》为底本，参校明代弘治本、汲古阁本，亦参考点校本《陆游集》第五册《渭南文集》（中华书局1978年版）；《吴船录》原文，以清代《知不足斋丛书》据明代卢襄《石湖纪行三录》中《吴船录》刊本为底本，参校文渊阁《四库全书》本，参考孔凡礼点校本《吴船录》（中华书局2012年版《范成大笔记六种》）。异体、讳改多按通行规范径改正字，影响文义的除外。校记列入相关注释中。

本书注释力求准确、简明，难字加注拼音。注释中人物、地名分别参考相关正史本传和《宋史翼》《宋高僧传》《大唐西域记》等史籍，《嘉泰会稽志》《咸淳临安志》《至元嘉禾志》《吴郡志》《嘉定镇江志》《景定建康志》等地方志，《太平寰宇记》《舆地纪胜》《方舆胜览》等地理总志。译文尽量依原文直译，追求流畅和得体。因陆游、范成大行旅中有较多的诗歌写作，与游记构成互文关系，故增加录诗一栏，载录《剑南诗稿》（据中华书局1978年版《陆游集》第一册）和《石湖居士诗集》（据上海古籍出版社2006年版《范石湖集》）中与记文直接相关的诗篇160余首，以求诗文对照，相得益彰。译注中的错误不妥之处，恭请广大读者指正。

入蜀记译注

[宋] 陆　游　著

卷　一

乾道五年十二月六日[①]。得报差通判夔州[②]。方久病，未堪远役[③]，谋以夏初离乡里。

【注释】

① 乾道：南宋孝宗年号，1165 至 1174 年。乾道五年为 1169 年。

② 报：邸报。宋代传抄诏令、奏章等报送诸藩的报纸。　通判：宋代设置的协助州府长官处理政务的官职，有连署州府公事和监察官吏的权力，号称监州。　夔（kuí）州：州名，南宋隶夔州路，即今重庆奉节。

③“方久病”二句：陆游乾道二年（1166）五月从隆兴通判任上被罢免回乡，定居镜湖边三山别业，因对出仕“野陋”之邦夔州心怀担忧，更兼久病，故延迟起程。

【译文】

乾道五年（1169）十二月六日。得到邸报被选派任夔州通判。恰逢久病未愈，不能远行，谋划来年夏初离乡赴任。

【录诗】

《将赴官夔府书怀》：病夫喜山泽，抗志自年少。有时缘龟饥，妄出丐鹤料。亦尝厕朝绅，退懦每自笑。正如怯酒人，虽爱不敢釂。一从南昌免，五岁嗟不调。朝廷每哀矜，幕府误辟召。终然敛孤迹，万里游绝徼。民风杂莫徭，封域近无诏。凄凉黄魔宫，峭绝白帝庙。又尝闻此邦，野陋可嘲诮。通衢舞《竹枝》，谯门对山烧。浮生一梦耳，何者可庆吊？但愁瘿累累，把镜羞自照。夔民多瘿，无者十才一二耳。（《剑南诗稿》卷二）

六年闰五月十八日。晚行，夜至法云寺①。兄弟饯别②，五鼓始决去③。

【注释】

① 法云寺：在山阴县西北八里，为陆游祖父陆佃的功德院。参见《嘉泰会稽志》卷七。

② 兄弟：陆游之父陆宰生四子：长曰淞，仲曰濬，叔曰游，季曰涭。下文言及在临安拜访陆淞，此处当指陆濬和陆涭。

③ 五鼓：五更，拂晓时分。

【译文】

乾道六年(1170)闰五月十八日。傍晚从山阴故里乘船出发赴任，夜里到达法云寺。兄弟设宴送别，至拂晓时分才告别离去。

十九日。黎明，至柯桥馆①，见送客。巳时至钱清②，食亭中，凉爽如秋。与诸子及送客步过浮桥。桥坚好非昔比，亭亦华洁，皆史丞相所建也③。申后，至萧山县，憩梦笔驿④。驿在觉苑寺旁，世传寺乃江文通旧居也⑤。有大碑，叶道卿文。寺额及佛殿榜，皆沈睿达所书，有碑亦睿达书，尤精古⑥。又有毗陵人戚舜臣所画水，盖佛座后大壁也⑦。卒然见之，觉涛澜汹涌可骇，前辈或谓之死水，过矣。县丞权县事纪旬、尉曾槃来⑧。曾原伯逢招饮于其子槃廨中⑨，二鼓归。原伯复来，共坐驿门，月如昼，极凉。四鼓，解舟行，至西兴镇⑩。

【注释】

① 柯桥馆：馆驿名。在山阴县西二十五里。

② 巳时：上午九点至十一点。古代将一天分为十二时辰，用十二地

支表示，以夜半二十三点至一点为子时，一至三点为丑时，余类推。钱清：馆驿名。在山阴县北五十里。

③ 史丞相：即史浩（1106—1194），字直翁，明州鄞县人。绍兴进士。孝宗时累官中书舍人、翰林学士、参知政事，两次拜相，拜少傅，充侍读，除太保致仕，封魏国公。

④ 申：申时，十五点至十七点。 萧山县：隶绍兴府。 梦笔驿：馆驿名。在萧山县东北百三十步。

⑤ 觉苑寺：寺庙名。在萧山县东北一百三十步。寺有大悲阁，熙宁元年沈辽（字睿达）为之记，又以八分书体为题匾额，笔意简古。阁后壁有名画家毗陵人戚舜臣（当为戚文秀）所画水，与沈辽文及书谓之“三绝”。 江文通：即江淹（444—505），字文通，济阳考城（今河南兰考）人。南朝梁文学家，作有《恨赋》《别赋》。《南史·江淹传》载：江淹少以文章显，晚年才思衰退，曾在亭中梦一男子自称郭璞，对其说：“我有神笔借你多年，可以还我了。”江淹探怀取出五色笔交还，从此作诗绝无美句，时人谓之“江郎才尽”。

⑥ 叶道卿：即叶清臣（1000—1049），字道卿，苏州长洲人。天圣二年榜眼。官至权三司使，出知永兴军。 沈睿达：即沈辽（1032—1085），字睿达，钱塘（今浙江余杭）人。沈遘之弟，沈括同族弟。曾与苏轼等唱酬。

⑦ 毗陵：古地名。在今江苏常州。 戚舜臣（996—1052）：字世佐，应天府楚丘（今商丘北、曹县东南）人。此处恐为戚文秀之误。戚文秀为常州毗陵人，宋代画家，工画水，笔力调畅。名作《清济灌河图》，其中一笔长五丈，自边际起，超腾四折，通贯于波浪之上，与众毫不失次序。

⑧ 曾槃：字乐道，曾逢长子，时任萧山县尉。

⑨ 曾元伯逢：即曾逢，字符伯，曾幾长子。陆游十八岁起随曾幾学诗，终身奉为恩师。 廨（xiè）：官署，官吏办公处所。

⑩ 西兴镇：在钱塘江南岸，过江即为临安。

【译文】

十九日。黎明时分，到达柯桥驿馆，会见送行的宾客。巳时到达钱清驿馆，在亭中午餐，凉爽如秋天。同诸儿和送客步行过浮桥。浮桥坚固完好，今非昔比，亭子也华丽修洁，都是丞相史浩所建。申时之后，到达萧山县城，留宿在梦笔驿。驿馆在觉苑寺旁，相传寺院是江淹的旧居。寺中有大碑，叶清臣撰文。寺院和佛殿的匾额，都为沈辽书写，另有一碑也是他的作品，尤其精炼古拙。寺中又有毗陵人戚文秀所画大水，是佛像宝座后的大幅壁画。猛然见到，感觉波涛汹涌，十分怕人。有前辈称之为死水，有些过分了。代理县务的县丞纪旬、县尉曾槃来会见，曾逢在其子曾槃的官署中设宴招待，至二鼓才回驿馆。曾逢再来相陪，一同坐在驿馆门口，月光明亮如白昼，天气极凉爽。四鼓时分，船解缆起航，到达西兴镇。

二十日。黎明，渡江，江平无波。少休仙林寺[①]，寺僧为开馆设汤饮。遂买小舟出北关[②]，登漕司所假舟于红亭税务之西[③]，夜无蚊。

二十一日。省三兄[④]。

二十二日至二十四日。皆留兄家。

【注释】

① 仙林寺：寺庙名。全名仙林慈恩普济教寺，在盐桥北。

② 北关：俗称北关门，为余杭北关水门。

③ 漕司：即转运使司，宋代各路管理征税、钱粮及漕运等事务的官署。　红亭税务：征税机构，在崇新门外。

④ 三兄：即陆淞，字子逸，陆游长兄，在族中排行第三，故称。以门荫入仕，官至左朝请大夫。晚年因病隐居秀州郊外。此时当在朝中任职。

【译文】

二十日。黎明时分，启航渡浙江，江面平静无波。在仙林寺稍事休憩，寺僧开门准备了茶汤饮食。随即雇小舟出北关水门，在红亭税务以西登上漕司所借用的船只，夜晚无蚊虫袭扰。

二十一日。进城探望长兄陆淞。

二十二至二十四日。均留宿长兄家。

二十五日。晚，叶梦锡侍郎衡招饮[1]，案间设矾山数盆，望之如雪[2]。

二十六日。晚，芮国器司业晔招饮，同集仲高兄、詹道子大著亢宗、张叔潜编修渊[3]。坐中，国器云：“顷在广东作漕，有提举茶盐石端义者[4]，性残忍，每捕官吏系狱，辄以石盐木枷枷之[5]，盖木之至坚重者。每曰：‘木名石盐，天生此为我用也。’其后，石坐罪，竟荷校云[6]。”

二十七日[7]。

【注释】

① 叶梦锡：即叶衡(1122—1183)，字梦锡。婺州金华人。绍兴十八年进士。官至参知政事，拜右相兼枢密使。时任户部侍郎。

②“案间”二句：堆明矾于盘中，置席上像冰雪，宋代士大夫暑月宴客常用之。 矾山，明矾。

③“芮国器”二句：芮国器，即芮烨(1114—1172)，字国器，一字仲蒙，湖州乌程人。因忤秦桧被窜，桧死复官，官至国子祭酒。 仲高，即陆升之(1113—1174)，字仲高，山阴人。陆游从兄。绍兴十八年进士。曾任大宗正丞，投靠秦桧。桧死被贬雷州，隆兴初赦还故里，陆游为作《复斋记》。 詹道子，即詹亢宗，字道子，山阴人。绍兴十八年进士。除著作佐郎，出知处州。 大著，即著作郎。 张叔潜，即张渊，字叔潜，长乐(今属福建)人。隆兴元年进士。曾为枢密院编修，后除秘书郎。

④ 作漕：指任转运司官员。 提举茶盐：官名，掌各路茶、盐之政。

⑤ 石盐木：南方产的一种木材，木质坚实如铁，不易为虫蛀蚀。 枷：刑具名，方形木质项圈，套住犯人脖子和双手。

⑥ 荷校：以肩荷枷，即颈上戴枷。校，即枷。 云：底本作“去”，据弘治本、汲古阁本改。

⑦ 二十七日：仅列日期，表示此日无记载。以下同。

【译文】

二十五日。晚上，户部侍郎叶衡招待宴饮，案桌上摆放着数盘明矾，看着就像冰雪。

二十六日。晚上，国子司业芮晔招待宴饮，同坐有从兄陆升之、著作郎詹亢宗、枢密院编修张渊。席间，芮晔说："不久前在广东任职转运司，有一位提举茶盐叫石端义的，本性残忍，每次拘捕官员入狱，就给戴上石盐木枷，这是木料中最为坚实沉重的。他常说：'木料名石盐，这是天生此材为我所用啊。'不久，石端义自己犯了罪，竟也被戴上了石盐木枷。"

二十七日。

【录诗】

《送芮国器司业》二首：此心知我岂非天，双鬓皤然气浩然。曾见灰寒百僚底，真能山立万夫前。洛城霜重听宫漏，霅水云深著钓船。拈起吾宗安乐法，人生何处不随缘。又：往岁淮边虏未归，诸生合疏论危机。人材衰靡方当虑，士气峥嵘未可非。万事不如公论久，诸贤莫与众心违。还朝此段宜先及，岂独遗经赖发挥。(《剑南诗稿》卷二)

二十八日。同仲高出闇门[①]，买小舟泛西湖，至长桥寺。予不至临安八年矣[②]，湖上园苑竹树皆老苍，高柳造天，僧寺益葺，而旧交多已散去，或贵不复相通，为之绝叹。

二十九日。沈持要检正枢招饮，邂逅赵德庄少卿彦端[③]。晚出涌金门[④]，并湖绕城，至舟中。

三十日。

【注释】

① 闇门：临安西城门之一，即清波门俗称。

②“予不至”句：陆游隆兴元年(1163)三月被贬通判镇江府，去国还乡，至乾道六年(1170)闰五月，已经八年未曾入都。

③ 沈持要：即沈枢，字持要，湖州安吉人。绍兴十五年进士。官至太子詹事。 检正：官名。中书门下省属吏，监督处理文书事务。 赵德庄：即赵彦端(1121—1175)，字德庄，号介庵。宋宗室。绍兴八年进士。知建宁府，迁浙东提刑。少卿，指太常少卿。

④ 涌金门：临安西城门之一。天福元年，吴越王钱元瓘引西湖水入城，在此开凿涌金池，筑此门，门濒湖，东侧有水门。传说为西湖中金牛涌现之地，故名。绍兴二十八年改称丰豫门。

【译文】

二十八日。同陆升之从闇门出城，雇小舟泛游西湖，到长桥寺。我不到临安已经八年，西湖边花园渐老，竹木苍翠，高大的柳树直上云天，佛寺多加修葺，而故交旧友多已散去，有的因显贵而不再来往，为这无比感叹。

二十九日。检正沈枢招待宴饮，与太常少卿赵彦端不期而遇。晚上从涌金门出，沿湖绕城而行，返回红亭税务以西的船上。

三十日。

六月一日。早，移舟出闸，几尽一日，始能出三闸[①]。船舫栉比。热甚，午后小雨，热不解。泊众场前[②]。

二日。禺中解舟[③]。乡仆来言：乡中闵雨，村落家家车水。比连三年颇稔，今春父老言，占岁可忧，不知终何如也[④]。过赤岸班荆馆[⑤]，小休前亭。班荆者，北使宿顿及赐燕之地[⑥]，距临安三十六里。晚，急雨，颇凉。宿临平[⑦]。临平者，太师蔡京葬其父准于此，以钱塘江为水，会稽山为案，山形如骆驼，葬于驼之耳，而筑塔于驼之峰。盖葬师云：“驼负重则行远也[⑧]。”然东坡先生乐府固已云：“谁似临平山上塔，亭亭，迎客西来送客行[⑨]。”则临平有塔亦久矣。当是蔡氏葬后增筑，或迁之耳。京责太子少保制云“托祝圣而饰临平之山”是也[⑩]。夜半解舟。

【注释】

① 三闸：临安城北余杭门外运河水上要道，有上、中、下三闸。出闸即可通湖州、苏州、常州等地。

② 籴场：米市。

③ 禺中：同“隅中”，将午之时。

④ 闵雨：担忧少雨。闵，同“悯”。　车水：用水车排灌。　稔：谷物成熟，丰年。　占岁：占卜一年收成。

⑤ 赤岸班荆馆：赤岸，即赤岸港，在临安北运河边。班荆馆，设在京郊接待外国使臣的馆驿。班荆，指布草坐地谈心，语本《左传》襄公二十六年“班荆相与食”。

⑥ 北使：指金使。　宿顿：临时寄宿。　赐燕：同“赐宴”。南宋时金使来朝，先命馆伴使赐御宴于班荆馆。

⑦ 临平：镇名。在临安府东四十五里，今属浙江杭州余杭区。

⑧“临平者”九句：蔡京之父蔡准死后葬在临平山，山为骆驼形。从墓地远望，钱塘江水缭绕，绍兴的会稽山就像书案，十分雄壮。风水师说骆驼负重行远，因而作塔于驼峰。

⑨“谁似”三句：出自苏轼《南乡子·送述古》。

⑩ 京责太子少保制：贬谪蔡京为太子少保的制书。据《宋史》，大观四年，御史张克公论蔡京“辅政八年，权震海内”，“不轨不忠，凡数十事”，其中有“名为祝圣而修塔，以壮临平之山”。遂贬其为太子少保。

【译文】

六月一日。早晨，启航出闸，几乎用了一天时间，才能驶出上、中、下三闸。沿途船只鳞次栉比。天气大热，午后下了小雨，热气未解。停泊在米市前。

二日。将午之时，解缆起航。乡间仆人来告：乡里担心少雨，村中家家车水贮存。最近接连三年丰收，今春老人说，占卜年成令人担忧，不知最终将会如何。船行经过赤岸班荆馆，在前亭小休。所谓班荆馆，是金国使者临时寄宿和受赐御宴之地，与临安相距三十六里。夜晚下起急雨，十分凉快。留宿在临平镇。临平是太师蔡京安葬其父蔡准的地方，面临钱塘江，远处的会稽山像案桌，这里山形似骆驼，墓葬位于骆驼的耳朵，而在驼峰上修筑了一座宝塔。因为看风水的葬师说："骆驼擅长负重行远。"但苏轼的乐府词却早已说过："谁像临平山上的宝塔，亭亭玉立，从西面迎来宾客又送客远行。"因此临平山上有宝塔历史久远，所谓蔡父之塔或是葬后修葺增高，或是迁移过来的。这就是蔡京被贬谪为太子少保的制书所说"假托为皇帝祝寿而修塔装饰临平之山"的罪状。半夜解缆起航。

三日。黎明，至长河堰[①]，亦小市也，鱼蟹甚富。午后，至秀州崇德县，县令右从政郎吴道夫、丞右承直郎李植、监秀州都税务右从政郎章湜来[②]。旧闻戴子微云[③]："崇德有市人吴隐，忽弃家寓旅邸，终日默坐一室。室中惟一卧榻，客至，共坐榻上。或载酒过之，亦不拒，清谈竟日。隐初不学问，至是间与人言易数[④]，皆造精微，亦能先知人吉凶寿夭，见者莫能测也。"因见吴令问之，云皆信然，今徙居村落间矣。是晚行十八里，宿石门[⑤]。火云如山，明日之热可知也。

四日。热甚，午后始稍有风。晚泊本觉寺前[⑥]。寺故神霄宫也，废于兵火，建炎后再修，今犹甚草创。寺西庑有莲池十余亩，飞桥小亭，颇华洁。池中龟无数，闻人声，皆集，骈首仰视，儿曹惊之不去。亭中有小碑，乃郭功甫元祐中所作《醉翁操》，后自跋云："见子瞻所作未工，故赋之[⑦]。"亦可异也。

【注释】

① 长河堰：又称长安堰，在今海宁长安镇。

② 秀州：隶两浙路。在今浙江嘉兴。　崇德县：秀州属县。在今浙江桐乡崇福镇。　右从政郎：南宋文臣阶官（官员品级）三十五阶。南宋文臣阶官，从高到低依次为开封仪同三司、特进、金紫光禄大夫、银青光禄大夫、光禄大夫、宣奉大夫、正奉大夫、正议大夫、通奉大夫、通议大夫、太中大夫、中大夫、中奉大夫、中散大夫、朝议大夫、奉直大夫、朝请大夫、朝散大夫、朝奉大夫、朝请郎、朝散郎、朝奉郎、承议郎、奉议郎、通直郎、宣教郎、宣义郎、承事郎、承奉郎、承务郎、承直郎、儒林郎、文林郎、从事郎、从政郎、修职郎、迪功郎。有的还区分左右，以左为尊。以下凡阶官名不一一出注。　丞：县丞。县令的副手。　监秀州都税务：掌管秀州税务的官员。

③ 戴子微：即戴幾先，字子微，常州无锡人。绍兴十八年进士。淳熙六年除直龙图阁、湖北运判。

④ 易数：根据《易》理占卜的方法。

⑤ 石门：镇名。今浙江桐乡石门镇。

⑥ 本觉寺：在嘉兴城西陡门村，紧邻大运河。旧名报本寺。苏轼曾与该寺文长老友善，三过该寺而三赋诗，寺中有三过堂。

⑦ 郭功甫：即郭祥正，字功父，一作功甫，太平州当涂（今属安徽）人。举进士，官至知端州。弃官归隐于青山，诗风奔放似李白。　《醉翁操》：欧阳修作《醉翁亭记》，脍炙人口，后刻石立碑。太常博士沈遵为作三迭琴曲《醉翁吟》（即《醉翁操》），并请欧阳修填词。但调不主声，为知琴者所惜。三十多年后，庐山道人崔闲再请苏轼为琴曲填词，苏轼欣然命笔，被看作珠联璧合。元祐中，郭祥正不满苏轼所作，又作有《醉翁操》（效东坡）。

【译文】

三日。黎明时分，船到长河堰，也是个小市集，鱼蟹类水产十分丰富。午后，到达秀州崇德县，县令吴道夫、县丞李植、监秀州都税务章湜来会见。从前听戴幾先说："崇德县有个市民叫吴隐的，忽然离家住在旅店，整天沉默端坐在小屋里。屋中只有一张卧榻，客人来访就共坐榻上。有时客人携酒来探访，也不拒绝，闲谈一整天。吴隐原先不做学问，到这里有时同人谈论用《周易》占卜的方法，都达到精深微妙，也能预知人的行事吉凶和寿命长短，旁观者都不明究竟。”于是询问吴县令，回答确有其人其事，现在已搬去乡间居住了。当晚船行十八里，住宿在石门镇。满天火烧云如山峦，明日天气之热可以想见。

四日。大热，午后开始稍有风来。晚间停泊在本觉寺前。此寺先前叫洞霄宫，废弃于战火中，建炎年间开始重建，至今还在草创阶段。寺庙西廊前有莲池十余亩，旁有拱桥小亭，十分光鲜洁净。莲池中养着乌龟无数，听见人声，都聚集在一起，并排仰视，儿童故意惊吓也不离去。亭中有块小石碑，是郭祥正元祐年间所作的《醉翁操》，文后自题跋文称："见苏轼所作不够精巧，因此再赋一首。"此也可称奇事。

五日。早，抵秀州[①]。见通判权郡事右通直郎朱自求、员外通判右承事郎直秘阁赵师夔、方务德侍郎滋[②]。务德留饭。饭罢，还舟小憩，极热。谒樊自强主管、樊自牧教授、广、抑，皆茂实吏部子。闻人伯卿教授。阜民，茂德删定子[③]。二樊居城外，居第颇壮，茂实晚岁所筑，尚未成也。隔水有小园，竹树修茂，荷池渺弥可喜[④]。池上有堂曰读书堂。游宝华尼寺，拜宣公祠堂，有碑，缺坏磨灭之余，时时可读，苏州刺史于頔书[⑤]。大略言秘书监陆公齐望始作尼寺于此，其后灞、浐、澧兄弟又新之[⑥]，后又有贤妹字意者，陆氏尝有女子为尼云。然不言宣公所以有祠者。家谱澧作澧，赖此证误，讳灞者则宣公之父也。老尼妙济、大师法淳及其弟子居白留啜茶，且言方新祠堂也。移舟北门宣化亭，晚复过务德饭。

【注释】

① 秀州：原为苏州嘉兴县。晋天福四年置秀州，辖嘉兴、海盐、华亭、崇德四县。今浙江嘉兴。

② 赵师夔(1136—1196)：字汝一，宋宗室。以荫入仕。官至兴宁军节度使，充永阜陵桥道顿递使。 方务德：即方滋(1102—1172)：字务德，严州桐庐人。以荫入仕。官至吏部侍郎。

③ 樊自强：名广，字自强；樊自牧：名抑，字自牧。二樊为樊光远之子。樊光远(1102—1164)，字茂实，钱塘人。绍兴五年进士。官至吏部郎中。陆游为宁德县主簿时与樊光远有旧谊。 闻人伯卿：名阜民，字伯卿。为闻人滋之子。闻人滋，字茂德，嘉兴人。陆游任敕令所删定官时与之同事。

④ 渺弥：浩渺弥漫状。

⑤“游宝华”六句：宝华尼寺，在州治西南二百步。原为唐代陆贽宅第。其姑法兴诵《法华经》，感天花乱坠，宝雨四下，祖父陆齐望遂舍宅为寺，因名宝花，法兴亦为尼。 宣公，即陆贽(754—805)，字敬舆，嘉兴人。唐代政治家、文学家。大历八年进士，中博学宏词科。历任翰林学士、兵部侍郎、迁中书侍郎，同平章事。后遭构陷，卒于忠州。谥曰宣。山阴陆氏奉为先祖。嘉兴陆氏后裔繁衍甚众。 于頔(dí)(？—818)，字允元，唐代河南洛阳人。以荫入仕。官至同中书门下平章事。

⑥“大略”二句：陆公齐望，即陆齐望，字裕孙，吴县人，徙居嘉兴。开元十八年进士，曾任秘书监。齐望生泌、湟、润、淮、灞、浐、渭、沣诸子，灞生贽。一说陆贽祖父为陆齐政，父陆侃。

【译文】

五日。早上，抵达秀州。会见州通判代理州事朱自求、员外通判直秘阁赵师夔、侍郎方滋。方滋留用午饭。饭后，船回返休息，天气极热。拜谒主管樊广、教授樊抑、(广、抑都是吏部郎中樊光远之子)教授闻人阜民(阜民为删定官闻人滋之子)。二樊居住城外，宅第十分壮观，为樊光远晚年所建，尚未竣工。隔河有一小园，竹林修长茂密，荷花池浩渺旷远，十分可爱，池上筑有厅堂称读书堂。随后游览宝华尼寺，拜谒陆贽祠堂，内有石碑，虽有坏缺磨灭，文字往往可读，为苏州刺史于頔所书。大意说秘书监陆齐望先在此处筑成尼寺，其后陆灞、陆浐、陆沣兄弟又修葺一新，后来又有名叫意的妹妹参与，陆氏家族中曾有女子为尼，但不说为何陆贽在寺中建有祠堂(陆氏家谱中“沣”写作“澧”，据此碑可以证其误。陆灞就是陆贽之父）。寺中老尼妙济、大师法淳及其弟子居白留客品茶，并说祠堂新近修葺完成。船移泊北门宣化亭下，晚间又去方滋处用餐。

六日。右奉议郎新通判荆南吕援来①，援字彦能。进士闻人纲来②，纲字伯纪，方务德馆客，自言识毛德昭。德昭名文，衢州江山县人，居于秀，予儿时从之甚久③。德昭极苦学，中年不幸病盲而卒，无子。纲言其盲后，犹终日危坐，默诵六经，至数千言不已。可哀也！赴郡集于倅廨中④。坐花月亭，有小碑，乃张先子野“云破月来花弄影”乐章，云得句于此亭也⑤。晚赴方夷吾导之集于陈大光县丞家⑥，二樊、吕倅皆在。大光字子充，莹中谏议孙，居第洁雅，末利花盛开⑦。

【注释】

① 吕援：字彦能。生平不详。

② 进士：此指参加科考者。　闻人纲：字伯纪。生平不详。

③ 德昭：即毛文，字德昭，衢州江山（今浙江江山）人。陆游少时旧友。事迹见《老学庵笔记》卷一。

④ 郡集：州郡置办的酒宴。　倅（cuì）廨：州郡副职官员的官衙。倅，副职。此指通判吕援。

⑤ 花月亭：州府内小亭，张先建造并命名。　张先（990—1078）：字子野，乌程（今浙江湖州）人。天圣八年进士。曾任嘉禾判官，官至知虢州。晚年优游湖、杭间。长于词，喜用“影”字，人称“张三影”。张先《天仙子》中“云破月来花弄影”之句最负盛名。亭名取自此。

⑥ 方夷吾导：即方导，字夷吾，号觉斋居士，方滋长子。撰有《方氏集要方》二卷。

⑦ 莹中谏议：即陈瓘（1057—1124），字莹中，号了翁。南剑州沙县（今属福建）人。元丰进士。曾任右正言、左司谏、权给事中，入元祐党籍，除名远窜，卒。著有《尊尧集》。绍兴间追谥忠肃。　末利花：今作

“茉莉花”。

【译文】

六日。新任通判荆南人吕援来会见，援字彦能。进士闻人纲来会见，纲字伯纪，方滋的门客，自称认识毛文。毛文字德昭，衢州江山县人，居住在秀州，我少年时与他交往了很久。毛文学习极其刻苦，中年因眼睛失明不幸病故，没有后代。闻人纲称其失明后，仍整日正襟危坐，默诵六经，至数千字还不停歇。真令人痛心啊！随后去通判吕援官衙出席州郡举办的酒宴。落座花月亭，内有小碑，所刻则是张先“云破月来花弄影”词，据说这名句就是在此亭中悟得的。晚间去县丞陈大光家出席方导所设宴席，樊广、樊牧及通判吕援都在座。陈大光字子充，是谏议大夫陈瓘之孙，宅第洁净雅致，茉莉花盛开。

七日。早，遍辞诸人，赴方务德素饭。晚，移舟出城，泊禾兴馆前①。馆亦颇闳壮，终日大雨不止，招姜医视家人及绹②。

八日。雨霁，极凉如深秋。遇顺风，舟人始张帆。过合路③，居人繁夥，卖鲊者尤众④。道旁多军中牧马。运河水泛溢，高于近村地至数尺。两岸皆车出积水，妇人儿童竭作，亦或用牛。妇人足踏水车，手犹绩麻不置。过平望⑤，遇大雨暴风，舟中尽湿。少顷，霁。止宿八尺⑥，闻行舟有覆溺者。小舟叩舷卖鱼，颇贱。蚊如蠭虿可畏⑦。

【注释】

① 禾兴馆：驿馆名。在州城北。嘉兴古称禾兴。

② 家人及绹(táo)：指陆游夫人王氏及次子子龙。绹，子龙小名。

③ 合路：镇名。在今江苏吴江。
④ 夥：多。 鲊（zhǎ）：泛指盐腌的鱼。
⑤ 平望：镇名。在今江苏吴江。为水陆交通要冲。
⑥ 八尺：镇名。在今江苏吴江。今作“八坼”。
⑦ 蠭虿（fēng chài）：两种有毒刺的螫虫。蠭，同“蜂”。

【译文】

七日。早晨，与秀州诸友辞别，出席方滋所设素餐。晚上，开船出城，停泊在禾兴馆前。馆舍十分宏伟壮丽，整天大雨不停歇，招请姜姓医生诊治夫人和子龙。

八日。雨停，极凉快像深秋天气。遇到顺风，船家开始张起船帆。船过合路镇，居民众多，卖腌鱼的尤多。道路旁多有军队放养的马匹。运河之水泛滥，高出近村土地竟有几尺。两岸百姓都在用水车车出积水，妇女儿童一齐上阵，也有用牛车水的。妇女脚踏水车，双手仍在不停地搓捻麻绳。船过平望镇，遭遇大风暴雨，船中都被打湿。不多时，雨停。留宿于八尺镇，听说有翻船溺水的。小船敲击船边卖鱼，十分便宜。蚊子像毒虫般可怕。

九日。晴而风，舟人惩昨夕狼狈，不敢解舟，日高方行。自至崇德，行大泽中，至此始望见震泽远山[①]。午间，至吴江县[②]。渡松江[③]，风极静。瀶庵竹树益茂[④]，而主人死矣。知县右承议郎管銃、尉右迪功郎周郯来[⑤]。县治有石刻曾文清公《渔具图诗》[⑥]，前知县事柳楹所刻也。渔具比《松陵倡和集》所载，又增十事云[⑦]。托周尉招医郑端诚，为统、绚诊脉[⑧]，皆病暑也。市中卖鱼鲊颇珍。晚解舟中流，回望长桥层塔[⑨]，烟波渺然，真若图画。宿尹桥，登桥观月。

【注释】

① 震泽：湖名。即今江苏太湖。语本《尚书·禹贡》："三江既入，震泽底定。"

② 吴江县：隶平江府。今江苏吴江。

③ 松江：吴淞江别称。其下游称苏州河。松江一名松陵，又名笠泽。其源连接太湖，分为三支：一江东南流，五十里入小湖；一江东北流，二百六十里入于海；一江西南流，入震泽，此三江之口。

④ 癯(qú)庵：一作臞庵。宋代乡人王份所建园林。在松江之滨，围江湖以入圃，景物秀野，名闻四方。圃中有与闲堂、平远堂、烟雨观、浮天阁等，总谓之臞庵。王份字文孺，以特恩补官，曾为大冶令，归老庵中。

⑤ 尉：县尉。掌管治安。　管鈗(yǔn)、周郔(yán)：生平不详。

⑥ 曾文清公：即曾幾(1084—1166)，字吉甫，河南(今河南洛阳)人。入太学，赐上舍出身。因兄触怒秦桧，同被罢官。桧死复出，官至敷文阁待制。有《茶山集》。陆游十八岁起从曾幾学诗，终身奉为老师，为作《曾文清公墓志铭》。　《渔具图诗》：曾幾为各种渔具所作之诗，今《茶山集》不见。

⑦《松陵倡和集》：晚唐陆龟蒙、皮日休唱和诗集。其中有陆龟蒙作《渔具诗》十五首，皮日休和之；皮氏又作《添渔具诗》五首，陆氏亦和之。见《松陵集》卷四。

⑧ 统、绚：分别为陆游长子子虡、次子子龙小名。

⑨ 长桥：又名利往桥，吴江长桥。北宋庆历八年县尉王廷坚所建。桥上有亭曰垂虹，故又名垂虹桥。东西千余尺，前临太湖洞庭三山，横跨松江，景色绝佳。

【译文】

九日。天气晴好有风，船家警惕于昨晚的狼狈样，不敢解缆行船，直到太阳升高才起航。从到崇德，船一直航行在大湖沼中，至此才远远望见震泽的远山。中午时分，船到吴江县。渡过松江，风平浪静。癯庵中的竹木更加茂密，而主人王份却已死去。知县管鈗、县尉周郔来会见。县衙中有曾幾《渔具图诗》的石刻，为前任知县柳楹所刻。诗中所载渔具，比《松陵倡和集》中又增添了十件。托周县尉招请的医生郑端诚，为子虡、子龙诊脉，都是中暑了。集市中出售腌鱼十分珍贵。晚上解缆泛舟江中，回望迤迤长桥、层层宝塔，烟波渺然，真如置身图画中。夜宿尹桥，登上桥头赏月。

十日。至平江[①]，以疾不入。沿城过盘门，望武丘楼塔，正如吾乡宝林，为之慨然[②]。宿枫桥寺前，唐人所谓“半夜钟声到客船”者[③]。

十一日。五更，发枫桥，晓过许市，居人极多，至望亭小憩[④]。自是夹河皆长冈高垄，多陆种菽粟，或灌木丛篠[⑤]，气象窘隘，非枫桥以东比也。近无锡县，始稍平旷。夜泊县驿。近邑有锡山，出锡。汉末谶记云[⑥]：“有锡天下兵，无锡天下清。有锡天下争，无锡天下宁。”至今锡见辄掩之，莫敢取者。

十二日。早，谒喻子材郎中樗[⑦]。子材来谢，以两夫荷轿，不持胡床，手自授谒云[⑧]。知县右奉议郎吴澧来[⑨]。晚行，夜四鼓，至常州城外[⑩]。

【注释】

① 平江：府名。隶两浙路。即今江苏苏州。下辖吴县、长洲、昆山、常熟、吴江、嘉定六县。府治在吴县。谈迁《北游录》：“苏州旧名平江，谓地下与江水平也。”

② 盘门：曾名蟠门，刻木作蟠龙以镇此。又说水陆萦回，徘徊屈曲，故名。　武丘：即虎丘山，避唐太宗讳改为武丘山，又名海涌山。在吴县西北九里二百步。吴王阖闾葬此山中。传以十万人治冢，经三日，金精化为白虎，蹲其上，因号虎丘。　宝林：即龟山，在绍兴府东南二里二百七十二步，隶山阴。一名飞来，一名怪山。因山远望似龟形，故名。

③ 枫桥寺：即普明禅院，在吴县西十里。　唐代张继《枫桥夜泊》：“月落乌啼霜满天，江枫渔火对愁眠。姑苏城外寒山寺，夜半钟声到客船。”

④ 枫桥：在阊门外九里道旁，旅客经过，多休憩此桥并题咏。　许

市：即浒墅。濒临运河，为通衢之地。参见《吴地记》。　望亭：镇名，古名御亭。在今江苏苏州。

⑤ 陆种菽粟：陆地种植的黄米和豆类。　丛篠：茂密的小竹林。

⑥ 谶(chèn)记：谶书，记载谶语之书。

⑦ 喻子材：即喻樗(chū)(？—1180)，字子材，严州(今浙江建德)人。少受业于杨时。建炎三年进士。因忤秦桧致仕。桧死复出，官至提举浙东常平。　郎中：喻樗曾为工部员外郎。

⑧ 胡床：一种可以折叠的轻便坐具。　授谒：递交名片。

⑨ 吴澧：生平不详。

⑩ 常州：隶两浙路。下辖晋陵、武进、宜兴、无锡四县。即今江苏常州。

【译文】

十日。船到平江府，因家人染疾不进城。沿着城墙经过盘门，遥望虎丘高楼巨塔，正如家乡的龟山，令人感慨。夜宿枫桥寺前，就是唐人张继诗句“夜半钟声到客船”所描写的地方。

十一日。五更从枫桥出发，拂晓船过许市，居民极多，到望亭镇暂息。自此运河两边夹岸都是高大的山冈土丘，多种植着黄米、豆类，或是丛集的灌木、竹林，景象窘迫狭隘，不能与枫桥以东相比。接近无锡县，地形开始稍显平坦旷远。夜间停泊在县驿站。近县城有锡山，出产锡，汉代末年的谶书说：“有锡天下战乱，无锡天下清平。有锡天下相争，无锡天下安宁。”至今本地锡矿显露就掩盖起来，没有敢开发取用的。

十二日。清早，拜谒郎中喻樗。喻樗来回拜，用两名轿夫抬轿，不使用轻便的胡床，并亲自投递名帖。知县吴澧来会见。傍晚行船，夜间四鼓时分，抵达常州城外。

【录诗】

《宿枫桥》：七年不到枫桥寺，客枕依然半夜钟。风月未须轻感慨，巴山此去尚千重。(《剑南诗稿》卷二)

十三日。早，入常州，泊荆溪馆[①]。夜月如昼，与家人步月驿外。绹始小愈。

十四日。早，见知州右朝奉大夫李安国、通判右朝奉郎蒋谊、员外倅左朝散郎张坚[②]。坚，文定公纲之子[③]。教授左文林郎陈伯达、员外教授左从政郎沈瀛、司户右从政郎许伯虎来[④]。伯达字兼善，瀛字子寿，皆未识。子寿仍出近文一卷。伯虎字子威，余儿时笔砚之旧也。至东岳庙观古桧[⑤]，数百年物也。又小憩崇胜寺纳凉[⑥]，遂解舟。甲夜，过奔牛闸[⑦]。宋明帝遣沈怀明击孔觊，至奔牛筑垒，即此也。闸水湍激有声，甚壮。遂抵吕城闸[⑧]。自祖宗以来，天下置堰军止四处，而吕城及京口二闸在焉。

【注释】

① 荆溪馆：馆驿名。旧名毗陵驿，在天禧桥东。枕漕渠以通荆溪，故名。

② 员外：原指正员之外的郎官，此指助理之类。

③ 文定公纲：即张纲，字彦正，润州丹阳（今江苏丹阳）人。以上舍及第。与蔡京不合，又不与秦桧通问。桧死复出，官至参知政事。卒谥文定。

④ 教授：州学学官。

⑤ 东岳庙：在市东，前俯运河。郡官辞谒、祈求雨旸均在此。

⑥ 崇胜寺：在州东南二里。有观音阁，今为祝圣道场。

⑦ 甲夜：初更时分。　奔牛闸：在奔牛堰，距县西二十七里。苏轼有“卧看古堰横奔牛”诗句。参考《渭南文集》卷二十《常州奔牛闸记》。

⑧ 吕城闸：运河水闸。在丹阳境内。

【译文】

十三日。清早，船入常州城，停泊在荆溪馆。夜间月色明亮如白昼，与家人在馆驿外月下散步。子龙病情稍愈。

十四日。清早，会见知州李安国、通判蒋谊和员外副手张坚。张坚为张纲之子。教授陈伯达、员外教授沈瀛、司户许伯虎来会见。陈伯达字兼善，沈瀛字子寿，都不曾认识。沈瀛仍拿出近时所作文章一卷请教。许伯虎字子威，与我是儿时的同窗学友。去东岳庙观赏古桧树，是数百年前的古董。又在崇胜寺休憩乘凉后，再解缆起航。初更时分，船过奔牛闸。刘宋明帝刘彧派沈怀明抗击孔觊，到达奔牛堰修筑营垒，就在此地。闸中水流湍急，轰然有声，十分壮观。又抵达吕城闸。自大宋立国以来，天下在河堰上设置军营的只有四处，吕城和京口二闸在列。

十五日。早，过吕城闸，始见独辕小车。过陵口[①]，见大石兽，偃仆道傍，已残缺，盖南朝陵墓。齐明帝时，王敬则反，至陵口，恸哭而过，是也[②]。余顷尝至宋文帝陵，道路犹极广，石柱、承露盘及麒麟、辟邪之类皆在，柱上刻“太祖文皇帝之神道”八字[③]。又至梁文帝陵。文帝，武帝父也，亦有二辟邪尚存[④]。其一为藤蔓所缠，若縶缚者。然陵已不可识矣。其旁有皇业寺[⑤]，盖史所谓皇基寺也，疑避唐讳所改。二陵皆在丹阳[⑥]，距县三十余里。郡士蒋元龙子云谓予曰：“毛达可作守时，有卖黄金石榴、来禽者[⑦]，疑其盗，捕得之，果发梁陵所得。”夜抵丹阳，古所谓曲阿，或曰云阳[⑧]。谢康乐诗云“朝日发云阳，落日到朱方[⑨]”，盖谓此也。

【注释】

① 陵口：地名。在丹阳县东三十一里，当齐梁陵墓入口处，故名。

②“齐明帝”五句：王敬则（435—498），晋陵南沙（今江苏常州）人。宋前废帝时入宫为将，后谋杀前废帝。宋明帝时为直阁将军。后又

谋杀宋后废帝，拥立齐高帝，出为都督、南兖州刺史。齐明帝即位，起兵反叛，败死。王敬则过陵口恸哭事见《南齐书》本传。

③“余顷”四句：宋文帝刘义隆424至453年在位，史称“元嘉之治”。后为长子刘劭所弑，葬于长宁陵，在金陵蒋山（即钟山）东南。陆游乾道元年由镇江通判移官豫章，曾过金陵。　承露盘，承接甘露之盘，甘露为祥瑞之物。　麒麟、辟邪，均为传说中神兽，亦象征祥瑞。南朝陵墓前常有此类石雕。

④“又至”四句：梁武帝萧衍称帝后，追尊其父萧顺为梁文帝，其建陵在丹阳。梁武帝的修陵亦在附近。

⑤ 皇业寺：梁武帝萧衍为其父祈求冥福而建的皇家寺院。在今丹阳埤城镇。

⑥ 二陵：指梁文帝的建陵和梁武帝的修陵。

⑦ 毛达可：即毛友，字达可，衢州西安（今浙江江山）人。大观元年进士。政和末出守镇江。靖康元年知杭州。　来禽：即沙果，又名林檎，谓味甘熟则禽来。

⑧ 丹阳：县名，隶镇江府。旧名云阳，属会稽郡，秦始皇改名为曲阿。

⑨ 谢康乐：即谢灵运，袭封康乐公。引诗为《庐陵王墓下作》。朱方：春秋时吴地名，秦改为丹徒。在今江苏丹徒。

【译文】

十五日。清早，船行过吕城闸，初见一种单根辕木的小车。过陵口时，看见大石兽仆倒在路旁，已经残缺不全，这就是南朝皇帝的陵墓。齐明帝时，王敬则谋反，到陵口，痛哭着经过，就是这里。我前些年曾到过宋文帝陵墓，陵前道路仍极为宽广，石柱、承露盘及麒麟、辟邪之类神兽都在，石柱上刻着“太祖文皇帝之神道”八字。又到梁文帝陵墓。梁文帝为梁武帝之父，也有两只辟邪还存世。其中一只被藤蔓植物所缠绕，像被捆绑着。但陵墓已不能辨识了。陵墓旁有皇业寺，即史书所谓皇基寺，怀疑是因为避唐玄宗的名讳而改的。两座陵墓都在丹阳境内，距离县城三十余里。郡中士人蒋元龙对我说：“毛友做郡守时，有人出卖黄金石榴、来禽等果品摆件，官府怀疑是他盗窃得来，抓捕审问后，果然是盗掘梁文帝陵墓所得。”夜间抵达丹阳县，古代称为曲阿，或称云阳。谢灵运诗句说“日出从云阳出发，日落到达朱方”，就是说的这里。

十六日。早，发丹阳。汲玉乳井水，井在道旁观音寺，名列《水品》，色类牛乳，甘冷熨齿[①]。井额陈文忠公所作，堆玉八分也[②]。寺前又有练光亭，下阚练湖[③]，亦佳境，距官道甚近，然过客罕至。是日，见夜合花方开。故山开过已月余，气候不齐如此[④]。过夹冈，有二石人植立冈上，俗谓之石翁石媪，其实亦古陵墓前物。自京口抵钱塘，梁、陈以前不通漕，至隋炀帝始凿渠八百里[⑤]，皆阔十丈。夹冈如连山，盖当时所积之土。朝廷所以能驻跸钱塘，以有此渠耳。汴与此渠[⑥]，皆假手隋氏，而为吾宋之利，岂亦有数邪？过新丰[⑦]，小憩。李太白诗云：“南国新丰酒，东山小妓歌。”又唐人诗云：“再入新丰市，犹闻旧酒香[⑧]。”皆谓此，非长安之新丰也。然长安之新丰亦有名酒，见王摩诘诗[⑨]，至今居民市肆颇盛。夜抵镇江城外。是日立秋。

【注释】

① 玉乳井：在丹阳城北，观音寺旁。　《水品》：即唐代张又新《煎茶水记》，谓刘伯刍称水之品质宜煎茶者有七等，“丹阳县观音寺水第四”。　熨齿：使牙齿感觉寒冷。

② 陈文忠公：即陈尧叟（961—1017），字唐夫，阆州阆中（今属四川）人。端拱二年进士。官至同平章事、枢密使。卒谥文忠。　堆玉八分：一种书体，似隶而笔势多波磔。　此处所记恐有误。陈尧叟之弟陈尧佐，与其同年进士，官至参知政事，拜同平章事，卒谥文惠。陈尧佐

善八分书，点画肥重，而笔力劲健，能为方丈字，谓之堆墨。天下名山胜处，碑刻题榜，多留题迹。

③ 阚(kàn)：望。　练湖：又名后湖。在丹阳县北一百二十步。

④ 夜合花：又名夜香木兰，常绿灌木，喜温暖湿润环境。往往清晨开放，晚上闭合，故名夜合花。香味幽馨，入夜更烈。　故山：故乡。

⑤ 隋炀帝始凿渠：隋炀帝开凿大运河，是在前代基础上疏浚连接而成。自钱塘至京口段今称江南运河，开凿始于春秋时期，秦汉至六朝都有开掘，隋代将其疏通并通航。

⑥ 汴与此渠：汴指汴渠，即通济渠，引黄河水循汴水故道，入于泗水，注入淮河，也是隋代在历来修筑基础上疏通开凿的。此渠指江南运河。

⑦ 新丰：镇名。在丹阳东北，出名酒。

⑧"南国"二句：出自李白《出妓金陵子呈卢六四首》其二。"再入"二句：出自陈存《丹阳作》。

⑨ 王摩诘：王维，字摩诘。王维《少年行四首》其一："新丰美酒斗十千，咸阳游侠多少年。相逢意气为君饮，系马高楼垂柳边。"

【译文】

十六日。清早，从丹阳出发。途中汲取玉乳井水，井位于道旁观音寺，其水列名于《水品》，色白似牛奶，牙齿感觉又甜又冷。水井题额为陈尧叟所作，用的是堆玉八分书体。观音寺前又有练光亭，下望练湖，也是好地方，距离官道很近，但游客少到。此日，看见夜合花初开。此花故乡开过已一月有余，各地气候如此不同。船过夹冈，有两个石人矗立冈上，俗语称之为石翁、石媪，其实也是古代陵墓前的物件。从京口到钱塘，梁代、陈代以前不通水运，到隋炀帝起才开凿水渠八百里，都宽达十丈。夹冈如同连绵的山体，就是当时开渠挖出的土堆积而成。当今朝廷所以能留驻于钱塘，就是因为有了这条江南运河。汴渠和江南运河，都凭借了隋代的工程，而成就我大宋之利益，这难道也是天数吗？船过新丰镇，短暂休息。李白诗称"南方新丰之酒，东山小妓之歌"，又唐人诗称"再进新丰市集，还闻陈酒醇香"，说的都是此地，而不是长安附近的新丰镇。但长安的新丰镇也出名酒，见于王维的诗句，至今镇上居民市场十分繁盛。夜间抵达镇江城外。

此日恰逢立秋日。

十七日。平旦，入镇江，泊船西驿[①]。见知府右朝散郎直秘阁蔡洸子平、都统庆远军节度使成闵、通判右朝奉大夫章汶、右朝奉郎陶之真、府学教授左文林郎熊克、总领司干办公事右承奉郎史弥正端叔[②]。

十八日。右奉议郎签书节度判官厅公事葛郇、观察推官右文林郎徐务滋、司户参军左迪功郎杨冲、焦山长老定圜、甘露长老化昭来[③]。

十九日。金山长老宝印来[④]，字坦叔，嘉州人。言自峡州以西，滩不可胜计，白傅诗所谓“白狗到黄牛，滩如竹节稠”是也[⑤]。赴蔡守饭于丹阳楼[⑥]。热特甚，堆冰满坐，了无凉意。蔡自点茶[⑦]，颇工，而茶殊下。同坐熊教授，建宁人，云：“建茶旧杂以米粉，复更以薯蓣，两年来，又更以楮芽，与茶味颇相入，且多乳，惟过梅则无复气味矣[⑧]。非精识者，未易察也。”申后[⑨]，移舟出三闸，至潮闸而止。

二十日。迁入嘉州王知义船[⑩]，微雨，极凉。

二十一日。

【注释】

① 西驿：西津渡口驿馆。去府治九里，北与瓜洲渡对岸。

② 蔡洸（guāng）：字子平，兴化仙游（今属福建）人。蔡襄曾孙。以荫入仕，官至户部尚书。　成闵：字居仁，邢州（今河北邢台）人。从军积功入仕，官至镇江都统制。　熊克：字子复，建宁建阳（今福建南平）人。绍兴二十一年进士。官至知台州。博闻强记，著有《中兴小记》。　史弥正：字端叔，鄞县（今属浙江）人。史浩次子，史弥远弟。

③ 焦山长老定圜：即焦山寺圜禅师。陆游隆兴二年在镇江通判任上有《焦山题名》，由圜禅师刻之于石。　甘露：即甘露寺。

④ 金山长老宝印：即释宝印(1109—1190)，字坦叔，号别峰，俗姓李，嘉州(今四川乐山)人。幼通六经及百家之说，师从禅宗高僧圆悟和密印，先后主持峨眉中峰寺、金陵保宁寺、镇江金山寺、明州雪窦寺、余杭径山寺等。陆游摄知嘉州时，常与之游，并在其圆寂后为撰《别峰禅师塔铭》。

⑤ 峡州：隶荆湖北路。在今湖北宜昌。　白傅：即唐代白居易，曾任太子少傅。　"白狗"二句：出自白居易《发白狗峡次黄牛峡登高寺却望忠州》。

⑥ 丹阳楼：在镇江府治。

⑦ 点茶：宋代一种煮茶方式。将茶叶末置于茶碗里，注入少量沸水调成膏状，然后直接向茶碗中注入沸水，同时用茶筅搅动，茶末上浮，形成粥面。点茶成为宋代时尚的待客之道。

⑧ 建茶：宋代建宁府一带出产之茶。　薯蓣：即俗称山药。块茎多含淀粉，可入药。　楮芽：楮树的叶芽。　乳：指煮茶泛起的白色浮沫。　梅：指江南梅雨时节。

⑨ 申后：申时后，即十五点至十七点之后。

⑩ 嘉州：隶成都府路。在今四川乐山。　王知义：当为船主名。

【译文】

十七日。清晨，船入镇江府，停泊在西津渡驿站。会见知府直秘阁蔡洸、都统庆远军节度使成闵、通判章汶、右朝奉郎陶之真、府学教授熊克、总领司干办公事史弥正。

十八日。签书节度判官厅公事葛郇、观察推官徐务滋、司户参军杨冲、焦山寺长老定圜、甘露寺长老化昭来会见。

十九日。金山寺长老宝印来会见，宝印字坦叔，嘉州人。他说长江自峡州以西遍布险滩，难以计数，白居易诗所说"从白狗峡到黄牛峡，险滩像竹节一样稠密"就是指此。去丹阳楼出席知府蔡洸所设宴席。天气特别热，座位旁堆满冰块，丝毫不觉凉意。蔡洸亲自点茶，十分精巧，只是茶叶很差。同坐教授熊克为建宁人，说："建宁煮茶旧时掺杂米粉，后用山药替换，近两年又用椿芽替换，与茶味很相融，且多泡沫，只是过了梅雨季节就再没有这种气味了。不精通于此，就不容易察觉。”申时之后，船起锚移出三闸，到潮闸停止。

二十日。同行者一齐迁移至嘉州船主王知义的船上。小雨，极凉快。

二十一日。

二十二日。郡集卫公堂后圃。比旧唯增染香亭①。饮半，登寿丘普照寺终宴②。寿丘者，宋高祖宅，有故井尚存。寺本名延庆，隆兴中，复泗州，有普照寺僧奉僧伽像来归，寓焉，因赐名普照寺，侨置僧伽道场③。东望京山，④连亘抱合，势如缭墙，官寺楼观如画，西阚大江，气象极雄伟也。

二十三日。至甘露寺，饭僧⑤。甘露，盖北固山也⑥。有很石，世传以为汉昭烈、吴大帝尝据此石共谋曹氏⑦。石亡已久，寺僧辄取一石充数，游客摩挲太息，僧及童子辈往往窃笑也。拜李文饶祠⑧。登多景楼。楼亦非故址，主僧化昭所筑。下临大江，淮南草木可数，登览之胜，实过于旧⑨。邂逅左迪功郎新太平州教授徐容。容字子公，泉州人。此山多峭崖如削，然皆土也，国史以为石壁峭绝，误矣。

二十四日。

【注释】

① 卫公堂：在（镇江）府治正堂之后。卫公指唐代李德裕，曾任镇江观察使。　染香亭：染香亭在郡治。　比旧：指与陆游任镇江通判时相比。

② 寿丘普照寺：在寿丘山巅，宋高祖故宅。

③ 泗州：隶淮南东路。在今江苏盱眙、泗县一带。　僧伽：唐代西僧。自言何国人，以何为姓。龙朔二年入唐，始发凉州，历洛阳，抵江表，止嘉禾灵光寺。后住持泗州普照王寺，神行异踪变现不一。中宗遣使迎入内道场。景龙四年圆寂于长安，葬于泗州普照王寺。　侨置：南北朝时因州郡陷于敌手，用旧名暂借别地重置，称侨置。此指镇江延庆寺因获僧伽像重置泗州普照王寺礼拜场所。

④ 京山：亦称京岘山。在府治东五里。

⑤ 甘露寺：在北固山。唐宝历中李德裕建以资穆宗冥福，时甘露降此山，因名。北宋元符末焚毁。　饭僧：向和尚施饭，修善祈福。

⑥ 北固山：在县北一里，下临长江，其势险固，因以为名。长江江滨和江中的金山、焦山、北固山三山夹江相峙，世称“京口三山”。

⑦ 很石：又名狠石，状如伏羊。相传孙权尝据其上，与刘备论曹公。见《蔡宽夫诗话》。　汉昭烈：即刘备，谥号昭烈帝。　吴大帝：即孙权，卒谥大皇帝。　曹氏：即曹操。

⑧ 李文饶祠：即李德裕祠。在北固山甘露寺，因寺由李德裕所建。

⑨ 多景楼：在甘露寺。米芾多景楼诗称之为“天下江山第一楼”。

【译文】

二十二日。府衙在卫公堂后的园圃中设宴招待。这里比当年任通判时只增建了染香亭。宴饮过半，登寿丘普照寺观赏，然后结束。此寺原为刘宋高祖的老宅，有旧井留存。寺本名延庆，隆兴年间，宋军收复泗州，有普照寺僧人捧着僧伽画像来归顺，就安置在延庆寺，因而赐名为普照寺，在镇江重置了僧伽的礼拜场所。在山顶东望京山，绵延环绕，形势像缭绕的宫墙，官署的楼观如同画卷，西望大江，气象极为雄伟。

二十三日。到甘露寺，向寺内僧人施饭。甘露寺坐落在北固山。山上有很石，世间传说以为刘备、孙权曾盘踞此石共同谋划对付曹操。很石久已亡失，寺僧就另取一石充数，游客抚摸叹息，僧人和儿童往往偷偷暗笑。拜谒李德裕祠堂。登上多景楼。楼也不在旧址，长老化昭所建，下临长江，对岸淮南草木历历可数，登览的体验实在超过旧址。与新任太平州教授徐容不期而遇。徐容字子公，泉州人。此山多峭壁如刀削，但都是泥土，国朝史书认为是石壁陡峭，其实是错误的。

二十四日。

二十五日。早，以一豨、壶酒，谒英灵助顺王祠，所谓下元水府也[①]。祠属金山寺，寺常以二僧守之，无他祝史[②]。然榜云“赛祭猪头，例归本庙”，观者无不笑。初，绍兴末，元颜亮入寇[③]，枢密叶公审言督视大军守江[④]，祷于水府祠，请事平奏加帝号。既而不果。隆兴中，虏再入，有近臣申言之，议者谓四渎止封王，水府不应在四渎上，乃但加美称而已[⑤]。庙中遇武人王秀，自言博州人，年五十一，元颜亮寇边时，自河朔从义军，攻下大名，以待王师。既归朝，不见录[⑥]。且自言孤远无路自通，歔欷不已。是晚，欲出江，舟人辞以潮不应，遂宿江口。

【注释】

①“早”四句：豨(xī)，小猪，作为祭品。　下元水府，长江水神庙之一。五代时杨氏据江左，封马当上水府宁江王、采石中水府定江王、金山下水府镇江王。

②“祠属”三句：金山寺，即龙游寺。　祝史，此指主持祭祀的人。赛祭，祭祀酬神。

③ 元颜亮：即完颜亮，金海陵王(1122—1161)，字符功，女真名迪古乃，金太祖完颜阿骨打庶长孙，金朝第四位皇帝。绍兴三十一年，完颜亮率兵大举攻宋，被虞允文大败于采石，在瓜洲渡兵变被杀。

④ 叶公审言：即叶义问(1098—1170)，字审言，严州寿昌(今浙江建德)人。建炎进士。因忤秦桧被罢，桧死复出，官至同知枢密院事。完颜亮南侵时奉命督师抵御，因不习军旅而措置失当，罢提举宫观，谪饶州。

⑤“议者谓”三句：四渎，长江、黄河、淮水、济水的合称，均独流入海。　加美称，即指加封水神为“英灵助顺王”。

⑥“庙中”九句：博州，隶河北东路。在今山东聊城。 河朔，泛指黄河以北地区。 大名，府名，隶河北东路，在今河北大名。 不见录，不被录用。

【译文】

二十五日。清早，携带小猪一头、酒一壶作为祭品，拜谒英灵助顺王祠堂，即所谓的下元水府。祠堂属于金山寺，寺内常派僧人二名看守，别无其他主持祭祀者。但祠前榜文称“祭祀所献猪头，按例归属本庙”，旁观者无不哂笑。当初绍兴末年，完颜亮南侵，知枢密院事叶义问督导大军守护长江，至下元水府祈祷，承诺退敌后上奏加封水神帝号。结果未能如愿。隆兴年间，敌寇再次南侵，有皇帝身边的近臣又提出此事，大臣商议说，江、河、淮、济四渎之神仅封王，水府之封不应超过四渎，于是只加封“英灵助顺王”的美称。祠庙中偶遇武夫王秀，自称博州人，五十一岁，完颜亮南侵时，曾在黄河以北参加起义军，攻下大名府，等待宋军。后归顺朝廷，不被录用。且自称孤身远离家乡，看不到出路何在，感慨叹息不已。当晚，原准备驶入大江，船夫以潮水不顺推托，于是留宿江口。

二十六日。五鼓发船。是日，舟人始伐鼓。遂游金山，登玉鉴堂、妙高台，皆穷极壮丽，非昔比。“玉鉴”盖取苏仪甫诗云：“僧于玉鉴光中坐，客踏金鳌背上行[①]。”仪甫果终于翰苑，当时以为诗谶[②]。新作寺门亦甚雄，翟耆年伯寿篆额，然门乃不可泊舟，凡至寺中者，皆由雄跨阁[③]。长老宝印言：“旧额仁宗皇帝御飞白[④]，张之，则风波汹涌，蛟鼍出没，遂藏之寺阁，今不复存矣。”印住山近十年，兴造皆其力。寺有两塔，本曾子宣丞相用西府俸所建[⑤]，以荐其先者。政和中，寺为神霄宫，道士乃去塔上相轮而屋之[⑥]，谓之郁罗霄台。至是五十余年，印始复为塔，且增饰之，工尚未毕。山绝顶有吞海亭，取“毛吞巨海”之意[7]，登望尤胜。每北使来聘，例延至此亭烹茶。金山与焦山相望，皆名蓝[8]，每争雄长。焦山旧有吸江亭，最为佳处，故此名“吞海”以胜之，可笑也。夜，风水薄船，鞺鞳有声。

二十七日。留金山，极凉冷。印老言蜀中梁山军鹭鸶[9]，为天下第一。

【注释】

① 苏仪甫：即苏绅，字仪甫，泉州晋江（今属福建）人。苏颂之父。天禧三年进士。官至知制诰、翰林学士。　“僧于”二句：出自苏绅《金山寺》。玉鉴，比喻皎洁的月亮。金鳌（áo），比喻临水山丘。

② 翰院：指苏绅任翰林学士。　诗谶：指所作诗无意中预言了后来发生之事。唐宋时称入翰林院为上鳌头，诗中有“金鳌背上行”，故称。

③ 翟耆（qí）年：字伯寿，号黄鹤山人，润州丹阳（今属江苏）人。翟汝文子。以荫入仕。性孤介，不苟合。弃官归，著书自娱，善篆、隶、八分书。著有《籀史》。　篆额：用篆书题写门额。　雄跨阁：乾道初，洪适取皇帝诗中词题名。

④ 宝印：即释宝印。参见本卷十九日注④。　仁宗皇帝御飞白：宋仁宗爱好书法，飞白书尤为神妙。飞白，一种特殊书法，传为蔡邕所创，笔划中丝丝露白，似枯笔所写。汉魏宫阙题字广泛采用。

⑤ 曾子宣丞相：即曾布（1036—1107），字子宣，建昌军南丰（今属江西）人。曾巩弟。嘉祐二年进士。哲宗时任同知枢密院事。徽宗立，被任右仆射。受蔡京排挤，出知润州，卒。　西府：指枢密院。

⑥ 相轮：佛塔的主要部分，指贯串在刹杆上的圆环，多与塔的层数相应，为塔的表象。　屋之：指在塔上建小屋。

⑦ 毛吞巨海：语本《五灯会元》卷八：“毛吞巨海，芥纳须弥。”一根毛发能吞下整个大海，一粒芥草籽能容纳须弥大山。佛教禅宗比喻世界都是相对而存在，所谓一微尘一世界。

⑧“金山”二句：焦山在江中。金山、焦山隔水相望，相距十五里。　名蓝，有名的伽蓝，即名寺。伽蓝是僧院的梵语音译略省。

⑨ 梁山军：隶夔州路。在今重庆梁平。 鹭鸶：鹭科大中型涉禽，俗称白鹭。多见于热带湿地，常安静地涉行浅水。中国画常作为主题。

【译文】

二十六日。五鼓起航。此日，船夫开始击鼓。于是游览金山寺，登上玉鉴堂、妙高台，都壮丽到极致，不是从前可比。“玉鉴”取自苏绅的诗句“僧人在皎洁的月光中安坐，游客在鳌背般山丘上行走”。后来苏绅果然官至翰林学士，当时认为这就是诗句一语成谶。新造的寺门也十分雄伟，翟耆年用篆书题写寺门匾额，但寺门前不可停泊船只，凡进寺都通过雄跨阁。长老宝印说：“寺额原用仁宗皇帝御题的飞白书。张挂后，四周水面波涛汹涌，鳄类猛兽出没，就藏入寺内阁中，现已遗失不存了。”宝印住持金山寺十余年，寺内兴造楼阁都是他在出力。寺内有两座塔，原本是丞相曾布用枢密院的俸禄所建，为其先人超度亡灵。政和年间，金山寺改为神霄宫，道士就拆除塔顶层叠圆环，而改建成小屋，称为郁罗霄台。至今五十余年，宝印才重建为塔，而且增加装饰，工程尚未竣工。山的最高处建有吞海亭，取佛教禅宗“毫毛可吞大海”之意，登临眺望尤为胜地。金国使者每次来访，照例请到此亭品茶。金山寺和焦山寺隔水相望，都是名寺，每每在命名上争雄称霸。焦山寺原有吸江亭，是最有名的景点，因此金山寺就凭借吞海超过它，实在可笑。夜间，风起水涌，拍击船舷，轰然有声。

二十七日。留在金山寺，极为凉快。宝印长老说蜀地梁山军的鹭鸶，为天下第一。

二十八日。夙兴，观日出江中，天水皆赤，真伟观也。因登雄跨阁，观二岛。左曰鹘山[①]，旧传有栖鹘，今无有。右曰云根岛，皆特起不附山，俗谓之郭璞墓[②]。奉使金国起居郎范至能至山[③]，遣人相招食于玉鉴堂。至能名成大，圣政所同官，相别八年[④]，今借资政殿大学士、提举万寿观、侍读，为金国祈请使云。午间，过瓜洲[⑤]，江平如镜。舟中望金山，楼观重复，尤为巨丽。中流风雷大作，电影腾掣，止在江面，去舟才丈余，急系缆。俄而开霁，遂至瓜洲。自到京口无蚊，是夜蚊多，始复设幮[⑥]。

二十九日。泊瓜洲，天气澄爽。南望京口月观[⑦]、甘露寺、水府庙，皆至近。金山尤近，可辨人眉目也。然江不可横绝，放舟稍西，乃能达，故渡者皆迟回久之[⑧]。舟人以帆弊，往姑苏买帆，是日方至。樯高五丈六尺，帆二十六幅。两日间，阅往来渡者，无虑千人，大抵多军人也。夜观金山塔灯。

【注释】

① 鹘山：在金山寺后，有孤峰，因鹘栖其上，故称鹘山。鹘，即隼，鸷鸟。翅尖嘴钩，背青腹黄。驯养后可助捕猎。

② 云根岛：又名石排山，在金山西水中，为江中一排奇石。岛上葬有东晋郭璞的遗物，俗称郭璞墓。

③ 范至能：即范成大(1126—1193)，字至能，号石湖居士，平江府吴县(今江苏苏州)人。绍兴二十四年进士。官至参知政事。晚年退居石湖。与陆游、杨万里、尤袤合称“中兴四大诗人”。乾道六年五月，范成大迁起居郎、假资政殿大学士、醴泉观使兼侍读、丹阳郡开国公，充任祈请国信使，奉命出使金国。

④“至能”三句：绍兴三十二年末至隆兴元年初，陆游任编类圣政所检讨官，曾与范成大同事。隆兴元年三月，陆游出为镇江通判，至乾道六年六月，恰已八年。

⑤ 瓜洲：长江中沙洲，处于京杭大运河和长江交汇处。原为江中沙碛，沙渐涨出，状如“瓜”字，遥接渡口，为南北襟喉之处。

⑥ 幮：似橱形的帐子。

⑦ 月观：在谯楼之西，古称万岁楼，宋改名月观。

⑧ 迟回：犹豫，徘徊。

【译文】

二十八日。早起，观赏江中日出，天水相连处一片通红，真是奇伟的景观。随即登上雄跨阁，观看左右二岛。左边的名鹘山，以前传说有鹘鸟栖息，如今已没有。右边的名云根岛，都是巉石突起，不连成山，当地称之为郭璞墓。奉命出使金国的起居郎范成大到金山寺，派人相邀宴饮于玉鉴堂。范成大绍兴末年在编类圣政所与我是同僚，相别已有八年。如今以代理资政殿大学士、提举万寿观、侍读的身份，担任祈请国信使出使金国。午间，渡船过瓜州，江面平静如镜。从船中回望金山，巨楼高台，尤其显得恢宏壮丽。到了江心，忽然狂风大作，电掣雷鸣，渡船停留在江面，幸好离大船才一丈多，紧急系好缆绳。不一会天气放晴，就直达瓜州。自到京口没有蚊子袭扰，此夜蚊多，才重新张挂帐子。

二十九日。停泊在瓜州，天气澄净爽朗。南望京口的月观、甘露寺、水府庙等景点，都近在咫尺。金山则特别近，甚至可分辨人物的眉目。但大江不能横渡，先驾船偏西，才能迂回抵达，因此渡江者往往徘徊等待许久。此前船夫因船帆破败，去姑苏买帆，此日才回来。（挂帆的桅杆高五丈六尺，船帆二十六幅。）两天之内，看见往来渡江者，不下千名，大致多是军人。夜间观赏金山上的塔灯。

【录诗】

《金山观日出》：系船浮玉山，清晨得奇观。日轮擘水出，视觉江面宽。遥波蹙红鳞，翠霭开金盘。光彩射楼塔，丹碧浮云端。诗人窘笔力，但咏秋月寒。何当罗浮望，涌海夜未阑。（《剑南诗稿》卷二）

卷　二

七月一日。黎明，离瓜洲，便风挂帆。晚至真州[①]，泊鉴远亭。州本唐扬州扬子县之白沙镇。杨溥有淮南，徐温自金陵来觐溥于白沙，因改曰迎銮镇[②]。或谓周世宗征淮时[③]，诸将尝于此迎谒，非也。国朝乾德中，升为建安军[④]。祥符中，建玉清昭应宫，即军之西北小山置冶，铸玉皇、圣祖、太祖、太宗四圣像[⑤]。既成，遣丁谓、李宗谔为迎奉使、副[⑥]。至京，车驾出迎，肆赦，建军曰真州，而于故冶筑仪真观[⑦]。政和中修《九域图志》[⑧]，又名曰仪真郡。旧以水陆之冲，为发运使治所[⑨]，今废。

【注释】

① 真州：隶淮南东路。在今江苏仪征。

② 杨溥：五代十国吴王杨行密四子。杨行密控制江北淮南，死后长子杨渥继位，被张颢所杀。徐温杀张颢，立杨渥弟杨渭，渐掌大权。杨渭死，徐温迎杨溥即位。顺义四年(924)，杨溥至白沙镇检阅舟师，徐温自金陵来拜见，改白沙为迎銮镇。

③ 周世宗：即柴荣，五代后周皇帝，957 至 959 年在位。　征淮：956 年，柴荣率大军伐南唐，渡淮直抵寿春，淮南为后周所有。

④ 国朝：称本朝。　乾德：宋太祖年号，963 至 968 年。　建安军：隶淮南东路，在今江苏仪征。宋代州、府、军、监均为一级政区，军多设置于军事要地，有的直属于路，有的隶于府州。

⑤ 祥符：即大中祥符，宋真宗年号，1008 至 1016 年。祥符二年四月，诏修道观玉清昭应宫，至七年十一月完工。　置冶：设置冶铸场。　四圣像：宋真宗崇奉道教，称梦见九天人皇下降，自称为赵氏始

祖，遂上封号为圣祖上帝，并将玉皇大帝、圣祖上帝、宋太祖、宋太宗并称“四圣”，铸造铜像，四时祭祀。

⑥ 丁谓：字谓之，966—1037 年在世，长洲（今属江苏苏州）人。淳化三年进士。官至尚书左仆射。　李宗谔：字昌武，965—1013 年在世，深州饶阳（今属河北）人。李昉子。端拱进士。官至右谏议大夫。　副：副使。

⑦ 肆赦：缓刑，赦免。　故冶：冶铸场旧址。　仪真观：大中祥符六年，司天台称建安军西山有旺气，即其地铸圣像。时有青鸾、白鹤、景云盘绕炉冶之处，诏令即其地建仪真观，立青鸾、白鹤二亭。

⑧ 政和：宋徽宗年号，1111 至 1117 年。　《九域图志》：北宋地理总志。真宗朝曾修《九域图》，神宗朝曾修《九域志》（即今《元丰九域志》），徽宗政和年间再修《九域图志》，未完成。

⑨ 发运使：官名。北宋在京师及淮南、江浙、荆湖设置此官，专掌漕运，兼制置茶盐。南渡后渐废。

【译文】

七月一日。黎明时分，船离开瓜州，乘风扬帆。傍晚抵达真州，停泊在鉴远亭下。真州原为唐代扬州扬子县的白沙镇。杨溥据有淮南后，徐温从金陵到白沙来朝觐杨溥，因此改名为迎銮镇。有人说周世宗柴荣讨伐南唐时，众将领曾在这里迎接谒见，其实不是。本朝乾德年间，这里升格为建安军。大中祥符年间建造玉清昭应宫，就在建安军西北的小山上设置冶铸场，铸造玉皇大帝、圣祖上帝、宋太祖、宋太宗四尊圣像。铸成后，朝廷派遣丁谓、李宗谔为正副迎奉使迎接。到达京师时，皇帝车驾亲自出迎，大赦天下，改建安军为真州，在冶铸场址修筑仪真观。政和年间纂修《九域图志》，又称为仪真郡。因此地为水陆要冲，曾置为发运使官衙，如今已废弃。

二日。见知州右朝奉郎王察。市邑官寺[①]，比数年前颇盛。携统游东园[②]。园在东门外里余，自建炎兵火后，废坏涤地，漕司租与民[③]，岁入钱数千。昔之闳壮巨丽，复为荆棘荒墟之地者四十余年，乃更葺为园。以记考之，惟清燕堂、拂云亭、澄虚阁粗复其旧，与右之清池、北之高台尚存。若所谓“流水横其前”者，湮塞仅如一带，而百亩之园，废为蔬畦者，尚过半也，可为太息④。登台，望下蜀诸山，平远可爱，裴回久之⑤。过报恩光孝寺，少留。辛巳之变⑥，仪真焚荡无余，而此寺独存。堂中僧百人，长老妙湍，常州人。

【注释】

① 市邑：街市，城镇。　官寺：官署，衙门。

② 统：陆游长子子虡。　东园：在真州东门外，北宋发运使施正臣、许子春在监军废营地建之，日游其中。欧阳修为作《真州东园记》，蔡襄书，人称园、记、书为三绝。王安石有《真州东园》诗。

③ 漕司：转运使司的简称，宋代路一级官衙。

④“以记考之”九句：指欧阳修《真州东园记》，记中描述园中景物：“园之广百亩，而流水横其前，清池浸其右，高台起其北。台，吾望以拂云之亭；池，吾俯以澄虚之阁；水，吾泛以画舫之舟。敞其中以为清燕之堂，辟其后以为射宾之圃。”

⑤ 下蜀：镇名。在今江苏句容长江南岸。　平远：平夷远阔。　裴回，同“徘徊”。

⑥ 辛巳之变：指绍兴三十一年（1161，辛巳）金主完颜亮大举南侵。

【译文】

二日。会见知州王察。城内街市官衙，比数年前繁盛不少。带子虡游览真州东园。园在东门外一里左右，自从建炎年间遭遇战火后，焚毁损坏，涤荡无遗，漕司将其租给平民，一年收入数千钱。昔日宏伟壮丽的园林，沦为荆棘遍地的废墟达四十多年，才重新修葺恢复为东园。用《真州东园记》所述考证对照，只有清燕堂、拂云亭、澄虚阁大致恢复了原貌，连同右边的清池、北面的高台还算幸存。至于所谓“流水横其前”的小溪，湮没堵塞仅像一条衣带，而占地百亩的园林，废弃为菜地的，还有一半之多，真令人叹息。登上高台，遥望下蜀一带远山，平缓辽阔，十分值得喜爱，徘徊很久才离开。路过报恩光孝寺，稍作停留。辛巳年的变乱，整个仪真郡被焚毁涤荡无余，只有此寺独存。寺中僧众百余人，长老妙湍禅师是常州人。

三日。右迪功郎监税务闻人尧民来。尧民，茂德删定之兄子，以恩科入官①。北山永庆长老蕴常来。郡集于平易堂，遍游澄澜阁、快哉亭，遂至壮观以归。壮观旧有米元章所作赋石刻，今亡矣②。初问王守仪真观去城远近，云在城南里许。方怪与国史异，既归，亟往游，则信城南也。有老道士出迎，年七十余，自言庐州人，能述仪真本末。云旧观实在城西北数里小土山之麓，祥符所铸乃金铜像，并座高三丈，以黄麾全仗道门幢节迎赴京师③，皆与国史合④。故当时乐章曰："范金肖像申严奉，宫馆状翚飞。万灵拱卫瑞烟披，堤柳映黄麾⑤。"道士又言赐号瑞应福地，则史所不载也。今所谓仪真观者，昔黄冠入城休憩道院耳⑥。晚，大风，舟人增缆。

【注释】

① 茂德删定：即闻人滋，陆游任敕令所删定官时同事。参见卷一之六月五日注③。　恩科：宋代科举礼部试多次未中者，可在皇帝亲试时别立名册呈奏，特许附试，称为特奏名，大多得中，故称恩科。

②"郡集"五句：平易堂、澄澜阁在州治。快哉亭在州城上。壮观亭在城北五里山之顶。米芾曾有赋称："壮哉！江山之观也。"

③ 黄麾全仗道门幢节：道教游行的全部仪仗。幢节，旗帜仪仗。

④ 史：底本作"吏"，据弘治本、汲古阁本改。

⑤“范金”四句：出自无名氏《建安军迎奉圣像导引四首》其二《圣祖天尊》。

⑥ 黄冠：道士束发之冠。借指道士。

【译文】

三日。真州监税务闻人尧民来会见。尧民是闻人滋的侄儿，凭借恩科进入仕途。北山永庆寺长老蕴常禅师来会见。州郡在平易堂设宴招待，先后游览了澄澜阁、快哉亭，直至壮观亭才折回。壮观亭原先有米芾所作赋文的刻石，如今已不见。先前询问王察知州仪真观离城远近，说是在城南一里左右。正奇怪和国史的记载不同，因而一回住所就立刻前往游览，确实就在城南。观中老道士出来迎接，七十多岁，自称是庐州人，能讲述仪真观的来龙去脉。说原先观址其实在距城西北几里的小土山脚下，大中祥符年间所铸造的金铜像，连底座高三丈，用道教出游的全部仪仗迎往京师，这些内容都与国史所述相合。因此当时的导引乐歌唱道：“模范浇铸的金像象征着庄严的信仰，玉清宫观高峻壮丽。万千神灵环绕护卫，祥瑞烟气纷披氤氲，长堤垂柳映照仪仗。”老道又说当年皇帝曾赐号此观为“瑞应福地”，这一情节为国史所未载。现今所称的仪真观，其实是当年黄冠道士进城时歇脚的道院罢了。晚间，刮起大风，船家增系了缆绳。

四日。风便，解缆挂帆，发真州。岸下舟相先后发者甚众，烟帆映山，缥缈如画。有顷，风愈厉，舟行甚疾。过瓜步山①，山蜿蜒蟠伏，临江起小峰，颇巉峻。绝顶有元魏太武庙②，庙前大木可三百年。一井已眢③，传以为太武所凿，不可知也。太武以宋文帝元嘉二十七年南侵至瓜步，建康戒严。太武凿瓜步山为蟠道，于其上设毡庐，大会群臣，疑即此地④。王文公诗所谓“丛祠瓜步认前朝”是也⑤。梅圣俞题庙云：“魏武败忘归，孤军驻山顶。”按太武初未尝败，圣俞误以佛狸为曹瞒耳[⑥]。山出玛脑石[⑦]，多虎豹害人，往时大将刘宝，每募人捕虎于此。周世宗伐南唐，齐王景达自瓜步渡江，距六合二十里设栅，亦此地也[⑧]。入夹行数里，沿岸园畴衍沃，庐舍竹树极盛，大抵多长芦寺庄[⑨]。出夹望长芦，楼塔重复。自江淮兵火，官寺民庐莫不残坏，独此寺之盛不减承平，至今日常数百众。江面渺弥无际，殊可畏。李太白诗云“维舟至长芦，目送烟云高”是也[⑩]。晚泊竹篠港，有居民二十余家，距金陵三十里[⑪]。

【注释】

① 瓜步山：在扬子县西四十七里。北魏太武帝南征时建行宫于此。

② 元魏太武：即拓跋焘(408—452)，字佛狸。北魏皇帝，鲜卑族。登基后起用汉族大臣，攻灭诸族，统一北方。450 年大举攻宋，军至瓜步，攻城不克，被迫撤退。后为宦官所杀。在位二十八年，谥曰太武皇帝。

③ 眢(yuān)：原指眼睛枯陷失明，此指井枯竭。

④“太武”六句：事见《魏书》卷五。　蟠道，盘曲的山路。　毡庐，毡帐。

⑤“丛祠”句：出自王安石《送真州吴处厚使君》。　丛祠，建在丛林中的神庙。

⑥“魏武”二句：出自梅尧臣《重过瓜步山》。　圣俞：梅尧臣(1002—1060)，北宋诗人，与欧阳修并称。　佛狸：即北魏太武帝。曹瞒：魏武帝曹操，小名阿瞒。此谓梅圣俞错将北魏太武帝当作魏武帝曹操了。

⑦ 玛脑石：即玛瑙。一种由二氧化硅胶体形成的玉髓质玉石，种类繁多，颜色光美，可做器皿和装饰物。

⑧“周世宗”四句：956 年，周世宗柴荣率军伐南唐。南唐中主李璟命其弟齐王李景达驻守建康。景达从瓜步渡江，却在六合附近设栅防守，失去进攻时机，终为周军所破，南唐精兵消耗殆尽。　六合，地区名。在长江北岸，今属江苏南京。

⑨ 夹：指长江的支流水道。长江水阔风大，航船多利用支流航行确保安全。 长芦：即长芦寺，在六合地区，与隔江的栖霞寺遥遥相对。始建于梁武帝普通年间，北宋天圣年间首次重建，南宋淳熙初被江水淹没，迁址再建。此仍指在原址之长芦寺。 寺庄：佛寺的地产田庄。

⑩“维舟”二句：出自李白《送当涂赵少府赴长芦》。

⑪ 竹篠(xiǎo)港：属上元县金陵、长宁两乡。西至靖安，东至石步，南连直渎，北临大江，由靖安港口至城二十里，由石步港口至城四十里。 金陵：即建康府。

【译文】

四日。顺风，解缆挂帆从真州出发。沿岸舟船先后出发的很多，烟云帆影映衬远山，缥缈隐约如同画卷。不久，风更大，船行很快。经过瓜步山，山形盘曲低回，江边耸起小山峰，十分高峻。山顶建有北魏太武帝神庙，庙前大树约有三百年。一口井已枯竭，传说是太武帝所开凿，真伪难知。太武帝于宋文帝元嘉二十七年南侵刘宋到达瓜步山，建康城内戒严防备。太武帝在瓜步山上开凿盘曲的山路，在山顶设置毛毡营帐，聚集群臣，怀疑就在这里。王安石诗所谓“瓜步山丛林中的神庙使人回想起前朝往事”就是指此。梅尧臣题庙诗称“魏武帝兵败忘归，孤军驻守山顶。”按考史实，太武帝开始并未兵败，这是梅尧臣误将太武帝当作魏武帝了。山中出产玛瑙石，又多有虎豹出没伤人，当年大将刘宝常在此招募壮士捕虎。周世宗柴荣率军讨伐南唐，南唐齐王李景达从瓜步渡江距离六合二十里处设置栅栏，也是在这里。航船进入支流水道行驶数里，沿岸土地田园平坦肥沃，房舍旁竹林树木繁盛，大多数都是长芦寺的庄户。驶出支流回望长芦，高楼佛塔重叠。自从长江、淮水间经历战火动乱，官衙寺庙、百姓房舍无不残破不堪，只有此寺盛况不减和平时期，到今日仍常有数百僧众聚集。远望江面，浩渺无边，令人畏惧。李白诗称“系舟长芦寺，惟见烟霭云雾高远”，说的就是这种情景。晚间停泊在竹篠港，有居民二十多户，距离金陵城三十里。

五日。大风，将晓，覆夹衾，晨起凄然如暮秋。过龙湾，浪涌如山，望石头山不甚高[①]，然峭立江中，缭绕如垣墙。凡舟皆由此下至建康，故江左有变，必先固守石头，真控扼要地也。自新河入龙光门[②]。城上旧有赏心亭、白鹭亭，在门右，近又创二水亭在门左，诚为壮观[③]。然赏心为二亭所蔽，颇失往日登望之胜。泊秦淮亭。说者以为钟阜艮山，得庚水为宗庙水。秦凿淮，本欲破金陵王气，然庚水反为吉[④]。天下事信非人力所能胜也。见留守右朝请大夫秘阁修撰唐瑑[⑤]、通判右朝散郎潘恕。建康行宫在天津桥北[⑥]，琢青石为之，颇精致，意其南唐之旧也。晚，小雨。右文林郎监大军仓王烜来。王言京口人用七月六日为七夕，盖南唐重七夕，而常以帝子镇京口，六日辄先乞巧[⑦]，翌旦，驰入建康赴内燕[⑧]，故至今为俗云。然太宗皇帝时，尝下诏禁以六日为七夕，则是北俗亦如此。此说恐不然。

六日。见左朝散大夫太府少卿总领两淮财赋沈夏、武泰军节度使建康诸军都统郭振。右宣教郎知江宁县何作善、右文林郎观察推官褚意来。作善字百祥，意字诚叔。晚，见秦伯和侍郎。伯和名埙，故相益公桧之孙[⑨]。延坐画堂，栋宇闳丽，前临大池，池外即御书阁，盖赐第也。家人病创[⑩]，托何令招医刘仲宝视脉。

【注释】

① 龙湾：市名。在上元县金陵乡，距离县城一十五里。　石头山：在金陵城西二里。周围七里一百步（约三公里），沿大江，南抵秦淮口，距离台城九里。六朝以来都将石头作为建康的屏障，乃兵家必争之地。

② 新河：在白鹭洲西南，流通大江二十余里。　龙光门：建康府城

八门之一，由斗门桥西出称龙光门。

③“城上”四句：赏心亭在下水门之城上，下临秦淮，尽观览之胜。白鹭亭接赏心亭之西，下瞰白鹭洲。二水亭在下水门城上，下临秦淮，西面大江，北与赏心亭相对。

④“说者”五句：此谓讲风水者认为钟山只有山，需得水才能具山川之险，足以称王。而当年秦始皇相信方士“金陵有王者之气”的说法，开掘秦淮河以断地脉，破王气，结果秦淮河还是成就了六朝的都城。 钟阜，即钟山，又名蒋山，在金陵东南。 艮山，艮为八卦之一，其象为山。 庚水，古代以天干与五行相对应，庚为金，金生水，故称庚水。 宗庙，指称王立国。 秦凿淮，传说秦始皇三十六年东巡至此，听风水师说五百年后金陵有天子气，就下令凿通钟山，截断山脉以通水流，成为秦淮河。 反为吉，指秦淮河反而成就了后代的王朝。

⑤ 留守：建康府为南宋陪都，设留守，由地方长官兼任。

⑥ 行宫：皇帝巡幸时所居宫殿。建康行宫在天津桥之北，御前诸军都统制司之南。

⑦ 乞巧：七月七日夜，妇女在庭院向织女星乞求智巧。宗懔《荆楚岁时记》：“七月七日为牵牛、织女聚会之夜。是日，人家妇女结彩缕，穿七孔针，或以金银鍮石为针，陈瓜果于庭中以乞巧，有喜子网于瓜上则以为符应。”

⑧ 内燕：同“内宴”。宫廷宴会。

⑨ 秦伯和：即秦埙，字伯和。江宁(今江苏南京)人。秦桧孙，秦熺子。 益公桧：即秦桧，曾封益国公。

⑩ 创：同“疮”，疮疖。

【译文】

五日。刮起大风，拂晓，添盖双层被，早晨起身感觉凄凉，如同深秋。船过龙湾，波浪汹涌，排山倒海，有时望石头山也不觉很高，但山崖陡峭直立江中，山体环绕如同一排矮墙。凡是舟船都从这里经过去建康，因而江左一有变故，必定抢先固守石头，真是控制局势的要地啊。从新河驶入龙光门。城上原先有赏心亭、白鹭亭在城门右侧，新近又在左侧修建了二水亭，真是壮观。然而赏心亭被二水亭遮蔽，失去了往日登高眺望的优势。船停泊在秦淮亭下。风水师说，钟山作为山，得到象征金的水，就能建宗庙，立新朝。秦始皇开凿秦淮河，本打算破坏金陵的王气，但是秦淮河反而成就了后世的王朝。天下大势确实不是人力所能超越的。会见建康留守、秘阁修撰唐瑑及通判潘恕。建康的行宫位于天津桥北，雕琢青石建成，十分精致，估计还是当年南唐的旧建筑。晚间下起小雨。监大军仓王烜来会见。王烜说京口人把七月六日作为七夕，是因为南唐看重七夕，而且常命太子镇守京口，便在六日晚先举办乞巧活动，次日清晨，骑马进建康赴宫廷宴会，沿袭至今成为习俗。但是宋太宗时曾下诏禁止在六日举办七夕活动，这说明北方风俗也是如此。因而这种说法恐怕不对。

六日。会见太府少卿总领两淮财赋沈夏、武泰军节度使建康诸军都统郭振。知江宁县何作善、观察推官褚意来会见。何作善字百祥，褚意字诚叔。晚间，会见秦伯和侍郎。伯和名埙，已故丞相益公秦桧的孙子。延请坐于画堂，房屋宏阔壮丽，前面濒临大池塘，池塘对面就是御书阁，说明是御赐的宅第。家人患有疮疖，托何县令招请医师刘仲宝诊脉治疗。

七日。早，游天庆观[①]，在冶城山之麓。地理家以为此山脉络自蒋山来[②]，不可知也。吴、晋间城垒，大抵多因山为之。观西有忠烈庙，卞壶庙也，以嵇绍及壶二子眕、旴配食[③]。绍死于惠帝时，在壶前，且非江左事[④]，而以配壶，非也。庙后丛木甚茂，传以为壶墓。墓东北又有亭，颇疏豁，曰忠孝亭。亭本南唐忠贞亭，后避讳改焉[⑤]。忠贞，壶谥，今曰忠孝，则并以其二子死父难也。云堂道士陈德新，字可久，姑苏人，颇开敏[⑥]，相从登览。久之，遂出西门，游清凉广慧寺[⑦]。寺距城里余，据石头城，下临大江，南直牛头山[⑧]，气象甚雄，然坏于兵火。旧有德庆堂，在法堂前，堂榜乃南唐后主撮襟书[⑨]，石刻尚存，而堂徙于西偏矣。又有《祭悟空禅师文》曰：“保大九年，岁次辛亥九月，皇帝以香茶乳药之奠，致祭于右街清凉寺悟空禅师[10]。”按南唐元宗以癸卯岁嗣位，改元保大，当晋出帝之天福八年，至辛亥，实保大九年，当周太祖之广顺元年[11]。则祭悟空者元宗也。《建康志》以为后主，非是。长老宝余，楚州人，留食，赠德庆堂榜墨本。食已，同登石头，西望宣化渡及历阳诸山，真形胜之地[12]。若异时定都建康，则石头仍当为关要[13]。或以为今都城徙而南，石头虽守无益，盖未之思也。惟城既南徙，秦淮乃横贯城中，六朝立栅断航之类，缓急不可复施[14]。然大江天险，都城临之，金汤之势，比六朝为胜，岂必依淮为固邪？左迪功郎新湖州武康尉刘炜，右迪功郎监比较务李膺来。炜，秦伯和馆客也，言秦氏衰落可念，至屡典质，生产亦薄。问其岁入几何，曰米七万斛耳[15]。

【注释】

① 天庆观：在府治西北，原是东晋朝冶城的旧址。北宋改名祥符宫，又改为天庆观。建炎年间毁于兵火，绍兴十七年重建。

② 蒋山：即钟山。在城东北一十五里，周回六十里，高一百五十八丈。东连青龙山，西接青溪，南有钟浦，下入秦淮，北接雉亭山。汉末有秣陵尉蒋子文逐盗死于此，封蒋侯，故称蒋山。

③ “卞壸（kǔn）”二句：卞壸（281—328），字望之，晋济阴冤句（今山东菏泽）人。起家著作郎，后为太子中庶子。明帝时领尚书令，受遗诏共辅幼主。苏峻反，卞壸率六军拒击，力战至死。其二子卞昣、卞盱亦相继战死。　嵇绍（253—304），字延祖，晋谯郡铚县（今安徽宿县）人。嵇康子。累官至侍中。惠帝“八王之乱”时，嵇绍以身护帝，死于帝侧，血溅御服。后追谥忠穆。　配食，祔祭，配享。

④ 江左：此指东晋。

⑤ 避讳：宋仁宗名祯，故改忠贞为忠孝。

⑥ 开敏：通达明敏。

⑦ 清凉广慧寺：在石头城，距城一里。南唐时为石城清凉大道场，相传曾为李氏避暑宫，寺中有德庆堂，后主曾留宿寺中，并作《祭悟空禅师文》碑刻。北宋改为清凉广慧寺。

⑧ 牛头山：状如牛头，一名天阙山，又名仙窟山。在金陵城南三十里，周回四十七里，高一百四十丈。

⑨ 南唐后主：即李煜。　撮襟书：《宣和书谱·李煜》："善书画，其作大字，不事笔，卷帛而书之，皆能如意，世谓撮襟书。"

⑩ 悟空禅师：即释齐安，俗姓李，唐代高僧。道行高深，主持杭州盐官海昌寺。圆寂后，唐宣宗敕谥悟空。

⑪ 元宗：即李璟，南唐中主。　癸卯岁：即943年。　保大：南唐年号，943至957年。　晋出帝：即石重贵，后晋皇帝，943至946年在位。　天福：后晋年号，八年为943年。　辛亥：为951年，即保大九年。　周太祖：即郭威，后周开国皇帝。951至954年在位。　广顺：后周年号，951至953年。

⑫ 历阳：即和州，在江北。今安徽和县。　形胜：指地势险要。

⑬"若异时"二句：陆游早年主张迁都建康。

⑭ 立栅断航：六朝时秦淮河在金陵城外，作为防御，孙吴时曾夹淮立栅以拒敌，又曾撤河上浮桥断航守城。　缓急：指危急之时。

⑮ 可念：可怜。　典质：典当抵押。　斛：容量单位，十斗为一斛。

【译文】

七日。早上，游览天庆观，位于冶城山山脚。风水先生认为此山脉络源自钟山，难以确证。东吴、东晋时代的城池营垒，一般都依托山岭建造。天庆观西有忠烈庙，是祭祀卞壶的祠庙，用嵇绍及卞壶的二子卞眕、卞盰配享。嵇绍死于西晋惠帝时，在卞壶之前，而且不是东晋之事，用来配享卞壶是不恰当的。庙后树丛茂密，相传是卞壶墓地。墓地东北又有亭，十分开阔敞亮，称为忠孝亭。此亭原是南唐的忠贞亭，后避宋仁宗讳而改名。"忠贞"是卞壶的谥号，现在改为"忠孝"，是一并将其二子共赴父难的含义包括在内。云堂的道士陈德新字可久，姑苏人，通达明敏，于是跟随他登高观览。许久，出天庆观西门，游览清凉广慧寺。寺距建康城一里左右，依托石头城，濒临长江，南面正对牛头山，气象雄伟。但毁于兵火。寺内原有德庆堂，在今法堂之前，其匾额是南唐后主李煜卷起布帛作笔写成的，榜文石刻仍存世，而堂的位置则移向偏西了。又有《祭悟空禅师文》说：“保大九年，岁星正值辛亥年九月，皇帝用香茶、乳药作祭品，向右街清凉寺的悟空禅师表达敬意。”按南唐元宗李璟于癸卯年继位，改用新年号保大，正当后晋出帝石崇贵的天福八年，至辛亥年，即保大九年，正当后周太祖郭威的广顺元年。这说明祭奠悟空禅师的是南唐元宗。《建康志》载为后主李煜是错误的。寺内长老宝余禅师，楚州人，留客午餐，赠送德庆堂匾额石刻的拓本。餐后，一同登上石头山，西向遥望宣化渡和历阳一带的山脉，真是险要的形胜之地。如果将来将建康定为都城，石头山仍然应当为关塞要地。有人认为现今都城已迁到南方，石头山即使守住已无益处，这是没有深思啊。只是建康城已南移，秦淮河就横贯城中，六朝时设立栅栏阻断航行之类措施，危急之时不可再用了。然而长江天险，都城濒临，固若金汤之势，比六朝时更为险要，何必以依托秦淮河为牢固呢？新任湖州武康县尉刘炜、监比较务李膺来会见。刘炜是秦埙的馆客，说起秦氏家族衰落可怜，以至屡屡典当抵押换钱，生计也十分薄弱。问他一年收入多少，说仅有粮米七万斛左右。

八日。晨，至钟山道林真觉大师塔焚香①。塔在太平兴国寺②，上宝公所葬也。塔中金铜宝公像，有铭在其膺，盖王文公守金陵时所作③。僧言古像取入东都启圣院，祖宗时每有祈祷，启圣及此塔皆设道场，考之信然④。塔西南有小轩，曰木末。其下皆大松，髯甲夭矫如蛟龙，往往数百年物。木末，盖后人取王文公诗“木末北山云冉冉”之句名之⑤。《建康志》谓公自命此名，非也。塔后又有定林庵⑥。旧闻先君言，李伯时画文公像于庵之昭文斋壁，着帽束带，神彩如生⑦。文公没，斋常扃闭，遇重客至⑧，寺僧开户，客忽见像，皆惊耸，觉生气逼人，写照之妙如此。今庵经火，尺椽无复存者。予乙酉秋，尝雨中独来游，留字壁间，后人移刻崖石，读之感叹，盖已五六年矣⑨。归途过半山，少留。半山者，王文公旧宅，所谓报宁禅院也⑩。自城中上钟山，此为中途，故曰半山，残毁尤甚。寺西有土山，今谓之培塿，亦后人取文公诗所谓“沟西雇丁壮，担土为培塿”名之也⑪。寺后又有谢安墩⑫，文公诗云“在冶城西北”，即此是也。

【注释】

① 道林真觉大师：即宝志（418—514），一作宝誌，下文又称上宝公、宝公。齐梁僧人。俗姓朱，金城（今甘肃兰州）人。少年出家，修业于建康道林寺。名声颇大，屡显神异。齐武帝曾收其入狱，梁武帝解其禁，虔敬事之。

② 太平兴国寺：去城一十五里。梁武帝天监十三年，以定林寺前岗独龙阜葬志公，十四年即塔前建开善寺。唐乾符中改为宝公院，南唐后主又改为开善道场。北宋太平兴国五年改赐太平兴国寺。

③ 膺：胸。　王文公：即王安石。守金陵，熙宁九年，王安石自请解除相职，以镇南军节度使、同平章事、判江宁府退居金陵。

④ 启圣院：宋太宗在东都所建寺院，曾命从金陵取宝公像置启圣院侧殿。　东都：即汴京。

⑤“木末”句：出自王安石《木末》诗。木末，树梢。

⑥ 定林庵：原为下定林寺，在蒋山宝公塔西北，宋元嘉元年置。后为定林庵，王安石旧日读书处。

⑦ 先君：陆游称其父陆宰。　李伯时：即李公麟（1049—1106），字伯时，号龙眠居士，舒州（今安徽潜山）人。熙宁三年进士。历泗州录事参军等，官至中书门下后省删定官、御史检法。好古博学，多识奇字，善画山水、人物及马。　文公：指王安石。

⑧ 扃闭：锁闭。　重客：贵客。

⑨“予乙酉秋”六句：乙酉，即乾道元年（1165）。该年陆游由镇江通判调任隆兴通判，过金陵曾游钟山。其《钟山题名》曰：“乾道乙酉

七月四日，笠泽陆务观冒大雨独游定林。”

⑩ 报宁禅院：在城东七里，距钟山亦七里。由城东门至钟山，此半道也，亦名半山寺。王安石故宅。其地名白塘，王安石卜居时曾得病，后愈，乃请以宅为寺，赐额报宁禅寺。寺后有谢公墩，其西有土山曰培塿。

⑪“沟西”二句：出自王安石《示元度营居半山园作》。

⑫ 谢安墩：即谢公墩。谢安（320—385），字安石，东晋陈郡阳夏（今河南太康）人。官至丞相。曾指挥晋军在淝水之战中打败前秦苻坚百万大军。卒葬建康梅冈。

【译文】

八日。早晨到钟山宝志禅师塔焚香致敬。塔在太平兴国寺内，宝志禅师安葬之地。塔中有金铜所铸宝公像，胸部刻有铭文，是王安石退守金陵时所作。寺内僧人说宝公像曾取出置于东都汴京启圣院，老祖宗每逢祈祷，启圣院和金陵宝公塔都设置道场，考证后确实如此。塔西南有座小屋舍，名“木末”。屋下都是大松树，根须屈曲盘旋如同蛟龙，大都为数百年的古树。“木末”是后人取王安石诗句“树梢前方的北山云烟迷离”命名的。《建康志》说王安石自取此名，是不对的。塔后有定林庵，过去听先父说，李公麟曾在庵中昭文斋墙壁上画过王安石像，戴着帽，束着带，神采奕奕，如同真人。王安石去世后，昭文斋经常关闭，有贵客光临，寺僧才开门，贵客猛然见像，都大为吃惊，只觉得栩栩如生，画像的神妙真是叹为观止。如今定林庵遭遇火灾，尺长的屋椽都没有留存。我乙酉年秋天，曾经雨中独自来游览，还题字在墙上，后人将其移刻在崖石上，读来令人感慨，这已是五六年前的事了。归途中经过“半山”，稍作停留。“半山”是王安石曾经居住的宅第，也就是所谓的报宁禅寺。从城里上钟山，这里是一半路程，因此称半山，残破毁坏得尤其严重。禅寺西面有座土山，现今称为培塿，也是后人取王安石诗句“沟西雇来壮劳力，担土垒成培塿山”命名的。禅寺后又有谢安墩，王安石诗中说“在冶城西北”，就是指的这里。

九日。至保宁、戒坛二寺[①]。保宁有凤凰台、揽辉亭，台有李太白诗云："三山半落青天外，二水中分白鹭洲[②]。"今已废为大军甲仗库，惟亭因旧址重筑，亦颇宏壮。寺僧言，亭榜本朱希真隶书[③]，已为俗子易之。法堂后有片石，莹润如黑玉，乃宋子嵩诗[④]，题云："凤台山亭子，陈献司空，乡贡进士宋齐丘。"司空者，徐知诰也，后改姓名曰李昪，是为南唐烈祖[⑤]，而齐丘为大臣。后又有题字云："昪元三年奉敕刻石。"盖烈祖既有国，追念君臣相遇之始，而表显之。昪、齐丘虽皆不足道，然当攘夺分裂横溃之时，其君臣相遇，不如是亦不能粗成其功业也。戒坛额曰崇胜戒坛寺，古谓之瓦棺寺。有阁，因冈阜，其高十丈，李太白所谓"钟山对北户，淮水入南荣"者，又《横江词》"一风三日吹倒山，白浪高于瓦棺阁"是也[⑥]。南唐后主时，朝廷遣武人魏丕来使[⑦]，南唐意其不能文，即宴于是阁，因求赋诗。丕揽笔成篇，末句云："莫教雷雨损基扃[⑧]。"后主君臣皆失色。及南唐之亡，为吴越兵所焚。国朝承平二百年，金陵为大府，寺观竞以崇饰土木为事，然阁终不能复。绍兴中，有北僧来居，讲《惟识百法论》，誓复兴造，求伟材于江湖间，事垂集者屡矣[⑨]，会建宫阙，有司往往辄取之。僧不以此动心，愈益经营，卒成卢舍那阁[⑩]，平地高七丈，雄丽冠于江东。旧阁基相距无百步，今废为军营。秦伯和遣医柴安恭来视家人疮。柴，邢州龙冈人[⑪]。晚，褚诚叔来。诚叔尝为福州闽清尉，获盗应格，当得京官，不忍以人死为己利，辞不就，至今在选调[12]。又有为它邑尉者，亦获盗，营赏甚力，卒得京官。将解去[13]，入郡，过刑人处，辄掩目大呼，数日神志方定。后至他郡，见通衢有石幢[14]，问此何为，从者曰“法场也”，亦大骇叫呼，几坠车。自此所至皆迂道，以避刑人之地。人之不可有愧于心如此。移舟泊赏心亭下。秦伯和送药。

【注释】

① 保宁、戒坛二寺：保宁禅寺在城内饮虹桥南保宁坊内。吴大帝时始建，寺名建初。后屡经更名，北宋太平兴国年间赐名称保宁。增建经钟楼、观音殿、罗汉堂、水陆堂，东西方丈，庄严盛丽，僧众达五百。又建灵光、凤凰、凌虚三亭，照映山谷，围墙达五百丈。崇胜戒坛院即古瓦官寺，又为升元寺，在城西南隅。晋哀帝时在窑地建造。

②“保宁”四句：凤凰台在保宁寺后，揽辉亭在凤凰台旧基侧。李太白诗，指李白《登金陵凤凰台》。

③ 朱希真：即朱敦儒(1081—1159)，字希真，号岩壑，又称伊水老人、洛川先生，河南人。绍兴二年赐进士出身。官至鸿胪少卿。晚年退居嘉禾。工词。

④ 宋子嵩：即宋齐丘(887—959)，字子嵩，五代豫章(今江西南昌)人。历任吴国和南唐左右仆射平章事。结党专权，谥丑缪。

⑤ 徐知诰：即李昪(888—943)，字正伦，徐州(今属江苏)人。本孤儿，为杨行密掳为养子，后予徐温，改名徐知诰。后夺取吴国政权，建立南唐，改号昇元，恢复原名。在位七年卒。谥烈祖。

⑥“钟山”二句：出自李白《登瓦官阁》。北户，古国名，借指南方边远地区。南荣，南方草木常茂之地。　横江：即横江浦，在今安徽和县，与南岸采石矶隔江相对。

⑦ 魏丕：字齐物，相州(今河南安阳)人。由后周入宋，历任武官之职，官至左骁卫大将军。

⑧ 基扃：泛指城阙。此指瓦棺阁。

⑨ 垂集：垂成，接近完成。

⑩ 卢舍那：梵语，意为智慧广大、光明普照。佛教中的报身佛，即证得了绝对真理，获得佛果而显示佛智的佛身。

⑪ 邢州：隶河北路。在今河北邢台。

⑫ 应格：合格，符合标准。 选调：指候补官员等待迁调。

⑬ 解去：指解职离去。

⑭ 通衢：四通八达的道路。 石幢：刻有经文的石柱。此指行刑之处。

【译文】

九日。到保宁、戒坛二寺游览。保宁禅寺内有凤凰台、揽辉亭，凤凰台李白曾有诗咏道“三山隐约可见如同坠落自青天之外，白鹭洲将长江水分割成两条水道”，如今已废弃为军队的兵器仓库，只有揽辉亭在旧址重建，十分宏伟壮观。寺内僧人说，揽辉亭的匾额原为朱敦儒的隶书，已经被粗俗之人替换了。法堂之后有片状石块，晶莹润泽如黑色玉石，上刻宋齐丘诗，并题词：“凤台山亭子进献司空，乡贡进士宋齐丘。”所谓司空，就是徐知诰，后来改姓名为李昪，这就是南唐烈祖，而宋齐丘后为南唐大臣。因此后面又有题词：“昪元三年奉敕令刻石。”这是烈祖李昪建立南唐后，追念君臣最初相遇之时，以此来彰显这番际遇。虽然李昪、宋齐丘的功业人品都不值得称道，然而处于争权夺利、天下分裂的乱世，他们这种君臣相遇，不如此相互利用也不能草创这份功业。戒坛寺匾额题为“崇胜戒坛寺”，古时称为瓦棺寺。寺内原先有高阁，依托山丘，高达十丈，李白诗所谓“钟山面对南方大地，秦淮河流入草木长荣之处”，又《横江词》称“连刮三天的大风吹倒山冈，掀起的白浪高过瓦棺阁”，就是指这里。南唐后主李煜时，朝廷派武将魏丕出使，南唐估计他不善文辞，就在瓦棺阁设宴招待，并请他即席赋诗。不料魏丕握笔成篇，末句说“莫让雷电暴雨损坏了城阙”，后主君臣都大惊失色。到南唐亡国，瓦棺阁被吴越国士兵焚毁。我朝太平了二百年，金陵作为重要的府城，佛寺道观竞相大兴土木装饰一新，但瓦棺阁始终不能恢复。绍兴年间，有北方僧人来寺居留，讲诵佛经《惟识百法论》，立誓重建此阁，在江湖上搜求大木料，工程多次接近完工，但因营造宫殿，主管衙门往往将这些木料取用。僧人不因此灰心，更加用力寻找材料，最终建成卢舍那阁，平地而起，高达七丈，雄伟巨丽为江东之冠。旧瓦棺阁的地基相距不到百步，现今废弃为军营。秦埙派医师柴安恭来诊治家人的疮疖。柴安恭是邢州龙冈人。晚间，褚意来会见。褚意曾经任福州闽清县尉，捕盗符合标准，可以升为京官，他不忍心用捕盗处死来谋取私利，就推辞不任京官，至今还在等待迁调。听说又有人任旁县县尉的，也捕获了盗贼，并力求奖赏，终得京官职位。将要离职赴任，进郡城，经过刑场，就掩上眼睛大声呼叫，数日后神志才逐渐安定。后来到别的郡城，看见十字路口有石幢，问有何用途，随从说“这是行刑的法场”，也大惊呼叫，差些从车上坠落。从此所到之处都绕道而行，为的是避开刑场之地。人不可做亏心事就像此事所显示的这样。移船停泊在赏心亭下。秦埙派人送药来。

十日。早，出建康城，至石头[①]，得便风，张帆而行。然港浅而狭，行亦甚缓。宿大城冈。金陵冈陇重复，如梅岭冈、石子冈、畲读如蛇。婆冈，尤其著者也[②]。居民数十家，亦有店肆。

十一日。早，出夹，行大江，过三山矶、烈洲、慈姥矶、采石镇，泊太平州江口[③]。谢玄晖登三山还望京邑，李太白登三山望金陵，皆有诗[④]。凡山临江，皆曰矶。水湍急，篙工并力撑之，乃能上。然今年闰余秋早[⑤]，水落已数尺矣，则盛夏可知也。三山自石头及凤凰台望之，杳杳有无中耳。及过其下，则距金陵才五十余里。晋伐吴，王濬舟师过三山，王浑要濬议事，濬举帆曰：“风利不得泊。”即此地也[⑥]。是日便风，击鼓挂帆而行。有两大舟东下者，阻风泊浦溆[⑦]，见之大怒，顿足诟骂不已。舟人不答，但抚掌大笑，鸣鼓愈厉，作得意之状。江行淹速常也，得风者矜，而阻风者怒，可谓两失之矣。世事盖多类此者，记之以寓一笑。烈洲在江中，上有小山曰烈山，草木极茂密，有神祠在山巅。慈姥矶，矶之尤巉绝峭立者。徐师川有《慈姥矶》诗，序云："矶与望夫石相望，正可为的对，而诗人未尝挂齿牙[8]。"故其诗云："离鸾只说闺中恨，舐犊谁知目下情。"然梅圣俞《护母丧归宛陵发长芦江口》诗云："南国山川都不改，伤心慈姥旧时矶。"师川偶忘之耳。圣俞又有《过慈姥矶下》及《慈姥山石崖上竹鞭》诗，皆极高奇，与此山称。

【注释】

① 石头：指石头津，在城西。

② 冈陇：山冈。 梅岭冈：在城南九里，长六里，高二丈。上有亭，为百姓游春之地。 石子冈：一名石子墩，在城南一十五里，长二十里，高一十八丈。据说此地多细花石，故名。

③ 三山矶：在江宁县西五十七里，周回四里。其山孤绝，滨于大江，有三峰，南北接，故曰三山。 烈洲：在江宁县南八十里，周回六十里。内有小溪，可泊船，商客多停此，以避烈风，故名。 慈姥矶：在当涂县北七十里临江，也称慈姥山。山有慈姥祠。 采石镇：采石为戍名，在当涂县西北牛渚山之上。 太平州：隶江南东路，辖当涂、芜湖、繁昌三县。州治在今安徽当涂。

④ 谢玄晖：即谢朓，字玄晖。齐梁诗人。谢朓有《晚登三山还望京邑》。李白有《三山望金陵寄殷淑》。

⑤ 闰余：指闰月。乾道六年闰五月。

⑥"晋伐吴"六句：280 年，晋伐孙吴，王濬由蜀统军沿江东下，王浑率军出横江。王濬舟师过三山而不停，直入建康灭吴。 王濬，字士治，弘农湖县(今河南灵宝)人。西晋名将，官至抚军大将军。 王浑，字玄冲，太原晋阳(今属山西)人。西晋名臣，官至侍中、录尚书事。

⑦ 浦溆：指江边。

⑧ 徐师川：即徐俯(1075—1141)，字师川，号东湖居士。洪州分宁(今江西修水)人。绍兴二年赐进士出身，四年权知政事。江西派诗人，

黄庭坚外甥，曾从黄庭经学诗。 望夫石：在当涂县西四十七里，临江。周回五十里，高一百丈。传说曾有人去楚国，多年不回家，其妻登此山望夫，化为巨石。 的对：贴切的对仗。此指慈姥矶对望夫石。

【译文】

十日。清早，船启航离开建康城，到石头津，遇到顺风，挂帆行驶。然而港区水浅，航道狭窄，航行十分缓慢。傍晚留宿大城冈。金陵山岗重叠，如梅岭冈、石子冈、畲婆冈，是其中最著名的，大城冈有居民数十家，也有店铺营业。

十一日。清早，船离开江边水道，行驶在长江中，经过三山矶、烈洲、慈姥矶、采石镇，停泊在太平州的江口。谢朓登上三山回望京城，李白登上三山遥望金陵，都有诗作。凡是山冈濒临江边，都称矶。江水湍急，篙工齐心合力撑篙，船才能上行。但今年是闰五月，秋天来得早，水位下降已有数尺，可知盛夏时更高。三山矶如从石头山和凤凰台遥望，隐隐约约，若有若无。待到经过它的下面，才知道距离金陵才五十多里。西晋东下讨伐东吴，王濬率水军舟船经过三山，王浑要他停船议事，王濬升起船帆说“顺风强劲，不能停泊”，就是在此地。今日正是顺风，我船击鼓扬帆行驶。有两条大船沿江东下，逆风受阻停泊在江边，见此情状大怒，不停地跺脚谩骂。船工不去应答，只是拍掌大笑，鼓点击得更响，装出得意洋洋的样子。长江航行中或慢或快是常态，顺风的得意自大，逆风的落魄发怒，可以说两种态度都是错误的。世间之事许多都与此类似，记录下来以供一笑。烈洲在长江中，上有小山叫烈山，山上草木茂盛，山顶有一座神祠。慈姥矶是江边矶石中最为险峻陡峭的。徐俯作有《慈姥矶》诗，诗序说“慈姥矶同望夫石相望对峙，正可构成诗句中贴切的对仗，但历来诗人们从未提及”，因此他的诗中说：“只说分离的鸾凤闺中的怨恨，谁知爱子的慈母眼前的深情。”然而梅尧臣的《护母丧归宛陵发长芦江口》诗说：“南方的山川不改旧貌，伤心的慈姥仍旧矗立。”恐怕是徐俯偶尔忘记了。梅尧臣又有《过慈姥矶下》和《慈姥山石崖上竹鞭》诗，都十分高超杰出，与此山的形貌正相称。

采石一名牛渚，与和州对岸，江面比瓜洲为狭，故隋韩擒虎平陈及本朝曹彬下南唐，皆自此渡[①]。然微风辄浪作不可行。刘宾客云“芦苇晚风起，秋江鳞甲生”，王文公云“一风微吹万舟阻”，皆谓此矶也[②]。矶，即南唐樊若冰献策，作浮梁渡王师处[③]。初若冰不得志于李氏，诈祝发为僧，庐于采石山，凿石为窍，及建石浮图，又月夜系绳于浮图，棹小舟急渡，引绳至江北，以度江面，既习知不谬，即亡走京师上书。其后王师南渡，浮梁果不差尺寸。予按隋炀帝征辽，盖尝用此策渡辽水，造三浮桥于西岸。既成，引趋东岸，桥短丈余不合，隋兵赴水接战，高丽乘岸上击之，麦铁杖战死，始敛兵。引桥复就西岸，而更命何稠接桥，二日而成，遂乘以济[④]。然隋终不能平高丽。国朝遂下南唐者，实天意也，若冰何力之有？方若冰之北走也，江南皆知其献南征之策，或请诛其母妻。李煜不敢，但羁置池州而已。其后若冰自陈母妻在江南，朝廷命煜护送，煜虽愤切，终不敢违，厚遗而遣之。然若冰所凿石窍及石浮图，皆不毁，王师卒用以系浮梁，则李氏君臣之暗且怠，亦可知矣。虽微若冰，有不亡者乎！张文潜作《平江南议》[⑤]，谓当缚若冰送李煜，使甘心焉；不然，正其叛主之罪而诛之，以示天下，岂不伟哉！文潜此说，实天下正论也。予自金陵得疾，是日方小愈，尚未能食。夜雨。

【注释】

①“采石”五句：采石，采石山，在当涂县北二十余里，牛渚北一

里。北面临江，有采石矶、牛渚矶。上有峨眉亭，下有广济寺、中元水府庙和承天观。　和州，隶江南西路，辖历阳、含山、乌江三县。州治在今安徽和县。　韩擒虎(538—592)，字子通，河南东垣(今河南新安)人。世代将门。开皇八年(588)末，隋大举伐陈，韩擒虎为先锋，从横江夜渡采石，攻入建康灭陈。官终凉州刺史。　曹彬(931—999)，字国华，真定灵寿(今属河北)人。开宝七年(974)受命率军灭南唐，在采石矶以预制浮桥渡江。回师后任枢密使，加同平章事。

②“刘宾客”二句：刘宾客即刘禹锡，字梦得。唐代诗人。　“芦苇”二句：出自刘禹锡《晚泊牛渚》。　“一风”句：出自王安石《牛渚》。

③ 樊若冰：即樊知古，字仲师，其先长安人，后徙居池州。父为南唐县令，樊若冰举进士不第，北归投宋。在采石侦测江面宽度，宋军南征据以造浮桥以过江。　浮梁：浮桥。

④“予按”十四句：隋炀帝征辽，大业八年至十年(612—614)，隋炀帝连续三年发兵征伐高丽，互有胜败，最终高丽王遣使请降。　用此策渡辽水，指首次攻伐，用造浮桥之法渡过辽水。　麦铁杖，始兴(今广东韶关)人。骁勇善战，任右屯卫大将军。在渡辽水时为前锋，力战死。　何稠，字桂林。博学多识，善于制作。辽东之役中任右屯卫将军，造桥成功。后归唐，授将作少匠。

⑤ 张文潜：即张耒(1054—1114)，字文潜，楚州淮阴(今属江苏)人。熙宁六年进士。“苏门四学士”之一。坐元祐党籍遭贬。徽宗时官至房州别驾。

【译文】

采石又名牛渚，与和州隔江相对，江面比瓜洲都狭窄，因而隋朝韩擒虎平定陈国和本朝曹彬攻下南唐，都从这里渡江。但这里江面微风就起浪，难以通行。刘禹锡诗说“晚风从芦苇丛中刮起，鳞甲般的波浪在秋江中生成”，王安石诗说“微风吹起，万船受阻”，都是说的采石矶。这里也是南唐樊知古献策造浮桥摆渡宋军的地方。当初樊知古在南唐不得志，假装剃发为僧人，在采石山居住，凿开岩石成山洞，建造石佛塔，又于月夜在佛塔上系绳，划小船快速渡江，牵绳索到江北，来测量江面宽度，经反复操作确定不误，就赶赴京师上书宋廷。后来宋军南渡，所筑浮桥长度果然尺寸不差。我考查当年隋炀帝征讨辽东，曾经用此计策渡辽水，在西岸先造三座浮桥。完成后，将浮桥牵引到东岸，长度短缺一丈左右不能合拢，隋军只能下水攻战，高丽军则在东岸反击，前锋大将军麦铁杖战死，隋军只能收兵。浮桥再牵回西岸，又派将军何稠接长浮桥，两天完成，再次用浮桥抢渡辽水。但隋军最终未能平定高丽。我朝顺利攻下南唐，实在是天意，樊知古的力量算得了什么？当樊知古北上京师，南唐都知道他是去献南征计策，有人请求诛杀他的母亲和妻子，后主李煜不敢这样做，只是将她们羁留安置在池州而已。后来樊知古向宋廷陈告母亲妻子被羁江南，朝廷命令李煜护送到北方，李煜虽然十分愤恨，但不敢违抗，最终厚赠礼品遣送宋廷。然而樊知古所凿石洞、石佛塔都不遭损毁，宋军最终用来系浮桥渡江，那么南唐李氏君臣的愚蠢怠惰，也可以知道了。即使没有樊知古，南唐能不亡吗？张耒曾作《平江南议》，称应当押缚樊知古送给后主李煜，让他死了投宋之心；或者确认他背叛南唐的罪行而诛杀之，公示天下，这样岂不痛快吗？张耒的意见，实在是天下最合理的言论啊！我从金陵得病，今天才稍痊愈，还不能进食。夜间下雨。

十二日。早，移舟泛姑熟溪五里①，泊阅武亭。初询舟人，云："江口泊船处，距城二十里，须步乃可入。"及至阅武，乃止在城闉之外②。徽猷阁直学士左朝请郎知州周元特操，闻予病，与医郭师显俱来视疾。自都下相别，迨今八年矣③。太平州本金陵之当涂县④，周世宗时，南唐元宗失淮南，侨置和州于此，谓之新和州，改为雄远军。国朝开宝八年下江南，改为平南军，然独领当涂一邑而已。太平兴国二年，遂以为州，且割芜湖、繁昌来属，而治当涂，与兴国军同时建置，故分纪年以名之⑤。

【注释】

① 姑熟溪：又名姑孰溪，在城外，西入长江。姑孰即今当涂。

② 城闉：城内重门，亦泛指城郭。

③ 周元特：即周操，字符特，湖州归安(今浙江湖州)人。绍兴五年进士。官至太子詹事。　都下相别：指隆兴元年陆游除镇江通判，去国赴任。时周操任殿中侍御史。

④ 太平州：原为宣州当涂县，南唐立新和州，又为雄远军。北宋开宝八年平江南，改为平南军。太平兴国二年升为太平州，割当涂、芜湖、繁昌三县以隶。

⑤ 兴国军：隶江南西路，辖永兴、大冶、通山三县。治所在今湖北阳新。　分纪年以名之：指将“太平兴国”年号分别命名太平州和兴国军。

【译文】

十二日。早晨，航船沿姑熟溪行进五里，停泊在阅武亭下。起初询问船上人，说“江口泊船之地，距离当涂城还有二十里，须步行才可进城”。待到阅武亭下，发现已到城郭之外。徽猷阁直学士、知州周操听说我病了，带着医师郭师显一起来探视。自从在都城相别，至今已有八年了。太平州原本是金陵所属当涂县，周世宗时，南唐元宗李璟丢失了淮南，在这里侨置了和州，称之为新和州，又改称雄远军。我朝开宝八年攻下江南，改名平南军，但只治理当涂一座城邑。太平兴国二年，就又设立州，并调整芜湖、繁昌二县归属，而州治设在当涂，与兴国军同时设立，因此分拆“太平兴国”的年号进行命名。

十三日。通判右朝请郎叶棼、员外通判左朝奉郎钱同仲耕、军事判官左文林郎赵子�、知当涂县右通直郎王权来。午后，入州见元特，呼郭医就坐间为予切脉，且议所用药。州正据姑熟溪北，土人但谓之姑溪，水色正绿，而澄澈如镜，纤鳞往来可数。溪南皆渔家，景物幽奇。两浮桥悉在城外，其一通宣城，其一可至浙中[1]。姑熟堂最号得溪山之胜，适有客寓家其间，故不得至。又有一酒楼，登望尤佳，皆城之南也。往时溪流分一支贯城中，湮塞已久。近岁尝浚治，然惟春夏之交暂通，今七月已绝流矣。李太白集有《姑熟十咏》，予族伯父彦远尝言：东坡自黄州还，过当涂，读之抚手大笑曰："赝物败矣，岂有李白作此语者！"郭功父争以为不然，东坡又笑曰："但恐是太白后身所作耳！"功父甚愠。盖功父少时，诗句俊逸，前辈或许之，以为太白后身，功父亦遂以自负，故东坡因是戏之[2]。或曰《十咏》及《归来乎》《笑矣乎》《僧伽歌》《怀素草书歌》，太白旧集本无之，宋次道再编时，贪多务得之过也[3]。

【注释】

① 宣城：县名，隶宁国府。即今安徽宣城。 浙中：指今浙江金华、衢州一带。

②"李太白集"十七句：《姑熟十咏》，组诗，歌咏姑孰境内十个代表性景观，包括姑孰溪、丹阳湖、谢公宅、凌歊台、桓公井、慈姥竹、望夫山、牛渚矶、灵墟山和天门山。 彦远，即陆彦远，陆游同族伯父，幼时曾从其就学。 后身，佛教称转世之身。 郭功父，即郭祥正，字功甫。当涂人。相传其母因梦李白而生。参见本书卷一之六月四日注文。《姑熟十咏》的作者，历来有争议。苏轼"疑其语浅陋不类太白"。参见《东坡志林》卷二。陆游也认为"决为赝品"。见本书卷三之二十四日记文。

③ 宋次道：即宋敏求（1019—1079），字次道，赵州平棘（今河北赵县）人。宋绶子。宝元二年赐进士出身。历馆阁校勘、史馆修撰等，预修《新唐书》、《仁宗实录》、两朝正史。藏书三万卷，熟悉朝廷典故。曾编李白诗集。

【译文】

十三日。通判叶棽、员外通判钱同、军事判官赵子觊、当涂知县王权来会见。午后，进州府见周操，请郭医师在客座上为我按脉，并讨论所用药品。州府正位于姑熟溪北面，当地人只称之为姑溪，溪水碧绿色，水清见底如明镜，游鱼往来一一可数。溪南面都是渔家，景物幽秀奇妙。两座浮桥都在城外，一座通往宣城，一座可到浙中。姑熟堂号称最能观赏溪山胜景之地，恰有贵客寄住其中，因而不能去往。又有一座酒楼，登高望远尤为佳处，都在城的南面。原先姑熟溪有一支分叉贯穿城中，但已堵塞很久。近年曾经疏浚，但仅在春夏交替之际暂时贯通，如今才七月已经断流了。李白诗集中有《姑熟十咏》，我的同族伯父陆彦远曾说起，当年苏轼从黄州回京，经过当涂，读了拍手大笑说："伪造的赝品败露了，哪有李白会做出这样的诗句！"郭祥正争议说是真的，苏轼又笑着说："只怕是李白的转世之身写的吧！"郭祥正听了十分恼怒。因为郭祥正年少时，所作诗句高迈超逸，有前辈诗人称赞，认为是李白转世，郭祥正也因此自负，因此苏轼就用这话来戏弄他。有人说《姑熟十咏》和《归来乎》《笑矣乎》《僧伽歌》《怀素草书歌》，李白诗集原本并没有，宋敏求重编时补入，这是贪多务得的过失啊！

十四日。晚晴，开南窗观溪山。溪中绝多鱼，时裂水面跃出，斜日映之，有如银刀。垂钓挽罟者弥望，以故价甚贱，僮使辈日皆餍饫①。土人云此溪水肥宜鱼，及饮之，水味果甘，岂信以肥故多鱼耶？溪东南数峰如黛，盖青山也②。

十五日。早，州学教授左文林郎吴博古敏叔、员外教授左文林郎杨恂信伯来。饭已，游黄山东岳庙、广福寺，遂登凌歊台③。岳庙栋宇颇盛，本谓之黄山大监庙。大监者，不知何神，盖淫祠也④。今既为岳庙，而大监反寓食庑下。广福本寿圣寺，以绍兴壬午诏书改额。败屋二十余间，残僧三四人，萧然如古驿。主僧惠明，温州平阳人。凌歊台正如凤凰、雨花之类，特因山巅名之⑤。宋高祖所营，面势虚旷，高出氛埃之表⑥。南望青山、龙山、九井诸峰⑦，如在几席。龙山即孟嘉登高落帽处，九井山有桓玄僭位坛⑧。稍西，江中二小山相对，云东梁、西梁也⑨。北户临和州新城，楼橹历历可辨⑩。盖自绝江至和州，才十余里，李太白有《黄山凌歊台送族弟泛舟赴华阴》诗⑪，即此地也。台后有一塔，塔之后，又有亭曰怀古云。余初至当涂，饮姑熟溪水，喜其甘滑。已而遍饮城中水，皆甘，盖泉脉佳也。

十六日。郡集于道院⑫，历游城上亭榭，有坐啸亭，颇宜登览。城濠皆植荷花。是夜，月白如昼，影入溪中，摇荡如玉塔，始知东坡“玉塔卧微澜”之句为妙也⑬。

【注释】

① 挽罟：拉渔网。　弥望：满视野，满眼。　餍饫：指口腹满足。

② 青山：在当涂县东南三十里。谢朓曾筑室于山南，尚存遗址。绝顶有池，称谢公池。谢朓诗“还望青山郭”，即此山。

③ 黄山：在当涂县北五里。相传浮丘翁在此养鸡。山顶有凌歊台、怀古台、暂清堂、浮图塔，台下有广福寺、东岳行宫。

④ 淫祠：指不合礼仪而设置的祠庙，邪祠。

⑤ 凌歊台：在黄山之巅，宋孝武帝大明七年（463）南游登台，建离宫。

⑥“宋高祖”三句：宋高祖，即刘宋孝武帝刘骏（430—464），刘宋文帝第三子。453年即位。孝武帝庙号为“世祖”，此称“高祖”或有

误。　氛埃：借指尘世。

⑦ 龙山：在当涂县南十里。　九井：在当涂县。史载桓玄筑坛于此山。　几席：几与席，古人凭依、坐卧的器具。

⑧ 孟嘉登高落帽：孟嘉为桓温参军。九月九日，桓温在龙山宴请僚佐。其时佐吏均穿军服，风来吹落孟嘉帽子，他未发觉。许久孟嘉如厕，桓温叫人取帽归还，并命孙盛作文置座嘲讽他。孟嘉回座后也作文回应，文章写得漂亮，引起四座赞叹。孟嘉，字万年，江夏鄳县(今河南罗山)人。东晋名士。　桓玄僭位：东晋大亨元年(403)，百官到姑孰九井劝桓玄废晋安帝篡位，桓玄装作谦让，大臣固请，桓玄于城南七里建坛，登坛僭位。桓玄，字敬道，谯国龙亢(今安徽怀远)人。桓温子。官至相国、大将军，封楚王。威逼晋安帝禅位，建立桓楚。不久刘裕举兵起义，桓玄败逃被杀。

⑨"稍西"三句：当涂县西南三十里江中有二小山，东边称博望(东梁)，西边称梁山(西梁)，二山相对如门，因称天门山。

⑩ 北户：北窗。　楼橹：军中用于瞭望攻守的高台。此指城楼。

⑪"李太白"句：李白《黄山凌歊台送族弟溧阳尉济允泛舟赴华阴》："送君登黄山，长啸倚天梯。小舟若凫雁，大舟若鲸鲵。开帆散长风，舒卷与云齐。"

⑫ 道院：州府建筑名。

⑬"玉塔"句：出自苏轼《江月五首》其一。

【译文】

十四日。晚上晴朗，打开窗户观赏姑熟溪和群山景象。溪中游鱼实在多，不时跃出水面，斜阳映照，如同银色的刀锋出鞘。垂竿钓鱼的、拉网捕鱼的满眼皆是，因此鱼价十分便宜，家僮一类下人每天都口福满足。当地人说此溪之水肥润适宜养鱼，待喝到口中，水味果然甘甜，难道相信因溪水肥润所以鱼儿众多吗？溪东南面几座山峰如同女子画眉所用青黑色的颜料，那就是青山啊。

十五日。早晨，州学教授吴博古、员外教授杨恂来会见。早饭后，同游黄山的东岳庙、广福寺，然后登上凌歊台。东岳庙内房屋建筑很多，原本称作黄山大监庙。所谓大监，不知何方神圣，应该是不合礼义的邪祠。如今既成为东岳庙，大监反而只能在廊庑下寄食了。广福寺原本是寿圣寺，依据绍兴三十二年的皇帝诏书改名。寺内仅破败的屋舍二十余间，残存的僧人三四个，萧条冷落如同古老的驿站。主持的僧人惠明禅师是温州平阳人氏。凌歊台恰如凤凰台、雨花台之类，是以所在山头的名称特别命名的。台为刘宋孝武帝刘骏所营建，周边环境宽阔，位置高出尘埃。向南眺望青山、龙山、九井诸多山峰，如同在矮几座席之下。龙山就是当年孟嘉登高落帽之处，九井山上则有桓玄篡位设立的祭坛。稍西方向，长江中两座小山相对而立，称为东梁、西梁。北面正对和州新城，城楼高台历历在目，一一可辨。从台下横渡到和州，才十余里，李白有《黄山凌歊台送族弟泛舟赴华阴》诗，就是在此地。凌歊台后面有一座塔，塔后面又有一座怀古亭。我初次到当涂，饮用姑熟溪之水，喜爱它的甘甜润滑。后来饮遍城中之水，都是甜的，这是因为地下泉水的脉络好啊。

十六日。州府在道院设宴招待，游遍了城上的亭阁台榭，有一座坐啸亭，很适合登高望远。城下的护城河中都种着荷花。夜晚，月光明亮如同白昼，月影在溪中摇荡像一座玉塔形状，才体会苏轼诗句“玉塔横躺在微波之上”的高妙啊。

卷　三

十七日。郡集于青山李太白祠堂，二教授同集[①]。祠在青山之西北，距山尚十五里。墓在祠后[②]，有小冈阜起伏，盖亦青山之别支也。祠莫知其始，有唐刘全白所作墓碣及近岁张真甫舍人所作重修祠碑[③]。太白乌巾白衣锦袍。又有道帽氅裘，侑食于侧者，郭功甫也[④]。早饭罢，游青山。山南小市有谢玄晖故宅基[⑤]，今为汤氏所居。南望平野极目，而环宅皆流泉奇石、青林文篠，真佳处也。遂由宅后登山，路极险巇，凡三四里，有两道人持汤饮迎劳于松石间。又里许，至一庵，老道人出迎，年七十余，姓周，潍州人[⑥]，居此山三十年，颧颊如丹，须鬓无白者。又有李媪，八十矣，耳目聪明，谈笑不衰，自言尝得异人秘诀。庵前有小池曰谢公池，水味甘冷，虽盛夏不竭。绝顶又有小亭，亦名谢公亭。下视四山，如蛟龙奔放，争赴川谷，绝类吾乡舜山[⑦]。但舜山之巅，丰沃夷旷，无异平陆，此所不及也。亭北望正对历阳[⑧]。周生言，元颜亮入寇时，战鼓之声震于山中云。夜归舟次，已一鼓尽矣。坐间，信伯言桓温墓亦在近郊[⑨]，有石兽石马，制作精妙，又有碑，悉刻当时车马衣冠之类，极可观，恨不一到也。

【注释】

① 二教授：指十五日记文所言州学教授吴博古和员外教授杨恂。

② 墓在祠后：李白墓在（当涂）县东一十七里青山之北。李白晚年依附族叔、当涂令李阳冰，喜爱青山，希望终归此地。宝应元年卒，葬龙山东。元和十二年，宣歙观察使范传正委当涂令诸葛纵改葬青山之址，距离旧坟六里。

③ 刘全白：唐代诗人，幼以诗受知于李白。贞元中任池州刺史，至龙山凭吊李白，并出资请当涂令整修其墓，又撰《唐故翰林学士李君碣记》，刻石立于墓前。李白墓迁青山后碑碣留存于祠堂。 张真甫舍人：即张震，字真甫。广汉（一说绵竹，均属四川）人。绍兴二十一年（1151）进士。曾任中书舍人，官至知成都府。

④"又有"三句：氅裘，羽毛所制外衣。 侑食，劝食，侍奉尊长进食。 郭功甫，即郭祥正，字功甫。曾被称为"太白后身"。参见本书六月四日注⑦。

⑤ 谢玄晖故宅：谢玄晖，即谢朓，字玄晖。曾任宣城太守，人称谢宣城。谢朓筑室凿池于青山，遗址人呼为"谢家青山"。李白诗有"宅近青山同谢朓"之句。

⑥ 潍州：隶京东路，辖北海、昌邑、昌乐三县。治所在今山东潍坊。

⑦ 舜山：亦称虞山。在余姚县西三十里。相传舜避丹朱于此。

⑧ 历阳：郡名，即和州，隶淮南西路。在今安徽和县。

⑨ 桓温墓：在距当涂十一里青阳东北隅。俗称司马陵。桓温，字符子，谯国龙亢（今安徽怀远）人。东晋明帝时封驸马都尉，穆帝时执朝政。后立简文帝，专擅朝政。

【译文】

十七日。州府又在青山李太白祠堂宴请，吴博古、杨恂二位教授参加。祠堂在青山的西北面，距离山脚还有十五里。李白墓在祠堂后面，有小山丘高低不平，当也是青山的支脉。祠堂不知建于何时，有唐人刘全白所作的墓碣和近年中书舍人张震所作的重修祠堂碑。李白塑像头戴黑头巾，身披白色锦袍。又有戴道巾穿羽衣侍立在旁的，那是郭祥正。早饭后，游览青山。山南的小集市有谢朓故居的宅基，现今由汤氏居住。南望满目是平坦的原野，而环绕宅基的都是泉流奇石、绿树文竹，真是好地方啊。于是从宅基后面登山，山路崎岖，过了三四里，有两位道人拿着茶水在松林岩石之间迎候。又走一里左右，到一座小庵，一位老道士出来相迎，年纪七十多，姓周，潍州人氏，居住此山已有三十年，颧骨面颊通红如丹，须眉鬓发没有变白的。又有一位李姓老妇，年已八十，耳聪目明，谈笑不停，说自己曾得到奇人传授的秘诀。庵前有小水池名谢公池，水味甘甜冷冽，即使盛夏也不干涸。山顶又有小亭，也叫谢公亭。亭中俯视四周山峦，犹如蛟龙戏水，争着奔赴山川河谷，极像我们家乡的舜山。但舜山山顶，丰饶平旷，与平原没有差别，是这里比不上的。小亭北望正对着历阳郡。知州周操说，完颜亮率金兵南侵时，战鼓声声在山谷中震响回荡。夜间回到航船，已经一更尽头时分。宴席上，员外教授杨恂说桓温墓也在近郊之外，墓地有石兽石马，制作精致漂亮，又有碑刻，都刻着当时的车马衣帽之类图案，很值得观赏，恨不得马上去看一次啊。

【录诗】

《吊李翰林墓》：饮似长鲸快吸川，思如渴骥勇奔泉。客从县令初何有，醉忤将军亦偶然。骏马名姬如昨日，断碑乔木不知年。浮生今古同归此，回首桓公亦故阡。桓温冢亦在当涂。（《剑南诗稿》卷二）

十八日。小雨，解舟出姑熟溪，行江中。江溪相接，水清浊各不相乱。挽行夹中三十里，至大信口泊舟[1]。盖自此出大江，须风便乃可行，往往连日阻风。两小山夹江，即东梁、西梁，一名天门山[2]。李太白诗云：“两岸青山相对出，孤帆一片日边来[3]。”王文公诗云：“崔嵬天门山，江水绕其下[4]。”梅圣俞云：“东梁如仰蚕，西梁如浮鱼[5]。”徐师川云：“南人北人朝暮船，东梁西梁今古山[6]。”皆得句于此也。水浒小儿卖菱芡莲藕者甚众[7]。夜行堤上，观月大信口。欧阳文忠公《于役志》谓之带星口[⑧]，未详孰是。《于役志》盖谪夷陵时所著也[⑨]。

【注释】

① 挽行：拉纤而行。 大信口：在当涂西南，夹江入大江处。

②“两小山”三句：天门山在（当涂）县西南三十里。有二山隔江相对如门，相距数里，称为天门。二山称为东梁山、西梁山。

③“两岸”二句：出自李白《望天门山》。

④“崔嵬”二句：出自王安石《寄曾子固》其二。

⑤“东梁”二句：出自梅尧臣《阻风宿大信口》。

⑥“南人”二句：出自徐俯《太平州》其二。

⑦ 水浒：水边。 菱芡：菱角、芡实。芡实，俗称鸡头米，可食，亦可入药。

⑧《于役志》：欧阳修所撰日记。景祐三年（1036），范仲淹因直言获罪贬饶州，欧阳修据理力争，亦谪夷陵。沿汴绝淮，入江西行，颠沛百余日方抵任所。期间按行程起止，撰成日记《于役志》，实为陆游《入蜀记》先声。

⑨ 夷陵：县名。隶荆湖北路峡州。在今湖北宜昌。

【译文】

十八日。小雨天，航船解缆驶出姑熟溪，航行在支流水道中。支流和小溪相连接，溪水清澈，江水浑浊，互不混淆。拉纤在水道中行驶三十里，到大信口停泊。从这里进入长江，必须等顺风才可行驶，往往连续几天因逆风而受阻。两座小山隔江相对，就是东梁山、西梁山，又总名天门山。李白诗说：“两岸的青山面对着出现在眼前，一片船帆从日出的东边驶来。”王安石诗说：“高耸的天门山，江水在山下盘旋。”梅圣俞诗说：“东梁山像仰面朝天的卧蚕，西梁山似浮在江边的游鱼。”徐俯诗说：“早早晚晚的船上南北游人来往，东梁西梁两山从古至今屹立不倒。”他们的名句都在这里创作出来。江边叫卖菱芡莲藕等水产品的小孩很多。夜晚行走在江堤上，在大信口观赏月色。欧阳修《于役志》称这里为带星口，不知哪种叫法正确。《于役志》是欧阳修被贬夷陵途中所写的。

十九日。便风，过大、小褐山矶[1]。奇石巉绝，渔人依石挽罾[2]，宛如画图间所见。过枭矶[3]，在大江中，耸拔特起。有道士结庐其上，政和中，赐名宁渊观。旧说枭矶有枭能害人，故得名。方郡县奏乞观额时，恶其名，因曰矶在水中，水常沃石，故曰浇矶。今观屋亦二十余间，然止一道人居之。相传有二人，则其一辄死，故无敢往者。至芜湖县，泊舟吴波亭[4]。知县右通直郎吕昭问来。按，汉丹阳郡有芜湖县，吴陆逊屯芜湖[5]，又杜预注《春秋》"楚子伐吴克鸠兹"，亦云在芜湖[6]。至东晋，乃改名于湖，不知所自[7]。王敦反，屯于湖，今故城尚存。又有玩鞭亭，亦当时遗迹[8]。唐温飞卿有《湖阴曲》叙其事[9]。近时张文潜以为《晋书》所云"帝至于湖阴察营垒"，当以于湖为句，飞卿盖误读也，作《于湖曲》以反之[10]。刘梦得《历阳书事》诗，叙道中事云："望夫人化石，梦帝日环营。"盖梦得自夔州移牧历阳，过此邑也[11]。邑人云，数年前邑境有盗，发大墓，棺椁已坏，得镜及刀剑之属甚众，甃砖有"大将军墓"四字[12]，或疑为敦墓云。

【注释】

① 褐山矶：在当涂县西南三十里，大信口、天门山之南，临大江。南宋初筑有烽火台供瞭望江面。

② 罾（zēng）：一种用木棍或竹竿做框的方形渔网，上以竹弓交叉支撑，借滑轮上下拉动。

③ 枭(xiāo)矶：又名蟂矶，在芜湖县西南七里大江中。上有旧宁渊观。蟂即老蛟，矶南有一石穴，广深莫测，传为蟂所居，曾出穴害人。枭，本指一种恶鸟。

④ 吴波亭：张孝祥书，取温庭筠词“吴波不动楚山碧”之句。张孝祥《满江红·于湖怀古》：“千古凄凉，兴亡事、但悲陈迹。凝望眼、吴波不动，楚山丛碧。”

⑤ 丹阳：底本作“丹杨”，据弘治本、汲古阁本改。 陆逊(1183—1245)：字伯言，吴郡吴县(今江苏苏州)人。孙吴大将，官至丞相。孙权经营江东之时，陆逊屯驻芜湖，除贼安民。

⑥“又杜预”三句：参见《左传》襄公三年。杜预注：“鸠兹，吴邑，在丹阳芜湖县东，今皋夷也。”杜预(222—284)，字符凯，京兆杜陵(今陕西西安)人。司马昭妹夫。晋武帝时拜镇南大将军，太康元年(280)指挥灭吴。官至司隶校尉。著有《春秋左氏传集解》。 《春秋》，此指《春秋左氏传》，即《左传》。

⑦“至东晋”三句：《资治通鉴》晋太宁元年(323)“(王)敦移镇姑孰，屯于湖”。胡三省注：“于湖县，本吴督农校尉治，武帝太康二年，分丹杨县立于湖县。”

⑧“王敦反”五句：王敦(266—324)，字处仲，琅琊临沂(今属山东)人。与从弟王导拥戴晋元帝建立东晋，迁大将军。后举兵反叛，攻入建康，拜丞相。还屯武昌，移镇姑孰。明帝时再次进兵建康，卒于军中。 玩鞭亭，玩鞭亭在芜湖县北二十里。王敦镇姑孰，传晋明帝获密报知敦将举兵反叛，乃秘密至湖阴察敦营垒。敦正昼寝，梦日环其城，乃使五骑追明帝。明帝策马离开，途中见老妪，交给她七宝鞭，说：“后有骑兵来，可给他看。”不久追兵至，老妪以鞭示之。五骑传递把玩，耽误了时间，明帝借此脱险。

⑨ 温飞卿：即温庭筠，字飞卿。晚唐诗人。曾作《湖阴曲》，诗序称王敦举兵至湖阴，明帝密访，视其营伍，因此乐府有《湖阴曲》。后其辞亡，因作此补之。

⑩ 张文潜：即张耒，见卷二之七月十一日注。曾作《于湖曲》，不同意温庭筠的观点。

⑪ 刘梦得：即刘禹锡，字梦得。中唐诗人。长庆四年(824)，刘禹锡由夔州迁任和州刺史，任内撰有《历阳书事》七十韵，记述和州名胜。

⑫ 甃(zhòu)砖：墓砖，砌墓道之砖。

【译文】

十九日。顺风，航船经过大、小褐山矶。石壁险峻陡峭，渔夫靠着石壁拉动渔网，就像在图画中见到的景象。船过袅矶，矶在长江中耸立突起。有道士在矶上盖起道观，政和年间朝廷赐名宁渊观。老话说袅矶上有老蛟会害人，因故得名。当初官府奏请道观赐名时讨厌老蛟的名声，于是说矶在江中，江水经常涤荡矶石，因而可叫浇矶。现在可见观舍有二十多间，但只有一名道人居住。相传原本有两人，或许一人已死，就再没有人敢去。航船到达芜湖县，停泊在吴波亭下。知县吕昭问来会见。考察历史，汉代丹阳郡辖芜湖县，东吴陆逊曾屯兵芜湖，又西晋杜预注《春秋左氏传》“楚君讨伐吴国，攻克鸠兹”，也说在芜湖。直到东晋，才改名于湖，不知从何而来。王敦谋反，屯兵于湖，如今故城还在。又有玩鞭亭，也是当时遗迹。唐代温庭筠作有《湖阴曲》叙述这段故事。近来张耒认为《晋书》所说“帝至于湖阴察营垒”（明帝到湖的南面视察王敦营垒/明帝到于湖，暗地里视察王敦营垒），应当在“于湖”下断句，温庭筠是误读了，因此作《于湖曲》表达不同意见。刘禹锡《历阳书事》诗在叙述途中所见说：“遥望夫君妻子化作石像，梦见明帝太阳环绕营垒。”这说明刘禹锡从夔州迁任和州刺史，路过芜湖啊。当地人说，几年前县里有盗贼发掘了一座大墓，发现棺椁已经朽坏，但找到铜镜和刀剑之类物品很多，砌墓道的砖上刻有“大将军墓”四字，有人怀疑这就是王敦墓。

二十日。宁国太平县主簿左迪功郎陈炳来见[①]，泛小舟往谢之。则寓宁渊观下院，以提刑司檄来督大礼钱帛[②]。宁渊在袅矶，隔大江，故置下院于近邑。道流十余，坛宇像设甚盛，有观主何守诚者，今选居太一宫矣[③]。炳字德先，婺州义乌人，自言其从姑得道徽宗朝，赐号妙静练师，结庐葛仙峰下[④]。平生不火食，惟饮酒，啖生果，为人言祸福死生，无毫厘差。每风日清和时，辄掩关独处。或于户外窃听之，但闻若二婴儿声，或歌或笑，往往至中夜方止，莫有能测者。年九十，正旦，自言四月八日当远行，果以是日坐逝。每为德先言：“汝有仙骨，当遇异人。”后因得疾委顿，有皖山徐先生来饵以药，即日疾平。徐因留，教以绝粒诀[5]。德先父母方望其成名，固不许。然自是绝滋味，日食淡汤饼及饭而已[6]。如此者六年，益觉身轻，能日行二百里。会中第娶妻，复近荤血，徐遂告别。临行，语德先曰：“汝二纪后当复从我究此事[7]。”德先送至溪上，方呼舟欲渡，徐褰裳疾行水上而去[8]，呼之不复应。德先至今怅恨，有弃官入灊皖之意[9]。予遂游东寺，登王敦城以归[10]。城並大江，气象宏敞。邑出绿毛龟[11]，就船卖者不可胜数。将午，解舟，过三山矶[12]。矶上新作龙祠。有道人半醉立薛崖峭绝处，下观行舟，望之使人寒心，亦奇士也。江中江豚十数出没[13]，色或黑或黄，俄又有物长数尺，色正赤，类大蜈蚣，奋首逆水而上，激水高三二尺，殊可畏也。宿过道口。

【注释】

① 宁国太平县：宁国为府，本为宣州，乾道二年升为府。隶江南东路，下辖宣城、南陵、宁国、旌德、太平、泾六县。　主簿：州县主管文书、办理事务的佐官。　陈炳：生平不详。

② 提刑司：宋代路一级司法机构。　大礼钱帛：为朝廷举行重大祭祀或庆典向地方征收的钱税。

③ 太一宫：一作太乙宫。道教祭祀太一神的宫殿。

④ 从姑：父亲的叔伯姐妹。　葛仙峰：在今江西铅山葛仙山，相传为葛仙公修道之处，上有葛仙祠。葛仙公，即葛玄，字孝先，丹阳句容

（今属江苏）人。葛洪从祖。相传孙吴时随左慈学道成仙。

⑤ 绝粒：即辟谷。指道家摒除火食、不进五谷，以求延年益寿的修身术。

⑥ 汤饼：水煮的面食。俗称片儿汤。

⑦ 二纪：二十四年。古代以十二年为一纪。　究：完成。

⑧ 褰（qiān）裳：撩起下裳。语本《诗 · 郑风 · 褰裳》："子惠思我，褰裳涉溱。"

⑨ 灊（qián）皖：即潜山。在今安徽潜山。

⑩ 王敦城：即王敦所镇姑孰。此指城楼。

⑪ 並（bàng）：挨着。　绿毛龟：背上生着绿藻的淡水龟。藻体呈绿丝状，长达七八寸，在水中如被毛状，被称为神龟。

⑫ 三山矶：在繁昌东北四十里。

⑬ 江豚：俗称江猪。哺乳类动物，形状像鱼，无背鳍，头短眼小，全身黑色。

【译文】

二十日。宁国府太平县主簿陈炳来会见，划着小船去拜谢。因提刑司来文督催朝廷举办大礼的钱税，因而寄宿在宁渊观下院。宁渊观建在枭矶上，隔着大江，因此靠近县城设置了下院。院中道士十几人，讲坛神像齐全，有个叫何守诚的观主，如今迁居至太一宫了。主簿陈炳字德先，婺州义乌人氏，自称其从姑在徽宗朝得道，朝廷赐号妙静练师，在葛仙峰下筑起道观。平生不吃熟食，只吃生鲜果子，为人预测祸福死生，毫厘不差。每逢风清日暖之时，就闭门独处。有人在屋外偷听，只听见像有两个婴儿的声音，有的歌唱，有的欢笑，往往到夜半才停止，没有能弄明白的。九十岁那年初一，自称四月八日将去远游，果然到这天安坐逝世。常对陈炳说："你身体内有仙骨，应当遇见奇人。"后陈炳因得病萎靡不振，有位皖山来的徐先生来喂他吃药，当日病就痊愈。徐先生于是就留下来，教他辟谷的诀窍。陈炳父母亲正盼望他成就功名，坚决不答应。但从此后就丧失了味觉，每天只吃淡的面食和米饭。像这样过了六年，更觉得身体轻快，每天能行走二百里。后来恰逢陈炳科举中第，又娶了妻室，重新吃起荤腥熟食，徐先生就此告别而去。临行前对陈炳说："你二十四年后将再跟我践行此事。”陈炳送行到溪边，刚准备叫船渡水，徐先生撩起衣裳飞快地从水上行走而去，呼唤他再不回应。陈炳到如今仍惆怅怨恨，有丢弃官职到皖山寻找徐先生之意。我接着游览了东寺，登上楼城后返回。太平县城紧靠大江，格局气度宏伟高敞。县城出产绿毛龟，近船出售的极多。近午时分，航船解缆启行，经过三山矶，矶上新造了一座龙祠。有位道士喝得半醉，站立在长满苔藓的悬崖峭壁前，俯视江中的行船，看了使人胆战心惊，也算是奇人了。长江中十几头江豚出没水中，体色有的黄有的黑，不久又有动物身长数尺，颜色鲜红，类似一条大蜈蚣，昂首逆水奋力上游，激起水花高达二三尺，很令人害怕。夜晚留宿过道口。

二十一日。过繁昌县，南唐所置，初隶宣城，及置太平州，复割隶焉[①]。晚泊荻港[②]，散步堤上，游龙庙。有老道人守之，台州仙居县人[③]，自言居此十年，日伐薪二束卖之以自给。雨雪，则从人乞，未尝他营也。又至一庵，僧言隔港即铜陵界[④]。远山崭然，临大江者，即铜官山[⑤]。太白所谓“我爱铜官乐，千年未拟还”是也，恨不一到[⑥]。最后至凤凰山延禧观[⑦]，观废于兵烬者四十余年，近方兴葺。羽流五六人[⑧]，观主陈廷瑞，婺州义乌县人[⑨]，言此古青华观也。有赵先生，荻港市中人，父卖茗。先生幼名王九，年十三，疾亟，父抱诣青华，愿使入道。是夕，先生梦老人引之登高山，谓曰“我阴翁也”，出柏枝啖之，及觉，遂不火食。后又梦前老人教以天篆数百字，比觉，悉记不遗。太宗皇帝召见，度为道士，赐冠简，易名自然，给装钱遣还，遂为观主。祥符间，再召至京师，赐紫衣，改青华额曰延禧。先生恳求还山养母，得归，一日，无疾而逝。门人葬之山中，行半途，棺忽大重不可举，其母曰："吾儿必有异。"命发棺，果空无尸，惟剑履在耳，遂即其处葬之。今冢犹在，谓之剑冢。自然，国史有传，大概与廷瑞言颇合，惟剑冢一事无之[⑩]。荻港，盖繁昌小墟市也。归舟已夜矣[⑪]。

【注释】

①"过繁昌县"五句：繁昌县本宣州南陵县地，在南陵之西南大江，西对庐州江口，实为交通要道。其地出产石绿（孔雀石）和铁，南唐析南陵之五乡立为繁昌县。

② 荻港：在繁昌县西南二十里，西对无为军，盖江流险要之地。

③ 台州仙居县：隶两浙路。今浙江仙居。

④ 铜陵：县名，隶池州。在今安徽铜陵。

⑤ 铜官山：在铜陵县长江边，以产铜著称。

⑥"太白"二句：出自李白《铜官山醉后绝句》。

⑦ 凤凰山：在繁昌县西南二十里，有延禧观。

⑧ 羽流：道士。

⑨ 婺州义乌县：隶两浙路。今浙江义乌。

⑩"有赵先生"至"一事无之"一段：参见《宋史》卷四六一《赵自然传》。 疾亟，病情危急。 天篆，扶乩所书之文字图形。以木架悬锥在沙盘上划成文字图形，作为神示，笔势多类篆书而不可识。苏轼有《天篆记》。 冠简，道教的帽子和凭证（度牒）。 装钱，指置办装束的费用。 国史，底本作"国朝"，据弘治本、汲古阁本改。

⑪ 墟市：乡村集市。

【译文】

二十一日。航船经过繁昌县，南唐时设置，原先隶属宣州，到本朝设置太平州，重新划割隶属其下。夜晚停泊在荻港，在大堤上散步，游览龙庙。庙由老道人守护，台州仙居人氏，自称居此已十年，每天砍柴两捆出售，自给自足。遇雨雪天，则向人乞讨，没有做过其他营生。又走到一座小庵，僧人说隔着河港就是铜陵县地界。遥望远山高峻突兀，濒临长江的就是铜官山。这就是李白诗说的“我爱铜官山中的快乐，在这里过一千年也不想回还”，真恨不能去往一游。最后走到凤凰山延禧观，道观在战乱中被焚毁已经四十多年，近年才重新兴建。观中道士五六人，观主陈廷瑞为婺州义乌县人氏，说这里原是古代的青华观。他还说有位赵先生，是荻港集市上人，父亲以卖茶为生。赵先生幼时叫王九，十三岁时病情危急，父亲抱着他来到青华观，愿意让他加入道门。这天夜里，赵先生梦见一老人带他登上高山，说“我是阴翁”，拿出柏树枝喂他，待醒来，就不再吃熟食。后来赵先生又梦见那位老人教给他天书几百字，等到醒来，全都没有遗忘。太宗皇帝召见赵先生，引度他为道士，赏赐道冠和度牒，改名为赵自然，拨给置办装束的费用送他回家，于是成为观主。大中祥符年间，皇帝再次召赵先生进京，赐予紫色道服，改青华观题额为延禧观。赵先生恳求回家奉养母亲，获得批准返回，某日，无疾而终。门生道徒将他葬在凤凰山中，走到半路，棺木忽然变得沉重抬不动，他的母亲说：“我儿必有奇事发生。”下令开棺，果然空棺不见尸体，只有佩剑和鞋子还在，就在此处将棺木埋葬了。如今坟堆还在，被称为剑冢。赵自然，国史中有他的传记，大致同陈廷瑞所说基本相同，只是并没有剑冢一事。荻港，是繁昌县下的一个小集市。回归航船已是半夜。

二十二日。过大江，入丁家洲夹，复行大江。自离当涂，风日清美，波平如席，白云青嶂，远相映带，终日如行图画，殊忘道涂之劳也。过铜陵县[①]，不入。晚泊水洪口。江湖间谓分流处为洪，王文公诗云“东江木落水分洪”是也[②]。

二十三日。过阳山矶，始见九华山[③]。九华本名九子，李太白为易名[④]。太白与刘梦得皆有诗，而刘至以为可兼太华、女儿之奇秀[⑤]。南唐宋子嵩辞政柄[⑥]，归隐此山，号九华先生，封青阳公，由是九华之名益盛。惟王文公诗云“盘根虽巨壮，其末乃修纤”[⑦]，最极形容之妙。大抵此山之奇，在修纤耳。然无含蓄敦大气象，与庐阜、天台异矣[⑧]。岸旁荻花如雪[⑨]。旧见天井长老彦威云，庐山老僧用此絮纸衣[⑩]。威少时在惠日亦为之，佛灯珣禅师见而大嗔云：“汝少年辄求温暖如此，岂有心学道耶?”退而问兄弟，则堂中百人，有荻花衣者财三四，皆年七十余矣。威愧恐，亟除去[⑪]。泊梅根港[⑫]。巨鱼十数，色苍白，大如黄犊，出没水中，每出，水辄激起，沸白成浪，真壮观也。

【笺注】

① 铜陵县：在池州东北一百四十里。原本为汉代南陵县梅根监，南唐时升为县，属升州。北宋开宝八年归属池州。

②“王文公”句：出自王安石《东江》。

③ 阳山矶：在铜陵西。　九华山：在青阳县界，旧名九子山，上有九峰。

④“九华”二句：李白《改九子山为九华山联句序》：“青阳县南有九子山，山高数千丈，上有九峰如莲华。……予乃削其旧号，加以九华之目。”

⑤“太白”二句：李白《改九子山为九华山联句》：“妙有分二气，灵山开九华。”又《望九华赠青阳韦仲堪》：“昔在九江上，遥望九华峰。天河挂绿水，秀出九芙蓉。”刘禹锡《九华山歌引》：“九华山在池州青阳县西南，九峰竞秀，神采奇异。昔予仰太华，以为此外无奇；爱女几、荆山，以为此外无秀。及今年见九华，始悼前言之容易也。”　太华，即华山。　女几，山名，在今河南洛阳。

⑥ 宋子嵩：即宋齐丘，字子嵩。参见本书七月九日注④。

⑦“盘根”二句：出自王安石《和平甫舟中望九华》。

⑧ 敦大：厚重博大。　庐阜：即庐山，在今江西九江。　天台：即天台山，在今浙江台州。

⑨ 荻花：荻为多年生草本植物，生在水边，叶似芦苇。秋天开花，初开为紫色，凋谢时呈白色。

⑩ 天井：指天井寺，在今浙江鄞县。 纸衣：纸制的衣服。此指以荻絮充入纸衣保暖。

⑪ 佛灯珣禅师：即守珣禅师，号佛灯，俗姓施，安吉人。建炎中住持何山，后居天宁寺。绍兴四年圆寂。 财：通“才”，仅仅。

⑫ 梅根港：在铜陵，亦称梅根河，又称钱溪。港东即梅根监，历代铸钱之所。

【译文】

二十二日。航船横过长江，进入丁家洲水道，再入长江行驶。从离开当涂县，风清日暖，水面平整如同铺席，天边白云青峰，相互衬托，整天像穿行在图画中，简直忘却了路途的辛劳。船过铜陵县，没有进去。晚间停泊在水洪口。江湖水道间称分流之处叫“洪”，就是王安石诗说“东江两边树叶凋落，江水分流”描绘的景象。

二十三日。航船经过阳山矶，才见到九华山。九华山原名九子山，是李白为它改名。李白和刘禹锡都有歌咏九华山的诗篇，刘禹锡甚至认为它兼有华山、女几山的奇特秀美。南唐大臣宋齐丘离开政坛，归隐此山，号称“九华先生”，封为青阳公，由此九华山的名声更为盛大。只有王安石诗所说“如同树木盘曲的根基虽然粗大壮实，它的枝叶末梢却是那样的修长纤细”，最是达到了形容的极致。大概九华山的奇特，在于修长纤细而已。但是没有含蕴深沉、厚重博大的气魄，与庐山、天台山不同。岸边荻花如同雪片。从前曾听天井寺的长老彦威禅师说，庐山上的老僧用荻絮充入纸衣。彦威年少在惠地时也做过这种纸衣，守珣禅师看见后大怒说：“你年纪轻轻就这样贪求温暖，哪还有心学道呢？”退堂后问师兄弟，禅堂中近百人，有荻花纸衣的只有三四个，都已七十多岁了。彦威又羞又怕，立即去除了荻花。航船停泊在梅根港。十几条大鱼，颜色苍白，体大如黄牛犊子，在江水中或隐或现，每当出水，水花溅起，沸腾成为白浪，真是壮观啊。

二十四日。到池州[①]，泊税务亭子。州，唐置，南唐尝为康化军节度，今省。又尝割青阳隶建康，今复故。惟所置铜陵、东流二县及改秋浦为贵池，今因之。盖南唐都金陵，故当涂、芜湖、铜陵、繁昌、广德、青阳并江宁、上元、溧阳、溧水、句容凡十一县，皆隶畿内。今建康为行都[②]，而才有江宁等五邑，有司所当议也。李太白往来江东，此州所赋尤多，如《秋浦歌》十七首及《九华山》《青溪》《白笴陂》《玉镜潭》诸诗是也。《秋浦歌》云："秋浦长似秋，萧条使人愁。"又曰："两鬓入秋浦，一朝飒已衰。猿声催白发，长短尽成丝。"则池州之风物可见矣。然观太白此歌，高妙乃尔，则知《姑熟十咏》决为赝作也。杜牧之池州诸诗正尔[③]，观之亦清婉可爱，若与太白诗并读，醇醨异味矣[④]。初，王师平南唐，命曹彬分兵自荆州顺流东下，以樊若冰为乡导，首克池州，然后能取芜湖、当涂，驻军采石，而浮桥成[⑤]。则池州今实要地，不可不备也。

【注释】

① 池州：隶江南东路。辖贵池、青阳、铜陵、建德、石埭、东流六县及永丰监。州治在贵池（今安徽池州）。

② 行都：首都之外另设的都城，以备必要时皇帝暂驻。

③ 杜牧（803—852）：字牧之，京兆万年（今陕西西安）人。大和二年进士。官至中书舍人。杜牧会昌四年（844）起在池州任刺史两年，作有咏池州诗作十余首，如《九日齐山登高》《登池州九峰楼寄张祜》《池州清溪》《题池州贵池亭》《题池州弄水亭》等。

④ 醇醨：酒味的厚与薄。

⑤“王师”七句：樊知古造浮桥事，参见本书七月十一日记文及注③。

【译文】

二十四日。航船抵达池州，停泊在税务亭子。池州为唐代设置，南唐时曾为康化军节度，现已精简。又曾经割让青阳县隶属建康府，现也恢复。只有所辖铜陵、东流二县及将秋浦改称贵池，如今沿用下来。这是因为南唐建都金陵，因此当涂、芜湖、铜陵、繁昌、广德、青阳加上江宁、上元、溧阳、溧水、句容总共十一县，都隶属于都城之内。现今建康为临时都城，而仅辖江宁等五个县城，朝廷相关部门应当仔细商议啊。李白当年往来于江东地区，在池州作诗特别多，如《秋浦歌》十七首及《九华山》《青溪》《白笴陂》《玉镜潭》等诗都是。《秋浦歌》说：“秋浦河像秋天般长，景物萧条使人发愁。”又说：“两鬓黑发来到秋浦，一天突然变得衰颓。凄厉猿声催生白发，长的短的都成愁丝(思)。”从中可以想见池州的风光景物了。但观赏李白这些诗篇是如此的高妙，就知道《姑熟十咏》之类一定是伪作了。杜牧描写池州的各首诗篇是纯正的，读着也觉得清新婉丽，十分可爱，但如果与李白诗放在一起读，像酒味或厚或薄那样就完全不同了。当年，本朝大军平定南唐，命令曹彬分兵一路从荆州顺流东下，以樊知古作为向导，首战攻克池州，然后能攻取芜湖、当涂，驻军在采石矶，而修筑浮桥终获成功。这样看来池州实在是当今的兵家重地，不可不加强防备啊。

二十五日。见知州右朝议大夫直秘阁杨师中、通判右朝奉郎孙德刍。游光孝寺[①]，寺有西峰圣者所留铁笛。圣者生当吴武王杨行密时，阳狂不羁，好吹笛，能役鬼神蛟龙。尝寓池州乾明寺，乾明即光孝也，及去，留笛付主事僧。笛似铜铁而非，色绿，而莹润如绿玉，不知何物[②]。僧惧为好事者所夺，郡官求观之，辄出一凡铁笛充数。予偶与监寺僧有旧，独得一见。有石刻沈睿达所作《西峰铭》③，文辞古雅可爱，恨非其自书也。僧言贵池去城八十里，在秀山下，江之一支，别汇为池，四隅皆因山石为岸，产鲤鱼，金鳞朱尾，味极美，本以此得贵池之目④。秀山有梁昭明太子墓⑤，拱木森然。今池州城西，有神甚灵者，曰九郎，或云九郎即昭明。晚登弄水亭，杜牧之所赋诗也⑥。亭殊不葺，然正对清溪、齐山⑦，景物绝佳。州虽濒江，然据冈阜上，颇难得水。

【注释】

① 光孝寺：在（池州）府城西笠山。唐代建，称乾明寺，一名西禅院，宋改光孝寺。寺内有铁佛高二丈余，绍兴二十一年铸，故又称铁佛禅院。

②“寺有”十三句：西峰圣者，五代杨吴时人，狂放不羁，好吹笛，能役鬼神蛟龙。曾寓居池州乾明寺，待离开时留下笛，后人宝之，共相传玩。　吴武王杨行密，原名杨行愍，字化源，庐州合肥（今属安徽）人。五代时吴国开国君主，902 至 905 年在位。卒谥吴武忠王。

③ 沈睿达：即沈辽，字睿达。参见本书闰五月十九日注⑥。

④“僧言”九句：贵池，在县南五十里，山下有穴，穴有鱼似鲵。梁昭明太子以其鱼水之美，封其水曰贵池。　目，名目。

⑤ 秀山：秀山在贵池县西十里，有昭明太子墓。

⑥ 弄水亭：在通远门外。杜牧《题池州弄水亭》：“弄水亭前溪，飐滟翠绡舞。绮席草芊芊，紫岚峰伍伍。螭蟠得形势，翚飞如轩户。一镜奁曲堤，万丸跳猛雨。槛前燕雁栖，枕上巴帆去。丛筠侍修廊，密蕙媚幽圃。杉树碧为幢，花骈红作堵。停樽迟晚月，咽咽上幽渚。客舟耿孤灯，万里人夜语。”

⑦ 齐山：在贵池县南五里。据说有十多座山峰高度差不多，故名。也有说因唐人齐映得名。

【译文】

二十五日。会见池州知州、直秘阁杨师中、通判孙德刍。游览光孝寺，寺内有西峰圣者所留下的铁笛。西峰圣者生活在吴武忠王杨行密时代，假装疯癫，不遵礼法，喜欢吹笛，能用来役使鬼神蛟龙。曾经寓居池州乾明寺，乾明寺就是先前的光孝寺。待到离去时，西峰圣者将笛留给主管僧人。笛好像铜铁所制而实际不是，通体绿色，晶莹润泽犹如绿色玉石，不知是什么材料。僧人怕被惹是生非的人抢夺，州郡官吏要求观赏，就拿出一枝普通的铁笛来充数。我偶然与任监事的僧人是老相识，破例获得一见真容。寺内还有石碑刻着沈辽为圣者所作的《西峰铭》，文辞古朴雅致，十分可爱，可惜不是他亲自手书。僧人说贵池离城八十里，在秀山之下，长江的一条支流，汇聚成大水池，四周都依托山石作为池边，出产鲤鱼，金色鳞片，红色尾巴，味道极鲜美，原本因此得到“贵池”的美名。秀山还有梁代昭明太子墓地，周边树木郁郁苍苍。现今池州城西有神仙十分灵验，叫九郎，有人说九郎就是昭明太子。晚间登上弄水亭，杜牧为之赋诗的地方。亭子久未修葺，然而正对着清溪、齐山，景物绝对美妙。池州虽然濒临长江，但坐落在山丘上，很难取水。

二十六日。解舟，过长风沙、罗刹石[①]。李太白《江上赠窦长史》诗云：“万里南迁夜郎国，三年归及长风沙。”梅圣俞《送方进士游庐山》云：“长风沙浪屋许大，罗刹石齿水下排。历此二险遇湓浦，始见瀑布悬苍崖。”即此地也。又太白《长干行》云：“早晚下三巴，预将书报家。相迎不道远，直到长风沙。”盖自金陵至此七百里，而室家来迎其夫[②]，甚言其远也。地属舒州[③]，旧最号湍险。仁庙时，发运使周湛役三十万夫，疏支流十里以避之，至今为行舟之利[④]。罗刹石在大江中，正如京口鹘峰而稍大[⑤]，白石拱起，其上丛篠乔木，亦有小神祠旛竿，不知何神也。西望群山靡迤，岩嶂深秀，宛如吾庐南望镜中诸山[⑥]，为之累欷。宿怀家洑[⑦]。怀，姓也，吴有尚书郎怀叙，见《顾雍传》。

【注释】

① 长风沙：在怀宁县东一百九十里。　罗刹石：在东流县大江之中，岩石耸立，是航道上最险阻之处。罗刹，佛教传说中的吃人恶鬼。

② 室家：妻子。

③ 舒州：即安庆军，隶淮南西路，辖怀宁、桐城、宿松、望江、太湖五县及同安监。

④ 仁庙：宋仁宗。　周湛：字文渊，邓州穰（今河南邓州）人。进士甲科，官至江淮制置发运使。

⑤ 京口鹘峰：即鹘山。参见本书六月二十八日记文及注②。

⑥ 镜中诸山：指故乡山阴一带山川。《太平寰宇记》卷九六："舆地记云：'山阴南湖，萦带郊郭，白水翠岩，互相映发若图画。'故王逸少云：'山阴路上行，如在镜中游耳。'"

⑦ 洑：水流回旋处。

【译文】

二十六日。航船解缆起航，经过长风沙、罗刹石。李白《江上赠窦长史》诗说："南下万里迁谪夜郎国，三年后回归来到长风沙。"梅尧臣《送方进士游庐山》诗说："长风沙的巨浪像房屋般庞大，罗刹石的尖峰如牙齿般排列。经历了这两处险地再过溢浦，才看见庐山的瀑布悬挂高崖。"它们说的就是这里。又有李白《长干行》诗说："几时从四川沿江归来，预先来信报告家里。我前来迎接不怕路远，一直等候在长风沙头。"因为从金陵到这里有七百里，而妻子来迎接夫君，这是说路途遥远啊。这里地属舒州，历来最称湍急险峻。仁宗时，发运使周湛曾役使三十万民工，疏通一条十里长的支流来避开险地，至今还成为行船的便利。罗刹石位于长江之中，正像京口的鹘峰而更大一些，白色的岩石从江中拱起排列，上面长满灌木高树，也有小的神祠旗杆，不知祭祀的是何方神仙。西望群山连绵不绝，岩壁山峰幽深秀丽，仿佛就像从我家南望山阴镜湖的山川，为此唏嘘不已。夜间寄宿在怀家洑。怀为姓，东吴有尚书郎叫怀叙，见之于《三国志·顾雍传》。

二十七日。五鼓，大风自东北来，舟人不告，乘便风解船。过雁翅夹①，有税场，居民二百许家，岸下泊船甚众。遂经皖口至赵屯②，未朝食，已行百五十里，而风益大，乃泊夹中。皖口即王师破江南大将朱令赟水军处③。赵屯有戍兵，亦小市聚也④。是日大风，至暮不止，登岸，行至夹口，观江中惊涛骇浪，虽钱塘八月之潮不过也。有一舟掀簸浪中，欲入夹者再三，不可得，几覆溺矣，号呼求救，久方能入。北望正见皖山⑤。太白《江上望皖公山》诗云："巉绝称人意。""巉绝"二字，不刊之妙也⑥。南唐元宗南迁豫章，舟中望皖山，爱之，谓左右曰："此青峭数峰何名？"答曰："舒州皖山。"时方新失淮南，伶人李家明侍侧，献诗曰："龙舟千里扬东风，汉武浔阳事正同。回首皖公山色好，日斜不到寿杯中。"元宗为悲愤欷歔⑦。故王文公诗云："南狩皖山非故地，北师淮水失名王⑧。"计其处，当去此不远也。夜雨。

【注释】

① 雁翅夹：又名雁翅浦。在罗刹石以西，距阳山矶三百里。

② 皖口：皖江流入长江处谓之皖口。　赵屯：江边小村落。

③ 王师破朱令赟水军：开宝八年(975)，宋太祖命曹彬伐南唐，南唐洪州节度使朱令赟率水军十五万救援金陵，被阻皖口，战舰焚毁，朱令赟被执。

④ 市聚：市集，村落。

⑤ 皖山：在怀宁县西十里。春秋时皖伯始封之国，潜隶属于皖。从地理上说，可称潜山；从国名上说，则称皖山。

⑥ 巉绝：险峻陡峭。　不刊：不容改变。

⑦“南唐元宗”十五句：元宗南迁，伶人献诗事，见马令《南唐书·李家明传》。　元宗名李璟，字伯玉，李昪子。南唐中主。在位十九年，破闵灭楚，后周世祖柴荣南征，李璟割地求和，去帝号，称国主，建南都于洪州（即豫章）。建隆二年（961），李璟南迁豫章，同年卒。　李家明，庐州西昌人。善诙谐滑稽，李璟时为伶官。

⑧“南狩”二句：出自王安石《和微之重感南唐事》。

【译文】

二十七日。五鼓时分，大风从东北方向刮来，船夫来不及报告，就顺风解缆启航。航船经过雁翅夹，水边有收税的机关，住着二百来家居民，岸边许多船停着。接着经过皖口到达赵屯，还没用早餐，就已经驶过一百五十里，风更大，于是泊船在水道中。皖口就是我朝大军击破南唐大将朱令赟水军的地方。赵屯驻守着士兵，也是一个小市集。此日大风到傍晚不停，就登岸行走到水道口，看长江上的惊涛骇浪，即使八月的钱塘潮也不能超过。有一条船在风浪中颠簸，多次想入水道避风，没能成功，差点倾覆溺水，高声呼叫求救，许久才驶进水道。向北眺望正对着皖山。李白《江上望皖公山》诗说："险峻陡峭正合我心意。""险峻陡峭"几字，正是不容改变的神妙啊。南唐元宗李璟南迁到洪州，舟船中遥望皖山，十分喜爱，对左右侍从说："这些青葱峭拔的山峰叫什么名字？"回答称："舒州皖山。"此时元宗刚丢失了淮南，掌乐的伶官李家明侍候一旁，献诗一首说："舟行千里东风飞扬，如同汉武取道浔阳。回首皖公山色秀美，夕阳西斜难映壶觞。"元宗听了悲愤交加，唏嘘不已。因此王安石诗说："南下巡狩皖山却非故地，北边兵败淮水失去帝号。"估计他说的地方离此地不远吧。夜间有雨。

【录诗】

《雨中泊赵屯有感》：归燕羁鸿共断魂，荻花枫叶泊孤村。风

吹暗浪重添缆，雨送新寒半掩门。鱼市人烟横惨淡，龙祠箫鼓闹黄昏。此身且健无余恨，行路虽难莫更论。（《剑南诗稿》卷二）

二十八日。过东流县[①]，不入。自雷江口行大江[②]，江南群山，苍翠万迭，如列屏障，凡数十里不绝。自金陵以西，所未有也。是日，便风张帆，舟行甚速，然江面浩渺，白浪如山，所乘二千斛舟[③]，摇兀掀舞，才如一叶。过狮子矶[④]，一名佛指矶，蘚壁百尺，青林绿篠，倒生壁间，图画有所不及。犹恨舟行北岸，不得过其下。旁有数矶亦奇峭，然皆非狮子比也。至马当，所谓上元水府[⑤]。山势尤秀拔，正面山脚直插大江。庙依峭崖架空为阁，登降者皆自阁西崖腹小石径，扪萝侧足而上[⑥]，宛若登梯。飞甍曲槛，丹碧缥缈，江上神祠惟此最佳。舟至石壁下，忽昼晦，风势横甚，舟人大恐失色，急下帆，趋小港，竭力牵挽，仅能入港。系缆同泊者四五舟，皆来助牵。早间同行一舟，亦蜀舟也，忽有大鱼正绿，腹下赤如丹，跃起舵旁，高三尺许，人皆异之。是晚，果折樯破帆，几不能全，亦可怪也。入夜，风愈厉，增十余缆。迨晓，方少定。

二十九日。阻风马当港中，风雨凄冷，初御夹衣。有小舟冒风涛来卖薪菜豨肉，亦有卖野彘肉者[⑦]，云猎芦场中所得。饭已，登南岸，望马当庙，北风吹人劲甚，至不能语。既暮，风少定，然怒涛未息，击船终夜有声。

【注释】

① 东流县：隶池州，在州西一百八十里。原属江州，北宋太平兴国年间隶池州。

② 雷江口：又名雷池。河水从宿松县流入望江县东南，积而为池，经县界而入于长江。再行百里，为雷池口。成语“不越雷池”即指此地。

③ 二千斛舟：指载重二千斛的船。斛，古代量器，十斗称斛。

④ 狮子矶：在马当山附近。

⑤ 马当：马当山在东流县。其山横枕大江，状如马形。　上元水府：长江水神庙之一。南唐时封马当庙供奉的水神为上元水府宁江王。参见本书六月二十五日记文注①。底本作“下□水府”，据上注补改。

⑥ 扪萝：攀援葛藤。

⑦ 薪菜豨肉：柴火、蔬菜、猪肉。豨，同“豨”，猪。　野彘：野猪。

【译文】

二十八日。航船经过东流县，不进城。从雷江口进入长江，江南面的群山苍翠层叠，如同排列的屏障，连绵几十里不断。从金陵出发西行，从未见过这种景象。这天，顺风张起船帆，航船快速行进，然而江面浩渺无际，白浪如同高山压顶，所乘坐的载重二千斛的航船，摇荡翻舞，只像一片树叶。经过狮子矶，又名佛指矶，百尺高长满苔藓的崖壁，绿树翠竹，倒挂在峭壁间，图画也描绘不出这种景色。只恨船沿北岸行驶，不能从矶下穿过。沿途另有几块矶石也十分奇特峭拔，但都不及狮子矶。航船到马当山，也就是所称的上元水府。全山形势尤为秀丽挺拔，正面山脚直插长江之中。马当庙依托峭崖架空造起台阁，上下游客都从阁西山崖腹地的小石路，攀援葛藤，横着脚步向上，好像登上天梯。庙内飞檐高耸，栏杆曲折，色彩鲜丽，隐约缥缈，如入仙境，长江上的神祠只有它最漂亮。航船来到石壁之下，忽然天色晦暗，风声大作，船夫大惊失色，急忙落帆，直奔小港岔道驶去，加上奋力拉纤，才刚刚得以进港。系好缆绳一起停泊的四五条船，都来帮忙拉纤。早上一同出发的一条船，也是入蜀的，忽然有条背上绿色、腹部鲜红的大鱼，在它的船舵旁跃起，高达三尺左右，大家都十分惊异。当晚，这条船果然樯断帆破，几乎没有完整的，也真是怪事。夜深后，风更猛烈，船上增加了十多条缆绳固定。直到拂晓才稍稍安定。

二十九日。因大风受阻于马当港中，风雨凄厉阴冷，首次穿上夹衣。有小船冒着狂风巨浪的危险来出售柴火、蔬菜和猪肉。也有出卖野猪肉的，说是在芦苇场中打猎所得。饭后登上南岸，遥望马当庙，北风强劲吹来，以至不能开口说话。到傍晚，狂风稍稳定，但怒涛未停歇，敲击着船舷整夜发出声响。

八月一日。过烽火矶[①]。南朝自武昌至京口，列置烽燧，此山当是其一也。自舟中望山，突兀而已。及抛江过其下[②]，嵌岩窦穴，怪奇万状，色泽莹润，亦与它石迥异。又有一石，不附山，杰然特起，高百余尺，丹藤翠蔓，罗络其上，如宝装屏风。是日风静，舟行颇迟，又秋深潦缩，故得尽见杜老所谓“幸有舟楫迟，得尽所历妙”也[③]。过澎浪矶、小孤山，二山东西相望[④]。小孤属舒州宿松县[⑤]，有戍兵。凡江中独山，如金山、焦山、落星之类[⑥]，皆名天下，然峭拔秀丽，皆不可与小孤比。自数十里外望之，碧峰巉然孤起，上干云霄，已非它山可拟，愈近愈秀，冬夏晴雨，姿态万变，信造化之尤物也。但祠宇极于荒残，若稍饰以楼观亭榭，与江山相发挥，自当高出金山之上矣。庙在山之西麓，额曰惠济，神曰安济夫人。绍兴初，张魏公自湖湘还，尝加营葺，有碑载其事[⑦]。又有别祠在澎浪矶，属江州彭泽县，三面临江，倒影水中，亦占一山之胜。舟过矶，虽无风，亦浪涌，盖以此得名也。昔人诗有“舟中估客莫漫狂，小姑前年嫁彭郎”之句[⑧]，传者因谓小孤庙有彭郎像，澎浪庙有小姑像，实不然也。晚泊沙夹，距小孤一里。微雨，复以小艇游庙中，南望彭泽、都昌诸山[⑨]，烟雨空蒙，鸥鹭灭没，极登临之胜，徙倚久之而归。方立庙门，有俊鹘抟水禽[⑩]，掠江东南去，甚可壮也。庙祝云，山有栖鹘甚多。

【注释】

① 烽火矶：在宿松县东北六十里。南北朝时，北齐和陈国隔江为界，征伐不息。北齐因置烽火于此地。

② 抛江：指在湍急江流中行船横过江面。

③“幸有”二句：出自杜甫《次空灵岸》。

④“过澎浪矶”二句：小姑山在宿松县东南一百二十里江北岸，与江州彭泽接界，山西有小姑庙。又江州有澎浪矶，语讹为彭郎矶，遂有“小姑嫁彭郎”之说。

⑤ 宿松县：隶安庆军(舒州)。在今安徽宿松。

⑥ 落星：落星山，在上元县东北三十五里。

⑦“绍兴初”四句：绍兴五年，张浚在醴陵平定杨么，自湖湘转至淮东汇集诸将，谋划抗金。张魏公，即张浚(1097—1164)，字德远，汉州绵竹(今属四川)人。政和进士。南宋初力主抗金，为秦桧排斥，官至宰相，封魏国公。

⑧“舟中”二句：出自苏轼《李思训画长江绝岛图》。漫狂，纵情放荡。

⑨“复以”二句：小舵，小艇。 彭泽，县名，隶江州。 都昌，县名，隶南康军。均在今江西省。

⑩ 俊鹘：矫健的鹘鸟。

【译文】

八月一日。航船经过烽火矶。南朝时从武昌到京口之间，设置边防报警信号，这里应当是其中之一。从船上仰望山头，觉得它突兀耸立而已。待越江经过它下面，深陷的山岩洞穴，奇形怪状，色泽晶莹润泽，也与其他岩石完全不同。另有一块岩石，不附着于山体，耸立突出，高达百余丈，红绿相间的藤蔓织成的网络覆盖岩体，犹如一面珠玉装饰的屏风。此日江风静止，船行很慢，加上深秋时节积水退缩，才能深深领会杜甫诗句“幸好舟船行驶缓慢，才得尽享景物奇妙”的意境啊。经过澎浪矶、小孤山，两山东西相对峙。小孤山隶属舒州宿松县，驻守着士兵。凡是大江中的独山孤岛，如金山、焦山、落星山之类，都名扬天下，但从峭拔秀丽来看，都比不上小孤山。从几十里外遥望，碧绿的山峰高峭陡削孤立江中，上冲云霄，已经不是其他独山可比的，越是靠近越显秀丽，不同的季节气候，仪态万方，确实是造物者创造的珍奇之物啊。但山上的祠堂神庙十分荒废残缺，假如稍加楼观亭榭等建筑的装点，与江山胜景互相映衬，自然应当高出金山之上了。神庙在西面山脚下，匾额上题“惠济”，所祭神祇称安济夫人。绍兴初年，张浚从洞庭湘江回师，曾经进行修葺，留有石碑记载此事。又有另一座祠堂在澎浪矶，隶属江州彭泽县，三面濒临长江，江水中的倒影，也算占据了整座山的胜景。航船经过澎浪矶，虽然无风，但依旧波浪汹涌，原来是因此得名的。前人诗句说“船上商贾莫要放荡，小姑前年已嫁彭郎”，传话人因此称小孤庙里有彭郎塑像，澎浪庙里有小姑塑像，实际不是这样。晚上停泊在沙夹，距离小孤山一里。下起小雨，再用小船摆渡游览小孤庙，南向眺望彭泽、都昌的群山，烟雨迷茫缥缈，江鸥白鹭隐没，观赏到了登山临水最美的胜景，徘徊许久才回归。正站立在庙门前，一只矫健的鹘鹰捕捉水鸟，掠过江面向东南飞去，十分壮观。庙里香火僧说，山上栖息的鹘鹰很多。

二日。早，行未二十里，忽风云腾涌，急系缆。俄复开霁，遂行。泛彭蠡口，四望无际，乃知太白“开帆入天镜”之句为妙[①]。始见庐山及大孤[②]。大孤状类西梁[③]，虽不可拟小孤之秀丽，然小孤之旁，颇有沙洲葭苇，大孤则四际渺弥皆大江，望之如浮水面，亦一奇也。江自湖口分一支为南江，盖江西路也④。江水浑浊，每汲用，皆以杏仁澄之，过夕乃可饮。南江则极清澈，合处如引绳，不相乱。晚抵江州，州治德化县⑤，即唐之浔阳县。柴桑、栗里，皆其地也⑥。南唐为奉化军节度，今为定江军⑦。岸土赤而壁立，东坡先生所谓“舟人指点岸如赪”者也⑧。泊湓浦⑨，水亦甚清，不与江水乱。自七月二十六日至是，首尾财六日，其间一日阻风不行，实以四日半，溯流行七百里云。

【注释】

① 彭蠡口：彭蠡湖注入长江之处。彭蠡湖在德化县东四十里。汇聚长江、汉水、章水、贡水等多条河流，实为水之都会。彭蠡湖即今鄱阳湖。 “开帆”句：出自李白《下浔阳城泛彭蠡寄黄判官》。

② 庐山：在德化县。高三千余丈，周回二百余里。其山九叠，崇岩万仞。相传周武王时，康俗兄弟七人皆有道术，结庐于此，仙去空庐尚存，故曰庐山。 大孤：在德化县东南，与都昌分界。

③ 西梁：即天门山。参见本书七月十八日记文并注②。梁，底本作“粱”，据弘治本、汲古阁本改。

④ 江西路：即江南西路。辖江、赣、吉、袁、抚、筠六州及兴国、建昌、临江、南安四军。治所在洪州（今江西南昌）。

⑤ 江州：隶江南西路，辖德化、德安、瑞昌、湖口、彭泽五县及广宁监。治所德化县（今江西九江）。

⑥ 柴桑、栗里：为陶渊明先后隐居之地。柴桑为东吴孙权拥兵之地。栗里在德化县西南栗里源，有陶公醉石，为其旧隐基址。

⑦ 定江军：即江州。《宋史·地理志》：“（江州）建炎元年升定江军节度。”

⑧“东坡”句：这里或有误。“舟人指点岸如赪”非苏轼诗句，出自苏辙《自黄州还江州》：“家在庾公楼下泊，舟人遥指岸如赪。”赪（chēng），红色。

⑨ 湓浦：亦称盆浦，在德化县西一里。相传有人此处洗铜盆，忽水暴涨，就失盆，跳水取之，即见一龙衔盆，夺之而出，故称盆水。

【译文】

二日。早晨，航船行驶不到二十里，忽然风起云涌，急忙靠岸系紧缆绳。不久又云开日出，就继续行驶。漂浮在彭蠡口一带，四望无边，才体会李白诗句“张开船帆驶入天镜般江面”的奥妙。从这里开始见到庐山和大孤山。大孤山形状像西梁山，虽然不可与小孤山的秀丽相比，但小孤山旁，多有沙滩芦苇，大孤山则四周渺茫都是长江，望去就像自身浮在水面，也是一种奇妙的感受。长江从湖口分出一支流为南江，就是江南西路地界。江水浑浊，每次取用，都得用杏仁将其澄清，过一夜才能饮用。南江则极为清澈，两江相汇处像拉了一条绳，不相混淆。晚上抵达江州，州府官衙在德化县，就是唐代的浔阳县。柴桑、栗里，都在此地。南唐时受奉化军节制，现今为定江军。岸上红色的山崖耸立，苏辙诗句所谓“船家指点岸壁红色”就是啊。停泊在湓浦，水色清澄，不同江水混淆。从七月二十六日至今，首尾才六天，其中一天受阻于大风未行，实际行船四天半，逆流行驶了七百里地。

三日。移泊琵琶亭[①]，见知州左朝请郎周昇强仲、通判左朝散郎胡适、发运使户部侍郎史正志志道、发运司干办公事程坦履道、察推左文林郎蔡戡定夫。始得夔州公移[②]。

四日。游天庆观，李太白诗所谓“浔阳紫极宫”也[③]。苏、黄诗刻，皆不复存[④]。太白诗有一石，亦近时俗书。见观主李守智，问玉芝，亦不能答。观皆古屋，初不更兵烬，而遗迹扫地，独太清殿老君像，乃唐人所塑[⑤]，特为奇古。真人、女真、仙官、力士、童子各二躯[⑥]，又有唐明皇帝金铜像，衣冠如道士，而气宇粹穆[⑦]，有五十年安享太平富贵气象。李守智者，滁州来安人，自言家故富饶，遇乱弃家为道人，大将岳飞以度牒与之[8]，始为道士。至今画岳氏父子事之。史志道招饮于发运廨中。登高远亭[9]，望庐山，天气澄霁，诸峰尽见。志道出新鼓铸铁钱[10]。

【注释】

① 琵琶亭：在德化县西门外，面临大江。白居易为江州司马，夜送客湓浦口，闻邻舟琵琶声，遇商妇为作《琵琶行》之地，故名其亭。

② 夔州公移：夔州官府所发公文。

③“游天庆观”二句：天庆观，去州二里，原名紫极宫。　李白作有《浔阳紫极宫感秋作》。

④“苏黄诗刻”二句：苏轼有《浔阳紫极宫次李翰林韵》，其序说：“李太白有《浔阳紫极宫感秋作》诗，紫极宫，今天庆观也。道士胡洞微以石本示余，盖其师卓玘之所刻。”黄庭坚亦作《次苏子瞻和李太白浔阳紫极宫感秋诗韵追怀太白子瞻》。

⑤ 太清殿老君像：老子为道教的教主，被尊为太上老君，亦即道德天尊。

⑥ 真人：道教称存养本性或修真得道之人。　女真：此指女道士。　仙官：道士的尊称。　力士：道观的护卫。　二躯：指两尊塑像。

⑦ 粹穆：醇和。

⑧ 度牒：发给出家僧道的官方凭证。

⑨ 高远亭：在江州子城内东南角，有王十朋等名人诗刻。

⑩ 新鼓铸铁钱：新铸的铁钱。鼓铸，鼓风煽火，冶炼金属，铸造器物钱币。以铁代铜铸钱，始于汉代，历代皆有，标志货币贬值。

【译文】

三日。航船迁移停泊到琵琶亭下。会见知州周畀、通判胡适、发运使户部侍郎史正志、发运司干办公事程坦、监察推官蔡戡。开始收到夔州所发公文。

四日。游览天庆观，就是李白诗中所谓的“浔阳紫极宫”。当年苏轼、黄庭经追和的诗作刻石，都没有留存下来。李白诗有一块石刻，也是近人的流行书体。见到观主李守智，询问他玉芝草的知识，也不能回答。观内都是旧屋舍，当初经不起兵火，因而古人的遗迹都毁弃了，独有太清殿上的太上老君像却是唐代人所塑，尤显得奇特古朴。旁有得道真人、女道士、道官、护卫、道童塑像各两尊，又有唐玄宗的金铜像，衣帽像道士，而气度醇和，有五十年安享太平富贵的气派。李守智为滁州来安人氏，自称家境富裕，遭遇战乱出家作道人，大将军岳飞发给他出家凭证，才正式成为道士，至今画岳飞父子肖像祭祀。史正志在发运司官衙中设宴招待。登上高远亭，遥望庐山，天气澄净晴朗，各座山峰一览无余。史正志取出新铸的铁钱请大家观赏。

五日。郡集于庾楼，楼正对庐山之双剑峰，北临大江，气象雄丽[①]。自京口以西，登览之地多矣，无出庾楼右者。楼不甚高，而觉江山烟云，皆在几席间，真绝景也。庾亮尝为江、荆、豫州刺史[②]，其实则治武昌。若武昌南楼名庾楼犹有理，今江州治所，在晋特柴桑县之湓口关耳，此楼附会甚明。然白乐天诗固已云“浔阳欲到思无穷，庾亮楼南湓口东[③]”，则承误亦久矣。张芸叟《南迁录》云“庾亮镇浔阳，经始此楼[④]”，其误尤甚。

六日。甲夜[⑤]，有大灯球数百，自湓浦蔽江而下，至江面广处，分散渐远，赫然如繁星丽天。土人云，此乃一家放五百椀以禳灾祈福[⑥]。盖江乡旧俗云。

【注释】

① 庾楼：在州治后。相传为东晋庾亮所建，实际上庾亮登临者为武昌南楼，江州庾楼始建于唐代。　双剑峰：在州南龙门西。下有池，名小天池。峰势插天，宛如双剑。

② 庾亮（289—340）：字符规，颍川鄢陵（今属河南）人。曾与王导共

同辅政，推陶侃平定动乱，为征西将军，兼领江、荆、豫三州刺史。北伐遇挫而卒。

③“浔阳”二句：出自白居易《初到江州》。

④ 张芸叟：即张舜民，字芸叟，邠州(今陕西彬县)人。治平二年进士。历官监察御史、右谏议大夫等，因元祐党争被贬楚州团练副使，后任集贤殿修撰。《南迁录》即《郴行录》。元丰六年(1083)，张舜民被贬郴州酒税，由汴入淮，转运河，入长江，过洞庭，抵达湖南，写下记载一路行程的日记体游记《郴行录》。

⑤ 甲夜：初更时分。

⑥ 五百椀：即五百灯球(河灯)。椀，同“碗”。

【译文】

五日。州府在庾楼设宴招待，楼正对着庐山的双剑峰，北面濒临长江，气势雄伟壮丽。从京口往西，登高览观的地方很多，但没有超过庾楼的。楼不算很高，但感觉江山胜景烟云变幻都呈现在眼面前，真是无比美妙的景色啊。庾亮曾兼任江州、荆州、豫州刺史，其实只治理着武昌。如果武昌南楼称作庾楼还有道理，现今江州州府所在，在东晋只是柴桑县的湓口关而已，此楼称为庾楼牵强附会十分明显。但是白居易的诗句已然说“将到浔阳思绪无穷，庾亮楼南湓口之东”，那么沿袭谬误也已久远了。张舜民《南迁录》说“庾亮镇守浔阳，开始营建此楼”，他的错误更厉害。

六日。初更时分，有几百枚硕大的灯球，从湓浦遮蔽江面沿江而下，到江面宽广之处逐渐分散开来，犹如醒目的繁星附着在天际。当地百姓说，这是一户人家施放五百枚灯球用来禳除灾祸，祈求洪福，原是江南水乡的旧风俗。

七日。往庐山，小憩新桥市[①]。盖吴蜀大路[②]，市肆壁间多蜀人题名。并溪乔木，往往皆三二百年物，盖山之麓也。自江州至太平兴国宫三十里[③]，此适当其半。是日，车马及徒行者憧憧不绝，云上观，盖往太平宫焚香，自八月一日至七日乃已，谓之白莲会[④]。莲社本远法师遗迹，旧传远公尝以一日借道流，故至今太平宫岁以为常[⑤]。东林寺亦自作会，然来者反不若太平之盛，亦可笑也。晚至清虚庵[⑥]，庵在拨云峰下，皇甫道人所居。皇甫名坦，嘉州人，出游旁郡，独见其弟子曹弥深[⑦]。登绍兴焕文阁，实藏光尧皇帝御书[⑧]。又有神泉、清虚堂，皆宸翰题榜[⑨]。宿清虚西室，曹君置酒堂中，炙鹿肉甚珍，酒尤清醇。夜寒，可附火。

【注释】

① 新桥市：市镇名。在德化县。

② 吴蜀大路：由吴入蜀的官路。大路，指通驿传的驿路，用于传递官方文书等。

③ 太平兴国宫：也称太平宫。在德化县南三十里。传说唐代开元年间，玄宗梦一仙人谒见说："我是九天采访使者，预先在庐山西北设置一座宫殿，不久将有神灵下降。"玄宗令江州修建，果然发现有地基痕迹。北宋太平兴国二年赐名太平兴国观，宣和年间改称宫。

④ 憧憧：往来不绝貌。　白莲会：庐山行香群众的集会，因此地有慧远法师为首的白莲社。

⑤"莲社"三句：东晋释慧远与慧永、慧持及刘遗民、雷次宗等十八人，在庐山东林寺结社，同修净土之法，又掘池种白莲，称白莲社。慧远(334—416)，俗姓贾，雁门楼烦(今山西原平)人。幼好学，博通六经，尤善庄子。后师从道安，精研般若性空之学。晋太武帝太元六年(381)入庐山结庐讲学，结白莲社，弘扬净土法门，被尊为净土初祖。卜居庐山三十余年，足不出山，著书立说。八十三岁圆寂，葬于庐山。　借道流，指假托道教。

⑥ 清虚庵：在德化县南三十里。皇甫真人的隐居地。

⑦ 皇甫坦：字履道，嘉州夹江(今属四川)人。善医术。绍兴年间，显仁太后患眼病，久医无效。人荐坦，高宗问何以治身，答"心无为则身安，人主无为则天下治"，治太后眼病立刻痊愈。高宗书"清静"二字名其庵。　出游旁郡：指皇甫坦外出云游。

⑧ 绍兴焕文阁：绍兴年间为高宗题字所造楼阁。　光尧皇帝：即宋

高宗，退位后尊封。

⑨ 神泉：宋光宗在当太子时，曾问皇甫坦山中缺什么，皇甫坦说："离水源较远，汲取劳累。"光宗就大书"神泉"二字送他，并说："拿回去随意凿一泉。"皇甫坦回到庐山，在庵旁开凿一小井，方插一铲，泉水奔涌，深二三尺，水味甘甜清爽，尤奇适合沏茶。他就将光宗的墨迹刻在泉上。 宸翰：帝王的墨迹。

【译文】

七日。出发去往庐山，在新桥市短暂休息。由吴入蜀的官道，市镇墙壁上多有蜀人的题名。溪流两旁的乔木，往往都是二三百年的古树，大多在山脚下。从江州到太平兴国宫相距三十里，这里正好是全程的一半。这天，车马及徒步行走的来往不绝，都说登道观，即往太平兴国宫烧香，从八月一日到七日才结束，称之为白莲会。莲社原本是佛教慧远法师留存的遗迹。传说慧远法师曾有一天假托道教说法，所以至今成为太平兴国宫每年的常规法会。东林寺也自己举办法会，但参与者反而不如太平兴国宫兴盛，也是可笑之事。晚间到清虚庵，庵位于拨云峰下，是皇甫道士隐居之地。皇甫名坦，嘉州人氏，外出相邻州郡云游，只见到他的弟子曹弥深。登上绍兴年间所建焕文阁，珍藏有宋高宗的题字手迹。又有神泉、清虚堂，都是帝王亲笔题写。留宿在清虚堂西厢房，曹弥深在堂中备酒招待，烤鹿肉十分珍贵，酒味尤为清醇。夜间寒冷，可以近火取暖。

卷　四

八日。早，由山路至太平兴国宫，门庭气象极闳壮。正殿为九天采访使者像，衮冕如帝者[①]。舒州灊山灵仙观祀九天司命真君[②]，而采访使者为之佐，故南唐名灵仙曰丹霞府，太平曰通玄府，崇奉有自来矣。至太宗皇帝时，尝遣中使送泥金绛罗云鹤帔[③]，仍命三年一易。神宗皇帝时，又加封应元保运真君及赐涂金殿额。两壁图十真人，本吴生笔[④]。建炎中，李成、何世清二盗以庐山为巢，宫屋焚荡无余[⑤]。先是山中有太一宫，摹吴笔于殿庑。及太平再兴，复摹取太一本，所托非善工，无复仿佛。憩于云无心堂，盖冷翠亭故址也。溪声如大风雨至，使人毛骨寒栗，一宫之最胜处也。采访殿前有钟楼，高十许丈，三层，累砖所成，不用一木，而櫩桷翚飞[⑥]，虽木工之良者不能加也。但钟为砖所掩蔽，声不甚扬，亦是一病。观主胡思齐云："此一楼为费三万缗，钟重二万四千余斤。"又有经藏亦佳，扁曰云章琼室。太平规模，大概类南昌之玉隆[⑦]。然玉隆不经焚，尚有古趣，为胜也。

【注释】

① 九天采访使者：道教尊奉的巡察人间之神。庐山太平兴国宫为九天采访使者祠堂，自唐开元中创建。参见本书七月七日记文注③。　衮冕：帝王和上公所用礼服和礼冠。

② 灵仙观：舒州有司命真君之庙，北宋赐观额为灵仙观。　九天司命真君：道教尊奉的执掌命运之神，“三茅真君”之一。相传西汉茅盈三兄弟隐居江南句曲山（即茅山），太上老君拜盈为太元真人东岳上卿司命真君，得道成仙。宋真宗时封茅盈为九天司命三茅应化真君。

③ 中使：宫中使者，常由宦官担任。　泥金绛罗云鹤帔：深红色锦缎披风，上面缀以金箔，绣以云鹤。泥金，用金箔和胶水合成的金色颜料。

④ 吴生：指吴道子，又名道玄，阳翟（今河南禹州）人。唐代著名画家。少孤贫，年轻时即有画名，开元年间以善画被召入宫廷，历任供奉、内教博士。精于佛道、山水、人物画，长于壁画创作，被尊为“画圣”。

⑤“建炎中”三句：范成大《吴船录》卷下记载，在李、何二盗之乱中，“凡山之故物，如袈裟、麈扇，皆以不存。承平时独有晋安帝辇、佛驮耶舍革舄、谢灵运贝叶经，更李成乱，今皆亡去”。

⑥ 檐桷翚（huī）飞：檐角如飞鸟冲天。檐（yán），同“檐”，屋檐。桷，方形屋椽。翚飞，屋檐涂施华彩，形制亦如鸟类展翅，形容宫室高峻壮丽。

⑦ 玉隆：即玉隆万寿宫，在江西新建逍遥山。净明道祖庭，原为祖师许逊故宅，历经变迁，北宋大中祥符三年改称玉隆宫，政和六年扩建，题额玉隆万寿宫。

【译文】

八日。早晨，从山路到达太平兴国宫，门庭气派极为宏伟壮观。正殿内是九天采访使者塑像，礼服冠冕如同帝王。舒州灊山灵仙观祭祀着九天司命真君，而采访使就是他的辅佐，因此南唐时称灵仙观叫丹霞府，太平观叫通玄府，受尊崇是有渊源的。到宋太宗时，曾派宫中使者送来深红色锦缎披风，依旧命令三年一换。宋神宗时，又加封应元保运真君的称号，并赏赐涂金的大殿匾额。两边墙上画着十大真人像，原本是吴道子的笔墨。建炎年间，盗贼李成、何世清以庐山为窠臼，山上宫殿房舍焚毁扫荡无余。原先山上有一座太一宫，大殿走廊上挂着模拟吴道子画的真人像。待到太平兴国宫重兴时，再用太一殿的摹本，可惜所托付的工匠不好，所画不再像原作。在云无心堂休息，这里是冷翠亭的旧址。溪流声如同大风雨刮来，使人毛骨悚然，冷得发抖，这里是整座宫中风景最优美的地方。采访殿前面有钟楼，高十来丈，三层，全用砖垒成，不用一根木料，而房檐屋椽如飞鸟冲天，即使优良的木工也不能做得更好。但大钟被砖墙所掩蔽，声音不太能发散，也是一处弊病。观主吴思齐说："这一座钟楼造价三万缗，大钟重两万四千多斤。"又有藏经楼也出色，匾额题"云章琼室"。太平兴国宫的总体规模，大致类似于南昌的玉隆万寿宫。但玉隆万寿宫未经焚毁，还留存着古雅的情趣，更胜一筹。

遂至东林太平兴龙寺，寺正对香炉峰①。峰分一支东行，自北而西，环合四抱，有如城郭，东林在其中，相地者谓之倒挂龙格。寺门外虎溪本小涧②，比年甃以砖，但若一沟，无复古趣。予劝其主僧法才去砖，使少近自然，不知能用吾言否。食已，煮观音泉啜茶。登华岩罗汉阁。阁与卢舍阁、钟楼鼎峙，皆极天下之壮丽，虽闽、浙名蓝，所不能逮。遂至上方、五杉阁、舍利塔、白公草堂③。上方者，自寺后支径，穿松阴、蹑石磴而上，亦不甚高。五杉阁前，旧有老杉五本，传以为晋时物，白傅所谓"大十尺围"者④，今又数百年，其老可知矣。近岁，主僧了然辄伐去，殊可惜也。塔中作如来示寂像，本宋佛驮跋陀尊者，自西域持舍利五粒，来葬于此⑤。草堂以白公记考之，略是故处。三间两注，亦如记所云，其他如瀑水、莲池亦皆在，高风逸韵，尚可想见⑥。白公尝以文集留草堂，后屡亡逸，真宗皇帝尝令崇文院写校，包以斑竹帙送寺⑦。建炎中又坏于兵。今独有姑苏版本一帙，备故事耳。草堂之旁，又有一故址，云是王子醇枢密庵基⑧。盖东林为禅苑，始于王公，而照觉禅师常总，实第一祖。总公有塑像，严重英特人也⑨。宿东林。

【注释】

① 东林太平兴龙寺：晋武帝太和十年建。唐改称太平兴龙寺，为庐山最老的古寺。寺内有远公袈裟、梁武帝钵囊、谢灵运翻经贝叶等宝物。唐代以来，文人碑志、游人歌咏题名，所在多有。　香炉峰：在庐山西北。鲍照、李白、孟浩然都有题诗。

② 虎溪：在德化东林寺。晋慧远法师送客过此，虎辄号鸣，故曰虎溪。

③ 上方：佛院名。　白公草堂：元和中，白居易建此堂于香炉峰北，往来出游休憩，作《草堂记》。后改建于东林寺。

④ 白傅：即白居易。　大十尺围：白居易《草堂记》："又南抵石涧，夹涧有古松、老杉，大仅十人围，高不知几百尺。"其实此非记中所言"老杉"。

⑤ 如来示寂像：释迦牟尼在娑罗树下以睡姿辞世的塑像。示寂，即圆寂。　佛驮跋陀：即释觉贤，天竺僧人。东晋时入华，刘宋元嘉六年(四二六)圆寂。曾与鸠摩罗什同在长安译经，后受慧远之邀在东林寺讲法译经。相传曾从天竺携五颗舍利来华，死后随身安葬，在东林寺建塔。

⑥"草堂"七句：白居易《草堂记》："明年春，草堂成。三间两柱，二室四牖，广袤丰杀，一称心力。"又："堂东有瀑布，水悬三尺，泻阶隅，落石渠，昏晓如练色，夜中如环佩琴筑声。"又："台南有方池，倍平台。环池多山竹野卉，池中生白莲、白鱼。"但东林寺内草堂并非"故处"，乃略依香炉峰北草堂改建。

⑦"白公"四句：白居易曾在大和九年将六十卷文集存放在东林寺。后会昌年间又送去《后集》十卷及香山居士像。但广明元年均毁于高骈之乱。　崇文院，北宋前期朝廷所设昭文馆、集贤院、史馆的总称，负责收藏图书、编撰国史等。　斑竹帙，将斑竹劈为细丝做成的书卷外套。

⑧ 王子醇枢密：即王韶(1030—1081)，字子醇，江州德安(今属江西)人。嘉祐进士。官至枢密副使，力主开边，在对西夏的争伐中多有战胜。　庵基：指王韶所建禅苑的基址。

⑨ 照觉禅师常总：俗姓施，延平(今福建南平)人。住持东林寺十二年，与士大夫多往还，苏轼为其法嗣。　严重英特：容貌严肃稳重，英俊奇特。

【译文】

接着来到东林太平兴龙寺，寺庙正对着香炉峰。山峰的一支向东延伸，朝北再朝西，四周环绕合抱，如同城郭，东林寺就在其中，风水先生称之为飞龙倒挂的格局。寺门外的虎溪原本是条小水涧，前些年用砖砌壁，只像一条沟渠，不再有古雅的趣味。我劝主事僧人法才拆去砖，使小水涧稍稍接近自然面貌，不知能否接受我的意见。饭后，煮观音泉水饮茶。登上华严罗汉阁。此阁与卢舍阁、钟楼成三足鼎立之势，都是极尽天下壮丽之景，即使福建、浙江的名寺古刹，也及不上。继续到上方院、五杉阁、舍利塔、白公草堂。到上方院，从寺后小路，穿过松林、踩着石磴而上，也不算太高。五杉阁前原先有五株老杉树，相传是晋代留传下来，白居易所称“直径大到十尺”的那些大树，现今又经过几百年，他们的古老可以知晓了。近年，主事僧了然竟然将它们砍伐掉了，实在是可惜了。舍利塔中建有释迦牟尼圆寂的塑像，这里原本是刘宋时高僧佛驮跋陀从西域带着五颗舍利子来随葬之处。寺内草堂用白居易《草堂记》来考证，大略还是原样。“三间两柱”，也像记文中所说，其他如“瀑水”“莲池”也都在，高雅飘逸的风韵，还可推想而知。白居易曾经将文集留存在草堂，后来屡次佚失。宋真宗时曾令崇文院抄写校核，用斑竹丝外套包装后送到寺内，建炎年间又被战火损坏，现今只存有一套苏州版的白公文集，用来说明这一典故。草堂旁边另有一处旧址，说是枢密使王韶所建庵堂的基址。可见东林作为佛寺，起始于王韶，而照觉禅师常总实为开创始祖。常总有塑像在寺内，是位容貌严肃稳重、英俊奇特的禅师。夜间留宿东林寺。

九日。至晋慧远法师祠堂及神运殿焚香。憩官厅堂中[①]。有耶舍尊者、刘遗民等十八人像，谓之十八贤[②]。远公之侧，又有一人执军持侍立，谓之辟蛇童子。传云，东林故多蛇，此童子尽拾取，投之蕲州[③]。神运殿本龙潭，深不可测，一夕，鬼神塞之，且运良材以作此殿。皆不知实否也。然“神运殿”三字，唐相裴休书[④]，则此说亦久矣。官厅重堂邃庑，厨廐备设，壁间有张文潜题诗[⑤]。寺极大，连日游历，犹不能遍。唐碑亦甚多，惟颜鲁公题名最为时所传[⑥]。又有聪明泉在方丈之西，卓锡泉在远公祠堂后，皆久废不汲，不可食，为之太息[⑦]。

【注释】

① 神运殿：据说当初慧远法师想迁徙到香谷，山神在梦中告诉他："此地幽静，可以让神栖息。"后半夜雷雨大作，次日早上一看，白沙满地，还有楩楠、文梓等好木料。就在此处建殿，命名为神运。

② 十八贤：《舆地纪胜》卷三十："晋太元中，慧远法师与慧永禅师及慧持、昙顺、昙常、道昺、道生、慧叡、道敬、昙诜、白衣张野、宗炳、刘遗民、张诠、周续之、雷次宗、佛驮禅师、耶舍禅师十八人，同修净土之法，因号莲社十八贤。然远公招陶潜入社，终不能致。谢灵运求入社，远公不许。" 耶舍尊者：汉名觉民，罽宾国僧人，婆罗门种姓。由西域来华，曾在长安与鸠摩罗什同译佛经。后南下庐山，为慧远之客，参加莲社。后辞还本国，行至凉州不知所终。

③ 军持：即净瓶，源出梵语。贮水备饮用及净手。 辟蛇童子：《舆地纪胜》卷三十："慧远法师居山，山多有蛇虫。山神尝侍公行，善驱蛇，故号辟蛇行者。" 蕲（qí）州：隶淮南西路，治蕲春（今属湖北）。

④ 裴休：字公美，唐代孟州济源（今属河南）人。擢进士第。大中六年（852）拜相。善楷书。

⑤ 张文潜：即张耒，字文潜。参见本书七月十一日注⑤。

⑥“唐碑”二句：唐碑指李讷《兀兀禅师碑》，颜真卿在碑侧题字。 颜鲁公，即颜真卿（709—784），字清臣，京兆万年（今陕西西安）人。安史之乱时坚守河北，封鲁郡公。后被李希烈拘禁，怒斥叛臣，被杀害。时人尊称颜鲁公。长于书法，笔力遒劲，被称“颜体”。

⑦ 聪明泉：在五松桥，山之涧北。慧远法师与殷仲堪坐在涧边谈《易》，而树下泉涌，号聪明泉。 卓锡泉：僧众出行，休息口渴，慧远法师以杖直立地上，泉水涌出。卓，植立。锡，锡杖，僧人出行用。后僧人居留称卓锡。

【译文】

九日。到东晋慧远法师祠堂和神运殿进香。在官厅大堂中休息，有耶舍尊者、刘遗民等十八人的塑像，被称为“十八贤”。慧远法师旁边又有一人手执净瓶侍立，称为辟蛇童子。据说东林寺原先多有蛇出没，这个童子都捡起扔到蕲州去了。神运殿本是龙潭，深不可测，一夜，鬼神将潭填没，而且运来好木材建起此殿，这些传说都不知是否事实。但“神运殿”三字，是唐代宰相裴休所书，那么这些传说也很久远了。官厅堂屋多重，廊庑幽深，厨房马厩，设施齐全，墙壁上有张耒所题诗句。东林寺范围极大，连续几天游览，还不能遍游。唐代的碑刻也很多，只有颜真卿的题名最为当时所传诵。又有聪明泉在长老居室的西面，卓锡泉在慧远法师祠堂后面，都久已废弃不用，泉水不可饮，为之叹息。

食已，游西林乾明寺①。西林在东林之西，二林之间，有小市曰雁门市。传者以为远公雁门人，老而怀故乡，遂髣髴雁门邑里作此市，汉作新丰之比也②。西林本晋江州刺史陶范舍地建寺③。绍兴十五六年间，方为禅居，褊小非东林比，又绝弊坏。主僧仁聪闽人，方渐兴葺。然流泉泠泠，环绕庭际，殊有野趣。正殿释迦像着宝冠，他处未见，僧云唐塑也。殿侧有慧永法师祠堂，永公盖远公之兄。像下一虎偃伏，又有一居士立侍，不知何人④。方丈后有砖塔不甚高，制度古朴，予登二级而止。东厢有小阁曰待贤，盖往时馆客之地，今亦颓弊。东、西林寺旧额，皆牛奇章八分书⑤，笔力极浑厚。西林亦有颜鲁公题名，书家以为二林题名，颜书之冠冕也。旧闻庐山天池砖塔初成，有僧施经二匣。未几，塔震一角，经亦失所在。是日，因登望以问僧，僧云诚然。或谓经乃刺血书[⑥]，故致此异。又云今年天池火[⑦]，尺椽不遗，盖旁野火所及也。晚复取太平宫路还江州，小憩于新亭，距州二十五里。过董真人炼丹井，汲饮，味亦佳。董真人者，奉也[⑧]。

【注释】

① 西林乾明寺：原为西林寺，晋太和二年建，北宋太平兴国年间改称乾明寺。寺内水泉山石之美，仅次于东林。

② 汉作新丰：汉高祖刘邦为沛县丰邑（今江苏丰县）人，称帝后接父亲太公居长安。太公思乡，乃改骊邑（在今陕西临潼）为丰邑，迁丰邑之民于其中，称为新丰。

③ 陶范：字道则，庐江浔阳（今江西九江）人。陶侃子。太元初为光禄勋。

④ 慧永法师：俗姓潘，河内（今河南沁阳）人。年十二出家，师从竺昙现、道安。入庐山居西林寺，清心克己，厉行精苦。室恒异香，与虎同居。卒年八十三。慧远有弟慧持，但没有慧永为慧远之兄的记载。

⑤ 牛奇章：即牛僧孺（779—847），字思黯，安定鹑觚（今甘肃灵台）人。贞元二十一年进士。历德宗、顺宗等八朝，官至丞相，封奇章郡公。　八分书：隶书的一种。

⑥ 刺血书：刺血书写之佛经，以示虔敬。

⑦ 天池：一名罗汉池，在庐山顶。曾有天灯、锦云、佛现等异象。

⑧ 董真人：即董奉，字君异，汉末侯官（今福建福州）人。少年学医，信奉道教。与谯郡华佗、南阳张仲景并称“建安三神医”。晚年隐居庐山，治病不取钱，病愈者需植杏树，重者五株，轻者一株，积年蔚然成林，是为杏林。　炼丹井：德化县南二十五里有太乙观，为董真君修行之地。又新桥有董真君炼丹井。

【译文】

饭后，游览西林乾明寺。西林寺在东林寺的西面，二寺之间，有小市集称雁门市。相传以为慧远法师是雁门人，老来怀念故乡，就模仿雁门故里建了这个市集，这就好比汉高祖刘邦为父亲建新丰邑一样啊。西林寺原本为东晋江州刺史陶范捐地所建寺庙。绍兴十五六年时才改为禅宗所居，土地狭小不可与东林寺相比，又十分破败。主事僧任聪是福建人，寺庙在他手中才逐渐兴建起来。而泉水清冷流淌，环绕庭院，很有山野趣味。正殿内的释迦牟尼像戴着装饰宝物的头冠，其他寺庙没见过，僧人说是唐代的塑像。正殿旁侧有慧永法师的祠堂，慧永是慧远的兄长。塑像下有一头老虎俯卧，又有一位居士站立侍候，不知是何人。长老居室后面有座砖塔不很高，形制古朴，我登上两级就止步了。东厢还有小阁楼叫待贤，是原先客人留宿的地方，现今也衰颓破败了。东林、西林寺旧时的匾额，都是牛僧孺的八分书体，笔力极为浑厚。西林寺也有颜真卿的题字，书法家认为东林、西林的题名，是颜真卿书法的极致。过去听说庐山天池的砖塔刚建成，有僧人放置佛经二匣。不久，塔震坏一角，佛经也遗失不见。这天，因登上天池询问僧人，僧人说确实如此。有人说佛经是刺血书写，因而造成这种异象。又说今年天池遭遇大火，宝塔烧得屋椽一根不剩，这是近旁的野火延烧的结果。晚上再从赴太平兴国宫的原路返回江州，在新亭短暂休息了一下，这里距离州府二十五里。经过董真人的炼丹井，汲水饮用，味道也好。董真人就是董奉。

十日。史志道饷谷帘水数器[①]，真绝品也，甘腴清冷，具备众美。前辈或斥水品以为不可信[②]；水品固不必尽当，然谷帘卓然，非惠山所及[③]，则亦不可诬也。水在庐山景德观。晚别诸人。连夕在山中极寒，可拥炉。比还舟，秋暑殊未艾，终日挥扇。

十一日。解舟。吴发干约待夔州书[④]，因小留江口，望庐山。自到江州，至是凡十日，皆晴。秋高气清，长空无纤云，甚宜登览，亦客中可喜事也。泊赤沙湖口[⑤]，东北望，犹见庐山。老杜《潭州道林》诗云："殿脚插入赤沙湖。"此湖当在湖南，然岳州华容县及此皆有赤沙湖，盖江湖间地名多同，犹赤壁也。

十二日。江中见物，有双角，远望正如小犊，出没水中有声。晚泊橹脐洑。隔江大山中，有火两点若灯，开阖久之。问舟人，皆不能知。或云蛟龙之目，或云灵芝丹药光气⑥，不可得而详也。

【注释】

① 史志道：即史正志。参见本书七月三日记文。 谷帘水：在德安县东北十里康王谷中，发自庐山，像玉帘般悬注三百五十丈，故名谷帘泉，也是庐山第一景观。陆羽《茶经》曾列其水为天下第一。

② 水品：唐代陆羽品评沏茶之水质，分天下之水为二十品。

③ 惠山：在无锡西郊。其水被陆羽列为天下第二。

④ 吴发干：吴姓发运使干办公事。 夔州书：夔州府公文。

⑤ 赤沙湖：即赤湖，在今江西九江，东北与长江仅一堤之隔。非湖南华容及杜甫诗所言赤沙湖。

⑥ 光气：灵异之气。

【译文】

十日。史正志赠送谷帘水几罐，真是绝品啊，甘甜清凉，具备众多美感。有的前辈指斥陆羽区分水品不可信，水品固然不一定完全恰当，但谷帘水的卓越品质，不是惠山水可及，则也是不可否定的。水放在庐山景德观。晚间同各位朋友道别。接连几夜在山中极冷，但可围炉取暖。等回到航船，秋天的暑气还没有退去，整天须挥扇驱热。

十一日。解缆准备出发。吴姓发运使干办公事相约等待夔州公文，因此在江口稍作停留，远望庐山。从到江州，至今共十天，都是晴天。秋高气爽，万里长空没有丝毫云彩，十分适宜登高览胜，这也是客游中值得欢喜的事啊。停泊在赤沙湖口，向东北眺望，还能看见庐山。杜甫《潭州道林》诗说："佛殿底基插入赤沙湖。"此湖应在湖南。但岳州华容县和这里都有赤沙湖，这是因为江湖之间地名多有相同的，就像赤壁一样。

十二日。长江中看见一种双角动物，远望正像小牛犊，在水中忽隐忽现，发出响声。晚上停泊在橹脐洑。隔江的大山中，有两点火光犹如灯盏，或明或暗很久。询问船家，都说不清楚。有的说是蛟龙的眼睛，有的说是灵芝、丹药形成的灵异之气，不能真正弄明白。

十三日。至富池昭勇庙，以壶酒、特豕，谒昭毅武惠遗爱灵显王神①。神，吴大帝时折冲将军甘兴霸也②。兴霸尝为西陵太守，故庙食于此。开宝中，既平江南，增江淮神祠封爵，始封褒国公。宣和中，进爵为王。建炎中，大盗张遇号“一窝蜂”，拥兵过庙下，相率卜珓③。一珓腾空中不下，一珓跃出户外，群盗惶恐引去，未几遂败。大将刘光世以闻④，复诏加封。岳飞为宣抚使，大葺祠宇，江上神祠皆不及也。门起大楼曰卷雪。有钉洲正对庙，故庙虽俯大江，而可泊舟。钉洲者，以锐下得名⑤。神妃封顺祐夫人，神二子封绍威、绍灵侯，神女封柔懿夫人，皆有像。而后殿复有王与妃像偶坐⑥。祭享之盛，以夜继日。庙祝岁输官钱千二百缗，则神之灵可知也。舟人云：“若精虔致祷⑦，则神能分风以应往来之舟。”庑下有关云长像。云长不应祀于兴霸之庙者，岂各忠所事，神灵共食，皆可以无愧耶⑧？彻奠⑨，自祠后步至旌教寺。寺为酒务及酒官廨，像设敛置一屋，尽逐去僧辈，亦事之已甚者⑩。富池盖隶兴国军⑪。

【注释】

① 富池：富池湖源出永兴之翠屏六溪，至富池口入江。富池甘将军

庙在富池口，灵应显著，褒封荐加，邦人尊敬，饮食必祝。其显异之迹，有碑以纪。建炎四年，应刘光世之请，诏加封吴将甘宁为昭毅武宁灵显王，赐名显勇庙。又有甘将军墓在庙侧。　特豕：公猪。

② 甘兴霸：即甘宁，字兴霸，巴郡临江（今重庆忠县）人。三国孙吴名将。官至西陵太守、折冲将军。卒葬阳新富池半壁山，宋代起被封为神祇。　西陵：辖阳新、下雉二县，治所在今湖北浠水。

③ 卜珓（jiào）：一种占卜术。以杯状器物投掷于地，视其仰覆以占吉凶。《夷坚志》载一事与此类似：建炎年间大盗马进，从蕲黄渡江，至庙下求杯珓，准备屠城兴国县。神再三不许，马进大怒说："卜得胜珓屠城，得阳珓也屠城，得阴珓则连庙一起焚毁。"再次亲手掷之，一只堕地，一只不见，不久发现附着于门框上，离地数尺，屹立不坠。马进惊惧，拜谢而去。相传以为黄巢所掷。

④ 刘光世：1089—1142 年在世，字平叔，保安军（今陕西志丹）人。南宋抗金名将，与韩世忠、张俊、岳飞并列"中兴四将"。官至检校太保、殿前都指挥使。

⑤ 钉洲：状如铁钉的沙洲。　锐下：面部上宽广而下瘦削称"丰上锐下"，与钉状类似。

⑥ 偶坐：并坐。

⑦ 精虔：诚敬貌。

⑧ 关云长：即关羽，字云长，河东解县（今山西运城）人。三国蜀汉大将。任荆州刺史，遭孙吴吕蒙偷袭，兵败被杀。关羽和甘宁分属蜀、吴，不应同祀。

⑨ 彻奠：指完成祭奠的全过程。

⑩"寺为"四句：指旌教寺被官府占用为办公处所。　像设，指被祭祀的神佛供像。　敛置，收敛安置。

⑪ 兴国军：隶江南西路，辖永兴、大冶、通山三县。治永兴，在今湖北阳新。

【译文】

十三日。到达富池昭勇庙，用一壶酒、一头公猪，祭拜昭毅武惠遗爱灵显王的神位。神灵就是东吴孙权时的折冲将军甘宁，甘宁曾任西陵太守，因此在这里立庙享受祭享。开宝年间，我朝平定江南，增加江淮之间祭祀神祠的封号，开始封甘宁为褒国公。宣和年间，又进封爵位为王。建炎年间，大盗张遇自号"一窝蜂”，带兵经过神庙，相继掷珓占卜吉凶。一只珓腾飞空中不落地，一只珓飞跃出室外，盗贼们慌忙退去，不久就失败了。大将刘光世将此事呈报，朝廷下诏追加封号。岳飞任宣抚使时，对祠庙全面修葺，长江上的神祠都不及此庙。门前兴建大楼名“卷雪”。有钉洲正对庙门，因而神庙虽然俯瞰长江，却能停泊舟船。所谓钉洲，因形似上宽下窄的面容而得名。神灵的王妃受封顺祐夫人，二子受封绍威侯、绍灵侯，女儿受封柔懿夫人，都有塑像。后殿又有灵显王和王妃的塑像并坐。陈列祭品丰盛，夜以继日。神庙香火道士每年上缴官府钱币一千二百缗，因此神灵的灵验可见一斑。船家说：“如果诚敬地祈祷，则神灵能调拨风向来应对往来的舟船。”神庙的廊庑下有关羽的塑像。关羽不应列在甘宁的庙堂而在廊庑接受祭祀，难道不是因为各自忠于主人，神灵却在一起享受祭品，都可以无所愧疚吗？祭奠完成后，从祠后步行到旌教寺。寺庙被用作酒类专卖事务及主管官员的官衙，原先的神佛供像收置一屋，将僧人全部赶走，这也是官府办事太过分了。富池隶属于兴国军。

十四日。晓雨。过一小石山，自顶直削去半，与余姚江滨之蜀山绝相类[①]。抛大江[②]，遇一木筏，广十余丈，长五十余丈。上有三四十家，妻子、鸡犬、臼碓皆具，中为阡陌相往来，亦有神祠，素所未睹也。舟人云：“此尚其小者耳，大者于筏上铺土作蔬圃，或作酒肆，皆不复能入夹，但行大江而已。”是日，逆风挽船，自平旦至日昳[③]，才行十五六里。泊刘官矶旁，蕲州界也。儿辈登岸，归云：“得小径至山后，有陂湖渺然，莲芰甚富，沿湖多木芙蕖[④]。数家夕阳中，芦藩茅舍，宛有幽致，而寂然无人声。有大梨，欲买之，不可得。湖中小艇采菱，呼之亦不应。更欲穷之，会见道旁设机[5]，疑有虎狼，遂不敢往。”刘官矶者，传云汉昭烈入吴，尝檥舟于此[6]。晚，观大鼋浮沉水中[7]。

【注释】

① 余姚江：在余姚县南一十步。源出上虞县，经县东入于海。江阔四十丈，潮上下二百余里，虽通海而水不咸。　蜀山：在余姚江滨。

② 抛大江：横穿水流湍急的长江。

③ 日昳（dié）：太阳偏西。

④ “儿辈”六句：儿辈，指随行的陆游诸子。　陂湖，陂泽，湖泽。　莲芰，莲荷菱角。　木芙蕖，即木芙蓉，亦称木莲。落叶灌木或小乔木，叶掌状，秋天开花，白色或淡红色，结蒴果，有毛。花叶可入药。

⑤ 设机：设置捕兽的机关。

⑥ 汉昭烈：即刘备，卒谥昭烈皇帝。　入吴：指章武元年（221）刘备率军伐吴，报关羽被吴所杀之仇。　檥（yǐ）舟：同“舣舟”，系舟泊岸。

⑦ 大鼋（yuán）：亦称绿团鱼，俗称癞头鼋。

【译文】

十四日。拂晓下雨，航船经过一座小石山，从山顶算起被削去一半，与余姚江边的蜀山十分相似。横穿过长江，遇见一条木筏，宽十多丈，长五十多丈，上面居住着三四十户人家，妻儿、鸡犬、舂米的臼碓都有，中间是小路往来相通，也有神祠，这是从来未曾见过的。船家说：“这还是其中较小的，大的在木筏上铺上泥土作菜园，有的能作酒店，但都不再能进江边水道，只能在长江上航行了。”这天，逆风拉纤行船，从清晨到傍晚，才行驶了十五六里。停泊在刘官矶旁，已是蕲州地界。诸儿登岸游览，回来说：“找到小路直达山后，有一片浩渺的湖泽，莲荷菱角很多，湖边多长着木芙蓉。放眼望去，芦苇篱笆，茅草屋舍，好像颇有幽雅的情致，而寂静不闻人声。有种大梨子，想买却买不到。湖中小船在采菱，呼叫也不回应。想再往前走，恰见路旁设有捕兽的机关，恐怕有虎狼，就不敢再走下去。”刘官矶这地方，传说当年刘备率兵伐吴，曾在此泊舟停留。晚间，观赏大鼋鱼在江中浮沉出没。

十五日。微阴，西风益劲，挽船尤艰。自富池以西，沿江之南皆大山，起伏如涛头。山麓时有居民，往往作棚，持弓矢，伏其上以伺虎。过龙眼矶，江中拳石耳[①]。矶旁山上有龙祠。晡后，得便风，次蕲口镇，居民繁错，蜀舟泊岸下甚众[②]。监税秉义郎高世栋来，旧在京口识之，言此镇岁课十五万缗，雁翅岁课二十六万缗[③]。夜与诸子登岸，临大江观月。江面远与天接，月影入水，荡摇不定，正如金虬，动心骇目之观也。是日，买熟药于蕲口市。药贴中皆有煎煮所须，如薄荷、乌梅之类[④]，此等皆客中不可仓卒求者。药肆用心如此，亦可嘉也。

十六日。过新野夹，有石濑茂林[⑤]，始闻秋莺。沙际水牛至多，往往数十为群，吴中所无也。地属兴国军大冶县，当是土产所宜尔。晚过道士矶[⑥]，石壁数百尺，色正青，了无窍穴，而竹树迸根，交络其上，苍翠可爱。自过小孤，临江峰嶂无出其右。矶一名西塞山，即玄真子《渔父辞》所谓“西塞山前白鹭飞”者[⑦]。李太白《送弟之江东》云：“西塞当中路，南风欲进船。”必在荆楚作，故有“中路”之句。张文潜云：“危矶插江生，石色擘青玉。”殆为此山写真。又云：“已逢妩媚散花峡，不泊艰危道士矶[⑧]。”盖江行惟马当及西塞最为湍险难上。抛江泊散花洲，洲与西塞相直[⑨]。前一夕，月犹未极圆，盖望正在是夕[⑩]。空江万顷，月如紫金盘自水中涌出，平生无此中秋也。

【注释】

① 龙眼矶：在蕲州西江滨。

② 晡后：申时以后，即午后三至五时后傍晚时分。　蕲口镇：亦称蕲阳口。蕲水注入长江之处，宋置蕲口镇。　蜀舟：往来蜀地之舟。

③ 雁翅：亦镇名，当在蕲口附近。

④ 熟药：经加工炮制的药材。　药贴：处方单。薄荷用于清凉解热，乌梅用于治腹泻。

⑤ 石濑（lài）：水为石阻激而生成的激流。

⑥ 道士矶：一名西塞山，俗称道士矶。在大冶县东南五十里。

⑦ 玄真子渔父辞：玄真子，即张志和，字子同，号玄真子，金华（今属浙江）人。年十六举明经，曾任南浦尉，后隐居会稽。著《玄真子》三万言，作《渔歌子》（一作《渔父词》）五首。张志和《渔歌子》其一："西塞山前白鹭飞，桃花流水鳜鱼肥。青箬笠，绿蓑衣，斜风细雨不须归。"张志和词中之西塞山在湖州，渔歌子源于吴歌中的渔歌，非兴国军大冶之西塞山。此处陆游所说有误。

⑧"张文潜"七句："危矶"二句出自张文潜（张耒）《道士矶》，"已逢"二句出自《二十三日即事》。

⑨"抛江"二句：散花洲，在大冶县大江中流之南。相传周瑜败曹操于赤壁，吴王迎之至此，酾酒散花，以劳军士，故称为吴王散花洲。　相值，相对。

⑩ 望：望日。农历每月十五日。

【译文】

十五日。天气微阴，西风更为强劲，拉纤特别艰难。从富池向西，沿江南岸都是大山，山头起伏像浪涛。山脚不时发现附近居民，往往造一个棚屋，拿着弓箭，趴在棚上守候老虎。经过龙眼矶，只是长江中拳大的小石块。矶旁山上有座龙祠。午后，来了顺风，止宿在蕲口镇，居民繁多错杂，来往蜀地的舟船停泊岸边很多。税务官高世栋来会见，旧时在京口认识，他说此镇每年征税十五万缗，雁翅镇每年征税二十六万缗。夜间与诸子登岸，濒临长江赏月。江面远处与天际相接，月影映入水中，摇荡不定，恰如金色的游龙，令人惊心动魄的景观啊。这天，在蕲口市场上购买了经炮制的药材，处方单上都有药材煎煮的说明，如薄荷、乌梅之类，这些都是旅途中不能即刻找到的。药店如此用心，也真值得称道。

十六日。航船经过新野夹，有石潭密林，开始听见秋莺啼叫。沙滩边水牛特多，往往几十头成群结队，吴地一带所不见。此地隶属兴国军大冶县，牛群应是适合当地的土产吧。晚上经过道士矶，峭壁几百尺高，颜色纯青，完全没有洞穷孔穴，竹树根系爆开，交织网络在石壁上，一片碧绿可爱。自从经过小孤山，濒临江边的山峰峭壁没有超过它的。道士矶又叫西塞山，就是张志和《渔父辞》所谓“西塞山前白鹭翱翔”所说的地方。李白《送弟之江东》诗说：“西塞山在路途中间，南风想要推进舟船。”此诗一定在荆楚一带所写，因此有“路途中间”的句子。张耒诗说“高耸的矶石插在江中，颜色就像剖开的青玉”，大概就是为此山画像。又说：“已见姿容美好的散花峡，不泊艰险高耸的道士矶。”因为长江航行只有马当山和西塞山两处最为湍急危险，溯流难上。横过江面停泊在散花洲，此地与西塞山正隔江相对。前一晚月亮尚未最圆，因为望日正在今夜。空阔的江面碧波万顷，月如紫金盘从水中涌出，平生没有经历过这样的中秋之夜。

十七日。过回风矶，无大山，盖江滨石碛耳[①]。然水急浪涌，舟过甚艰。过兰溪，东坡先生所谓“山下兰芽短浸溪”者[②]。买鹿肉供膳。晚泊巴河口，距黄州二十里，一市聚也[③]。有马祈寺、吴大帝刑马坛[④]。传云吴攻寿春，刑白马祭江神于此。自兰溪而西，江面尤广，山阜平远。两日皆逆风，舟人以食尽，欲来巴河籴米，极力牵挽，日皆行八九十里。苏黄门谪高安，东坡先生送至巴河，即此地也[⑤]。张文潜亦有《巴河道中》诗云：“东南地缺天连水，春夏风高浪卷山。”

【注释】

① 石碛(qì)：多石之沙滩。

② 兰溪：在蕲水县，多产兰竹。　“山下”句：出自苏轼《浣溪沙（游蕲水清泉寺，寺临兰溪，溪水西流）》中有名句：“谁道人生无再少？门前流水尚能西。”

③ 巴河口：在黄冈县东四十三里。　黄州：隶淮南西路，辖黄冈、黄陂、麻城三县。治黄冈，今属湖北。　市聚：市集，村落。

④ 马祈寺：淳熙五年，陆游东归再经马祈寺，有《发黄州泊巴河游马祈寺》：“南望武昌山，北望齐安城。楚江万顷绿，着我画舫横。……晚泊巴河市，小陌闻屐声。紫髯刑马地，一怒江汉清。……”

⑤ 苏黄门：即苏辙，曾官门下侍郎（汉代称黄门侍郎），故称。元丰二年，苏轼因“乌台诗案”被贬黄州团练副使，苏辙受牵连被贬监筠州（高安）盐酒税。元丰五年，苏辙至黄州与苏轼相聚，苏轼有《晓至巴河口迎子由》，两人多有唱和。

【译文】

十七日。航船经过回风矶，此处没有大山，只是江边多石的沙滩。但水流湍急，浪潮涌动，舟船通过十分艰难。经过兰溪，是苏轼所谓“山下兰芽短小浸没在溪中”的地方。购买鹿肉作为膳食。晚间停泊巴河口，距离黄州二十里，只是一个市集。有马祈寺、孙权杀马祭坛。相传东吴攻打寿春，在这里杀白马祭奠江神。从兰溪向西，江面特别宽广，山岭平夷阔远。两天连续逆风，船家因粮食将尽，想来巴马买米，拼命拉纤，每天只行驶八九十里。苏辙被贬高安，苏轼送行到巴马，就是此地。张耒也有《巴河道中》诗说：“东南方大地缺陷江水连天，春夏季江风劲吹浪卷如山。”

十八日。食时方行，晡时至黄州。州最僻陋少事，杜牧之所谓“平生睡足处，云梦泽南州[①]”。然自牧之、王元之出守，又东坡先生、张文潜谪居，遂为名邦[②]。泊临皋亭，东坡先生所尝寓，《与秦少游书》所谓“门外数步即大江”是也③。烟波渺然，气象疏豁。见知州右朝奉郎直秘阁杨由义、通判右奉议郎陈绍复。州治陋甚，厅事仅可容数客，倅居差胜④。晚，移舟竹园步⑤，盖临皋多风涛，不可夜泊也。黄州与樊口正相对，东坡所谓“武昌樊口幽绝处”也⑥。汉昭烈用吴鲁子敬策，自当阳进住鄂县之樊口，即此地也⑦。

【注释】

①“平生”二句：出自杜牧《忆齐安郡》。

②“然自”三句：杜牧会昌二年(842)至四年任黄州刺史。王禹偁字元之，咸平二年(999)至四年知黄州。苏轼元丰三年(1079)至七年以黄州团练副使谪居黄州。张耒于绍圣四年(1097)以黄州酒税监督、元符二年(1099)以黄州通判、崇宁元年(1102)以房州别驾黄州安置先后共三次谪居黄州。

③临皋亭：苏轼曾寓居其中。又有临皋馆在朝宗门外，原名瑞庆堂。故相秦桧之父泊舟其下而桧生。　秦少游：即秦观，字少游。苏门四学士之一。　“门外”句：出自苏轼《王定国诗集序》：“今余老，不复作诗，又以病止酒，闭门不出。门外数步即大江，经月不至江上，眊眊焉真一老农夫也。”此处陆游或误记。

④厅事：官署视事问案的厅堂，古作听事。　倅居：副居，指用作办公。　差胜：差强人意，勉强令人满意。

⑤竹园步：地名。步，同埠。水边泊船之处。

⑥樊口：在今湖北鄂城西北樊港入江处。　“武昌”句：出自苏轼《书王定国所藏烟江迭嶂图》：“君不见武昌樊口幽绝处，东坡先生留五年。春风摇江天漠漠，暮云卷雨山娟娟。丹枫翻鸦伴水宿，长松落雪惊醉眠。桃花流水在人世，武陵岂必皆神仙。”

⑦“汉昭烈”三句：指建安十三年(208)，刘备在当阳战败后，接受了东吴鲁肃的建议，进驻樊口，联合孙权，为赤壁之战奠定了基础。汉昭烈，即刘备，谥号昭烈皇帝。　鲁子敬，即鲁肃，字子敬，临淮东城(今江苏泗洪)人。孙权谋士，力主联刘抗曹。官至横江将军。　当阳，县名，隶荆门军。在今湖北当阳。

【译文】

十八日。早饭时方才启航，傍晚时分到达黄州。黄州最为偏僻简陋，事务单纯，杜牧所谓“平生酣睡满足之地，云梦大泽南方穷州”。但自从杜牧、王禹偁来郡镇守，又苏轼、张耒被贬居住，黄州就成为著名地区。停泊在临皋亭，苏轼曾在此寓居，就是《王定国诗集序》所谓“门外几步即是长江”的地方。眼前烟波浩渺，气象疏朗开阔。会见知州直秘阁杨由义、通判陈绍复。州府衙门极为简陋，厅堂只能容纳几位客人，用作办公差强人意。晚间，移泊到竹园步，因为临皋亭风大浪卷，不能夜泊之故。黄州与樊口正隔江相对，苏轼所谓“武昌樊口真是清幽至绝之处”啊。刘备采用东吴鲁肃的计策，从当阳进驻鄂县的樊口，就是此地。

十九日。早，游东坡[①]。自州门而东，冈垄高下，至东坡，则地势平旷开豁。东起一垄颇高，有屋三间，一龟头曰居士亭[②]。亭下面南一堂颇雄，四壁皆画雪。堂中有苏公像，乌帽紫裘，横按筇杖，是为雪堂[③]。堂东大柳，传以为公手植。正南有桥，榜曰小桥，以“莫忘小桥流水”之句得名[④]。其下初无渠涧，遇雨则有涓流耳。旧止片石布其上，近辄增广为木桥，覆以一屋，颇败人意。东一井曰暗井，取苏公诗中“走报暗井出”之句[⑤]。泉寒熨齿，但不甚甘。又有四望亭，正与雪堂相直，在高阜上，览观江山，为一郡之最。亭名见苏公及张文潜集中[⑥]。坡西竹林，古氏故物，号南坡。今已残伐无几，地亦不在古氏矣。出城五里，至安国寺[⑦]，亦苏公所尝寓。兵火之余，无复遗迹，惟绕寺茂林啼鸟，似犹有当时气象也。

【注释】

① 东坡：在州治之东百余步。元丰三年，苏轼谪居寓临皋亭。后得此地，建雪堂而迁居东坡。元丰七年离开黄州，将雪堂给潘大临兄弟居住。崇宁党禁后被毁。后由神霄宫道士李斯立重建。

② 龟头：形容高垄似龟背，居士亭似昂起之龟头。

③ 雪堂：道士冲妙大师李斯立重建东坡雪堂。苏轼《雪堂记》："苏子得废圃于东坡之胁，筑而垣之，作堂焉，号其正曰雪堂。堂以大雪中为之，因绘雪于四壁之间，无容隙也。起居偃仰，环顾睥睨，无非雪者。苏子居之，真得其所居者也。"

④"莫忘"句：出自苏轼《如梦令》（春思）。

⑤"走报"句：出自苏轼《东坡八首》其二。

⑥ 四望亭：在雪堂南高阜之上。唐代太和年间刺史刘嗣之所立，李绅作记。 相直：即"相值"，相当，相匹敌。苏轼有《雨晴后步至四望亭下鱼池上》，张耒有《步下四望亭至东坡柳径访邠老不遇》之作。

⑦ 安国寺：在黄州城南。有茂林修竹，陂池亭榭。始建于南唐保大二年，初名护国寺，嘉祐八年赐安国寺名。苏轼作有《黄州安国寺记》，并载："岁正月，男女万人会庭中，饮食作乐，且祠瘟神，江淮旧俗也。"

【译文】

十九日。早晨，游览东坡。从州门向东，山冈丘陵高低错落，到达东坡，则地势平坦开阔。东面突起的高垄犹如龟背，上面有三间屋，居士亭就像龟头。亭下面朝南有一座雄伟的厅堂，四面墙壁上都画满雪花。堂中有苏轼塑像，黑色便帽，紫色皮衣，横拿着竹杖，这就是雪堂。堂东的大柳树，相传为苏轼亲手栽种。正南面有桥，题名"小桥"，因苏轼"莫忘小桥流水"的词句得名。桥下原本没有沟渠，遇到下雨则有小股流水罢了。旧时只有石片分布在上面，近时则扩大为木桥，上面覆盖一屋，十分败坏游人的兴趣。东边一口井叫暗井，用苏轼诗中"奔走报告暗井出现"的诗句。泉水冰凉，齿颊生寒，但不很甜。又有四望亭，正与雪堂位置相当，在高丘上，观赏江山景物，是一州之中最佳的地点。亭名见于苏轼和张耒的诗集中。东坡西边竹林，古氏留下的旧物，号称南坡。现今已残败被砍，所剩无几，土地也不属于古氏了。随后又出黄州城五里，抵达安国寺，也是苏轼曾经寄寓之处。经历了兵火的劫难，再也见不到任何遗迹，只有环绕寺院的密林啼鸟，似乎还有一些当时的氛围。

郡集于栖霞楼[①]，本太守闾丘孝终公显所作。苏公乐府云："小舟横截春江，卧看翠壁红楼起。"正谓此楼也[②]。下临大江，烟树微茫，远山数点，亦佳处也。楼颇华洁。先是郡有庆瑞堂，谓一故相所生之地，后毁以新此楼[③]。酒味殊恶，苏公"齑汤""蜜汁"之戏不虚发[④]。郡人何斯举诗亦云："终年饮恶酒，谁敢憎督邮[⑤]。"然文潜乃极称黄州酒，以为自京师之外无过者。故其诗云："我初谪官时，帝问司酒神。曰此好饮徒，聊给酒养真。去国一千里，齐安酒最醇。失火而得雨，仰戴天公仁。"岂文潜谪黄时，适有佳匠乎[⑥]？循小径缭州宅之后，至竹楼，规模甚陋，不知当王元之时，亦止此邪[⑦]？楼下稍东即赤壁矶[⑧]，亦茅冈尔，略无草木。故韩子苍待制诗云："岂有危巢与栖鹘，亦无陈迹但飞鸥[⑨]。"此矶图经及传者皆以为周公瑾败曹操之地，然江上多此名，不可考质[⑩]。李太白《赤壁歌》云："烈火张天照云海，周瑜于此败曹公。"不指言在黄州。苏公尤疑之，赋云："此非曹孟德之困于周郎者乎？"乐府云："故垒西边，人道是，当日周郎赤壁。"盖一字不轻下如此[⑪]。至韩子苍云："此地能令阿瞒走[⑫]。"则真指为公瑾之赤壁矣。又，黄人实谓赤壁曰赤鼻，尤可疑也。晚，复移舟菜园步，又远竹园三四里。盖黄州临大江，了无港澳可泊[⑬]。或云旧有澳，郡官厌过客，故塞之。

【注释】

① 栖霞楼：在仪门之外。西南面开阔高燥，坐览江山之胜，为一郡奇绝之景。

②“小舟”二句：出自苏轼《水龙吟》。

③“先是”三句：此或与临皋馆相淆。参见本书八月十八日注③。

④“苏公”句：苏轼《岐亭五首》其四：“酸酒如齑汤，甜酒如蜜汁。三年黄州城，饮酒但饮湿。”

⑤“郡人”三句：诗用陶渊明事。何斯举，即何颉之，字斯举，黄冈人。从苏、黄学。 督邮，汉代郡之属吏，代表太守督察县乡，宣达教令，兼狱讼捕亡。唐以后废。此指地方官吏。

⑥“然文潜”十一句：为张耒《冬日放言二十一首》其十二。

⑦“循小径”五句：王元之，王禹偁咸平二年至四年知黄州，撰有《黄冈竹楼记》，流传甚广。

⑧ 赤壁矶：在州治之北。东坡作《前赤壁赋》，说是周瑜破曹操处。

⑨“故韩子苍”三句：韩子苍即韩驹(1080—1135)，字子苍，陵阳仙井(今四川仁寿)人。徽宗时赐进士出身，曾任中书舍人。江西派诗人。“岂有”二句出自韩驹《登赤壁矶》。

⑩ 考质：咨询质疑。

⑪“苏公”八句：苏轼诗文多次提到“赤壁”。苏轼《前赤壁赋》：“西望夏口，东望武昌，山川相缪，郁乎苍苍，此非孟德之困于周郎者乎?”又《念奴娇·赤壁怀古》，脍炙人口，陆游所引“当日”应为“三国”。又《东坡志林》卷四：“黄州守居之数百步为赤壁，或言即周瑜破曹公处，不知果是否?”其实周瑜破曹操之赤壁在鄂州蒲圻(今湖北赤壁)。

⑫“此地”句：出自韩驹《某已被旨移蔡贼起旁郡未果进发今日上城部分民兵阅视战舰口号五首》其一。

⑬ 港澳：均指港湾，泊船之处。

【译文】

州府在栖霞楼设宴招待，这里本是前太守间丘孝终所建。苏轼《水龙吟》词句“小船横穿春日江面，躺观绿墙红楼建起”，说得正是此楼啊。栖霞楼面临长江，烟云丛林渺茫，远处几座山峦，也是观景的好地方。楼阁华丽洁净。原先郡中有庆瑞堂，说是一位前宰相出生之地，后拆毁新建此楼。宴席上酒味很差，苏轼“酸菜汤”“蜜糖汁”的玩笑不是凭空而发。本州人何颀之的诗也说“整年饮用恶酒，谁敢憎恶官员”。然而张耒却极为称道黄州酒，认为在京师之外没有超过它的。因此他的诗说：“我当初被贬官之时，皇帝征询酒务之神，说是这个贪酒之徒，还是让他喝酒修身。离开京城一千余里，齐安之酒最为厚醇。失火等来及时之雨，敬仰感激天公慈仁。”难道张耒被贬黄州之时，恰好有位酿酒好手吗？沿着小路绕到州府的后面，到了著名的竹楼，形制十分简陋，不知在王禹偁之时，也就这样吗？楼下略东面就是赤壁矶，也只是个简陋的山冈罢了，且全无草木。因此韩驹待制的诗说：“哪有高巢栖息鹘鸟，也无古迹只见飞鸥。”地理志书和传说都认为这里是周瑜大败曹操之地，但沿江多有这个名称，难以咨询质疑。李白《赤壁歌》说“烈火满天照亮云海，周瑜在此大败曹操”，未指明赤壁在黄州。苏轼尤其怀疑此说，《前赤壁赋》中说：“这不是曹操被周瑜围困的地方吗？”《念奴娇·赤壁怀古》词说：“古代堡垒的西边，有人说是当年周瑜大胜的赤壁。”这说明他是这样的不肯轻下结论啊。至于韩驹所说“这里能使曹操败走”，则真的是确指为周瑜大胜的赤壁了。还有黄州人实际将赤壁称作赤鼻，这就更为可疑了。晚间，再移船到菜园步，又距离竹园步三四里。因为黄州濒临长江，没有任何港湾可以停泊。有人说原先有港湾，州官讨厌过客太多，因而堵塞了。

【录诗】

《黄州》：局促常悲类楚囚，迁流还叹学齐优。江声不尽英雄恨，天意无私草木秋。万里羁愁添白发，一帆寒日过黄州。君看赤壁终陈迹，生子何须似仲谋！（《剑南诗稿》卷二）

二十日。晓，离黄州。江平无风，挽船正自赤壁矶下过。多奇石，五色错杂，粲然可爱，东坡先生怪石供是也[①]。挽行十四五里，江面始稍狭。隔江冈阜延衺，竹树葱蒨[②]，渔家相映，幽邃可爱。复出大江，过三江口[③]，极望无际。泊戚矶港。

二十一日。过双柳夹，回望江上，远山重复深秀。自离黄，虽行夹中，亦皆旷远。地形渐高，多种菽粟荞麦之属。晚泊杨罗洑[④]，大堤高柳，居民稠众，鱼贱如土，百钱可饱二十口，又皆巨鱼。欲觅小鱼饲猫，不可得。

二十二日。平旦微雨。过青山矶[⑤]，多碎石及浅滩。晚泊白杨夹口，距鄂州三十里[⑥]，陆行止十余里。居民及泊舟甚多，然大抵皆军人也。

【注释】

① 怪石供：以似玉美石做成案头摆设。苏轼在齐安江上得多色美石近三百枚，以古铜盆盛之，注以清水，作为案头摆设赠佛印禅师，并先后作《怪石供》《后怪石供》二文记其事。

② 葱蒨：草木青翠茂盛。

③ 三江口：距离黄冈县三十里，在团风镇之下。有江三路而下，至此会合为一。

④ 杨：底本作“扬”，据弘治本、汲古阁本改。

⑤ 青山矶：在今武汉青山区东长江边。

⑥ 鄂州：隶荆湖北路，辖江夏、崇阳、武昌、蒲圻、咸宁、通城、嘉鱼七县并宝泉监。治所在江夏(今湖北武昌)。

【译文】

二十日。拂晓，离开黄州。江面平阔无风，拉纤行驶的航船正从赤壁矶下经过。矶上多有奇石，五彩缤纷，亮丽可爱，就像苏轼的美石摆设。拉纤行驶了十四五里，江面才略显狭窄。隔江望去，山冈延绵伸展，竹树青翠茂密，同打鱼人家相互映衬，幽深可爱。重新驶入长江，经过三江口，一望无际。停泊在戚矶港。

二十一日。经过双柳夹，回首眺望江上，远山重叠，幽深秀丽。自从离开黄州，虽然行驶在江边水道中，也都平旷辽远。地势逐渐升高，岸上多种着豆米荞麦之类。晚上停泊在杨罗洑，堤岸宽阔，柳树高大，居民稠密众多，鱼类便宜像泥土，一百钱能使二十人吃饱，又都是大鱼。想找小鱼喂猫也找不到。

二十二日。清晨小雨。航船经过青山矶，沿途多为碎石和浅滩。晚上停泊在白杨夹口。距离鄂州三十里，上岸行走只有十几里。居民和停泊舟船很多，但大多都是军人。

二十三日。便风挂帆。自十四日至是，始得风。食时至鄂州，泊税务亭。贾船客舫，不可胜计，衔尾不绝者数里，自京口以西皆不及[①]。李太白《赠江夏韦太守》诗云："万舸此中来，连帆过扬州。"盖此郡自唐为冲要之地。夔州迓兵来参[②]。见知州右朝奉郎张郯之彦[③]、转运判官右朝奉大夫谢师稷。市邑雄富，列肆繁错，城外南市亦数里，虽钱塘、建康不能过，隐然一大都会也。吴所都武昌，乃今武昌县。此州在吴名夏口，亦要害，故周公瑾求以精兵进住夏口。而晋武帝亦诏王濬、唐彬，既定巴丘，与胡奋、王戎共平夏口、武昌，顺流长骛也[④]。自江州至此七百里溯流，虽日得便风，亦须三四日。韩文公云"盆城去鄂渚，风便一日耳"，过矣，盖退之未尝行此路也[⑤]。

二十四日。早。谢漕招食于漕园光华堂[⑥]。依山亭馆十余，不甚葺。晚，郡集于奇章堂，以唐牛思黯尝为武昌节度使也[⑦]。

二十五日。观大军教习水战。大舰七百艘，皆长二三十丈，上设城壁楼橹⑧，旗帜精明，金鼓鞺鞳，破巨浪往来，捷如飞翔，观者数万人，实天下之壮观也。

【注释】

①“贾(gǔ)船”四句：描写来往商船客船众多。范成大《吴船录》卷下：“鹦鹉洲前南市沿江数万家，廛闬甚盛，列肆如栉。”

② 夔州迓兵：指夔州派来迎接陆游一行的士兵。

③ 张郯之彦：即张郯，字之彦，一作知彦。陆游晚年为其撰有墓志铭，称“晚始识公于武昌，公又特期之远，不惟以秘阁、中书故也。时方葺南楼，公朝夕召与燕饮，慨然语曰：‘吾南楼，天下壮观，要得如子者落之。子之来，造物以厚我也。’谢不敢当”。

④“吴所都”九句：三国孙吴建都武昌，在宋代为武昌县(今湖北鄂州)。后又在夏口筑城(在今武昌龟山)。建安十三年(208)，曹操占领荆州，威胁孙吴，将士多主张归顺，周瑜力排众议，领三万精兵进驻夏口，为赤壁大战奠定胜局。晋武帝太康元年(280)起兵伐东吴，命王濬、唐彬舟师出蜀，胡奋、王戎兵发荆州，顺流直下建康，一举灭吴。 巴丘，一名巴陵，在今湖南岳阳西南。 长骛，向远方疾驰。

⑤“韩文公”二句：韩文公，即韩愈，字退之。谥文，人称韩文公。“盆城”二句出自韩愈《除官赴阙至江州寄鄂岳李大夫》。

⑥ 漕园：转运使司衙门所在。

⑦ 奇章堂：在州府宴会厅。前知州陈邦光因孝亲所建，名戏彩堂。后知州汪叔詹因梦其前身为奇章公，故改此名。又有奇章亭在州治东南一里子城上，奇章台则为牛僧孺登高宴饮之处。 牛思黯：即牛僧孺，字思黯，封奇章郡公。

⑧ 城壁楼橹：指城墙和无顶盖的瞭望台。

【译文】

二十三日。顺风扬帆。从十四日至今，才等到顺风。早饭时到达鄂州，停泊在税务亭。江中商船客船，不计其数，首尾相接长达几里地，从京口以西的城邑都比不上。李白《赠江夏韦太守》诗说：“万艘舟船从此出发，风帆相连驶过扬州。”因为这里从唐代开始就是交通枢纽。夔州派来的迎接士兵来参见。会见知州张郯、转运判官谢师稷。城市雄厚富庶，商铺成列繁多错杂，城外南市场也达到几里之长，即使钱塘、建康都超不过，隐约像一座大都市。东吴作为国都的武昌，是如今的武昌县。此地在东吴称为夏口，也是军事要害之地，因此周瑜请求率精兵进驻夏口。而晋武帝时，也诏令王濬、唐彬在稳定巴丘之后，与胡奋、王戎会师，共同平定夏口、武昌，然后顺流疾驰建康。从江州到这里七百里逆流，即使每天都顺风，也须三四天。韩愈诗说“盆城去到鄂州，顺风仅需一天”太夸张了，那是因为韩愈未曾亲自走过这段水路。

二十四日。早晨，谢师稷在转运使司衙门光华堂招待饭食。依山的亭阁馆舍十几座，没有大加装饰。晚间，州府在奇章堂设宴招待，这是因为唐代牛僧孺曾任武昌节度使的缘故。

二十五日。观赏当地驻军教授演习水战。大型舰船七百艘，长度都在二三十丈，舰上设有城墙瞭望台，旗帜精致鲜明，乐器战鼓鼛鼛，冲破巨浪在江中往来，快速如同飞翔，两岸观众几万人，实在是天下的壮观啊。

【录诗】

《武昌感事》：百万呼卢事已空，新寒拥褐一衰翁。但悲鬓色成枯草，不恨生涯似断蓬。烟雨凄迷云梦泽，山川萧瑟武昌宫。西游处处堪流涕，抚枕悲歌兴未穷。（《剑南诗稿》卷二）

二十六日。与统、纾同游头陀寺，寺在州城之东隅石城山[①]。山缭绕如伏蛇，自西亘东，因其上为城，缺坏仅存。州治及漕司皆依此山。寺毁于兵火，汴僧舜广住持三十年，兴葺略备。自方丈西北蹑支径，至绝顶，旧有奇章亭，今已废。四顾江山井邑，靡有遗者。李太白《江夏赠韦南陵》诗云：“头陀云外多僧气。”正谓此寺也。黄鲁直亦云："头陀全盛时，宫殿梯空级[2]。"藏殿后有南齐王简栖碑，唐开元六年建[3]。苏州刺史张庭圭温玉书，韩熙载撰碑阴，徐锴题额[4]。最后云："唐岁在己巳[5]，武昌军节度观察留后、知军州事杨守忠重立，前鄂州唐年县主簿、秘书省正字韩夔书。"碑阴云："乃命犹子夔[6]，正其旧本而刊写之。"以是知夔为熙载兄弟之子也。碑字前后一手，又作"温"字不全，盖南唐尊徐温为义祖[7]，而避其名，则此碑盖夔重书也。碑阴又云："皇上鼎新文物，教被华夷，如来妙旨，悉已遍穷，百代文章，罔不备举，故是寺之碑，不言而兴。"按此碑立于己巳岁，当皇朝之开宝二年，南唐危蹙日甚，距其亡六年尔。熙载大臣，不以覆亡为惧，方且言其主"鼎新文物，教被华夷"，固已可怪，又以穷佛旨、举遗文，及兴是碑为盛，夸诞妄谬，真可为后世发笑。然熙载死，李主犹恨不及相之[8]。君臣之惑如此，虽欲久存，得乎？唐制，节度使不在镇，而以副大使或留后居任，则云知节度事，此云知军州事，盖渐变也。唐年县本故唐时名，梁改曰临夏，后唐复，晋又改临江。然历五代，鄂州未尝属中原，皆遥改耳[9]。故此碑开宝中建，而犹曰唐年也。至江南平，始改崇阳云[10]。

【注释】

① 统、纾：陆游长子子虡、五子子约小名。　头陀寺：在清远门外黄鹄山上。刘宋大明五年建。自从南齐王中为作寺碑，就成为古今名刹。　石城山：即蛇山，也称江夏山、紫竹岭、黄鹄山。在江夏县，形

如伏蛇，与龟山隔江相望。

②“头陀”二句：出自黄庭坚《鄂州节推陈荣绪惠示沿檄崇阳道中六诗老懒不能追韵辄自取韵奉和》其一《头陀寺》。

③ 藏殿：置放佛教经藏之楼殿。　王简栖：即王屮(chè)，字简栖，琅邪临沂(今属山东)人。曾任郢州从事、征南记室。有才学，文辞巧丽。所撰《头陀寺碑文》载《文选》卷五九。

④ 张庭圭：即张廷珪，字温玉，河南济源人。弱冠应制举。官至太子詹事。善楷隶，为时人所重。　韩熙载：字叔言，北海(今山东潍坊)人。后唐同光进士。南唐官至吏部侍郎，拜兵部尚书。多艺能，尤长于碑碣。　碑阴：碑背面的文字。　徐锴(920—974)：字楚金，会稽(今浙江绍兴)人。徐铉之弟。幼聪颖，精通文字学。南唐时官至内史舍人。

⑤ 唐岁在己巳：唐，指南唐。己巳为969年，时南唐已去帝号。

⑥ 犹子：即侄子，兄弟之子。语本《礼记·檀弓上》：“丧服，兄弟之子，犹子也。”

⑦ 徐温(862—927)：字敦美，海州朐山(今江苏东海)人。少贩盐为盗，后从杨行密仕吴。行密卒，徐温弑其子杨渥，立其弟杨隆演，专权拜大丞相，封东海郡王。徐温卒，其养子李昪建立南唐，尊其为义祖。

⑧“然熙载”二句：李煜赏识韩熙载的才华，又不满其游宴挟妓。熙载卒后，李煜谓侍臣“吾竟不得相熙载”，赠其右仆射同平章事。

⑨“唐年县”七句：唐年县为李唐旧名，后梁、后唐、后晋均占据北方，鄂州在南方，不受其控制，更名只是名义上的，故称“遥改”。

⑩“至江南”二句：唐天宝元年置唐平县。后改为崇阳，后唐改为唐年，后晋改为临江，北宋开宝八年改为崇阳。

【译文】

二十六日。与子虡、子约一同游览头陀寺，寺庙在州城东面的石城山。山脉缭绕犹如匍匐的长蛇，从西面横贯到东面，因而山上筑城，是其中仅存的缺坏之处。州府和转运使司都依托此山。头陀寺在兵火中损毁，汴京的僧人舜广禅师主持寺庙三十年，兴建修葺才大致齐备。从住持居室西北方向踩着小路，到达最高的山顶，旧时有奇章亭，现已废弃。四望山河市井，没有遗存的。李白诗说“头陀寺周边充满了出世的氛围”，正说的是这种情景。黄庭坚也说：“头陀佛寺全盛时期，佛殿阶梯腾空云端。”佛寺藏经殿后有南齐王屮所撰碑文，唐代开元六年所建。苏州刺史张廷珪书写碑文，韩熙载撰写碑后文字，徐锴题写碑额。碑文最后说："南唐己巳年，武昌军节度观察留后、知州杨守忠重立，前鄂州唐年县主簿、秘书省正字夔书写。"碑阴文字说："命令侄儿韩夔，校正旧本文字书写刊刻。"由此知道韩夔是韩熙载兄弟的儿子。碑阴文字前后出于一人之手，又写"温"字缺笔，这是因为南唐将徐温尊奉为义祖，而避其名讳，因此这幅碑阴是韩夔重新书写的。碑阴文字又说："皇上革新文明，教化遍及中外，佛祖玄妙旨意，全已领悟穷尽，百代礼乐制度，无不具备实行，因而此寺碑文，不靠文辞而礼乐兴盛。"考证此碑重立在己巳年，正当我朝开宝二年，南唐危急形势每天加重，距离其灭亡只有六年了。韩熙载作为朝廷大臣，不惧怕国家的覆灭，还在说其君王"革新文明，教化遍及中外"，固然已经令人奇怪，还用穷尽佛教旨意、标举前代文章以及重兴此碑作为盛事，夸张荒诞狂妄谬误，真可教后代见之发笑。但韩熙载死后，李煜仍悔恨没有及时拜他为相。君臣都糊涂到如此地步，即使想让南唐久存，能实现吗？唐代制度，节度使不在藩镇，而以副节度使或留后代替，就叫知节度事，这里说知军州事，这是在逐渐变更吧。唐年县原本是唐代所命名，后梁时改为临夏，后唐时恢复原名，后晋时又改为临江。然而跨越五代时期，鄂州未曾属于中原地区，只是名义上的改动罢了。因此此碑开宝年间重建，还仍旧称唐年县啊。直至江南平定，才开始改称崇阳县。

简栖为此碑，骈俪卑弱，初无过人，世徒以载于《文选》故贵之耳。自汉、魏之间，骎骎为此体①，极于齐、梁，而唐尤贵之，天下一律。至韩吏部、柳柳州②，大变文格，学者翕然慕从，然骈俪之作，终亦不衰。故熙载、锴号江左辞宗，而拳拳于简栖之碑如此③。本朝杨、刘之文擅天下，传夷狄，亦骈俪也④。及欧阳公起，然后扫荡无余。后进之士，虽有工拙，要皆近古。如此碑者，今人读不能终篇，已坐睡矣，而况效之乎？则欧阳氏之功，可谓大矣[⑤]。若鲁直云“惟有简栖碑，文章岿然立[⑥]”，盖戏也。

【注释】

① 骎骎：渐渐。

② 韩吏部：即韩愈。官至吏部侍郎，故称。　柳柳州：即柳宗元。官至柳州刺史，故称。

③ 江左：江东，长江下游以东地区。　拳拳：眷爱貌。

④ 杨刘之文：杨刘，指杨亿、刘筠，均为北宋“西昆体”代表作家，为文模拟李商隐，对仗工巧，讲究用典，辞藻华丽。杨亿（974—1020），字大年，建州浦城（今属福建）人。淳化三年（992）赐进士。官至翰林学士，兼史馆修撰。刘筠（971—1031），字子仪，大名（今河北大名）人。咸平元年进士。官至翰林学士承旨兼龙图阁直学士。

⑤“及欧阳公”十一句：此处陆游精辟阐述了六朝骈俪文体兴起和唐宋古文运动的发展历程，高度肯定了欧阳修的功绩。欧阳公即欧阳修，字永叔。

⑥“惟有”二句：亦出自黄庭坚《头陀寺》。

【译文】

王屮作此碑，用骈偶文体，文气卑微纤弱，本来并无过人之处，世上只因为其载于《文选》所以看重它。从汉、魏之间开始，文坛渐渐使用骈俪文体，到齐、梁时期达到极致，而唐代尤其贵重它，终于一统天下，统治文坛。再到韩愈、柳宗元大力改变文章体格，文人学者一致仰慕随从，但骈俪体作品终究也未衰落。因此韩熙载、徐锴号称江南的文辞宗师，对王屮的碑文仍旧眷爱到如此地步。本朝杨亿、刘筠的文章独揽天下，远传外邦，也仍是骈俪文体啊。待到欧阳修崛起文坛，然后这种文体才被扫荡无余。后辈士人的文章，虽然有优劣之分，但大体都接近古体。像这种碑文，今人一般读不到篇末，已经坐着打瞌睡了，何况还要去效仿它呢？因此欧阳修改革文体的功劳，可称巨大啊。至于像黄庭坚所说“只有王屮碑文，文章岿然独立”，只是开开玩笑罢了。

【录诗】

《剑南诗稿》卷十《头陀寺观王简栖碑有感》：舟车如织喜身闲，独访遗碑草棘间。世远空惊阅陵谷，文浮未可敌江山。老僧西逝新成塔，旧守东归正掩关。笑我驱驰竟安往，夕阳飞鸟亦知还。庚寅过武昌，与太守张之彦游累日。时头陀有老僧，持律精苦。

卷　五

二十七日。郡集于南楼，在仪门之南石城上，一曰黄鹤山，制度闳伟，登望尤胜[①]。鄂州楼观为多，而此独得江山之要会，山谷所谓“江东湖北行画图，鄂州南楼天下无”是也[②]。下阚南湖，荷叶弥望。中为桥，曰广平。其上皆列肆，两旁有水阁极佳，但以卖酒，不可往[③]。山谷云“凭栏十里芰荷香”，谓南湖也[④]。是日早微雨，晚晴。

二十八日。同章冠之秀才甫，登石镜亭，访黄鹤楼故址[⑤]。石镜亭者，石城山一隅，正枕大江，其西与汉阳相对[⑥]，止隔一水，人物草木可数。唐沔州治汉阳县，故李太白《沔州泛城南郎官湖诗序》云：“白迁于夜郎，遇故人尚书郎张谓出使夏口，沔州牧杜公、汉阳令王公觞于江城之南湖。”其后沔州废，汉阳以县隶鄂州。周世宗平淮南，得其地，复以为军。太白诗云：“谁道此水广，狭如一匹练。江夏黄鹤楼，青山汉阳县。大语犹可闻，故人难可见[⑦]。”形容最妙。黄鲁直“宵征江夏县，睡起汉阳城”，亦此意[⑧]。老杜有《公安送李晋肃入蜀余下沔鄂》及《登舟将适汉阳》诗，而卒于耒水[⑨]，可恨也。汉阳负山带江，其南小山有僧寺者，大别山也。又有小别，谓之二别云[⑩]。黄鹤楼，旧传费祎飞升于此[⑪]，后忽乘黄鹤来归，故以名楼，号为天下绝景。崔灏诗最传，而太白奇句得于此者尤多[12]。今楼已废，故址亦不复存。问老吏，云在石镜亭、南楼之间，正对鹦鹉洲[13]，犹可想见其地。楼榜李监篆，石刻独存。太白登此楼，送孟浩然诗云："孤帆远映碧山尽，惟见长江天际流[14]。"盖帆樯映远山，尤可观，非江行久不能知也。复与冠之出汉阳门游仙洞，止是石壁数尺，皆直裂无洞穴之状。旧传有仙人隐其中，尝启洞出游，老兵遇之，得黄金数饼，后化为石。东坡先生有诗纪其事[15]。初不云所遇何人，且太白固已云："颇闻列仙人，于此学飞术。一朝向蓬海，千载空石室[16]。"今鄂人谓之吕公洞[17]，盖流俗附会也。有道人，澶州人[18]，结庐洞侧，设吕公像其中。洞少南，即石镜山麓，粗顽石也，色黄赤皴驳，了不能鉴物，可谓浪得名者。由江滨堤上还船，民居市肆，数里不绝。其间复有巷陌，往来憧憧如织[19]。盖四方商贾所集，而蜀人为多。

【注释】

①"郡集"五句：南楼，在郡治正南黄鹄山顶。曾改为白云阁，元祐年间知州方泽重建，复旧名。有人以是庾亮所登故基，并非如此，庾亮所登乃武昌县安乐宫之端门。范成大《吴船录》卷下："壬午晚，遂集南楼。楼在州治前黄鹤山上，轮奂高寒，甲于湖外。下临南市，邑屋鳞差。岷江自西南斜抱郡城东下。" 仪门，官署大门内第二重正门。

②"江东"二句：出自黄庭坚《庭坚以去岁九月至鄂登南楼叹其制作之美成长句久欲寄远因循至今书呈公悦》。

③ 南湖：在望泽门外，周围二十里，旧名赤栏湖。外与江通，长堤为限，长街贯其中，四旁居民聚居。 广平：即广平桥，在望泽门外，跨南湖，通南草市，两旁有水阁。

④“凭栏”句：出自黄庭坚《鄂州南楼书事四首》。

⑤ 章冠之秀才甫：即章甫，字冠之，鄱阳(今江西波阳)人。自号易足居士。少从张孝祥游，豪放不羁。曾举秀才，与陆游、韩元吉、吕祖谦等交往。著有《自鸣集》。 石镜亭：亦称石照亭。在黄鹤楼西。临崖有石如镜，石色苍涩，如同普通岩石但每被夕阳所照，则炯然发光。 黄鹤楼：在子城西南隅黄鹄矶山上，因山得名，鹄同鹤。《南齐志》说世传仙人子安乘黄鹤过此。唐代图经又说是费祎登仙，驾黄鹤在此休息。

⑥ 汉阳：县名。隶汉阳军。与武昌黄鹤楼隔江相望。在今武汉汉阳区。

⑦“太白诗”八句：出自李白《江夏寄汉阳辅录事》。

⑧“黄鲁直”三句：出自黄庭坚《十二月十九日夜中发鄂渚晓泊汉阳亲旧携酒追送聊为短句》。

⑨ 卒于耒水：《旧唐书·杜甫传》记载，永泰二年，杜甫吃牛肉喝白酒，“一夕而卒于耒阳，时年五十九”。

⑩“其南”四句：小别山在县东南四十五里。汉水从大别南入江。二别在江夏地界。山形如甑，当地谓甑山。

⑪ 费祎：字文伟，江夏鄳县(今河南信阳)人，三国时蜀汉名臣。官至大将军，封成乡侯。后为魏降将郭循(一作郭修)行刺身死。费祎登仙驾鹤事，见唐图经记载，见本节注⑤。

⑫“崔灏”二句：灏，当作“颢”。崔颢《黄鹤楼》：“昔人已乘黄鹤去，此地空余黄鹤楼。黄鹤一去不复返，白云千载空悠悠。晴川历历汉阳树，芳草萋萋鹦鹉洲。日暮乡关何处是？烟波江上使人愁。”李白作诗说：“眼前有景道不得，崔颢题诗在上头。”李白有关黄鹤楼诗有《黄鹤楼送孟浩然之广陵》《与史郎中钦听黄鹤楼上吹笛》《望黄鹤楼》《醉后答丁十八以诗讥余槌碎黄鹤楼》《江夏送友人》等。

⑬ 鹦鹉洲：原先从城南跨城西大江中。尾部正对黄鹄矶。黄祖杀祢衡处。祢衡尝作《鹦鹉赋》，因以遇害之地得名。

⑭ 李监：当指李阳冰，李白族叔，工篆书，官至国子监丞。 “孤帆”二句：出自李白《黄鹤楼送孟浩然之广陵》。

⑮“旧传”六句：苏轼《李公择求黄鹤楼诗因记旧所闻于冯当世者》：“黄鹤楼前月满川，抱关老卒饥不眠。夜闻三人笑语言，羽衣着屐响空山。……汝非其人骨腥膻，黄金乞得重莫肩。持归包裹敝席毡，夜穿茅屋光射天。里闾来观已变迁，似石非石铅非铅。……”

⑯“颇闻”四句：出自李白《望黄鹤山》。

⑰ 吕公洞：在石镜亭下。黄鹄矶上原无洞穴，有岩石痕迹隐然如门，

扣之有声。世传吕洞宾曾题诗其上。

⑱ 澶(chán)州：即开德府，隶河北东路，辖濮阳、观城、临河、清丰、卫南、朝城、南乐七县及德清军。治所在濮阳(今河北濮阳)。

⑲ 憧憧：往来不绝貌。

【译文】

二十七日。州府在南楼设宴招待，楼在仪门南面石城上，又名黄鹤山，规模宏伟，登高望远尤为胜地。鄂州楼观建筑很多，但此楼独据此地河山的通衢要道，黄庭坚诗所谓“江东湖北像连贯的图画，鄂州南楼天下独一无二”正是说的这种态势啊。俯瞰楼下的南湖，荷叶一望无际。中间是桥，称广平桥。上面都开列商铺，两旁有漂亮的临水楼阁，但只对外卖酒，不能前往。黄庭坚诗说“凭栏眺望十里湖面，菱角荷花飘香”，说得正是南湖。这天早上小雨，晚间晴天。

二十八日。同秀才章甫一起，登览石镜亭，走访黄鹤楼旧址。石镜亭在石城山一角，正临靠着长江，它的西面与汉阳相对，只隔着一泓江水，对面的人物草木历历可数。唐代沔州下治汉阳县，因此李白《沔州泛城南郎官湖诗序》说：“李白迁谪到夜郎，遇见故人尚书郎张谓出使夏口，沔州刺史杜公、汉阳县令王公在江城的南湖设宴招待。”以后沔州被废弃，汉阳县隶属鄂州。周世宗平定淮南，获得了此地，再建立为军。李白诗说：“谁说江水宽广，狭窄像匹白绢。江夏黄鹤楼头，可见汉阳青山。豪言尚在耳边，故人难以见面。”此诗的形容最为精妙。黄庭坚诗句“夜间远去江夏，早上醒来身在汉阳”，也是这个意思。杜甫在这里作有《公安送李晋肃入蜀余下沔鄂》和《登舟将适汉阳》二诗，而最终死于耒水，真令人遗憾。汉阳靠山临江，南面小山有座寺庙的是大别山，又有小别山，合称为“二别”。旧时传说费祎在黄鹤楼飞升成仙，后来忽然骑着黄鹤回来，因此就用黄鹤命名此楼，号称天下绝妙的景观。崔颢的《黄鹤楼》诗最为传诵，而李白诗中的奇句从黄鹤楼得到灵感的特别多。现今楼已废弃，旧址也不再存在。询问当地年老吏员，说在石镜亭、南楼之间，正对鹦鹉洲，还可使人想象那个地方。楼的匾额由李阳冰篆书，它的石刻独独留存。李白登此楼，写下《送孟浩然》诗说："一片白帆映衬着远处的青山，只见长江向天边流淌。"因为船帆映衬远山，尤为可观，不是久行江上的人是不能体会的。接着再同章甫出汉阳门游览仙洞，只是几尺高的石壁，都有纵向裂纹而没有洞穴形状。旧时传说有仙人隐居其中，曾开洞出游，有老年士兵遇见，从仙人处得到几块黄金，后来化为石块。苏轼写有诗记载此事。开始不说遇见的是什么人，况且李白诗本已说："常听说列位仙人，在此学飞升法术。一朝飞向蓬莱，石洞千年空关。"如今鄂州人称之为吕公洞，这完全是世间俗人的牵强附会。有位道人是澶州人氏，在洞边盖屋，屋内设立吕洞宾像。仙洞稍偏南，就是石镜山脚，都是粗硬的石块，颜色黄红相间，皱缩驳杂，完全不能如镜面照鉴他物，可称是浪得虚名。由江边大堤上回船，民居店铺，几里地连续不断。其中又有街巷，行人密密麻麻，往来如织。这是因为四方所来的商贾云集，其中蜀人为多。

二十九日。早，有广汉僧世全、左绵僧了证来附从人舟①。日昳②，移舟江口，回望堤上，楼阁重复，灯火歌呼，夜分乃已。招医赵随为灵照视脉③。

三十日。黎明离鄂州，便风挂帆，沿鹦鹉洲南行。洲上有茂林神祠，远望如小山。洲盖祢正平被杀处④，故太白诗云："至今芳洲上，兰蕙不敢生⑤。"梁王僧辩击邵陵王纶军至鹦鹉洲，即此地也⑥。自此以南为汉水，《禹贡》所谓"嶓冢导漾，东流为汉"者⑦。水色澄澈可鉴，太白云"楚水清若空⑧"，盖言此也。过谢家矶、金鸡洑。矶不甚高，而石皆横裂，如累层甓⑨。得缩项鳊鱼⑩，重十斤。洑中有聚落如小县⑪。出鲟鱼，居民率以卖鲊为业⑫。晚泊通济口⑬，自此入沌。沌读如篆，字书云："水名，在江夏。"过九月，则沌涸不可行，必由巴陵至荆渚⑭。

【注释】

① 广汉：即汉州，隶成都府路，辖雒、什邡、绵竹、德阳四县。治所在雒（今四川广汉）。 左绵：即绵州，隶成都府路，辖巴西、彰明、魏城、罗江、盐泉五县。治所在巴西（今四川绵阳）。 附从人舟：搭乘仆从的船。

② 日昳（dié）：太阳偏西。

③ 灵照：陆游女儿名，时年十九岁。

④ 祢正平：即祢衡（173—198），字正平，平原般县（今山东临邑）人。东汉末名士。性刚傲慢。曹操想污辱祢衡，反为祢衡所辱。后为江夏太守黄祖所杀。有《鹦鹉赋》传世。

⑤“故太白”三句：李白《望鹦鹉洲怀祢衡》：“魏帝营八极，蚁观一祢衡。黄祖斗筲人，杀之受恶名。吴江赋鹦鹉，落笔超群英。……至今芳洲上，兰蕙不忍生。”

⑥“梁王僧辩”二句：梁武帝末年，侯景攻入建康，拘禁武帝萧衍。其子湘东王萧绎和邵陵王萧纶均起兵讨逆。萧绎惧萧纶扩张势力，派大都督王僧辩进军江夏以为扼制。王僧辩，字君才。

⑦“自此以南”三句：《禹贡》伪孔安国传：“泉始出山为漾水，至汉中东行乃为汉水。” 《禹贡》，《尚书》篇名，中国最古老的地理志书。 嶓冢，山名。在今甘肃天水和礼县之间。古人以为是汉水之源。 漾，水名。

⑧“楚水”句：出自李白《江夏别宋之悌》：“楚水清若空，遥将碧海通。”

⑨ 层甓（pì）：层叠的砖。

⑩ 缩项鳊鱼：楚地方言，今称武昌鱼。

⑪ 聚落：村落，人聚居之处。

⑫ 鲟鱼：指中华鲟。呈纺锤形，体形较大，头尖吻长，是中生代留下的稀有古代鱼类。主要分布于长江干流金沙江以下至入海河口。 鲊：用盐和红曲腌制的鱼。

⑬ 通济口：陆游在淳熙五年东归途中有《通济口》诗，有句：“长渔吹浪声恐人，巨鼋露背浮滃沦。”

⑭ 沌（zhuàn）：沌水。 巴陵：县名。隶荆湖北路岳州。在今湖南岳阳。 荆渚：即荆州。在今湖北荆州。

【译文】

二十九日。清早，有广汉僧人世全、左绵僧人了证来搭乘仆从的船。太阳偏西，航船移泊到江口，回看江堤之上，楼阁重重叠叠，灯火歌舞，到半夜才结束。请医师赵随为女儿灵照诊脉。

三十日。黎明时分船离鄂州，顺风张帆，沿着鹦鹉洲往南行驶。洲上有茂密的树林和祭神的祠堂，远望像一座小山。鹦鹉洲是祢衡被杀害之处，因此李白诗说："至今芳草丛生的沙洲上，象征名士的兰蕙香草不忍生长。"梁代大都督王僧辩攻击邵陵王萧纶军队抵达鹦鹉洲，就是在此地。江水清澈照人，李白诗说"楚地江水清澈如碧空"，说的就是这里。经过谢家矶、金鸡洑。谢家矶不很高，岩石都横向断裂，就像层叠的砖墙。船家抓到一条缩颈鳊鱼，重达十斤。金鸡洑中有聚居地如同小县城。此地出产鲟鱼，居民都靠卖腌鱼为生。晚间停泊在通济口，从这里进入沌水。"沌"读音同"篆"，字书说："水道名，在江夏。"超过九月，则沌水干涸不能通行，一定要从巴陵才能到荆渚。

九月一日。始入沌，实江中小夹也[①]。过新潭，有龙祠甚华洁。自是遂无复居人，两岸皆葭苇弥望，谓之百里荒[②]。又无挽路，舟人以小舟引百丈[③]，入夜才行四五十里，泊丛苇中。平时行舟，多于此遇盗，通济巡检持兵来警逻，不寐达旦[④]。

二日。东岸苇稍薄缺，时见大江渺弥，盖巴陵路也。晡时[⑤]，次下郡，始有二十余家，皆业渔钓，芦藩茅屋，宛有幽致。鱼尤不论钱。自此始复有挽路，登舟背望竟陵远山[⑥]。泊白臼，有庄居数家，门外皆古柳侵云。

三日。自入沌，食无菜。是日，始得菘及芦菔，然不肯劚根，皆刈叶而已[⑦]。过八叠洑口，皆有民居。晚泊归子保，亦有十余家，多桑柘榆柳。

【注释】

① 小夹：江边小水道。

② 百里荒：一片沼泽，人迹罕至，巨盗出没。亦见于范成大《吴船录》卷下。

③ 百丈：牵船的篾缆，以麻绳贯穿竹片做成，不易被石块割断，百丈的得名是因其长度。

④ 通济巡检：负责通济口航行安全的巡检使。 警逻：警戒巡逻。

⑤ 晡时：即申时，午后三点至五点。

⑥ 竟陵：亦作景陵，县名。隶荆湖北路复州。在今湖北天门。

⑦ 菘：蔬菜名。又名白菜、黄芽菜等。 芦菔：即萝卜。 斸(zhú)：砍，挖。 刈：割。

【译文】

九月一日。开始进入沌水，其实是长江旁的一条小水道。经过新潭，有一座龙祠十分华丽洁净。从此就不再有居民，两岸都是蒹葭芦苇，一望无际，称之为百里荒。岸边没有拉纤的小路，船家用小船牵引百丈，到天黑才行驶了四五十里，停泊在芦苇丛中。平时舟船来往，常在此地遇见盗贼，通济口巡检使手持兵器来警戒巡逻，一夜未睡，直到天明。

二日。东岸芦苇丛较为稀薄空缺，不时看见江面空旷辽远，那是去巴陵之路啊。午后，停靠在下郡，才见二十多户人家，都以捕捞钓鱼为业，芦苇墙茅草屋，好像很有幽雅的情致。这里的鱼特别不值钱。从此开始又有拉纤之路，登上船背眺望竟陵的远山。停泊在白臼。有几家庄户，门外都是参天的老柳树。

三日。自从进沌水，膳食就没有蔬菜。这天，才买到白菜和萝卜，但不肯斫断根部，都只是割地上的菜叶而已。经过八叠洑口，都有民居。晚间停泊在归子保，也有十多户人家，多种有桑柘榆柳等树木。

四日。平旦，始解舟。舟人云，自此陂泽深阻，虎狼出没，未明而行，则挽卒多为所害。是日早，见舟人焚香祈神，云："告红头须、小使头、长年三老，莫令错呼错唤。"问何谓长年三老，云梢工是也，长读如长幼之长。乃知老杜"长年三老长歌里，白昼摊钱高浪中"之语盖如此①。因问何谓摊钱，云博也。按梁冀"能意钱之戏"，注云"即摊钱也"。则摊钱之为博，亦信矣②。过纲步，有二十余家，在夕阳高柳中，短篱晒罾③，小艇往来，正如画图所见，沌中之最佳处也。泊毕家池，地势爽垲④，居民颇众。有一二家虽茅荻结庐，而窗户整洁，藩篱坚壮，舍傍有果园甚盛，盖亦一聚之雄也。与诸子及二僧步登岸，游广福永固寺，阒然无一人⑤。东偏白云轩前，橙方结实，虽小而极香，相与烹茶破橙。抵莫⑥，乃还舟中。毕家池盖属复州玉沙县沧浪乡云。

【注释】

①"长年"二句：出自杜甫《夔州歌十绝句》其七。仇兆鳌注："峡人以把篙相水道者曰长年，正梢者曰三老。"

② 摊钱：赌博之一种。　梁冀：字伯卓。东汉外戚，任大将军，专断朝政近二十年。桓帝时自杀。好赌博。

③ 罾（zēng）：用木棍或竹竿作支架的方形渔网。

④ 爽垲（kǎi）：高爽干燥。

⑤ 阒（qù）然：寂静无声的样子。

⑥ 莫：同"暮"。

【译文】

四日。清晨，开始解缆准备出发。船家说，从这里开始，湖泊沼泽偏远险阻，虎狼出没，天不亮出行，拉纤者多被野兽伤害。

这天早上，看见船家焚香祈祷神灵，说："敬告红头须、小使头、长年三老诸位，莫使叫错神灵。"询问什么叫"长年三老"，回答说是掌舵的艄公，"长"应读成长幼的长。这才明白杜甫"长年三老吟唱歌谣，白天在大浪中摊钱"的诗句的意思。于是又问什么叫"摊钱"，说就是赌博。考证《后汉书》载梁冀"能猜想钱的游戏"，李贤注说"就是摊钱"。那么摊钱就是赌博，也确实可信了。经过纲步，有二十多户人家，在夕阳高柳的背景下，矮墙晒着渔网，小船往来不绝，正像图画中所见情景，真是沌水途中最漂亮的地方啊。停泊在毕家池，这里地势高爽干燥，居民很多。有一两家虽然是茅草荻花盖屋，而窗户整洁，篱墙坚实，屋边的果园十分茂盛，应该也是这个村落里的大佬吧。同诸子及二位蜀僧一起徒步登岸，游览广福永固寺，寂静无声，不见一人。东面的白云轩前，橙子正在结果，虽个小但极香，大家一起煮茶剖橙。到傍晚，才回到船上。毕家池隶属于复州玉沙县的沧浪乡。

五日，泊紫湄。

六日。过东场。并水皆茂竹高林，堤净如扫，鸡犬闲暇，凫鸭浮没。人往来林樾间，亦有临渡唤船者，使人恍然如造异境[①]。舟人云，皆村豪园庐也。泊鸡鸣。

七日。泊湛江。

八日。早，次江陵之建宁镇，盖沌口也[②]。晋王澄弃荆州，别驾郭舒不肯从澄东下，乃留屯沌口；陈侯安都讨王琳至沌口：皆此地也[③]。阻风，大鱼浮水中无数。凡行沌中七日，自是泛江，入石首县界[④]。夜观隔江烧芦场[⑤]，烟焰亘天如火城，光照舟中皆赤。

九日。早，谒后土祠[⑥]。道旁民屋，苫茅皆厚尺余，整洁无一枝乱。挂帆抛江行三十里，泊塔子矶，江滨大山也。自离鄂州，至是始见山。买羊置酒，盖村步以重九故[⑦]，屠一羊，诸舟买之，俄顷而尽。求菊花于江上人家，得数枝，芳馥可爱，为之颓然径醉。夜雨极寒，始覆絮衾[⑧]。

十日。阻风雨。遣小舟横绝江面，至对岸买肉食，得大鱼之半，又得一乌牡鸡[⑨]，不忍杀，畜于舟中。俄有村翁持茭萌一束来饷，不肯受直[⑩]。遣人先之夔。晚晴，开船窗观月。

【注释】

① 林樾：林间隙地。

② 江陵：府名、县名。隶荆湖北路。在今湖北荆州。　建宁镇：原为县，南宋撤县，归石首。在今湖北石首。　沌口：沌水入长江之口。《水经注》卷三五："沌水上承新阳县之太白湖，东南流为沌水，经沌阳县南注于江，谓之沌口。"梁元帝萧绎死后，陈霸先擅权，命大将侯安都讨伐王琳。战于沌口，侯安都被王琳擒获。

③"晋王澄"三句：西晋荆州刺史王澄驻守江陵，日夜纵酒，流民乱起，弃江陵而走，别驾郭舒率军留屯沌口防守。

④ 石首县：隶江陵府。在今湖北石首。

⑤ 烧芦场：古代开垦沙洲，先遍种芦苇稳沙，再烧去芦苇改种作物。

⑥ 后土祠：祭祀土地神的祠庙。

⑦ 村步：村边泊船之处。步，同"埠"。　重九：农历九月初九，亦称重阳。

⑧ 絮衾：棉被。

⑨ 乌牡鸡：黑色雄鸡。

⑩ 直：通"值"，价格。　茭萌：即茭白。多年生水生草本植物，肉质茎可作蔬菜。

【译文】

五日。停泊在紫湄。

六日。航船经过东场。岸边都是茂密的竹林、高大的乔木，河堤洁净如经扫除，鸡犬悠闲地走动，鸭鹅在水中时浮时没。居民往来于林间小道，也有到渡口叫船摆渡的，使人恍然像来到了奇妙的境界。船家说，这些都是乡村富豪家的田园房舍。停泊在鸡鸣。

七日。停泊在湛江。

八日。航船早上抵达江陵的建宁镇，这里是沌水入江之口。西晋王澄丢弃荆州，别驾郭舒不愿随王澄东下，就留驻沌口，陈将侯安都征讨王琳到沌口，都是在这里。因风向受阻，无数大鱼在水中漂浮。船行沌水中共七天，从此入江行驶，进入石首县地界。夜间观看隔江的烧芦场，烈火浓烟漫天就像着火的城墙，火光照得船中通红。

九日。早晨，拜谒土地庙。路旁的民房，屋顶的茅草都有尺把厚，整洁得纹丝不乱。扬帆横江行驶三十里，停泊在塔子矶，江边的一座大山。从离开鄂州，到此才又见山。买羊备酒，是因为村边渡口过重阳节，杀一头羊，各条船上都来买，一会儿就卖完了。向江边人家求取菊花，讨得几支，芳香可爱，竟为之昏昏然醉倒了。夜里下雨极为寒冷，开始覆盖棉被。

十日。因风雨受阻。派小船横渡江面，到对岸购买肉食品，买得半条大鱼，还有一只黑色雄鸡，不忍心杀它，蓄养在船中。不久有位村中老翁拿一束茭白来赠送，不肯收钱。派遣仆人先去夔州。晚间放晴，开窗观赏月色。

【录诗】

《夜思》：露泣啼螀草，潮声宿雁汀。经年寄孤舫，终夜托丘亭。楚泽无穷白，巴山何处青？四方男子事，不敢恨飘零。（《剑南诗稿》卷二）

《哀郢》二首：远接商周祚最长，北盟齐晋势争强。章华歌舞终萧瑟，云梦风烟旧莽苍。草合故宫惟雁起，盗穿荒冢有狐藏。《离骚》未尽灵均恨，志士千秋泪满裳。又：荆州十月早梅春，徂岁真同下阪轮。天地何心穷壮士，江湖从古著羁臣。淋漓痛饮长亭暮，慷慨悲歌白发新。欲吊章华无处问，废城霜露湿荆榛。（同上）

《江陵道中作》：山川杂吴楚，气候接秋冬。水落鱼可拾，霜清裘欲重。乡遥归梦短，酒薄客愁浓。白帝何时到，高吟酹卧龙。

（同上）

《秋风》：秋风吹客樯，节物叹遐方。岁事忽云暮，吾行殊未央。霜清汉水绿，日落楚山苍。此去三巴路，无猿亦断肠。（同上）

《塔子矶》：塔子矶前艇子横，一窗秋月为谁明？青山不减年年恨，白发无端日日生。七泽苍茫非故国，九歌哀怨有遗声。古来拨乱非无策，夜半潮平意未平。（同上）

《重阳》：照江丹叶一林霜，折得黄花更断肠。商略此时须痛饮，细腰宫畔过重阳。（同上）

《早寒》：沔鄂犹残暑，荆巫已早寒。潦收滩正白，霜重叶初丹。节物元非恶，情怀自鲜欢。暮年更世事，唯有醉江干。（同上）

十一日。舟行，望西南一角，水与天接。舟人云，是为潜军港，古尝潜军伺敌于此。遥见港中有两点正黑，疑其远树，则下不属地①，久之，渐近可辨，盖二千五百斛大舟也。又有水禽双浮江中，色白，类鹅而大，楚人谓之天鹅，飞骞绝高。有弋得者，味甚美，或曰即鹄也②。泊三江口，水浅，舟行甚艰。自此遂不复有山。太白诗“山随平野尽，江入大荒流”，盖荆渚所作也③。

十二日。过石首县，不入。石首自唐始为县，在龙盖山之麓，下临汉水，亦形胜之地。杜子美有《送石首薛明府》诗，即此邑也④。泊藕池。

十三日。泊柳子。夜过全、证二僧舟中，听诵梵语《般若心经》⑤。此经惟蜀僧能诵。

【注释】

① 下不属地：下不接地。

② 飞骞：飞行。 鹄(hú)：即鸿鹄，俗称天鹅。体形巨大，羽色洁白，生活在水边。秋天往越冬地迁徙，春季返回繁殖地。

③“山随”二句：出自李白《渡荆门送别》。

④“杜子美”二句：杜甫《秋日荆南送石首薛明府辞满告别奉寄薛尚书颂》：“……荆门留美化，姜被就离居。闻道和亲入，垂名报国余。”

⑤ 梵语：古印度标准的书面语。 《般若心经》：又称《般若波罗蜜多心经》《心经》。凡一卷二百六十字。属《大品般若经》中之一节，概括般若经类之义理精要。般若，意为智慧。

【译文】

十一日。航船启航，遥望西南方向，水天相接。船家说，这是潜军港，古代曾在此潜伏军队等候敌人。远远望去，潜军港中有两个黑点，怀疑是远方树木，但下不接地，许久，渐渐接近，可以辨识出是两千五百斛的大船啊。又有水鸟成双浮游江中，白色，似鹅而体形更大，楚地人称之为天鹅，飞翔得极高。有射得者说味道非常好，也有人说这就是鹄。停泊在三江口，水很浅，行船很困难。从此就不再看见山了。李白诗说：“大山随着平野千里而消失，长江进入荒野之地而奔流。”这是在荆楚水边所写的啊。

十二日。经过石首县，未进城。石首从唐代就已设县，位于龙盖山脚下，濒临汉水，也是险要之地。杜甫作有《送石首薛明府》诗，就是写在这里。停泊在藕池。

十三日。停泊在柳子。夜间过访世全、了证二僧的船中。听他们念诵梵语《般若心经》。这部经书只有蜀地僧人能诵。

十四日。次公安，古所谓油口也。汉昭烈驻军，始更令名[①]。规模气象甚壮。兵火之后，民居多茅竹，然茅屋尤精致可爱。井邑亦颇繁富，米斗六七十钱。知县右儒林郎周谦孙来，湖州人。游二圣报恩光孝禅寺[②]。二圣谓青叶髻如来、娄至德如来也，皆示鬼神力士之形，高二丈余，阴威凛然可畏[3]。正殿中为释迦；右为青叶髻，号大圣；左为娄至德，号二圣；三像皆南面。予按藏经“驹”字函[4]，娑罗浮殊童子成道，为青叶髻如来，青叶髻如来再出世，为楼至如来，则二如来本一身耳。有碑，言邑人一夕同梦二神人，言我青叶髻、娄至德如来也，有二巨木在江干，我所运者，俟鄯行者来，令刻为我像。已而果有人自称鄯行者，又善肖像，邑人欣然请之。像成，人皆谓酷类所梦。然碑无年月，不知何代也[5]。长老祖珠，南平军人[6]。寺后有废城，仿佛尚存，图经谓之吕蒙城[7]。然老杜乃曰：“地旷吕蒙营，江深刘备城。”盖玄德、子明皆屯于此也[8]。老杜《晓发公安》诗注云：“数月憩息此县。”按公《移居公安》诗云：“水烟通径草，秋露接园葵[9]。”而《留别公安太易沙门》诗云：“沙村白雪仍含冻，江县红梅已放春。”则是以秋至此县，暮冬始去[10]。其曰“数月憩息”，盖为此也。泊弭节亭。驯鸥低飞往来，竟日不去。

【注释】

① 公安：在府东一百里。本汉代孱陵县地，左将军刘备自襄阳来油口，在此筑城而居之，时号左公。因左公之所安，故号曰公安。　汉昭烈，即刘备，谥号昭烈皇帝。　令名：美名。

② 二圣报恩光孝禅寺：二圣寺在公安。有二金刚，较灵验。

③ 娄至德：释迦牟尼身边执金刚杵的护法天神。盖为音译，故又写作楼至德、卢至德等。　阴威：即神威。

④ 藏经：即大藏经，又称一切经，佛教经典的总集。宋代开始刻印刊本，有开宝藏、崇宁万寿藏、毗卢藏、契丹藏、思溪圆觉藏、思溪资

福藏等多种。 驹字函：大藏经刊本分为数百函，以千字文为序排列，始于“天”字，终于“英”字。底本“函”作“亟”，据弘治本、汲古阁本改。

⑤“有碑”十四句：东晋永和年间，有王絭作《晋公安县二圣记》，记载娄至德如来圣迹。 鄯行者，鄯善的行脚僧。鄯，鄯善，即楼兰，古代西域国名。

⑥ 长老祖珠：即祖珠禅师。得法于卍庵，后住持公安二圣寺。 南平军：隶夔州路，辖南川、隆化二县及溱溪砦。在今重庆南川。

⑦ 吕蒙城：在公安县北五十步。吕蒙(178—219)：字子明，汝南富陂(今安徽阜南)人。三国孙吴大将，曾计取荆州，擒获关羽。拜南陵太守，封孱陵侯。

⑧“地旷”二句：出自杜甫《公安县怀古》。 玄德：即刘备，字玄德。

⑨ 园葵：菜园中葵菜。葵，指冬葵，古代主要蔬菜之一。

⑩ 暮冬：冬末。农历十二月。

【译文】

十四日。抵达公安县，古时所称的油口。刘备驻军于此，才改此美名。县城的规模气概十分雄壮。经历了兵火，民居多为茅屋竹楼，但茅屋特别精致可爱。街市也繁荣富庶，大米每斗卖六七十钱。知县周谦孙来会见，湖州人氏。游览二圣报恩光孝禅寺。二圣是指青叶髻如来、娄至德如来，都显示为鬼神力士的形象，高达二丈有余，神威凛然，令人敬畏。正殿中央是释迦牟尼塑像，右侧是青叶髻，称大圣；左侧是娄至德，称二圣；三座塑像都朝南。我考证《大藏经》“驹”字函，娑罗浮殊童子成佛，就是青叶髻如来，青叶髻如来再次转世，就是娄至德如来，因此两位如来本是一身而已。寺中有石碑，说当地人一夜共同梦见两神人，说我是青叶髻、娄至德如来，有两株大树在江边，是我运来的，等到西域行脚僧来，令其刻成我的塑像。不久果然有人自称是西域行脚僧，又善于雕像，当地人高兴地请他动工。塑像成功之日，大家都说酷似梦中所见。但石碑没有刻上年月，不知什么朝代。寺院长老祖珠禅师，南平军人氏。寺院后面有废弃的城墙，仿佛还存世，地理志书上称之为吕蒙城。但杜甫诗说：“土地平旷是吕蒙的军营，江边水深是刘备的驻地。”这是因为刘备、吕蒙都屯守在这里啊。杜甫《晓发公安》诗自注说：“好几月在此县休息。”杜甫《移居公安》诗说：“烟水迷茫覆盖路边草丛，园中葵菜承接秋露晶莹。”而《留别公安太易沙门》诗说：“村中沙滩上的白雪仍旧冻结，江边县城里的红梅已发春讯。”可见杜甫是秋天到这里，冬末才离开。他自注里说“好几月休息”，就是说的这种情况。停泊在弭节亭。驯顺的鸥鸟低空飞来飞去，整天不离开。

【录诗】

《石首县雨中系舟戏作短歌》：庚寅去吴西适楚，秋晚孤舟泊江渚。荒林月黑虎欲行，古道人稀鬼相语。鬼语亦如人语悲，楚国繁华非昔时。章华台前小家住，茅屋雨漏秋风吹。悲哉秦人真虎狼，欺侮六国囚侯王。亦知兴废古来有，但恨不见秦先亡。开窗酹汝一杯酒，等为亡国秦更丑。骊山冢破已千年，至今过者无伤怜！（《剑南诗稿》卷二）

《初寒》：船尾寒风不满旗，江边丛祠常掩扉。行人畏虎少晨起，舟子捕鱼多夜归。茅叶翻翻带宿雨，苇花漠漠弄斜晖。伤心到处闻砧杵，九月今年未授衣。（同上）

《醉歌》：老夫樯竿插苍石，水落岸沙痕数尺。江南秋尽未摇落，槲叶离离枫叶赤。楚人自古多悲伤，道傍行歌犹感激。野花碧紫亦满把，涧果青红正堪摘。客中得酒薄亦好，江头烂醉真不惜。千古兴亡在目前，郁郁关河含暝色。饥鸿垂翅掠舟过，此意与我同凄恻。三抚阑干恨未平，月明正照颓乌帻。（同上）

《公安》：地旷江天接，沙隤市井移。避风留半日，买米待多时。蝶冷停菰叶，鸥驯傍橹枝。昔人勋业地，搔首叹吾衰。县有吕子明旧城。（同上）

十五日。周令说县本在近北，枕汉水，沙虚岸摧，渐徙而南，今江流乃昔市邑也。又云，县有五乡，然共不及二千户，地旷民寡如此。民耕尤苦，堤防数坏，岁岁增筑不止。晚携家再游二圣寺。众寮有维摩刻木像甚佳，云沙市工人所为也[①]。方丈西有竹轩颇佳。珠老说五祖法演禅师初住四面山[②]，孑然独处凡二年，始有一道士来问道，乃请作知事[③]。又三年，僧宝良来，与道士朝夕参叩，皆得法。于是演公之道寖为人知，而四方学者始稍有至者。虽其后门人之盛称天下，然终身不过数十众。珠闻此于其师卍庵颜禅师[④]。荆州绝无禅林，惟二圣而已。然蜀僧出关，必走江浙，回者又已自谓有得，不复参叩[⑤]。故语云："下江者疾走如烟，上江者鼻孔撩天[⑥]。徒劳他二佛打供，了不见一僧坐禅。"

十六日。过白湖，渺然无津，抛江至升子铺。有天鹅数百，翔泳水际。日入，泊沙市[⑦]。自公安至此六十里，自此至荆南陆行十里[⑧]，舟不复进矣。老杜诗云："买薪犹白帝，鸣橹已沙头。"刘梦得云："沙头樯干上，始见春江阔。"皆谓此也[⑨]。

【注释】

① 维摩：亦称维摩诘，意为净名、无垢尘。古印度富商，佛教早期居士，潜心修行，得成正果，被称菩萨。著有《维摩诘所说经》。 沙市：又称沙头市，镇名。在今湖北江陵。

② 五祖法演禅师：俗姓邓，绵州巴西(今四川绵阳)人。临济宗杨歧派高僧。先后住持安徽舒州白云山和湖北蕲州五祖寺等处。座下著名弟子有佛果克勤、佛鉴慧懃、佛眼清远等。

③ 知事：僧职名。掌管僧院事务，后称住持。

④ 卍庵颜禅师：即道颜禅师，卍庵为其号。俗姓鲜于，铜川飞鸟(今四川射洪)人。宋代临济宗高僧。先后师从圆悟克勤、大慧宗杲等名师，晚年住持江州东林寺。隆兴二年(1164)圆寂。

⑤ 参扣：拜问。

⑥ 鼻孔撩天：形容高傲自大。

⑦ 沙市：唐代为沙头市，简称沙市。宋代始称镇，隶江陵县。

⑧ 荆南：即江陵，为荆湖北路治所。南宋建炎四年，改江陵府为荆南府，淳熙中复改为江陵府。

⑨“买薪”二句：出自杜甫《送王十六判官》。 “沙头”二句：出自刘禹锡《荆州歌》其二。

【译文】

十五日。县令周谦孙说公安县城位置原本在偏北面，靠着汉水，由于沙滩空虚，河岸摧毁，逐渐迁移到南面，现今的河道乃是昔日的县城。又说，全县有五个乡，但总共不到两千户人家，土地空旷、百姓寡少到如此地步。百姓耕种尤其艰难，堤防多次损坏，年年增高不停。晚间带领家属再次游览二圣寺。僧众的寮舍有维摩诘的木刻像很漂亮，说是沙市的刻工所做。住持居室西面有竹屋甚好。祖珠禅师说第五代祖师法演禅师开始住持四面山，孑然一身独处达两年，才开始有一位道士来问道，就请他做住持。又过三年，宝良禅师来，与道士朝夕拜问，都学到了佛法。从此法演禅师的佛学渐为人知，四面八方的学者开始来问学。虽然后来门生之多名扬天下，但终身不超过几十人。祖珠禅师从他的老师道颜禅师处听到这些故事。荆州地区再没有其他禅寺，只有二圣寺而已。然而蜀地僧人离蜀，必定去到江浙地区，回来的又都称自己学有所得，不再到二圣寺拜问。因而俗语说：“沿江而下的快走如烟，溯江回来的鼻孔朝天。寺庙里白白地供养着二圣，却不见有一个僧人坐禅。”

十六日。经过白湖，渺然不见津渡，横过江面到升子铺。有数百只天鹅，在水边或翱翔或浮游。太阳落山了，停泊在沙市。从公安到这里六十里，从这里到荆南须陆地行走十里，舟船不再能跟进。杜甫诗说：“买柴薪还在白帝城，摇橹声已经到沙头。”刘禹锡诗说：“沙头桅杆之上，始见春江辽阔。”两人说的都是这里。

【录诗】

《沙头》：游子行愈远，沙头逢暮秋。孙刘鼎足地，荆益犬牙州。鼓角风云惨，江湖日夜浮。此生应衮衮，高枕看东流。（《剑南诗稿》卷二）

十七日。日入后，迁行李过嘉州赵青船，盖入峡船也[①]。沙市堤上居者，大抵皆蜀人，不然，则与蜀人为婚姻者也。

十八日。见知府资政殿学士刘恭父珙[②]、通判右奉议郎权嗣衍、左宣教郎陈孺。荆南，图经以为楚之郢都，梁元帝亦尝都焉。唐为江陵府荆南节度，今因之。然牧守署衔但云知荆南军府，与永兴、河阳正同，初无意义，但沿旧而已。

十九日。郡集于新桥马监[③]，监在西门外四十里。自出城，即黄茅弥望，每十余里，有村疃数家而已[④]。道遇数十骑纵猎，获狐兔皆系鞍上，割鲜藉草而饮[⑤]，云襄阳军人也。是日极寒如穷冬，土人云，此月初已尝有雪。

【注释】

① 嘉州：即嘉定府，隶成都府路。　赵青：船主名。　入峡船：专门往来长江三峡的船只。

② 刘恭父珙：即刘珙(1122—1178)，字共父，建宁崇安(今属福建)人。绍兴十二年进士。累迁礼部郎官，因忤秦桧罢。官至同知枢密院事，兼参知政事。

③ 马监：官署名，掌马政。

④ 村疃(tuǎn)：村庄。

⑤ 割鲜：宰杀野兽。　藉草：坐草地。

【译文】

十七日。太阳落山后，搬迁行李进入嘉州船主赵青的船只，因为这是条入峡船。沙市江堤上居住的，大多数都是蜀地人，或者就是与蜀地人通婚的。

十八日。会见江陵知府资政殿学士刘珙、通判权嗣衍、陈孺。荆南府，地理志书认为就是楚国的郢都，梁元帝也曾在此建都。唐代为江陵府荆南节度，至今沿袭。但州郡长官题署的官衔，只说知荆南军府，与永兴、河阳正相同，原本也无他意，只是沿袭旧称而已。

十九日。州府在新桥马监设宴招待，马监在府城西门外四十里。从出城起，就见黄茅草一望无际，每隔十几里，才有几户人家的村庄。途中遇见几十个骑手纵横游猎，收获的狐狸兔子，都系在马鞍上，坐在草地上活宰后暴食痛饮，说是襄阳军的人。这天极其寒冷犹如隆冬，当地人说，本月初已经下了初雪。

【录诗】

《大寒出江陵西门》平明羸马出西门，淡日寒云久吐吞。醉面冲风惊易醒，重裘藏手取微温。纷纷狐兔投深莽，点点牛羊散远村。不为山川多感慨，岁穷游子自消魂。(《剑南诗稿》卷二)

《江夏与章冠之遇别后寄赠》：骑鹤仙人不可呼，一樽犹得与君俱。未应湖海无豪士，长恨乾坤有腐儒。壮岁光阴随手过，晚途衰病要人扶。凄凉江夏秋风里，况见新丰旧酒徒。(同上)

《题江陵村店壁》：青旆三家市，黄茅十里冈。蓬飞风浩浩，尘起日茫茫。驰骋多从兽，鉏耰少破荒。行人相指似，此路走襄阳。(同上)

《马上》：灯前薄饭陈盐虀，带睡强出行江堤。五更落月移树影，十月清霜侵马蹄。荒陂噰噰已度雁，小市喔喔初鸣鸡。可怜万里觅归梦，未到故山先自迷。(同上)

《水亭有怀》：渔村把酒对丹枫，水驿凭轩送去鸿。道路半年行不到，江山万里看无穷。故人草诏九天上，老子题诗三峡中。笑谓毛锥可无恨，书生处处与卿同。(同上)

《移船》：沙际舟衔尾，相依作四邻。暮年多感慨，分路亦酸辛。折竹占行日，吹箫赛水神。无劳问亭驿，久客自知津。(同上)

二十日。倒樯竿，立橹床[①]。盖上峡惟用橹及百丈，不复张帆矣。百丈以巨竹四破为之，大如人臂。予所乘千六百斛舟，凡用橹六枝，百丈两车。

二十一日。刘帅丁内艰。分迓兵之半负肩舆，自山路先归夔州[②]。是日，重雾四塞。

二十二日。五鼓，赴能仁院，建会庆节道场[③]。中夜后，舟人祀峡神，屠一豨。

二十三日。奠刘帅母安定郡太夫人卓氏。刘帅受吊礼，与吴人同。

二十四日。见左朝奉郎湖北安抚司主管机宜文字牛达可、右奉议郎安抚司干办公事汤衡、右朝奉郎安抚司干办公事赵蕴。

二十五日。右文林郎知归州兴山县高祁来[④]。

【注释】

① 橹床：摇橹的支架。橹，比桨大的划船工具。

② 刘帅丁内艰：指刘珙遭遇母丧。丁，当，遭逢。 迓兵：官衙之卫兵。迓，同“衙”。 肩舆：人力肩扛的代步工具，类似后来轿子。

③ 建会庆节道场：会庆节为宋孝宗圣节，在十月二十二日。建道场祝寿当在圣节前一月，即九月二十二日。

④ 归州：即巴东郡。南宋时或隶夔州路，或隶荆湖北路。时隶夔州路。辖秭归、巴东、兴山三县。兴山县在今湖北兴山。

【译文】

二十日。放倒桅杆，立起橹架。因为上三峡只用橹和百丈，不再张船帆了。百丈用粗大的竹子竖剖成四长条制成，粗如手臂。我所乘坐的一千六百斛的大船，共使用橹六支，百丈两车。

二十一日。知府刘珙遭遇母丧。分派夔州来迎的一半兵士扛着肩舆，从山路先回夔州去了。这天，迷雾重重布满天空。

二十二日。五鼓时分，赶赴能仁院，参建会庆节的道场。半夜后，船家祭祀三峡神，宰杀猪一头。

二十三日。祭奠刘珙母亲安定郡太夫人卓氏。刘珙接受吊祭之礼，与吴地人相同。

二十四日。会见湖北安抚司主管机宜文字牛达可、安抚司干办公事汤衡、安抚司干办公事赵蕴。

二十五日。知归州兴山县高祁来会见。

二十六日。修船始毕，骨肉入新船①。祭江渎庙，用壶酒、特豕。庙在沙市之东三四里，神曰昭灵孚应威惠广源王，盖四渎之一，最为典祀之正者②。然两庑淫祠尤多③，盖荆楚旧俗也。司法参军右迪功郎王师点，录其叔祖君仪待制《讼卦讲义》来。君仪，严州人，师事先大父，精于《易》，然遗书不传，《讲义》止存一篇而已，然亦其少作也④。

二十七日。解舟，击鼓鸣橹，舟人皆大噪，拥堤观者如堵墙。泊新河口，距沙市三四里，盖蜀人修船处。

二十八日。泊方城。有嘉州人王百一者，初应募为船之招头。招头盖三老之长，雇直差厚，每祭神，得胙肉倍众人⑤。既而船户赵清改用所善程小八为招头。百一失职怏怏，又不决去，遂发狂赴水⑥。予急遣人拯之，流一里余，三没三踊，仅得出。一招头得丧能使人至死，况大于此者乎！

二十九日。阻风。

【注释】

① 骨肉：比喻至亲。此指同行妻、子等。

② 江渎庙：为供奉江神的庙宇。此指江陵之江渎庙。　特豕：一头猪。祭祀只用一种牲畜称特牲。　四渎：长江、黄河、淮河、济水的合称。

③ 淫祠：不合礼仪而设置的祠庙。

④“司法”九句：王君仪，即王升，字君仪，严州人。早年曾师从陆游祖父陆佃。曾隐居严州乌龙山，布衣蔬食，无书不读。后久为明堂司常，宣和年间以待制领宫祠，复居乌龙故庐。精于《易》学，每正旦，长于卜筮，能预言灾祥，颇为灵验。卒年七十九岁。　讼卦讲义，阐述《易·讼卦》义理的著作。　先大父，指陆游祖父陆佃。

⑤“有嘉州人”五句：招头，舵工首领。　三老，舵工。参见本月四日记文注⑧。　雇直，雇工的工资。　胙肉，祭祀神灵的肉食。分食胙肉即分享神的佑护。

⑥ 赴水：指投水自尽。

【译文】

二十六日。入峡船整修竣工，全家人坐入新船。用一壶酒、一头猪祭奠江渎庙。庙在沙市东面三四里，所祭之神叫昭灵孚应威惠广源王，是四渎神之一，是最为正统的祭祀对象。但两边走廊中不合礼仪的祠庙特别多，这也是荆楚地区的旧风俗。司法参军王师点抄录他的叔祖待制王升所著《讼卦讲义》来会见。王升是严州人，师从我的祖父，精通《易》学，但遗著都未流传，《讲义》也只留存一篇而已，而且也是他年少时所作。

二十七日。解缆起航，敲鼓击橹，船上人都高叫，拥挤在江堤上的观众如同一堵墙。停泊在新河口，距离沙市三四里，是蜀地人的修船处。

二十八日。停泊在方城。有个嘉州人叫王百一，先前应募当船上招头。招头是舵工的首领，工资较优厚，每当祭祀结束分胙肉比众人加倍。不久船主改用熟人程小八当招头。王百一失去职位后闷闷不乐，又不肯离船，就疯疯癫癫地投水自尽了。我急忙派人救他，顺流而下一里多，三次沉没三次浮起，勉强救出水来。一个招头的得失能使人去死，何况比它更大的利益呢！

二十九日。因风受阻于方城。

【录诗】

《将离江陵》：莫莫过渡头，旦旦走堤上。舟人与关吏，见熟识颜状。痴顽久不去，常恐遭诮让。昨日倒樯干，今日联百丈。买薪备雨雪，储米满瓶盎。明当遂去此，障袂先侧望。即日孟冬月，波涛幸非壮。潦收出奇石，雾卷见迭嶂。地险多崎岖，峡束少平旷。从来乐山水，临老愈跌宕。皇天怜其狂，择地令自放。山花白似雪，江水绿于酿。《竹枝》本楚些，妙句寄凄怆。何当出清诗，千古续遗唱。(《剑南诗稿》卷二)

《六言》：三巴亦有何好，万里翩然独行。本意为君说破，消磨梦境光阴。(同上)

《江上》：江上霜寒透客衣，闭窗羸卧不支持。羁孤形影真相吊，衰飒头颅已可知。潦缩稳经行雨峡，竹疏剩见挂猿枝。清樽可置须勤醉，莫望功名老大时。(同上)

《旅食》：霜余汉水浅，野迥朔风寒。炊黍香浮甑，烹蔬绿映盘。心安失粗粝，味美出艰难。惟恨虚捐日，无书得纵观。(同上)

十月一日。过瓜洲坝、仓头、百里洲，泊沱滗。皆聚落，竹树郁然，民居相望。亦有村夫子聚徒教授，群童见船过，皆挟书出观，亦有诵书不辍者。沱，江别名，《诗》“江有沱”、《禹贡》“岷山导江，东别为沱”是也[①]。滗，则《尔雅》所谓“春秋夏有水，冬无水曰滗”也[②]。

二日。泊桂林湾。全、证二僧陆行来[③]，云沿路民居，大抵多四方人，土著才十一也。舟人杀猪十余口祭神，谓之开头[④]。

三日。舟人分胙，行差晚。与儿辈登堤观蜀江，乃知李太白《荆门望蜀江》诗“江色绿且明”为善状物也[⑤]。自离塔子矶，至是始望见巴山，山在松滋县[⑥]。

泊灌子口，盖松滋、枝江两邑之间。松滋，晋县，自此入蜀江。枝江，唐县，古罗国也，江陵九十九洲在焉⑦。晋柳约之、罗述、甄季之闻桓玄死，自白帝至枝江，即此地也⑧。欧阳文忠公有《枝江山行》五言二十四韵。盖文忠赴夷陵时，自此陆行至峡州，故其《望州坡》诗云："崎岖几日山行倦，却喜坡头见峡州⑨。"灌子口一名松滋渡。刘宾客有诗云："巴人泪应猿声落，蜀客船从鸟道回⑩。"

【注释】

①"沱"三句:《诗·召南·江有汜》:"江有沱，之子归，不我过。不我过，其啸也歌。" 《书·禹贡》:"岷山导江，东别为沱，又东至于澧。"

②"澭"二句：澭(yōng)，此指冬天无水的河道。引文《尔雅》或有误。按:《尔雅》引《说文》:"夏有水冬无水曰澩。"

③ 全证二僧：即八月二十九日"附从人舟"的世全、了证二僧。

④ 开头：原指撑头篙。后来引申为开船。

⑤ 蜀江：发源岷山，经嘉、叙、泸、重庆，至涪州城下。从成都登舟十三程，至此会合黔江，过忠、万、云安、夔、归、峡，至荆南一千七百七十里。 "江色"句：出自李白《荆门浮舟望蜀江》。

⑥ 巴山：在松滋县。《左传》载："巴人伐楚。"《荆南志》载，巴人后来逃归。有巴复村，所以叫巴山。

⑦ 松滋：本属庐江郡。晋代因松滋流民避乱至此，乃侨置松滋县以治之。属南郡。

⑧"晋柳约之"三句：东晋末，桓玄篡位建立桓楚，刘裕举兵讨伐，桓玄败走江陵，欲入蜀被杀。晋巴东太守柳约之、建平太守罗述、征虏司马甄季之均参加讨桓。

⑨"欧阳文忠公"六句：景祐三年(1037)，欧阳修因支持范仲淹改革，被贬峡州夷陵县，从枝江陆行至峡州。其《自枝江山行至平陆驿》："枝江望平陆，百里千余岭。萧条断烟火，莽苍无人境。"

⑩"巴人"二句：出自刘禹锡《松滋渡望峡中》。

【译文】

十月一日。经过瓜洲坝、仓头、百里洲，停泊在沱滗，都是村落，竹林树木郁郁葱葱，民居接连不断。也有乡里的学究收聚儿童教授，众儿童见有船经过，都带着书本出门观望，也有在屋内诵读不停止的。沱江是长江的别名，《诗经》说“大江有沱江”、《禹贡》说“岷山导引大江，向东别称沱江”就说的是它。滗则是《尔雅》所说的“春秋夏三季有水，冬季无水叫滗”。

二日。停泊在桂林湾。世全、了证二僧从陆路赶来会聚，说沿途的民居中，大多是他乡人，土著才占十分之一。船家宰杀十几口猪祭神，称之为开头。

三日。船家分配胙肉，出发较晚。与儿辈登上大堤观赏蜀江，才体会李白《荆门望蜀江》诗句“水色碧绿而且明亮”真是善于状物啊。从离开塔子矶，到这里才望见巴山，山在松滋县境内。停泊在灌子口，处于松滋、枝江两县之间。松滋，晋代所设县，从此入蜀江。枝江，唐代所设县，古代的罗国，江陵九十九洲在这里。东晋柳约之、罗述、甄季之听说桓玄死讯，从白帝城到枝江，就是这里。欧阳修有《枝江行》五首共二十四韵。那是欧阳修赴夷陵时，从这里陆路行走到峡州，因此他的《望州坡》诗说：“多日行走崎岖山路感觉疲倦，却欣喜地在山坡上望见峡州。”灌子口又名松滋渡。刘禹锡有诗句说：“巴地人的眼泪随凄厉的猿啼声掉落，蜀地客的舟船从险峻的山路旁回来。”

四日。过杨木寨。盖松滋有四寨，曰杨木、车羊、高平、税家云。泊龙湾。

五日。过白羊市，盖峡州宜都县境上[①]。宜都，唐县也[②]。谒张文忠公天觉墓[③]，残伐墓木横道，几不可行。天觉之子直龙图阁茂已卒。二孙：一有官，病狂易[④]；一白丁也。初作墓江滨，已而不果葬，改葬山间，今墓是也。而旧墓亦不复毁。启隧道出入，中可容数十人坐。有道人结屋其旁守之。道人出一石刻草书云："莫将外物寻奇宝，须问真师决汞铅。寄八琼张子高。钟离权始自王屋游都下，弟子浮玉山人来乞此字。今又将西还，丹元子再请书卷之末。绍圣元年仲冬望日。"权即世所谓钟离先生，子高即天觉，丹元子即东坡先生与之酬倡者⑤。后有魏泰道辅跋云："天觉修黄箓醮法成，浮玉山人谓之曰：上天录公之功，为须弥山八琼洞主，宜刻印谢帝而佩之。天觉不以为信，故浮玉又出钟离公书为证，后丹元子又为天觉求书卷末⑥。"又有徐注者跋云："天觉舟过真州，方出谒，有布衣幅巾者径入舟中，索笔大书'闲人吕洞宾来谒张天觉'十字，掷笔即去。而天觉适归，墨犹未干⑦。"注，真州人，云亲见之。坟前碑楼壁间，有诗一篇云："秋风十驿望台星，想见冰壶照坐清。霖雨已回公旦驾，挽须聊听野王筝。三朝元老心方壮，四海苍生耳已倾。白发故人来一别，却归林下看升平。"盖魏道辅赠天觉诗，后人所题者⑧。唐立夫舍人亦有一诗，末句云："无碑堪堕泪，著句与《招魂》⑨。"宜都知县右文林郎吕大辨来。泊赤崖。

【注释】

① 峡州：隶荆湖北路，辖夷陵、宜都、长杨、远安四县。治夷陵，在今湖北宜昌。

② 宜都：宜都县本为宜昌，隶南郡。唐武德二年更名宜都，及峡州之夷道，置江州。今为湖北宜都。

③ 张文忠公：即张商英(1043—1122)，字天觉，蜀州新津(今属四川)人。治平进士。徽宗时拜尚书左丞，与蔡京不合，罢知亳州，入元祐党籍。大观四年拜尚书右仆射，罢贬后复职。高宗绍兴年间赐谥文忠。

雅擅文艺，精通佛理。

④ 狂易：指精神失常。

⑤ 汞铅：道教炼丹的两种原料，亦指炼丹。　张子高：即张商英。　钟离权：字云房，一字寂道，号正阳子、和谷子。或说汉人，或说唐宋时人。相传遇仙成道。全真道尊其为正阳祖师，亦为道教传说中"八仙"之一。　王屋：山名。相传黄帝访道于王屋山，故用以泛指修道之山。　都下：指京城。　浮玉山人：未详。　丹元子：北宋道士。苏轼曾与之唱和，撰有《丹元子示诗飘飘然有谪仙风气吴传正继作复次其韵》等。

⑥"后有"九句：魏泰，字道辅，襄阳（今属湖北）人。数举进士不第。博览群书，善辩。晚年家居。著有《东轩笔录》等。　黄箓醮法，道教洁斋之法。　须弥山，佛教中指一小世界之中心。　八琼洞主，杜撰的称号。

⑦"又有"八句：徐注，不详。　真州，隶淮南东路。在今江苏仪征。　吕洞宾，传说中"八仙"之一。

⑧"坟前"十一句：有诗一篇，此为魏泰《荆门别张天觉》。　台星，三台星。喻指宰相。　冰壶，指月亮。　"霖雨"句，指张商英被召回朝中。霖雨，甘雨，及时雨。　回公旦驾，周公旦辅佐成王，遭猜疑而离京，成王将其召回继续执政。　"挽须"句，指魏泰得听商英高见。挽须，捋须。　听野王筝，东晋桓伊字野王，居高官，善音乐。王徽之闻其路过，请求为己奏笛。桓伊素闻徽之名，下车为作三调，奏毕即去，不交一言。

⑨"唐立夫"四句：唐立夫即唐文若，字立夫，眉山（今属四川）人。唐庚之子。绍兴进士。官至中书舍人。孝宗时出知汉州、江州。乾道元年卒。　堕泪之碑，西晋羊祜镇守襄阳，有政绩，甚得民心。襄阳百姓于其身后在岘山立碑纪念，岁时飨祭，望其碑者莫不流涕，杜预名之曰"堕泪碑"。　《招魂》，《楚辞》篇名。相传宋玉所作，招屈原之魂。

【译文】

四日。经过杨木寨。松滋县共有四寨，即杨木、车羊、高平和税家。停泊在龙湾。

五日。经过白羊市，在峡州宜都县地界。宜都，唐代所设县。拜谒张商英墓，墓地树木被砍伐，残余枝干横堵道路，几乎难以通行。张商英之子直龙图阁张茂已去世，两个孙子，一个当官，患精神失常，一个则是平民。起初在江边造墓，后来未入葬，改葬在山间，就是现今的墓地，但旧墓也不毁弃。墓地开辟一条隧道供出入，墓中可容纳几十人坐。有道人在旁造屋看守。道人取出一幅草书的石刻拓本，上面写道："莫要拿着身外之物来探寻奇异宝物，须要求教真人法师判定炼丹的成效。寄语八琼洞主张商英。钟离权从王屋山出游京都，弟子浮玉山人来求此字。现今又将西归，丹元子再次请求书于卷末。绍圣元年十一月十五日。"钟离权就是世间所称的钟离先生，子高就是张商英，丹元子就是苏轼唱和过的道士。后面又有魏泰撰写的题跋说："张商英修习道教洁斋法完成，浮玉山人对他说：'上天记录你的功劳，封你为须弥山八琼洞主，应该刻成官印称谢上帝后佩戴在身。'张商英不相信，因而浮玉山人又取出钟离权书信为证，后来丹元子又为张商英请求书于卷末。"又有叫徐注的题跋说："张商英乘船过真州，刚外出访客，有一位戴着头巾的平民直接走进船中，索要笔墨写下'闲人吕洞宾来见张商英'十个大字，扔掉笔就离去。张商英恰好归来，墨迹还没干。"徐注，真州人，说亲见此事。坟墓前的碑楼墙上题有一首诗说："秋风吹过十座驿站遥望京都，想象见到月光朗照座席清冷。及时雨已经召回周公旦的车驾，捋髭须姑且倾听桓野王的筝音。三朝元老壮心不已，四海苍生侧耳静听。白发老友前来一别，回归山野乐见升平。"这是魏泰赠张商英的诗篇，后人所题写的。中书舍人唐文若也有一首诗，末句说："没有立碑足以掉泪，写下此句为你招魂。"宜都知县吕大辨来会见。停泊在赤崖。

【录诗】

《沧滩》：百夫正讙助呜橹，舟中对面不得语。须臾人散寂无哗，惟闻百丈转两车。呕呕哑哑车转急，舟人已在沙际立。雾敛芦村落照红，雨余渔舍炊烟湿。故乡回首已千山，上峡初经第一滩。少年亦慕宦游乐，投老方知行路难。（《剑南诗稿》卷二）

《松滋小酌》：西游六千里，此地最凄凉。骚客久埋骨，巴歌犹断肠。风声撼云梦，雪意接潇湘。万古茫茫恨，悠然付一觞。（同上）

《晚泊松滋渡口》二首：此行何处不艰难，寸寸强弓且旋弯。县近欢欣初得菜，江回徙倚忽逢山。系船日落松滋渡，跋马云埋滟滪关。未满百年均是客，不须数日待东还。又：小滩拍拍鸬鹚飞，深竹萧萧杜宇悲。看镜不堪衰病后，系船最好夕阳时。生涯落魄惟耽酒，客路苍茫自咏诗。莫问长安在何许，乱山孤店是松滋。（同上）

卷　六

六日。过荆门、十二碚[①]，皆高崖绝壁，崭岩突兀，则峡中之险可知矣。过碚，望五龙及鸡笼山[②]，嵯峨正如夏云之奇峰。荆门者，当以险固得名。碚上有石穴，正方，高可通人，俗谓之荆门则妄也。晚至峡州，泊至喜亭下[③]。峡州在唐为硖州，后改峡，而印文则为陕州。元丰中，郎官何洵直建言，“陕”与“陜”相乱，请改铸印文从“山”[④]。事下少府监，而监丞欧阳发言[⑤]：“湖北之陕州，从阜从夾；夾从两人。陕西之陜州，从阜从夾；夾从两入。偏旁不同，本不相乱，恐四方谓少府监官皆不识字[⑥]。”当时朝士之议皆是发，而卒从洵直言改铸云。《至喜亭记》，欧阳公撰，黄鲁直书。

【注释】

① 荆门：即荆门山，在宜都县西北五十里。《水经注》说：“大江东历荆门、虎牙二山间。”　十二碚（bèi）：在夷陵县西南三十五里。碚，地名用字。

② 五龙及鸡笼山：五龙山去州十五里，五峰连峙，蜿蜒如龙。高筐山一名鸡笼山，在州南四十里。与葛道山相望。

③ 峡州：治所在今湖北宜昌。　至喜亭：在峡州长江边。欧阳修景祐四年（1037）被贬夷陵县令，作有《峡州至喜亭记》称：“夷陵为州，当峡口，江出峡，始漫为平流。故舟人至此者，必沥酒再拜相贺，以为更生。尚书虞部郎中朱公再治是州之三月，作至喜亭于江津，以为舟者之停留也。且志夫天下之大险，至此而始平夷，以为行人之喜幸。”朱

公，即朱庆基，时知峡州。

④ 何洵直：道州（今湖南道县）人。治平进士。元丰中任礼部员外郎。官至秘书郎，出知楚州。　“陕”与“陜”相乱：陕音闪（shǎn），从两入；陜音狭（xiá），从两人。形近易淆乱。

⑤ 少府监：官署名。掌管皇帝服御、宝册、符印、旌节、度量衡标准，及祭祀、朝会所需器物。　欧阳发：字伯和，吉州庐陵人。欧阳修长子。以父恩荫入仕，赐进士出身。累官大理丞、殿中丞等。长于制度文物、古乐钟律。时任少府监丞。

⑥“湖北”六句：夾（shǎn），本义窃物藏于怀。此为声旁。底本“陕”“陜”、“夾”“夹”多处淆乱，均从文义改定。

【译文】

六日。航船经过荆门、十二碚，都是悬崖绝壁，高峻的山崖耸立，江峡之中的险峻可以知晓了。经过十二碚遥望五龙山、鸡笼山，山峰高峻正像夏天云彩组成的奇峰。所谓荆门，应当凭着险阻坚固而得名。十二碚上有个石洞，正方形，高度可以通过一人，世俗称之为荆门则是错误的。晚间船到峡州，停泊在至喜亭下。峡州在唐代称为硖州，后来改为峡州，而印章上则刻为陕州。元丰年间，礼部员外郎何洵直提出建议，“陕”和“陜”字形容易淆乱，请求在印章上改铸从“山”旁的“峡”。事项下达到少府监。监丞欧阳发说：“湖北的峡州，从阜旁夹旁，（夹从两人。）陕西的陕州，从阜旁夾旁，（夾从两入。）偏旁不同，本来并不淆乱，只是恐怕四方之人误会少府监官员都不识字罢了。”当时朝廷士大夫议论都肯定欧阳发的说法，最后就依据何洵直的建议改铸峡州了。《至喜亭记》为欧阳修所撰，黄庭坚书写。

【录诗】

《荆门冬夜》：常饥龟老欲无肠，卧听寒更自短长。香碗听闲聊作伴，酒杯因病颇相忘。有情窗罅恰通月，耐冷檐枝多听霜。历尽风波知险阻，平生错羡捕鱼郎。（《剑南诗稿》卷二）

七日。见知州右朝奉大夫叶安行字履道。以小舟游西山甘泉寺[1]，竹桥石磴，甚有幽趣。有静练、洗心二亭，下临江，山颇疏豁。法堂之右，小径数十步至一泉，曰孝妇泉，谓姜诗妻庞氏也[2]。泉上亦有庞氏祠，然欧阳文忠公不以为信，故其诗曰："丛祠已废姜祠在，事迹难寻楚语讹。"又此篇首章云"江上孤峰蔽绿萝"，初读之，但谓孤峰蒙藤萝耳，及至此，乃知山下为绿萝溪也[3]。又至汉景帝庙及东山寺，景帝不知何以有庙于此[4]。欧阳公为令时，有祈雨文，在集中[5]。东山寺亦见欧阳公诗，距望京门五里[6]。寺外一亭临小池，有山如屏环之，颇佳。亭前冬青及柏，皆百余年物。遂至夷陵县，见县令左从政郎胡振。厅事东至喜堂，郡守朱虞部为欧阳公所筑者[7]，已焚坏。柱础尚存，规模颇雄深。又东则祠堂，亦简陋，肖像殊不类，可叹。听事前一井[8]，相传为欧阳公所浚，水极甘寒，为一郡之冠。井旁一楠合抱[9]，亦传为公手植。晚，郡集于楚塞楼，遍历尔雅台、锦障亭。亭前海棠二本，亦百年物。尔雅台者，图经以为郭景纯注《尔雅》于此[10]。又有绛雪亭，取欧阳公《千叶红梨》诗，而红梨已不存矣[11]。

【注释】

① 西山甘泉寺：欧阳修《和丁宝臣游甘泉寺》题注："寺在临江一山上，与县廨相对。"

② 法堂：演说佛法的讲堂。　孝妇泉：姜诗溪在州之南，岸有泉涌。姜诗为广汉人。　姜诗妻庞氏：东汉姜诗娶庞盛之女庞氏。姜母喜饮江水，庞氏每日汲水负归，一日遇风耽搁，为诗所逐。庞氏寄止邻舍，奉养如旧，姜母感惭呼还。舍侧忽有泉涌，味如江水。

③"泉上"十句："丛祠"几句诗，出自欧阳修《和丁宝臣游甘泉

寺》。自注:“寺有清泉一泓,俗传为姜诗泉,亦有姜诗祠。按:诗,广汉人,疑泉不在此。”《老学庵笔记》卷七:“欧阳公谪夷陵时诗云:‘江上孤峰蔽绿萝,县楼终日对嵯峨。’盖夷陵县治下临峡,江名绿萝溪,自此上溯,即上牢关,皆山水清绝处。孤峰者即甘泉寺山,有孝女泉及祠在万竹间,亦幽邃可喜,峡人岁时游观颇盛。予入蜀,往来皆过之。”

④ 汉景帝庙:在临江门外。相传刘备常以汉景帝木主寄飨于月岭,因立庙。刘备乃景帝子中山靖王胜之后。

⑤“欧阳公”三句:欧阳修《居士集》卷四九有《求雨祭汉景帝文》。

⑥ 东山寺:欧阳修《居士集》卷十一有《冬至后三日陪丁元珍游东山寺》《初晴独游东山寺五言六韵》。

⑦“厅事东”二句:欧阳修作《夷陵县至喜堂记》,谓景祐二年,自己被贬峡州。峡州知州朱正基从前和自己有交情,出于哀怜而在县舍厅事以东修建至喜堂。

⑧ 听事:亦作“厅事”。厅堂,官署视事问案之所。

⑨ 柟:同“楠”。楠木,常绿乔木,木质坚固。

⑩“郡集”六句:楚塞楼在州治。尔雅台:郭璞注《尔雅》于此,台上有郭璞先生塑像。 郭璞(276—324),字景纯,河东闻喜(今山西闻喜)人。东晋学者,博学好古,精于天文、历算、卜筮,长于诗赋。注《尔雅》十八年。

⑪ 绛雪亭:在州治,欧公有诗。亭名取自欧阳修《千叶红梨花》:“风轻绛雪樽前舞,日暖繁香露下闻。”

【译文】

七日。会见知州叶安行,字履道。乘小船游览西山甘泉寺,竹桥石阶,很有幽雅的趣味。寺内有静练、洗心两座亭子,俯瞰江山胜景,十分开阔敞亮。法堂右边,经小路几十步到达一眼泉水,称孝妇泉,说的是东汉姜诗之妻庞氏。水泉之上也有庞氏祠,但当年欧阳修并不相信,因此其诗说:“林中神庙已废弃而庞氏祠却在,事迹难以寻觅楚地传言不可信从。”另外这首诗第一句说“江上孤峰遮蔽着绿色的藤萝”,初读时只以为孤峰上蒙盖着藤萝而已,待到了这里,才知道山下原来就是绿萝溪。又到汉景帝庙和东山寺游览,景帝不知道为什么在这里有庙。欧阳修任夷陵县令时作有《祈雨文》,在文集中。东山寺也见到欧阳修的诗篇,这里距离望京门五里路。寺外一座亭子濒临小池塘，后面有群山像屏风环绕，很好看。亭前所栽的冬青和柏树，都是历经百余年的古树。接着来到夷陵县，会见县令胡振。官衙厅堂东面的至喜堂，是当年知州朱庆基为欧阳修所建造的，今已焚毁了。厅堂承础的基石还在，可见规模宏大幽深。再东面是祠堂，也十分简陋，所挂肖像特别不像，令人叹息。厅堂前一眼水井，相传曾为欧阳修所疏通，泉水十分甘甜冷冽，在一州中数第一。水井旁一株楠树粗达合抱，也相传为欧阳修亲手所栽。晚间，州府在楚塞楼设宴招待，遍游府内尔雅台、锦障亭。亭前两株海棠，也是近百年的古树。所谓尔雅台，地理志书认为郭璞在这里注解《尔雅》。又有绛雪亭，取名于欧阳修的《千叶红梨花》诗句，而红梨树已经不在了。

八日。五鼓尽，解船，过下牢关[①]。夹江千峰万嶂，有竞起者，有独拔者，有崩欲压者，有危欲坠者，有横裂者，有直坼者，有凸者，有洼者，有罅者，奇怪不可尽状。初冬草木皆青苍不雕，西望重山如阙，江出其间，则所谓下牢溪也。欧阳文忠公有《下牢津》诗云“入峡江渐曲[②]，转滩山更多”，即此也。系船与诸子及证师登三游洞[③]，蹑石磴二里，其险处不可着脚。洞大如三间屋，有一穴通人过，然阴黑峻险尤可畏。缭山腹，伛偻自岩下至洞前，差可行。然下临溪潭，石壁十余丈，水声恐人。又一穴，后有壁，可居。钟乳岁久，垂地若柱，正当穴门。上有刻云：“黄大临、弟庭坚，同辛纮、子大方，绍圣二年三月辛亥来游。”旁石壁上刻云：“景祐四年七月十日，夷陵欧阳永叔。”下缺一字；又云“判官丁”，下又缺数字。丁者，宝臣也，字元珍。今“丁”字下二字，亦仿佛可见，殊不类“元珍”字。又永叔但曰夷陵，不称令④。洞外溪上又有一崩石偃仆，刻云：“黄庭坚、弟叔向、子相、侄檠同道人唐履来游，观辛亥旧题，如梦中事也。建中靖国元年三月庚寅。”按鲁直初谪黔南，以绍圣二年过此，岁在乙亥，今云辛亥者，误也⑤。泊石牌峡⑥。石穴中，有石如老翁持鱼竿状，略无少异。

【注释】

① 下牢关：亦名下牢镇，在夷陵县二十八里。隋于此置峡州。唐贞观九年移于步阐垒，其旧城因置镇。

② 江：底本作“山”，据《居士集》卷十改。

③ 证师：即搭船之僧了证。　三游洞：在夷陵县。白居易与弟白知退及元稹会于夷陵，寻幽践胜，知退说：“这里景物绝胜，天地间能有几处?”作古诗二十韵写于石壁，白居易作序而记。

④ 黄大临：字元明，黄庭坚之兄。　辛纮、子大方：同游者。　丁宝臣：字元珍，常州晋陵(今江苏常州)人。元祐进士。曾为峡州军事判官，与欧阳修交好。

⑤ 初谪黔南：黄庭坚绍圣二年(1095)被贬涪州别驾、黔州安置。　云辛亥误也：前云“绍圣二年三月辛亥”，辛亥当是纪日，故不误。

⑥ 石牌峡：在西陵峡中，石壁陡立，江水于此急拐弯。今属宜昌石排镇。

【译文】

八日。五鼓将尽，航船解缆，经过下牢关。长江两岸，成千上万的峰峦绵延，有争相耸立的，有特立独起的，有崩塌像下压的，有高危要坠落的，有横向断裂的，有垂直开裂的，有凸起的，有凹陷的，有裂缝的，奇形怪状难以描写。初冬时节草丛树木仍呈深青色未凋落，远看西方山峦重叠如有空缺，江水从中流出，就是所谓的下牢溪。欧阳修作有《下牢津》诗说“(船只)进入峡谷水流逐渐曲折，转过河滩山峰更加增多”，指的就是这种情况。系牢船缆同诸儿及了证禅师登上三游洞游览，踩着石阶爬了二里路，其中险峻之处难以落脚。洞中像三间屋大小，有一处洞穴人可通过，但阴暗漆黑加之陡峭险峻特别吓人。绕过山腰，弯腰屈身从山岩下到洞前，勉强可行。但下面对着溪流深潭，石壁有十余丈高，水声喧哗怕人。另有一处洞穴，后靠山壁，可以住人，钟乳石因年久，从洞顶下垂地面如同柱子，正对着洞穴门口。上面刻着字说：“黄大临、兄弟黄庭坚，同辛纮及儿子大方，绍圣二年三月辛亥日来此一游。”旁边石壁上刻着字说：“景祐四年七月十日，夷陵欧阳永叔”，以下缺一字，又说“判官丁”，以下又缺几字。所谓丁，名宝臣，字元珍。现在“丁”字以下二字也依稀可见，但极不像“元珍”字样。又永叔只称夷陵人，不称县令。洞外溪边又有一块崩塌大石仆倒在地，刻着字说：“黄庭坚、弟叔向、儿子相、侄儿檠，同道人唐履来游览，观看当年辛亥日旧题，就像梦中见到一般，建中靖国元年三月庚寅日。”按黄庭坚最初被贬涪州别驾、黔南安置，于绍圣二年经过这里，那一年乙亥年，这里说辛亥年，是错了。停泊在石牌峡。石洞中，有石块活像一位老翁拿着鱼竿在钓鱼，没有一点区别。

【录诗】

《系舟下牢溪游三游洞二十八韵》：旧观三峡图，常谓非人情。意疑天壤间，岂有此峥嵘。画师定戏耳，聊欲穷丹青。西游过沔鄂，莽莽千里平。昨日到峡州，所见始可惊。乃知画非妄，却恨笔未精。及兹下牢戍，峰嶂毕自呈。下入裂坤轴，高骞插青冥。角胜多列峙，擅美有孤撑。或如釜上甑，或如坐後屏。或如倨而立，或如喜而迎。或深如螺房，或疏如窗棂。峨巍冠冕古，婀娜髻鬟倾。其间绝出者，虎搏蛟龙狞。崩崖凛欲堕，修梁架空横。悬瀑泻无底，终古何时盈？幽泉莫知处，但闻珩佩鸣。怪怪与奇奇，万状不可名。久闻三游洞，疾走忘病婴。窦穴初漆黑，伛偻扪壁行。方虞触蜇蛇，俯见一点明。扶接困僮奴，恍然出瓶罂。穹穹厦屋宽，滴乳成微泓。题名欧与黄，云蒸苍藓平。穿林走惊麋，拂面逢飞鼪。息倦盘石上，拾樵置茶铛。长啸答谷响，清吟

和松声。辞卑不堪刻，犹足寄友生。(《剑南诗稿》卷二)

《三游洞前岩下小潭水甚奇取以煎茶》：苔径芒鞋滑不妨，潭边聊得据胡床。岩空倒看峰峦影，涧远中含药草香。汲取满瓶牛乳白，分流触石佩声长。囊中日铸传天下，不是名泉不合尝。(同上)

九日。微雪，过扇子峡[①]。重山相掩，正如屏风扇，疑以此得名。登虾蟆碚，水品所载第四泉是也[②]。虾蟆在山麓临江，头鼻吻颔绝类，而背脊炮处尤逼真[③]。造物之巧，有如此者。自背上深入，得一洞穴，石色绿润，泉泠泠有声自洞出，垂虾蟆口鼻间，成水帘入江。是日极寒，岩岭有积雪，而洞中温然如春。碚洞相对，稍西有一峰孤起侵云，名天柱峰。自此山势稍平，然江岸皆大石堆积弥望，正如浚渠积土状。晚次黄牛庙[④]，山复高峻。村人来卖茶菜者甚众。其中有妇人，皆以青斑布帕首[⑤]，然颇白皙，语音亦颇正。茶则皆如柴枝草叶，苦不可入口。庙曰灵感，神封嘉应保安侯，皆绍兴以来制书也。其下即无义滩，乱石塞中流，望之可畏。然舟过乃不甚觉，盖操舟之妙也。传云，神佐夏禹治水有功，故食于此。门左右各一石马，颇卑小，以小屋覆之。其右马无左耳，盖欧阳公所见也[⑥]。庙后丛木似冬青而非，莫能名者。落叶有黑文类符篆，叶叶不同，儿辈亦求得数叶。欧诗刻石庙中。又有张文忠一赞，其词曰："壮哉黄牛，有大神力。辇聚巨石，百千万亿。剑戟齿牙，磥硊江侧。瀍激波涛，险不可测。威胁舟人，骇怖失色。刲羊酾酒，千载庙食[⑦]。"

张公之意，似谓神聚石壅流，以胁人求祭飨。使神之用心果如此，岂能巍然庙食千载乎？盖过论也[8]。夜，舟人来告，请无击更鼓，云庙后山中多虎，闻鼓则出。

【注释】

① 扇子峡：又名明月峡，在夷陵县。高七百余仞，倚江于崖，面白如月，又如扇，亦曰扇子峡。

② 虾蟆碚：在夷陵县。凡出蜀者经此必酌水以煮茶。　第四泉：陆羽《茶经》："峡州扇子山有石突然，泄水独清泠，状如龟形，俗云虾蟆口水第四。"

③ 皰：同"疱"。皮肤上似水泡的小疙瘩。

④ 黄牛庙：全名黄牛灵应庙，在黄牛峡。相传佐禹治水有功，蜀后主建兴初，诸葛武侯建祠兹土。

⑤ 帕首：指裹头。

⑥ 欧阳公所见：欧阳修有《黄牛峡祠》，中有"石马系祠门"句。苏轼《书欧阳公黄牛庙诗后》："轼尝闻之于公曰：'予昔以西京留守推官为馆阁校勘，时同年丁宝臣元珍适来京师，梦与予同舟泝江，入一庙中，拜谒堂下。……既出门，见一马只耳，觉而语予，固莫识也。不数日，元珍除峡州判官。已而，余亦贬夷陵令。……一日，与元珍泝峡谒黄牛庙，入门惘然，皆梦中所见。……而门外镌石为马，缺一耳。相视大惊，乃留诗庙中，有"石马系祠门"之句，盖私识其事也。'"

⑦ 张文忠：即张商英，参见本书卷五十月五日记文注④。　辇聚：运送聚集。　磥硊：同"垒峗"，重叠耸立。　刲(kuī)羊釃酒：宰羊斟酒。　庙食：指死后立庙，受人祀奉，享受祭飨。

⑧ 过论：过分之论。

【译文】

九日。小雪，船经过扇子峡。山峦重叠相互掩映，正如屏风般的巨扇，怀疑因此而得名。登上蛤蟆碚，就是陆羽《水品》所载天下泉水第四泉了。蛤蟆在临江的山脚下，头部、鼻子、嘴唇、下巴都极像，而背脊似水泡的疙瘩处尤其逼真。造物者的精巧就像这样啊。从蛤蟆背上深入，看见一座洞穴，岩石绿色润泽，泉水清泠有声从洞中流出，在蛤蟆口鼻间垂落下去，形成瀑布挂入江中。这一天极寒冷，山岭岩石上有积雪，但洞中温暖如春天。蛤蟆碚和洞穴正相对，稍西面有一座山峰孤耸直上云天，名叫天柱峰，从此以下山势稍平缓，但江岸边满眼望去都堆积着大石块，正像挖渠积土的样子。晚间宿于黄牛庙，山势再次高峻起来。村中人来售卖茶菜的很多，其中的妇女都用青斑布裹头，但肤色白皙，语音也很标准。所售茶叶都像柴枝草叶，苦涩不能入口。庙称灵感黄牛庙，神封为嘉应保安侯，都是绍兴以来的制书所封。庙下就是无义滩，乱石堵塞了中间水道，看了令人畏惧。但舟船经过却没什么感觉，这是操控舟船巧妙的缘故啊。传说神灵辅佐夏禹治水有功，故而庙食于此。庙门左右各有一匹石马，形体十分矮小，用小屋子分别覆盖。其中门右之马没有左耳，就是欧阳修当年所看见的。庙后丛聚的灌木像冬青树但不是，叫不出树名。其落叶上有黑纹路像道教的文字，每篇叶子都不相同，诸儿也讨得几片这种叶子。欧阳修的诗在庙中有刻石，又有张商英的一篇赞文，说："黄牛雄壮，神力巨大。运来巨石，百千万亿。兵器齿牙，耸立江边。激荡波涛，险恶难测。威胁船夫，恐怖失色。宰羊斟酒，千年祭享。"张商英的文意，好像说神灵聚集巨石阻塞江流，用以胁迫众人求得祭享。假如神灵的用心果真如此，怎能高傲地千年庙食于此呢？这实在是过分之论。夜间，船家来告诫，请不要敲击更鼓，说庙后山中多有老虎出没，听见鼓声就会下山。

【录诗】

《虾蟆碚》：不肯爬沙桂树边，朵颐千古向岩前。巴东峡里最初峡，天下泉中第四泉。啮雪饮冰疑换骨，掬珠弄玉可忘年。清游自笑何曾足，叠鼓冬冬又解船。（《剑南诗稿》卷二）

《黄牛峡庙》：三峡束江流，崖谷互吐纳。黄牛不负重，云表恣蹴踏。吴船与蜀舸，有请神必答。谁怜马遭刵，百岁创未合。舵师浪奔走，烹羸陈酒榼。纷然馂神余，羹炙争嚺嚃。空庭多落叶，日暮声飒飒。奇文粲可辨，高古篆籀杂。村女卖秋茶，簪花髻鬟匝。襁儿着背上，帖妥若在榻。山寒雪欲下，虎出门早阖。我行忽至此，临风久呜唈。（同上）

《过夷陵适值祈雪与叶使君清饮谈括苍旧游既行舟中雪作戏成长句奉寄》：巴楚夷陵酒最醇，使君风味更清真。少年恨不从豪饮，薄宦那知托近邻。本拟笙歌娱病客，却摧雨雪恼行人。朝来冻手题诗寄，莫笑攲斜字不匀。（同上）

十日。早，以特豕、壶酒祭灵感庙，遂行。过鹿角、虎头、史君诸滩[①]，水缩已三之二，然湍险犹可畏。泊城下，归州秭归县界也[②]。与儿曹步沙上，回望正见黄牛峡。庙后山如屏风叠，嵯峨插天，第四叠上有若牛状，其色赤黄，前有一人如着帽立者。昨日及今早，云冒山顶，至是始见之。因至白沙市慈济院，见主僧志坚，问地名城下之由。云院后有楚故城[③]，今尚在，因相与访之。城在一冈阜上，甚小，南北有门，前临江水，对黄牛峡。城西北一山，蜿蜒回抱，山上有伍子胥庙[④]。大抵自荆以西，子胥庙至多。城下多巧石，如灵壁、湖口之类[⑤]。

【注释】

① 诸滩：州西北江中沙滩，分别名青草、西蛇、难禁、三溜、偏劫、叱波、趁滩、老翁、大蛇、鹿角、南北两席头、上狼尾等。“席头”或为“虎头”。

② 归州：隶荆湖北路，辖秭归、巴东、兴山三县。治所秭归，在今湖北秭归。

③ 楚故城：又名丹阳城。在秭归东三里，今称楚王城。北枕大江，周十二里。

④ 伍子胥庙：祭奠伍子胥的神庙。伍子胥名员，为春秋时楚国大夫，其父兄被楚平王所杀，他立志复仇，逃到吴国，成为吴王重臣。后率军攻下楚都，掘墓鞭尸，为父报仇。伍子胥劝吴王灭越，吴王不听，反赐剑令其自尽。楚人多建有纪念伍氏神庙。

⑤“城下”二句：宿州灵璧（今属安徽）、江州湖口（今属江西）均出奇石。

【译文】

十日。用一头公猪、一壶酒祭奠灵感黄牛庙，然后出发。经过鹿角、虎头、史君各滩，江水退落已达三分之二，但水流湍急危险仍使人害怕。停泊在城下，已是归州秭归县地界了。与诸子在沙滩散步，回头望去正看见黄牛峡。庙后群山如同屏风层层叠叠，高耸直插云天，第四叠山上有石块像牛的形状，颜色红黄相间，前面有一人像戴帽站立着。昨天和今早，因云雾笼罩山顶未发现，到现在才看见。于是到白沙市慈济院游览，见到住持僧人志坚禅师，询问地名城下的来由。禅师说院后有楚国故城，现今尚存，于是一起前往访问。故城在一座山丘上，规模很小，南北都有城门，面临江水，正对着黄牛峡。城西北面一座山，绵延环抱，山上有伍子胥庙。从荆州以西，伍子胥庙极多。城下地方多出奇巧的石头，如同宿州灵璧、江州湖口一样。

十一日。过达洞滩。滩恶，与骨肉皆乘轿陆行过滩。滩际多奇石，五色粲然可爱，亦或有文成物象及符书者。犹见黄牛峡庙后山。太白诗云：“三朝上黄牛，三暮行太迟。三朝又三暮，不觉鬓成丝[①]。”欧阳公云：“朝朝暮暮见黄牛，徒使行人过此愁。山高更远望犹见，不是黄牛滞客舟[②]。”盖谚谓：“朝见黄牛，暮见黄牛。一朝一暮[③]，黄牛如故。”故二公皆及之。欧阳公自荆渚赴夷陵，而有下牢、三游及虾蟆碚、黄牛庙诗者，盖在官时来游也。故忆夷陵山诗云：“忆尝祗吏役，巨细悉经覯。”其后又云“荒烟下牢戍，百仞塞溪漱。虾蟆喷水帘，甘液胜饮酎，亦尝到黄牛，泊舟听猿狖”

也④。晚泊马肝峡口⑤。两山对立，修耸摩天，略如庐山。江岸多石，百丈萦绊⑥，极难过。夜小雨。

【注释】

①“三朝”四句：出自李白《上三峡》。

②“欧阳公”五句：欧阳修《黄牛峡祠》，参见九日记文注⑥。

③ 一朝一暮：《水经注》和李白诗均作“三朝三暮”。

④“故忆”九句：出自欧阳修《忆山示圣俞》。祇，恭敬。 经觏，经办。 酎，醇酒。 猿狖，泛指猿猴。

⑤ 马肝峡：在秭归，有石如马肝，在江北。

⑥ 百丈萦绊：牵船的篾缆萦绕羁绊。

【译文】

十一日。过达洞滩。滩地形势险恶，同亲属都乘坐轿子从陆地过滩。滩边多有奇石，五彩缤纷，光亮可爱，也有石上花纹如同物象和道教符箓的。这里还能见到黄牛庙后的群山。李白诗说：“三天早上决心过黄牛峡，三天傍晚感叹出发太迟。过了三早三晚，不觉鬓发愁白。”欧阳修诗说：“早早晚晚看见黄牛，行人过此白白发愁。再远也能望见山高，不是黄牛留滞客舟。”因为当地谚语说：“早上见到黄牛，傍晚见到黄牛。从早晨到晚上，黄牛依然不变。”因此两位诗人都说到它。当年欧阳修从荆州去到夷陵，有歌咏下牢关、三游洞及蛤蟆碚、黄牛庙的诗篇，这是赴任夷陵时游览而写的。因此他回忆夷陵山的诗说：“回想曾恭敬地履行吏责，巨细不分都亲自经办。”后面又说：“烟笼荒江下牢关口，百仞高山堵塞江流。蛤蟆碚上喷射水帘，水味甘甜胜过好酒。也曾到过黄牛庙前，停舟坐听猿猴嘶吼。”晚间停泊在马肝峡口。这里两山对立，高耸入云，大致如同庐山。江边多石块，牵船的缆绳萦绕羁绊，很难通过。夜间下起小雨。

【录诗】

《泊虎头滩下》：大舟已泊灯火明，小舟犹行闻橹声。虎头崖

麑鹿角横，人生实难君勿轻。(《剑南诗稿》卷二)

十二日。早，过东濡滩，入马肝峡。石壁高绝处，有石下垂如肝，故以名峡。其傍又有狮子岩，岩中有一小石，蹲踞张颐①，碧草被之，正如一青狮子。微泉泠泠，自岩中出，舟行急，不能取尝，当亦佳泉也。溪上又有一峰孤起，秀丽略如小孤山②。晚抵新滩，登岸宿新安驿③。夜雪。

十三日。舟上新滩，由南岸上。及十七八④，船底为石所损，急遣人往拯之，仅不至沉。然锐石穿船底，牢不可动，盖舟人载陶器多所致。新滩两岸，南曰官漕，平声。北曰龙门。龙门水尤湍急，多暗石，官漕差可行，然亦多锐石，故为峡中最险处，非轻舟无一物，不可上下。舟人冒利以至此，可为戒云。游江渎北庙，庙正临龙门。其下石罅中有温泉，浅而不涸，一村赖之。妇人汲水，皆背负一全木盎⑤，长二尺，下有三足，至泉旁，以杓挹水，及八分，即倒坐旁石，束盎背上而去。大抵峡中负物率着背，又多妇人，不独水也。有妇人负酒卖，亦如负水状，呼买之，长跪以献。未嫁者率为同心髻，高二尺，插银钗至六只，后插大象牙梳，如手大。

【注释】

① 张颐：张开大口。

② 小孤山：又名小姑山。在舒州宿松县(今属安徽)，以峭拔秀丽著称。参见本书卷三八月一日记文注④。

③ 新滩：北宋天圣年间赞唐山摧塌形成，皇祐年间太守赵诚疏凿，有磨崖碑记载。其滩有龙门、佛指甲、官槽，而官槽与龙门相对。范成大《吴船录》卷下："三十里至新滩。此滩恶名豪三峡。石乱水汹，瞬息覆溺，上下欲脱免者，必盘博陆行，以虚舟过之。两岸多居民，号滩子，专以盘滩为业。余犯涨潦时来，水漫羡不复见滩，击楫飞度，人翻以为快。"

④ 十七八：指十分之七八。

⑤ 木盎：木制的大肚小口容器。

【译文】

十二日。早晨，航船经过东濡滩，进入马肝峡。石壁极高之处，有石块垂挂如同马肝，因此就用来命名峡谷。马肝石旁又有狮子岩，岩石中有一小石块，蹲立踞伏，张开大口，青草覆盖，正像一头青狮子。泉水清冷，从岩中流出，船行很急，不能停留取来品尝，应当也是好泉水。溪水上方又有一座山峰孤立突起，秀丽大致如同舒州小孤山。晚间抵达新滩，登岸留宿新安驿站。夜间下雪。

十三日。航船冲过新滩，由南边上。待到冲过十分之七八，船底被石头损坏，急忙派人去拯救，只是保持不至于沉没。然而尖锐的石块戳穿船底，牢固不可移动，这是船家装载陶器过多所致。新滩两岸，南面的叫官漕（念平声），北面的叫龙门。龙门水流尤其湍急，多有暗礁，官漕差不多可穿行，但也多有尖石，因此是峡中最为凶险之处，除了不载一物的轻舟不能上下水。船家为了谋利以至于此，真可作为警戒。游览江渎北庙，庙正对着龙门。岩石下面的石缝中有一汪温泉，水浅但不干涸，整个村子都依靠它。妇女来取水，都背着一个大肚小口的木盎，长二尺，下有三只脚，走到泉边，用勺子舀水，装到木盎八分满，就背对木盎坐在旁边的石头上，将木盎系在背上然后离开。峡中大多数负重时都靠背负，又多由妇女承担，不只是背水。有妇女背酒来卖，也像背水的样子，顾客招呼要买，妇女就恭敬地长跪献上。未出嫁的女子都梳着同心头髻，高达二尺，上插银钗到六支，后面插着如手掌般的大象牙梳子。

十四日。留驿中。晚，以小舟渡江南，登山至江渎南庙。新修未毕，有一碑，前进士曾华旦撰①。言因山崩石壅成此滩，害舟不可计，于是著令，自十月至二月禁行舟。知归州尚书都官员外郎赵诚闻于朝，②疏凿之，用工八十日，而滩害始去，皇祐三年也。盖江绝于天圣中，至是而复通。然滩害至今未能悉去，若乘十二月、正月水落石尽出时，亦可并力尽镵去锐石③。然滩上居民皆利于败舟，贱卖板木及滞留买卖，必摇沮此役④，不则赂石工，以为石不可去。须断以必行，乃可成。又舟之所以败，皆失于重载，当以大字刻石置驿前，则过者必自惩创⑤。二者皆不可不讲，当以告当路者⑥。

【注释】

① 前进士：指及第而尚未授官的进士。

② 赵诚(xián)：字希平，泉州晋江(今属福建)人。天圣五年进士。通判抚州，改知归州，毁淫祠，奏请疏凿新滩，亲自筑庐督视，人称“赵江”。为三司户部判官，出知明州，卒于官。

③ 镵去：凿去。

④ 必摇沮此役：指必定马上阻止凿石的施工。摇，疾速。

⑤ 惩创：惩戒，警戒。

⑥ 当路者：执政者，掌权者。语本《孟子·公孙丑上》：“夫子当路于齐，管仲、晏子之功可复许乎?”

【译文】

十四日。留住在新安驿中。晚间，用小船渡江到南岸，登山到江渎南庙。寺庙新建尚未竣工，有一块石碑，为前进士曾华旦所撰。碑中说由于山崖崩塌石块壅积形成此新滩，伤害舟船不可计数，于是官府下令，每年从十月到次年二月禁止行船。归州知州尚书员外郎赵诚上报朝廷，凿去石块疏通水道，用工共八十天，而滩之危害才去除，时在皇祐三年。因为行舟断绝于天圣年间，到此时才恢复通行。然而新滩之害至今未能全部去除，如果趁着十二月到正月全部水落石出之时，也可合力全部凿去江底的尖石。然而滩上居民都获利于舟船倾覆，能贱卖覆船板木和留存货物，必定马上阻止凿石的施工，否则就贿赂凿石工匠，说难以凿除。必须决断准定施工，才能成功。另外舟船之所以倾覆，都因重载而失事，应当用大字刻石放在驿站前，则经过者必然自我惩戒。两方面都不可不实行，应该把这些措施报告给执政者。

【录诗】

《过东濡滩入马肝峡》：书生就食等奔逃，道路崎岖信所遭。船上急滩如退鹢，人缘绝壁似飞猱。口夸远岭青千叠，心忆平波绿一篙。犹胜溪丁绝轻死，无时来往驾舠艚。峡中小船谓之舠艚。（《剑南诗稿》卷二）

《新安驿》：孤驿荒山与虎邻，更堪风雪暗南津。羁游如此真无策，独立凄然默怆神。木盎汲江人起早，银钗簇髻女妆新。蛮风弊恶蛟龙横，未敢全夸见在身。（同上）

十五日。舟人尽出所载，始能挽舟过滩。然须修治，遂易舟。离新滩，过白狗峡[①]，泊舟兴山口[②]。肩舆游玉虚洞[③]。去江岸五里许，隔一溪，所谓香溪也[④]。源出昭君村[⑤]，水味美，录于水品，色碧如黛。呼小舟以渡，过溪又里余，洞门小才袤丈[⑥]。既入，则极大可容数百人，宏敞壮丽，如入大宫殿中。有石成幢盖、旛旗、芝草、竹笋、仙人、龙虎、鸟兽之属，千状万态，莫不逼真。其绝异者，东石正圆如日，西石半规如月，予平生所见岩窦[⑦]，无能及者。有熙宁中谢师厚、岑岩起题名，又有陈尧咨所作记[⑧]，叙此洞本末，云唐天宝中猎者始得之。比归已夜，风急不可秉烛炬，然月明如昼，儿曹与全师皆杖策相从[9]，殊不觉崖谷之险也。

【注释】

① 白狗峡：又名鸡笼山，在秭归县东三十里。是道教七十二福地之一。峡中两面山高如削，绝壁边缘，隐现白石，其形如狗，因以名峡。据说天将雨，狗形青，居民以此辨阴晴。

② 兴山口：香溪流入长江之处。溯溪可至兴山。兴山，县名，隶归州。在今湖北兴山。

③ 玉虚洞：在兴山南五十里。山中有洞，可容千人，四周有壁画。中有三张石座，莹然明白。有石乳从上滴下，结成物象，温润如玉，故称玉虚洞。三伏时节凉如秋天。洞之侧置道观。

④ 香溪：即昭君溪。杜甫诗注说："归州有昭君村，俗传因昭君而草木皆香，故曰香溪。"

⑤ 昭君村：在州东北四十里。

⑥ 袤丈：高一丈。袤，泛指长度，此指高度。

⑦ 岩窦：岩穴。

⑧ 谢师厚：即谢景初，字师厚，杭州富阳(今属浙江)人。黄庭坚岳父。庆历六年进士。官至成都府提刑。　岑岩起：即岑象求，字岩起，梓州(今四川三台)人。举进士。官至宝文阁待制。　陈尧咨(970—1034)：字嘉谟，阆州阆中(今属四川)人。咸平三年状元。官至工部侍郎权知开封府，入为翰林学士。卒谥康肃。

⑨ 全师：即搭船的蜀僧世全。

【译文】

十五日。船家将装载的陶器尽数搬出，才得以牵拉船只通过新滩。但需要整治修理，于是只能换船。离开新滩，经过白狗峡，停泊在兴山口。乘坐轿子游览玉虚洞。这里离江边五里左右，隔着一条溪流，就是所谓香溪。它的源头出于昭君村，水味甜美，在《水品》中有记录，颜色青绿，如同粉黛。呼叫小船渡溪，过香溪一里多到洞口，洞门高才一丈。进洞后，则发现洞内极大，可容纳几百人，高大宽敞，极其壮丽，就像进入了大宫殿中。岩石分别形成了帐幕、旌旗、伞盖、灵芝、竹笋、仙人、龙虎、鸟兽之类，千状万态，无不逼真相似。其中最为奇异的是，东边的石块正圆形像太阳，西边的石块半圆形如月亮，我平生所见过的岩穴，没有能比得上的。石壁上有熙宁年间谢景初、岑象求的题名，又有陈尧咨所作记文，叙述此洞的来龙去脉，说是唐代天宝年间猎人最早发现的。等到归去时已是夜里，风大不可手持火炬照明，但月光明亮如同白昼，诸儿与世全禅师都拄着手杖相随，竟不觉悬崖深谷的危险。

【录诗】

《秭归醉中怀都下诸公示坐客》：长谣为子说天涯，四座听歌且勿哗。蛮俗杀人供鬼祭，败舟触石委江沙。此身长是沧浪客，何日能为饱暖家？坐忆故人空有梦，尺书不敢到京华。（《剑南诗稿》卷二）

十六日。到归州，见知州右奉议郎贾选子公[①]、通判左朝奉郎陈端彦民瞻。馆于报恩光孝寺，距城一里许，萧然无僧。归之为州，才三四百家，负卧牛山[②]，临江。州前即人鲊瓮[③]。城中无尺寸平土，滩声常如暴风雨至。隔江有楚王城，亦山谷间，然地比归州差平。或云楚始封于此。《山海经》“夏启封孟除于丹阳城”，郭璞注云“在秭归县南”，疑即此也。然《史记》“成王封熊绎于丹阳”，裴骃乃云在枝江。未详孰是[④]。

【注释】

① 贾选，字子公，湖州乌程（今浙江吴兴）人。状元贾安宅之子。官至吏部侍郎，出知福州。

② 卧牛山：在秭归县治之后，山形若卧牛，上有翰林亭。

③ 人鲊瓮：吒溪在秭归县，水石相激，如喷吒之声。　分三吒：官

槽口为上吒，雷鸣洞为中吒，黄石口为下吒。吒心大潭如瓮，舟行多覆溺之患，故名人鲊瓮。

④ 楚王城：又名丹阳城。参见本卷十日记文注④。 夏启：禹之子，夏朝首任君主。 孟除：又作孟涂，夏启之臣。 成王：即周成王姬发。 熊绎：楚国首任君主。 裴骃：字龙驹，南朝刘宋时河东闻喜人，裴松之之子。家传史学，采经传百家之说，为司马迁《史记》作《集解》。 枝江：县名，隶江陵府。

【译文】

十六日。到达归州，会见知州贾选字子公、通判陈端彦字民瞻。留宿在报恩光孝寺，离城一里左右，萧条冷落不见僧人。归州作为州郡之一，总共三四百人家，背靠卧牛山，面临大江。州城前面就是人称的“人鲊瓮”。城中没有尺寸大的平地，江水撞击滩涂之声常如暴风雨来临。隔江有楚王城，也在山谷之间，但土地比归州平坦一些。有人说楚国最初就封于此地。《山海经》载“夏启封孟除于丹阳城”，郭璞注说“在秭归县南”，估计就在此地。但《史记》说“周成王封熊绎于丹阳”，裴骃注却说在枝江。不能确定谁是对的。

【录诗】

《憩归州光孝寺寺后有楚冢近岁或发之得宝玉剑佩之类》：秭归城畔踏斜阳，古寺无僧昼闭房。残佩断钗陵谷变，苫茅架竹井闾荒。虎行欲与人争路，猿啸能令客断肠。寂寞倚楼搔短发，剩题新恨付巴娘。（同上）

十七日。郡集于望洋堂玩芳亭，亦皆沙石荦确之地①。贾守云：州仓岁收秋夏二料，麦、粟、粳米共五千余石，仅比吴中一下户耳②。

十八日。初得艛船，差小③，然底阔而轻，于上滩为便。

十九日。郡集于归乡堂。欲以是晚行，不果。访宋玉宅[4]，在秭归县之东，今为酒家。旧有石刻“宋玉宅”三字，近以郡人避太守家讳[5]，去之。或遂由此失传，可惜也。

二十日。早，离归州，出巫峰门，过天庆观，少留。观唐天宝元年碑，载明皇梦老子事，巴东太守刘瑫所立[6]。字画颇清逸，碑侧题当时郡官吏胥姓名，字亦佳。又有周显德中荆南判官孙光宪为知归州高从让所立碑[7]。从让，盖南平王家子弟。光宪亦知名，国史有事迹。盖五代时归、峡皆隶荆渚也。殿前有柏，数百年物。观下即咤滩[8]，乱石无数。饭于灵泉寺[9]。遂登舟过业滩[10]，亦名滩也。水落舟轻，俄顷遂过。

【注释】

① 荦(luò)确：坚硬貌。

② 贾守：即知州贾选。　州仓：指归州官仓。　二料：指二季。料，作量词。　秔米：粳米。　吴中一下户：指吴地一个下等县。

③ 艬(chán)船：古代用以称四川航船，其形制船板薄，船身轻小，首尾小，底阔似鱼腹，适合航行于狭窄弯曲、多激流险滩的川江航道。　差(chā)小：略小。

④ 宋玉宅：在州东五里。杜甫《咏怀古迹五首》：“摇落深知宋玉悲，风流儒雅亦吾师。江山故宅空文藻，云雨荒台岂梦思。”

⑤ 避太守家讳：太守贾选之父贾安宅为大观三年状元。

⑥“过天庆观”五句：天庆观在郡西五里，有混元皇帝像，开元二十九年牛仙客奏置。天宝元年刘守瑫刻之石。

⑦ 孙光宪(901—968)：字孟文，号葆光子，陵州贵平(今四川仁寿)人。仕南平三世，官至御史中丞。入宋，为黄州刺史。撰有笔记《北梦琐言》。　高崇让：五代十国时南平(荆南)开国君主高季兴之子，曾知归州，入宋授左清道率府率。

⑧ 吒滩：一名人鲊瓮。参见十六日记文注⑫。《吴船录》卷下："九十里至归州，未至州数里，曰吒滩，其险又过东奔。土人云：黄魔神所为也。连接城下大滩，曰人鲊瓮。"

⑨ 灵泉寺：在州西三里。面西临水，状若瀑布。

⑩ 业滩：又名泄滩，《宜昌府志》："在州西二十里。水势汹涌，有泄床石，长三十余丈，行者无不惊怖。"

【译文】

十七日。州府在望洋堂玩芳亭设宴招待，也都是沙石坚硬的地方。知州贾选说，州府仓库每年收取秋夏二季麦、粟、粳米共计五千余石，只相当于吴地一个下等县的收入罢了。

十八日。始得艬船，略小，但船底宽阔而船身轻，逆流上滩更方便。

十九日。州府在归乡堂设宴招待。本想当晚辞行，没有成功。访问宋玉宅，在秭归县东面，如今是酒家。原本有"宋玉宅"三字的石刻，近年因为州人避知州的家讳，就除去了。或许此碑因此而失传，值得惋惜。

二十日。早晨，船离归州，从巫峰门开出，过天庆观，稍作逗留。参观唐代天宝元年石碑，载唐玄宗梦见老子之事，为巴东太守刘瑫所立。碑文字画清新俊逸，石碑侧面题写当时州郡官员小吏姓名，书法也好。又有后周显德年间荆南判官孙光宪为归州知州高从让所立的石碑。高从让是南平王高季兴的儿子。孙光宪也是知名人物，国史中载有生平事迹。因为五代时期归州、峡州都隶属于荆渚。大殿前有柏树，是几百年的古物。天庆观下便是吒滩，堆砌着无数乱石。在灵泉寺用餐。于是登船经过业滩，也是有名之滩。江水退落，舟船轻便，片刻就通过了。

【录诗】

《饮罢寺门独立有感》：一邑无平土，邦人例得穷。凄凉远嫁归，憔悴独醒翁。今古阑干外，悲欢酒盏中。三巴不摇落，搔首对丹枫。州有屈大夫及明妃祠。（《剑南诗稿》卷二）

二十一日。舟中望石门关①，仅通一人行，天下至险也。晚泊巴东县②。江山雄丽，大胜秭归。但井邑极于萧条，邑中才百余户，自令廨而下皆茅茨，了无片瓦。权县事秭归尉右迪功郎王康年、尉兼主簿右迪功郎杜德先来，皆蜀人也。谒寇莱公祠堂③，登秋风亭④，下临江山。是日重阴微雪，天气飂飗⑤，复观亭名，使人怅然，始有流落天涯之叹。遂登双柏堂、白云亭。堂下旧有莱公所植柏⑥，今已槁死。然南山重复，秀丽可爱。白云亭则天下幽奇绝境，群山环拥，层出间见，古木森然，往往二三百年物。栏外双瀑泻石涧中，跳珠溅玉，冷入人骨。其下是为慈溪，奔流与江会。予自吴入楚，行五千余里，过十五州，亭榭之胜，无如白云者，而止在县廨厅事之后⑦。巴东了无一事，为令者可以寝饭于亭中，其乐无涯。而阙令动辄二三年⑧，无肯补者，何哉?

二十二日。发巴东，山益奇怪，有夫子洞者，一窦在峭壁绝高处，人迹所不可至，然仿佛若有栏楯⑨，不知所谓夫子者何也。过三分泉，自山窦中出，止两派⑩。俗云:"三派有年，两派中熟，一派或绝流饥馑⑪。"泊疲石。夜雨。

【注释】

① 石门关：也称石门山，在巴东县东北三十五里。山有石径，深若重门。刘备为陆逊所败，走经石门，追者甚急，刘备焚烧铠甲，阻断道路，然后得免。

② 巴东：县名，隶荆湖北路归州。在今湖北巴东。

③ 寇莱公祠堂：在巴东县。县衙庭院有莱公柏二株，百姓比之为春秋时召公决狱其下的甘棠。　寇莱公，即寇准(961—1023)，字平仲，华州下邽(今陕西渭南)人。北宋名臣。太平兴国五年进士。曾知巴东，真宗时两次拜相，后被贬客死雷州。仁宗时封莱国公。

④ 秋风亭：在巴东县，寇准所建。

⑤ 飂飃(liáo lì)：同“飂戾”，象声词。形容风声。

⑥“遂登”二句：双柏为寇准任巴东县令时所植，白云亭亦为其所建。

⑦ 止：同址。　厅事：厅堂。

⑧ 阙令：指因无人肯来就任而县令空缺。

⑨ 栏楯：栏杆。纵者曰槛，横者曰楯。

⑩ 三分泉：《巫山县志》：“三分水，治东北五十里大江边。自山根出，分为三派。其水俗传以派之多寡，验年之丰歉：上派验溪南，中派验本省，下派验荆楚；水盛则丰，水枯则歉云。”　山窦：山洞。　派：水的支流。

⑪ 有年：丰年。　中熟：中等年成。　饥馑：灾荒，颗粒无收。

【译文】

二十一日。船中眺望石门关，仅可供一人通行，天下最险要之地啊。晚间停泊巴东县。这里江山雄伟壮丽，大大胜过秭归县。但市井极为萧条，城中才百余户居民，除了县令官廨外都是茅草屋，屋顶不见片瓦。代理县事、秭归县尉王康年、县尉兼主簿杜德先来会见，都是蜀地人。拜谒寇莱公祠堂，登上秋风亭，下临江山胜景。这天云层低垂，下着小雪，风声飕飕，再看秋风亭名，使人意气萧索，生发出流落天涯的感叹。又登上双柏堂、白云亭。堂下原有寇准亲手所植柏树，今已枯槁而死。然而南山重叠，秀丽可爱。白云亭则是天下幽雅奇妙的绝境，四周群山环抱，层见叠出，古树茂密，往往是二三百年的树龄。亭栏之外，一双瀑布泻出石涧中，如同珠玉飞溅，冷彻骨髓。亭下即是慈溪，奔腾流入长江。我从吴地来到楚地，远行五千余里，经过十五州，亭阁台榭的胜景，没有能比得上白云亭的，亭址则在县衙厅堂的后面。巴东无所事事，当县令的可以吃住在白云亭中，其乐无边。但县令空缺常常两三年，无人肯来补缺，究竟什么原因呢？

二十二日。从巴东县出发，大山的形貌更显奇怪。有一个所谓“夫子洞”，是一个洞穴在峭壁极高的部位，人迹不可达到之处，然而洞前仿佛有栏杆护卫，不知所谓的夫子是指谁？经过三分泉，从山洞中流出，只有两条支流。俗语说：“三条支流预示丰年，两条支流中等年成，一条支流或无水则颗粒无收。”停泊在疲石。夜间下雨。

【录诗】

《泛溪船至巴东》：溪船莫嫌迮，船迮始相宜。两桨行何驶，重滩过不知。荒村寇相县，破屋屈平祠。不耐新愁得，啼猿挂冷枝。（《剑南诗稿》卷二）

《巴东遇小雨》二首：暂借清溪伴钓翁，沙边微雨湿孤蓬。从今诗在巴东县，不属灞桥风雪中。又：西游万里亦何为，欲就骚人乞弃遗。到此宛然诗不进，始知才分有穷时。（同上）

《秋风亭拜寇莱公遗像》二首：江上秋风宋玉悲，长官手自葺茅茨。人生穷达谁能料，蜡泪成堆又一时。又：豪杰何心后世名，材高遇事即峥嵘。巴东诗句澶州策，信手拈来尽可惊。（同上）

《巴东令廨白云亭》：寇公壮岁落巴蛮，得意孤亭缥缈间。常倚曲阑贪看水，不安四壁怕遮山。遗民虽尽犹能说，老令初来亦爱闲。正使官清贫至骨，未妨留客听潺潺。（同上）

二十三日。过巫山凝真观，谒妙用真人祠[①]。真人，即世所谓巫山神女也[②]。祠正对巫山，峰峦上入霄汉，山脚直插江中。议者谓太、华、衡、庐[③]，皆无此奇。然十二峰者不可悉见[④]。所见八九峰，惟神女峰最为纤丽奇峭，宜为仙真所托。祝史云[⑤]：每八月十五夜月明时，有丝竹之音，往来峰顶，山猿皆鸣，达旦方渐止。庙后山半，有石坛平旷，传云夏禹见神女、授符书于此[⑥]。坛上观十二峰，宛如屏障。是日天宇晴霁，四顾无纤翳，惟神女峰上有白云数片，如鸾鹤翔舞，徘徊久之不散，亦可异也。祠旧有乌数百，送迎客舟，自唐夔州刺史李贻诗已云“群乌幸胙余”矣⑦。近乾道元年，忽不至。今绝无一乌，不知其故。泊清水洞。洞极深，后门自山后出，但黮暗⑧，水流其中，鲜能入者。岁旱祈雨颇应。权知巫山县左文林郎冉徽之、尉右迪功郎文庶几来。

【注释】

① 巫山凝真观：即神女祠。唐仪凤初年置，宋宣和年间改称凝真观。妙用真人：巫山女神封号。范成大《吴船录》卷下：“神女峰乃在诸峰对岸小冈之上，所谓阳云台、高唐观，人云在来鹤峰上，亦未必是。”

② 巫山神女：楚襄王游云梦，梦见神女。宋玉作有《高唐赋》《神女赋》记其事，后代衍生出诸多相关的神话传说。

③ 太华衡庐：指泰山、华山、衡山、庐山。

④ 十二峰：即巫山十二峰。指望霞、翠屏、朝云、松峦、集仙、聚鹤、净坛、上升、起云、飞凤、登龙、圣泉诸峰。其下即巫山神女庙。望霞峰又称神女峰。

⑤ 祝史：指凝真观内主持祭祀之道长。

⑥“传云”二句：相传云华夫人过巫山，流连久之。大禹于此治水，忽遇大风，求助神女，神女授其策召百神之书，并命神助其斩石疏波。

⑦ 群乌幸胙(zuò)余：指群鸟啄食祭祀所剩之肉食。《吴船录》卷下：“庙有驯鸦，客舟将来，则迓于数里之外，或直至县下，船过亦送数里。人以饼饵掷空，鸦仰喙承取，不失一。土人谓之神鸦，亦谓之迎船鸦。”

⑧ 黮(dàn)暗：黑暗无光。黮，云黑色。

【译文】

二十三日。经过巫山凝真观，拜谒妙用真人祠。真人就是世间所谓巫山神女。祠堂正对巫山，连绵的山峰直上云霄，山脚则直插大江之中。评议者说泰山、华山、衡山、庐山，都没有如此奇景。但巫山十二峰不能全部见到，所能看见的八、九座山峰，只有神女峰最为纤细秀美，奇特峻峭，最合适作为巫山神女的寄托。道长说：每到八月十五夜月亮朗照之时，有美妙的音乐，在诸峰之间缭绕，山间的猿猴齐鸣，到天亮才渐渐停止。神庙后面半山腰有石筑的高台十分平旷，相传夏禹求见神女、神女授其符书就在这里。站在高台上观看十二峰，就像一列屏障。此日天空晴朗，四周望去没有丝毫浮云，只有神女峰上飘着几片白云，犹如鸾鸟翱翔，白鹤飞舞，徘徊许久不散，也是奇异的景象。神祠原有几百只乌鸦，送走又迎来江上客船，从唐代夔州刺史李贻就有"一群乌鸦追啄残剩肉食"的诗句。近时乾道元年左右，乌群忽然不来了，如今看不见一只乌鸦，不知其中缘故。停泊在清水洞。山洞极深，后门在山后面，但黑暗无光，洞中有流水，很少有人进去。遇到干旱年祈雨颇有应验。巫山县代理知县冉徽之、县尉文庶几来会见。

【录诗】

《谒巫山庙两庑碑版甚众皆言神佐禹开峡之功而诋宋玉高唐赋之妄予亦赋诗一首》：真人翳凤驾蛟龙，一念何曾与世同。不为行云求弭谤，那因治水欲论功。翱翔想见虚无里，毁誉谁知溷浊中。读尽旧碑成绝倒，书生惟惯谄王公。（《剑南诗稿》卷二）

《闻猿》：瘦尽腰围不为诗，良辰流落自成衰。也知客里偏多感，谁料天涯有许悲。汉塞角残人不寐，《渭城》歌罢客将离。故应未抵闻猿恨，况是巫山庙里时。（同上）

二十四日。早，抵巫山。县在峡中，亦壮县也①。市井胜归、峡二郡。隔江南陵山极高大，有路如线，盘屈至绝顶，谓之一百八盘，盖施州正路②。黄鲁直诗云："一百八盘携手上，至今归梦绕羊肠③。"即谓此也。县廨有故铁盆，底锐似半瓮状，极坚厚，铭在其中，盖汉永平中物也④。缺处铁色光黑如佳漆，字画淳质，可爱玩。有石刻鲁直作《盆记》，大略言“建中靖国元年，予弟叔向嗣直，自涪陵尉摄县事⑤。予起戎州⑥，来寓县廨。此盆旧以种莲，余洗涤乃见字”云。游楚故离宫，俗谓之细腰宫⑦。有一池，亦当时宫中燕游之地，今堙没略尽矣。三面皆荒山，南望江山奇丽。又有将军墓，东晋人也。一碑在墓后，趺陷入地⑧，碑倾前欲压，字才半存。

【注释】

① 巫山：县名。隶夔州路夔州。　壮县：富庶之县。

② 一百八盘：形容山路弯曲险阻。　施州：隶夔州路，辖清江、建始二县及广积监。

③“一百八盘”二句：出自黄庭坚《新喻道中寄元明用觞字韵》。

④ 永平：东汉明帝年号，58 至 75 年。

⑤ 涪陵：县名，隶夔州路涪州。在今四川涪陵。

⑥ 戎州：宋代称叙州，隶潼川府路，辖宜宾、南溪、宣化、庆符四县。州治在今四川宜宾。

⑦ 离宫：供帝王出巡游玩时所居宫室。《嘉庆四川通志》卷二九：“楚王宫在夔州府巫山县东北一里，楚襄王所游地。黄庭坚谓即细腰宫。”相传楚王爱细腰，《墨子·兼爱》：“昔者楚灵王爱细腰，灵王之臣，皆以一饭为节，胁息然后带，扶墙然后起。”

⑧ 趺：碑下的石座。

【译文】

二十四日。早晨，抵达巫山县。县城在巫峡中，也是富庶之县。市场街道都超过归州、峡州二郡。江对面的南陵山极其高大，有道路如同一条线，盘旋弯曲直至山顶，称之为一百八盘，这是去往施州的正道。黄庭坚诗说：“一百八盘山路携手攀登，至今回家之梦如绕羊肠。”就是说的这里。县衙中有只旧铁盆，盆底形状尖锐像半只瓮，极其坚硬厚实，铭文刻在里面，原来是东汉永平年间之古物。缺口处铁色光亮像涂了好的黑漆，文字笔画淳厚质朴，值得喜爱玩赏。有大石刻着黄庭坚所作的《盆记》，大致说“建中靖国元年，我的兄弟叔向字嗣直，从涪陵尉任上来代理县令。我离开戎州，来县衙寄居。此铁盆原先用来种植莲花，我将其洗涤干净才见到里面的文字”。于是游览楚国原来的离宫，世俗称之为细腰宫。有一座池塘，也是当时宫中宴饮游乐之地，如今埋没得几乎不见。三面都是荒山，南面望去，江山奇异壮丽。又有一座将军墓，是东晋人。一块石碑在墓后，碑底石座陷进地里，石碑前倾将要压倒，碑上文字仅存半数。

二十五日。晡后，至大溪口泊舟[①]。出美梨，大如升。

二十六日。发大溪口，入瞿唐峡[②]。两壁对耸，上入霄汉，其平如削成。仰视天如匹练然[③]。水已落，峡中平如油盎。过圣姥泉，盖石上一罅，人大呼于旁，则泉出，屡呼则屡出，可怪也[④]。晚至瞿唐关，唐故夔州，与白帝城相连[⑤]。杜诗云“白帝夔州各异城[⑥]”，盖言难辨也。关西门正对滟滪堆[⑦]。堆碎石积成，出水数十丈。土人云：“方夏秋水涨时，水又高于堆数十丈。”肩舆入关，谒白帝庙[⑧]，气象甚古，松柏皆数百年物。有数碑，皆孟蜀时所立[⑨]。庭中石笋，有黄鲁直建中靖国元年题字。又有越公堂[⑩]，隋杨素所创、少陵为赋诗者，已毁。今堂近岁所筑，亦甚宏壮。自关而东，即东屯，少陵故居也[⑪]。

【注释】

① 晡后：申时之后，傍晚五六点。 大溪口：在巫山县西南九十里。

② 瞿唐峡：在州东一里。旧名西陵峡。瞿唐乃三峡之门，两崖对峙，中贯一江，望之如门。

③ 匹练：白绢。白居易《夜入瞿唐峡》："岸似双屏合，天如匹练开。"

④ 圣姥泉：近滟滪堆。击石大叫则泉水涌出，传说呼喊"万姓"或"龙王"更灵验。

⑤ 瞿唐关：即唐代夔州，《剑南诗稿》卷二《登江楼》："已过瞿唐更少留，小船聊系古夔州。"自注："瞿唐关即唐夔州也。" 白帝城：在府城东五里。峡中视之，孤特峭拔。公孙述据蜀，自以承汉土运，殿前井中尝有白龙出，因称白帝，山亦以名。公孙述，西汉末趁乱割据西蜀，后为刘秀所灭。

⑥"白帝"句：出自杜甫《夔州歌十绝句》其二。

⑦ 滟滪堆：在州西南二百步，瞿唐峡口蜀江之心。《水经注》说："白帝城西有孤石，冬出二十余丈，夏即没，名滟滪堆。土人云：'滟滪大如象，瞿唐不可上；滟滪大如马，瞿唐不可下。'峡人以此为水候。"

⑧ 白帝庙：公孙述之庙，在奉节县东八里旧州城内，庙里有三石笋。

⑨ 孟蜀：五代后唐孟知祥封蜀王，不久称帝，国号蜀，建都成都。其子孟昶继之。为北宋所灭，史称后蜀。

⑩ 越公堂：越公堂在瞿唐关城内。隋杨素所建。杨素，字处重，弘农华阴(今陕西华阴)人。辅佐隋文帝杨坚灭陈并统一南北。官至尚书左仆射，封越国公。

⑪ 东屯：为公孙述留屯之所，距白帝五里。杜甫曾在东屯居住，作有《自瀼西荆扉且移居东屯茅屋》。

【译文】

二十五日。傍晚，到达大溪口停泊。这里出产好梨子，硕大如量米之升。

二十六日。从大溪口出发，进入瞿唐峡。两岸峭壁相对耸立，直上云天，峭壁面平如刀削。仰望天空如同一匹白绢一般。江水低落，峡中水面平静光亮好像油盆。经过圣姥泉，只是岩石上的一处裂缝，有人在旁大声呼叫，则泉水涌出，反复呼叫则反复涌出，令人称奇。晚间到达瞿唐关，唐代时候的夔州，与白帝城相连。杜甫诗说"白帝、夔州各是不同的城"，正是说二者难以分辨。关西门正对着滟滪堆。堆由碎石堆积而成，离水面几十丈。

当地人说："当夏秋季涨水之时，水面又高出堆面几十丈。"坐轿子进关，拜谒白帝庙，气氛十分古朴，松柏都是几百年的古树。有几块石碑，都是孟氏后蜀国时所立。庭院中笋状挺立的大石上，有黄庭坚建中靖国元年的题字。又有越公堂，就是隋代杨素创建、杜甫为之赋诗的堂址，已经毁坏。如今的厅堂是近年所建，也很宏伟壮观。从瞿唐关向东，就是东屯，杜甫当年的故居所在。

【录诗】

《瞿唐行》：四月欲尽五月来，峡中水涨何雄哉！浪花高飞暑路雪，滩石怒转晴天雷。千艘万舸不敢过，篙工舵师心胆破。人人阴拱待势衰，谁敢轻行犯奇祸。一朝时去不自由，山腹空有沙痕留。君不见陆子岁暮来夔州，瞿唐峡水平如油。(《剑南诗稿》卷二)

《入瞿唐登白帝庙》：晓入大溪口，是为瞿唐门。长江从蜀来，日夜东南奔。两山对崔嵬，势如塞乾坤。峭壁空仰视，欲上不可扪。禹功何巍巍，尚睹镌凿痕。天不生斯人，人皆化鱼鼋。于时仲冬月，水各归其源。滟滪屹中流，百尺呈孤根。参差层颠屋，邦人祀公孙。力战死社稷，宜享庙貌尊。丈夫贵不挠，成败何足论。我欲伐巨石，作碑累千言。上陈跃马壮，下斥乘骡昏。虽惭豪伟词，尚慰雄杰魂。君王昔玉食，何至歆鸡豚。愿言采芳兰，舞歌荐清尊。(同上)

二十七日。早，至夔州①。州在山麓沙上，所谓鱼复永安宫也②。宫今为州仓，而州治在宫西北、甘夫人墓西南，景德中转运使丁谓、薛颜所徙③。比白帝颇平旷，然失关险，无复形势。在瀼之西，故一曰瀼西④。土人谓山间之流通江者曰瀼云。州东南有八阵碛⑤，孔明之遗迹，碎石行列如引绳。每岁江涨，碛上水数十丈，比退，阵石如故。

【注释】

① 夔州：隶夔州路，辖奉节、巫山二县。治所奉节，在今重庆奉节。

② 鱼复：奉节县秦汉时称鱼复县。　永安宫：在奉节县东七里。蜀汉章武二年(222)，刘备亲自率军征吴，为陆逊所败，还至白帝，改鱼复为永安宫居之，次年病卒。诸葛亮受遗诏于此。

③ 甘夫人：沛国(今安徽淮北)人。刘备之妻，刘禅之母。初葬南郡，后迁葬于蜀。刘禅即位后追谥昭烈皇后。　景德：宋真宗年号，1004至1007年。　丁谓：字谓之。参见卷二之七月一日记文注⑤。　薛颜：字彦回，953—1025年在世，河中万泉(今山西万荣)人。举三礼中第。曾因丁谓推举接任夔州转运使。官至光禄卿分司西京。

④ 瀼西：瀼水西岸。杜甫居夔州时曾迁居于此，其《瀼西寒望》："瞿塘春欲至，定卜瀼西居。"

⑤ 八阵碛(qì)：《荆州图经》云："在奉节县西南七里。"传说细石会聚拢成六十四堆，恰是八阵图的形状。被破坏或冲散后会恢复如故。

【译文】

二十七日。早上，到达夔州。州治在山脚下沙滩之上，就是所谓的鱼腹永安宫。宫址如今是州属仓库，而州衙在宫的西北、甘夫人墓的西南，是景德年间转运使丁谓、薛颜所搬迁的。这里相比白帝城较为平旷，但失去了关的险要，不再据有地势的优越。这里在瀼水之西，因此又称瀼西。当地人称山间通达长江的溪流为瀼。州东南有八阵碛，那是诸葛亮的遗迹，碎石排成的行列如拉绳一样整齐。每年江水上涨，八阵碛上水高几十丈，等到江水退去，整齐的阵石依然如故。

【录诗】

《登江楼》：已过瞿唐更少留，小船聊系古夔州。瞿唐关即唐夔州也。簿书未破三年梦，杖屦先寻百尺楼。日暮雪云迷峡口，岁穷畬火照关头。野人不解微官缚，尊酒应来此散愁。(《剑南诗稿》卷二)

吴船录译注

［宋］范成大　著

卷　上

石湖居士以淳熙丁酉岁五月二十九日戊辰离成都[①]。是日，泊舟小东郭合江亭下[②]。合江者，岷江别派自永康离堆分入成都及彭、蜀诸郡合于此[③]。以下新津[④]，绿野平林，烟水清远，极似江南。亭之上曰芳华楼，前后植梅甚多。故事：腊月赏梅于此。管界巡检营在亭傍。每花开及三分，巡检司具申一两日开燕，监司预焉[⑤]。蜀人入吴者，皆自此登舟。其西则万里桥。诸葛孔明送费祎使吴[⑥]，曰："万里之行，始于此。"后因以名桥。杜子美诗曰："门泊东吴万里船。"此桥正为吴人设[⑦]。余在郡时，每出东郭，过此桥，辄为之慨然。东下五里，曰板桥滩，自蜀都下峡，滩之始也。

【注释】

① 石湖居士：即范成大(1126—1193)，字至能，号石湖居士。淳熙二年(1175)，范成大由桂林调任四川制置使、知成都府。淳熙四年五月离任，从成都万里桥出发，沿岷江入长江，由镇江转运河，十月回到故乡吴郡盘门。　淳熙丁酉岁：淳熙四年(1177)。　戊辰：此为干支纪日，五月戊辰即农历五月二十九日。

② 合江亭：位于成都府河与南河交汇之处，由蜀地到东吴都要于此登舟。唐代贞观年间由川西节度使韦皋始建，成为官民宴饮游乐场所。南宋时重建，并达到鼎盛。

③ 岷江：长江上游的重要支流。历史上岷江曾被认为是长江正源，南宋时从源头至夔州一段都称岷江。明代徐霞客经实地踏查确认金沙江一支才是长江正源，岷江在宜宾注入长江。岷江传统上以发源于四川松

潘岷山南麓的东支为正源，现代则确认其西支大渡河为正源。　别派：指岷江的众多支流。　永康：永康军，宋代属成都府路，下辖导江、青城二县。在今四川都江堰市。　离堆：亦作离碓。秦代蜀守李冰开凿离堆，将岷江水引入成都平原，即今称都江堰水利工程。

④ 新津：县名，南宋属崇庆府，隶成都府路。在今成都市南郊，岷江之滨。

⑤ 管界：辖区边界。　巡检营：巡检司营地，宋代在京城四门及沿边、沿江设巡检司，掌训练甲兵，巡逻州邑，职权颇重。　开燕：同开宴。摆设酒宴。　监司：宋代各路转运使司、提点刑狱司、提举常平司等监察机构的总称。

⑥ 诸葛孔明：即诸葛亮，字孔明。　费祎：字文伟，生年不详，卒于253年，江夏鄳县(今湖北孝昌)人。三国时蜀汉名臣，深得诸葛亮器重，屡次出使东吴。官至大将军、录尚书事。

⑦"门泊"句：出自杜甫《绝句四首》其三。

【译文】

石湖居士从淳熙四年五月二十九日戊辰时离开成都。此日，航船停泊在小东门合江亭之下。所谓"合江"，是指岷江的众多支流从永康军离堆分别流入成都府及彭、蜀各州郡，然后汇合于此。从此流到新津，原野碧绿，林地平坦，水面清澈幽远，极像江南景色。合江亭上面称芳华楼，前后种植了很多梅花。前朝先例：腊月在此赏梅。辖区边界的巡检营设置在亭旁。每年梅花刚开到三分，巡检司就备文申报近期一两天摆设酒宴，各监司都要参与。蜀地人要去吴地的，都在此登船。合江亭西面就是万里桥。蜀汉诸葛亮送费祎出使东吴，说"万里之行，从这里开始"。后来就据此命名为万里桥。杜甫诗说"门口停泊着驶向万里外东吴的航船"，此桥正为吴人所设。我在成都时，每出东门，经过此桥，就为之感慨。从这里东下五里，称板桥滩，从成都顺流下三峡，板桥滩就是起点。

六月己巳，朔[①]。发弩累[②]，舟下眉州彭山县泊。单骑转城[③]，过东、北两门，又转而西。自侍郎堤西行秦岷山道中[4]，流渠汤汤，声震四野，新秧勃然郁茂。前两旬大旱，种几不入土，临行，连日得雨。道见田翁，欣然曰："今岁又熟矣。"

五十里，至郫县[5]。观者塞途，皆严装盛饰，帟幕相望。盖自来无制帅行此路者[6]。自是而西，州县皆然。郫邑屋极盛，家家有流水修竹，而杨氏之居为最。县圃大竹万个[7]，流水贯之，浓翠欲滴。

未至县二十里，有犀浦镇，故犀浦县。今废，属郫，犹为壮镇[8]。杜子美诗："南京犀浦道，四月熟黄梅。湛湛长江去，冥冥细雨来[9]。"蜀无梅雨[10]，子美梅熟时经行，偶值雨耳。恐后人便指为梅雨，故辩之。唐玄宗幸蜀，尝以成都为南京云。

郫筒[11]。截大竹，长二尺以下，留一节为底，刻其外为花纹。上有盖，以铁为提梁[12]，或朱或黑，或不漆，大率挈酒竹筒耳。《华阳风俗记》所载，乃刳竹倾酿，闭以藕丝蕉叶，信宿馨香达于外[13]。然后断取以献，谓之郫筒酒。观此，则是就竹林中为之，今无此酒法矣。

【注释】

① 己巳：此为干支纪日。该年六月己巳为初一。译文中干支纪日后括注序数纪日。　朔：朔日。农历每月初一称朔日，十五称望日。

② 发孥累(lèi)：指送妻儿老小登船先行。累，旧指依靠自己养活的妻子儿女为家累。范成大此行，先用三十多天时间，携一班四川成都路制置使司和成都府的送行幕僚(陆游也在其列)同游成都周边地区，先后经过郫县、永康军、青城山、蜀州、江原县、新津县等州县，在新津与送客告别后乘小船至彭山县与家属汇合，再沿岷江至嘉州，游览峨眉山。

③ 单骑转城：指独自骑马绕城巡察。

④ 秦岷山：孔凡礼校："疑'秦'字衍。"衍文指刻书中多余的字，意即此处似当作"岷山"。

⑤ 郫县：县名。南宋属成都府，隶成都府路。今成都市郫都区。

⑥"观者"四句：此处写自己颇受成都百姓爱戴。 帟(yì)，小帐幕。 制帅，制置使的别称。范成大时任成都府路制置使、知成都府。

⑦ 大竹万个：粗竹万竿，个是古代专门用以形容竹的量词，繁体亦写作"个"。

⑧"未至"六句：犀浦，唐为县名，宋改镇，属郫县。秦李冰曾造五石犀沉水镇怪，因称沉水之地为犀浦。 壮镇，富庶之镇。

⑨ 杜子美诗：指杜甫《梅雨》诗。

⑩ 梅雨：此指初夏在江淮一带持续的阴雨季节。因此时梅子黄熟，故又称黄梅天。

⑪ 郫筒：竹制盛酒器，亦指竹筒所装酒。郫县以竹筒盛酒为美。

⑫ 提梁：篮、壶类器物的提把。

⑬ 信宿：连宿两夜，此谓两三天。

【译文】

六月己巳(一日)，朔日。发送妻儿老小先行，登船直下眉州彭山县停泊等候。我独自骑马绕成都城巡行，经过东门、北门，然后折向西行。从侍郎堤朝西去岷山的道路两旁，河渠水流浩大，水声震响四野，新栽的秧田郁郁葱葱，一片茂盛。此前二十天遭遇大旱，稻种难以入土生根，临行前几天，才连续下雨。路上遇见的种田老翁都高兴地说："今年又是丰收年了。"

骑行五十里，到达郫县。观看制置使回京的百姓挤满路途，都打扮得十分齐整，装有帷幕的车子接连不断。这是因为从来没有制置使走这条路的。从郫县西行，所过州县都是如此。郫县屋舍极多，家家都有流水高竹，其中杨氏的居室可称第一。县衙园圃中大竹近万株，流水贯穿，浓浓的翠绿像要滴落。

郫县不到二十里，有犀浦镇，就是原来的犀浦县。如今废县改镇，隶属郫县，仍为富庶之镇。杜甫诗说："成都到犀浦路上，四月天黄梅成熟。清澄的长江流去，迷漫的细雨下来。"蜀地没有梅雨天气，杜甫在梅子黄熟时经过，偶尔遇雨而已。怕后人就此指认为梅雨，因而用诗辩正。唐玄宗避难至蜀地，曾经将成都作为南京。

郫筒。截取长二尺以下的粗竹，留一节作为底部，在其外皮上刻上花纹。上部有盖子，用铁制作提把，有的漆成红色，有的漆成黑色，有的不上漆，大抵就是个盛酒的竹筒罢了。《华阳风俗记》所载，是打通竹节倒入酒浆，用细丝线和芭蕉叶包裹封闭起来，两三天后馥郁的酒香就会散播出来。然后截断竹筒取出酒液献上宾客，称之为郫筒酒。从这一记载看，制酒应该在竹林中进行，如今已没有这种制酒方法了。

【录诗】

《初发太城留别田父》：西蜀夏旱，未行前数日连得雨，父老云："今岁又熟矣！"秋苗五月未入土，行人欲行心更苦。路逢田翁有好语，竞说宿来三尺雨。行人虽去亦伸眉，翁皆好住莫相思。流渠汤汤声满野，今年醉饱鸡豚社。（《石湖居士诗集》卷十八）

《入崇宁界》：桑间三宿尚回头，何况三年濯锦游。草草郫筒中酒处，不知身已在彭州。（同上）

庚午。二十里，早顿安德镇[①]。四十里，至永康军[②]。一路江水分流入诸渠，皆雷轰雪卷。美田弥望，所谓岷山之下沃野者，正在此。崇德庙在军城西门外山上，秦太守李冰父子庙食处也[③]。

辛未。登城西门楼。其下岷江。江自山中出，至此始盛壮。对江即岷山。岷山之最近者，曰青城山。其尤大者，曰大面山[④]。大面山之后，皆西戎山矣[⑤]。西门名玉垒关。自门少转，登浮云亭，李蘩清叔守郡时所作。取杜子美诗"玉垒浮云变古今"之句[⑥]，登临雄胜。

又登怀古亭，俯观离堆。离堆者，李太守凿崖中断，分江水一派入永康以至彭、蜀，支流自郫以至成都。怀古对崖，有道观曰伏龙，相传李太守锁孽龙于离堆之下。观有孙太古画李氏父子像⑦。

出玉垒关，登山，谒崇德庙。新作庙前门楼，甚壮，下临大江，名曰都江。江源正自西戎中来，由岷山涧壑出而会于此，故名都江。世云“江出岷山”者，自中国所见言之也。李太守疏江驱龙，有大功于西蜀。祠祭甚盛，岁刲羊五万⑧，民买一羊将以祭而偶产羔者，亦不敢留，并驱以享。庙前屠户数十百家，永康郡计至专仰羊税⑨，甚矣其杀也。余作诗刻石以讽⑩，冀神听万一感动云。

【注释】

① 顿：安顿，休息。

② 永康军：南宋隶成都府路，辖导江、青城二县，治导江。在今四川省都江堰市。

③ 庙食：指死后立庙，受人奉祀，享受祭享。

④“岷山”四句：青城山，在导江县西北三十二里。又名赤城山。杜光庭《青城山记》：“岷山连峰接岫，千里不绝，青城乃第一峰也。此山前号青城，后曰大面山，其实一耳。”

⑤ 西戎：古代西北戎族的总称。

⑥“玉垒”句：出自杜甫《登楼》。

⑦ 孙太古：即孙知微，字太古，眉州彭山（今属四川）人。五代后蜀至北宋前期著名画家。世本田家，形貌山野，擅山水，用笔放逸，不蹈前人笔墨畦畛。米芾评其画“平淡而生动，虽清拔，笔皆不圜，学者莫及”。《画继》《宣和画谱》均著录其作品。

⑧ 刲（kuī）：宰杀。

⑨ 郡计：州郡的生计，指财政收入。

⑩ 余作诗刻石：指著者所作《离堆行》。见本节录诗。

【译文】

庚午(二日)。陆行二十里，先在安德镇休息。又陆行四十里，到达永康军。一路上岷江水分流进各条河渠，都雷鸣般轰响，雪浪般翻卷，满眼是肥田沃土，所谓岷山之下的肥沃土地就在这里。崇德庙在军治西门外山上，秦国太守李冰父子受人奉祀、享受祭享的地方。

辛未(三日)。登上西门城楼，城下就是岷江。江水从山中流出，到这里才水势壮大。隔江就是岷山，最靠近的叫青城山，其中特别高大的叫大面山。大面山后面都是西戎各族的山地了。西门名叫玉垒关。从门下稍转过，登上浮云亭，李蘩字清叔镇守时所建，名字取自杜甫“玉垒关上的浮云见证古今变幻”的诗句。登临所见，确实地势雄奇险要。

又登上怀古亭，俯视离堆。所谓离堆，就是李冰凿通山崖，将岷江水一股支流引入永康军并流向彭州、蜀州，另一支流从郫县流至成都。怀古亭对面山崖上，有座道观称伏龙观，相传是李冰将造孽的恶龙锁牢在离堆之下。观内有孙知微所画李冰父子像。

走出玉垒关，登山拜谒崇德庙。庙前新建的门楼十分壮观，下面濒临大江，名叫都江。都江源头正从西戎诸山中来，从岷山溪涧山谷中流出而汇聚在这里，因此名叫都江。世上所谓大江出于岷山的说法，是根据从中原角度所见而得出的。李冰疏通江流，驱逐恶龙，对西蜀建立了大功。庙内祭祀十分隆盛，每年杀羊五万头，百姓买来一头羊用于祭祀，如果偶尔产下羊羔，也不敢留下，一并用来祭享。庙前以宰羊为生的屠户有几十上百家，永康军的财政收入以至专门仰仗杀羊的税收，这样的杀戮真是太过分了。我作诗刻石讽诫这种现象，希望神灵能听到万分之一而感动。

【录诗】

《怀古亭》：在永康离堆之上，离堆分岷江水一派，溉彭、蜀，而支流道郫县以入于府江。朝来写得故人书，双鲤难寻雁亦无。付与离堆江水去，解从郫县到成都。(《石湖居士诗集》卷十八)

《离堆行》：沿江有两崖中断，相传秦李太守凿此以分江水，又传李锁孽龙于潭中，今有伏龙观在潭上。蜀旱，支江水涸，即遣官致祭，壅都江水以自足，谓之摄水，无不应。民祭赛者率以羊，岁杀四五万计。残山狠石双虎卧，斧迹鳞皴中凿破。潭渊油油无敢唾，下有猛龙跧铁锁。自从分流注石门，西州粳稻如黄云。刲羊五万大作社，春秋伐鼓苍烟根。我昔官称劝农使，年年来激西江水。成都火米不论钱，丝管相随看蚕市。款门得得酹清尊，椒浆桂酒删膻荤。妄欲一语神岂闻？更愿爱羊如爱人！（同上）

《崇德庙》：李太守庙食处也。雪山南风融雪汁，化作岷江江水来。不知新涨高几画，但觉楼前奔万雷。天教此水入中国，两山辟易分道开。我家长川到海处，却在发源传酒杯。人生几屐办此役，远游如许神应咍！东归短棹昨已具，明日发船挝鼓催。滩平放溜日千里，已梦鱠鲈如雪堆。丹枫系缆一回首，玉垒浮云安在哉？（同上）

庙前近离堆，累石子作长汀以遏水[①]，号象鼻，以形似名。西川夏旱，支江水涸，即遣使致祷，增堰壅水，以入支江，三四宿，水即遍，谓之摄水。余在成都，连岁遣郡丞冯俌摄水祠下，皆如期而应，连得稔[②]。既谒谢于庙，徜徉三楼而返。

将至青城，再度绳桥[③]。每桥长百二十丈，分为五架，桥之广十二绳排连之，上布竹笆，攒立大木数十于江沙中，辇石固其根[④]，每数十木作一架，挂桥于半空，大风过之，掀举幡然，大略如渔人晒网、染家晾彩帛之状。又须舍舆疾步，从容则震掉不可立[⑤]。同行皆失色。郡人云："稍迁数里，有白石渡，可以船济，然极湍险也。"

【注释】

① 汀：水边长形平地。

② 稔（rěn）：庄稼丰收。

③ 绳桥：亦称索桥。用绳索连接两岸，上铺竹木所成之桥。
④ 辇石：用车拉石块。
⑤ 从容：指徘徊逗留。　震掉：震动。

【译文】

崇德庙前靠近离堆，堆积石块筑成长条形水坝来遏制水流，称为象鼻，用形似来命名。川西夏天干旱，支流河床干涸，就派使者祈祷，增高石堰提高水位，使水流进入支流，三四夜，水就遍及支流，称之为摄水。我在知成都府任上，连年派副手冯俌在庙下摄水，都如期响应，连年获得丰收。于是就在庙里拜谒致谢，在三楼徘徊很久才回去。

将要到达青城，再次走过绳桥。每桥长一百二十丈，分成五架，桥宽十二条绳索并排连接，桥上铺着竹篱笆，簇集树立几十株大树在江中沙土中，拉来石块固定其根部作桥墩，每几十株树木为一架，桥面就像挂在半空，大风吹过，剧烈地掀动，大致如同渔家晒渔网、染坊晾彩绸的样子。又需要下轿快步走过，徘徊逗留则晃动不能站立。同行者都惊恐变色。当地人说："稍稍绕行几里路，有个白石渡，可以坐船渡过，但也是极为湍急凶险。"

【录诗】

《戏题索桥》：织簟匀铺面，排绳强架空。染人高晒帛，猎户远张罿。薄薄难承雨，翻翻不受风。何时将蜀客，东下看垂虹？(《石湖居士诗集》卷十八)

《和范舍人永康青城道中作》：风驱雨压无浮埃，骖騑千骑东方来。胜游公自辈王谢，净社我亦追宗雷。岷山楼上一徙倚，如地始辟天初开。廓然眼界三万里，山一蝗垤水一杯。世间幻妄几变灭，正自不满吾曹咍。丈夫本愿布衣老，达士讵畏苍颜催。君看神君岁食羊四万，处处弃骨高成堆。西山老翁饱松麨，造物赋予何辽哉。(《剑南诗稿》卷八)

五十里，一作十五里。早顿罗汉院沿江行。山脚入青城界[①]。道左右多幽居，流水淙琤，修竹弥望[②]。晚，渐入山。

三十里，至青城山。门曰宝仙九室洞天。夜宿丈人观[③]。观在丈人峰下，五峰峻峙如屏，观之台殿，上至岩腹。丈人自唐以来，号五岳丈人储福定命真君。传记略云："姓甯，名封。与黄帝同时，帝从之问龙蹻飞行之道[④]。"本朝增崇祠典，与灊、庐皆有宫名[⑤]，此独号丈人观。先是其徒以为言，余为请之朝。李焘仁父适为礼部侍郎[⑥]，上议曰：

> 按《河图括地象》："岷山之精，上为井络，帝以会昌，神以建福。"注曰："昌即庆也。"青城实岷山第一峰，会庆又符诞节之名[⑦]。

乃赐名会庆建福宫。余将入山而敕书适至，乃作醮以祝圣谢恩[⑧]。

真君殿前有大楼，曰玉华。翚飞轮奂[⑨]，极土木之胜。殿四壁，孙太古画黄帝而下三十二仙真，笔法超妙，气格清逸。此壁冠于西州[⑩]。两庑古画尚多，半已剥落，惟张果老、孙思邈二像无恙[⑪]。

【注释】

① 青城：县名。南宋隶永康军，在今四川省都江堰市。界内青城山诸峰环峙，状若城墙，林木青翠，四季常青，以幽洁取胜。东汉张道陵创天师道，并入青城山结庐传道，遂成为道教十大洞天之一。

②"流水"二句：淙琤，亦作琮琤。玉器碰击声，或水流相激声。　弥望，满目。

③ 丈人观：坐落于丈人峰下，南宋改称建福宫。始建于唐开元十八年(730)，后经历代多次修复。

④ 龙蹻(jiǎo)：道教所称飞行之术。

⑤ 灊、庐：指灊山、庐山。

⑥ 李焘：1115—1184 年在世，字仁父，一作仁甫，眉州丹棱(今属四川)人。绍兴八年进士。官至敷文阁学士、同修国史。著名史学家，撰有《续资治通鉴长编》等。

⑦“按《河图括地象》”九句：《河图括地象》：汉代谶纬之书《河图》中的一种，内容专讲地理，载有很多神话传说。 井络，天象二十八宿之一井宿的分野，专指岷山，泛指蜀地。 诞节，皇帝诞辰的节日，又称圣节。宋孝宗的诞节称会庆节，为十月二十二日。

⑧ 作醮：道教设立道场祈福。

⑨ 翚飞轮奂：形容宫殿高峻壮丽。 翚飞，即飞檐，屋翼檐角向上。 轮奂，美轮美奂，高大众多。

⑩ 西州：指巴蜀地区。

⑪ 张果老：道教神仙“八仙”之一，以倒骑白驴、云游四方为特征。 孙思邈：京兆华原(今陕西铜川)人。唐代医药学家、道士。曾徒步至青城山，采药著书。著有《千金方》等。

【译文】

陆行五十里，早晨在罗汉院休息后沿江行走。山脚引入青城县地界。道路两旁多有僻静的居处，水流相激有声，翠竹满眼皆是。傍晚，渐渐进入青城山。

陆行三十里，到达青城山。山门称“宝仙九室洞天”。夜间留宿丈人观。道观在丈人峰下。五座山峰杲杲矗立如同屏风，道观的高台大殿，筑在山岩的腹地。所谓丈人从唐代以来，号为五岳丈人储福定命真君。其传记大致说：“丈人姓宁，名封。与黄帝同时代，黄帝向他请教飞行的方法。”我朝崇奉祭祀的典制，灊山、庐山都建有宫殿赐予名称，这里却独独号为丈人观。原先观内道徒对此有意见，我曾为他们向朝廷请求赐名。李焘字仁父恰好担任礼部侍郎，呈上奏议说：

按《河图扩地象》说：“岷山的精气，天上对应井宿，上帝用以会聚欢庆，神灵用以建立福祉。”注释说：“昌就是庆的意思。”青城山确是岷山第一峰，“会庆”又符合皇上生日节庆的名称。

于是皇帝赐名丈人观为会庆建福宫。我正要进山而赐名敕书恰好送达，于是设立道场用以祝福圣上、恭谢恩典。

真君殿前面有大楼称玉华楼。楼台高峻华丽，美轮美奂，极尽土木建筑的壮观。大殿四周墙壁，孙知微所画黄帝以下三十二位升仙得道之人，笔法超高美妙，气韵清新俊逸。这幅壁画为巴蜀地区之冠。两边廊庑古画还多，半数已经剥落，只有张果老、孙思邈二位的画像没有损坏。

【录诗】

《青城山会庆建福宫》：宫旧名丈人观，予为请于朝赐今名。入山前数日，敕书至自行在，予就设醮祝圣人寿。墨诏东来汹驿传，璇题金榜照山川。祥开圣代千秋节，响动仙都九室天。触石涌云埋紫逻，流金飞火烛苍巅。祇应老宅庞眉客，长记新宫锡号年。老宅，即老人村也，旧名獠泽，疑传之误，余为更此名。（《石湖居士诗集》卷十八）

《再题青城山》：万里清游不暇慵，双旌换得一枝筇。来从井络直西路，上到江源第一峰。海内闲身输我佚，山中佳气为人浓。题诗试刻岩前石，付与他年苏晕重。（同上）

壬申。泊青城山。始生之辰也。今春病少城，几殆，仅得更生，因来名山禳祭[①]。

夜，道士就殿前作步虚仪[②]。方升坛，有大炬出殿后岩上，色洞赤，周旋山顶，有顷变灭。同游者疾趋来观，则无有矣。余默请于丈人，此灯正为仆出者，当复见，使诸人共观之。语脱口，灯复出，分合眩转，若经藏然，食顷乃没。观人云：“从来此峰无灯，四年前曾一见。”

今日山后老人村耆耋妇子辈[③]，闻余至此，皆扶携来观。村去此不远，但过数绳桥。俗称其村曰獠泽，余以为不雅驯，更名老宅[④]。近来盐酪路通[⑤]，寿亦减。

【注释】

①“今春”四句：少城，成都别称。秦惠王时，遣张仪、司马错定蜀，筑成都而置县，后张若又设少城，将成都移入，建造府县寺舍，与咸阳同制。　禳祭，祷祭，祭祀祈祷。

② 步虚仪：道士唱经礼赞的仪式。

③ 老人村：在大面山之北，与世隔绝，子孙继世。据说是成汉李雄称帝时丞相范贤的后代。　耆耋：老人。

④“俗称”三句：獠，古族名，亦泛指南方少数民族，为歧视性蔑称，故曰不雅驯。　雅驯，典雅纯正。

⑤ 盐酪：盐和乳酪。

【译文】

壬申（四日）。停留在青城山。今天是我的生日。今年春天在成都生病，几近危险，才得以新生，因此来到名山祭祀祈祷。

夜晚，道士在真君殿前举行唱经礼赞的仪式。刚登上祭坛，有巨大火炬出现在殿后的山岩上，颜色通红，在山顶周旋，过一会儿变化幻灭。同游的宾客僚佐快跑来看，却没有了。我默默地向丈人真君请求，倘若这支火炬正是为我而现形的，应当重新出现，使众人共同观赏。话语刚出口，火炬再次出现，分开并合，旋转不定，如同佛殿上藏经的转轮藏。一顿饭时间就消失了。观看者都说：“这山峰上从来没有灯火，四年前曾看见过一次。”

今天山后的老人村里，老人妇女孩子听说我到此，都相扶来观看。老人村离这里不远，但要经过几座绳桥。老人村俗称为“獠泽”，我觉得不够典雅纯正，改名为“老宅”。近年来买卖食盐和奶酪的道路通畅，老人的寿命也减短了。

【录诗】

《玉华楼夜醮》：青城观殿前大楼，制作瑰丽，初夜有火炬出殿后峰上，羽衣云："数年前曾一现。"已而如有风吹灭之，比同行诸官至，则无见矣。予默祷云："此灯果为我而来者，当再明，使众共观之。"语讫复现。丈人峰前山四周，中有五城十二楼，玉华仙宫居上头。紫云澒洞千柱浮，刚风八面寒飕飕，灵君宴坐三千秋。蹻符飞行戏玄洲，下睨浊世悲蜉蝣，桂旗偃蹇澹少休。知我万里遥相投，暗蜩奏乐锵鸣球，浮黎空歌清夜遒。参旗如虹欻下流，化为神灯烛岩幽，火铃洞赤凌空游。谁欤蔽亏黯然收？祷之复然为我留，半生缚尘鹰在鞲。岂有骨相肩浮丘？山英发光洗羁愁，行迷未远夫何尤。笙箫上云神欲游，揖我从之骖素虬。(《石湖居士诗集》卷十八)

癸酉。自丈人观西登山五里，至上清宫①，在最高峰之顶，以板阁插石，作堂殿。下视丈人峰，直堵墙耳。岷山数百峰，悉在栏槛下，如翠浪起伏，势皆东倾。一轩正对大面山，一上六十里，有夷坦曰芙蓉平，道人于彼种芎②。非留旬日不可登，且涉入夷界，虽羽衣辈亦罕到③。雪山三峰烂银琢玉，闯出大面后。雪山在西域，去此不知几千里，而了然见之，则其峻极可知。上清之游，真天下伟观哉！

夜，有灯出。四山以千百数，谓之圣灯④。圣灯所至多有，说者不能坚决。或云古人所藏丹药之光，或谓草木之灵者有光，或又以谓龙神山鬼所作，其深信者则以为仙圣之所设化也⑤。

【注释】

① 上清宫：在丈人观之西。晋朝始建。夜间有"圣灯"。

②"有夷坦"二句：夷坦，平坦之地。 芎(xiōng)，亦称川芎。多

年生草本植物，羽状复叶，白色，果实椭圆形。有香气，地下茎可入药。产于四川、云南一带。

③ 羽衣辈：亦称羽人，即道士。

④ 圣灯：山谷间因光线通过云雾经衍射作用而产生的光环，古人以为神异，称为圣灯。

⑤ 设化：施行教化。

【译文】

癸酉（五日）。从丈人观西面登山，走了五里路到达上清宫。在青城山最高峰的山顶，用木板楼阁嵌入石壁，做成殿堂建筑。从这里俯瞰丈人峰，只是一堵墙而已。岷山几百座山峰都在栏杆之下，如同翠绿的波浪起伏，地势都向东倾斜。一座敞开的小室正对着大面山，从山脚往上六十里，有一片平坦土地叫芙蓉平，道士在那里种植川芎。除非停留十几天否则无法登上去，况且涉及进入外族地界，即使是道士也很少去到。雪山的三座山峰像纯银灿烂、白玉琢成，在大面山背后猛然出现。雪山在西域地区，距离这里不知有几千里，而全然展现在面前，可见它的高峻之极。上清宫游览所见，真是天下最壮伟的景象啊！

夜间，有灯火出现。四面山峰之间多至千百盏，称之为圣灯。圣灯在游历所到之处多有看见，解说者都不能确定起因。有的说是古人所埋藏的丹药发出的光亮，有人说是草木中的精灵自现的光芒，也有人说是龙中之神、山中之鬼所安置的，那些深信者则以为是得道成仙的人正在施行教化。

【录诗】

《上清宫》：自青城登山所谓最高峰也。历井扪参兴未阑，丹梯通处更跻攀。冥蒙蜀道一云气，破碎岷山千髻鬟。但觉星辰垂地上，不知风雨满人间。蜗牛两角犹如梦，更说纷纷触与蛮。（《石湖居士诗集》卷十八）

《最高峰望雪山》：大面峰头六月寒，神灯收罢晓云班。浮空忽涌三银阙，云是西天雪岭山。（同上）

《宿上清宫》：永夜寥寥憩上清，下听万壑度松声。星辰顿觉去人近，风雨何曾败月明。是夕山下风雨，绝顶月明达晓。早岁文辞妨至道，中年忧患博虚名。一庵傥许西峰住，常就巢仙问养生。上官道人巢居山中。(《剑南诗稿》卷八)

《登上清小阁》：楼观参差倚晚晴，偶然信脚得闲行。欲求灵药换凡骨，先挽天河洗俗情。云作玉峰时特起，山如翠浪尽东倾。何因从此横空去，笙鹤飘然过洛城。(同上)

甲戌。下山五里，复至丈人观。二十里，早顿长生观①，范长生得道处也。有孙太古画龙虎二君，在殿外两壁上。笔势挥扫，云烟飞动，盖孙笔之尤奇者。

殿壁又有孙画“味江龙”一堵。相传孙欲画龙而不知其真。有丈夫过，云：“君欲识真龙乎?”忽变而夭矫。孙谛视，画得之。视稍久，一目遂眚，即此画也②。旧壁，宣和间取入京师。临行，道士募名笔摹于新壁，今所存者摹本也。

晚，宿范氏庄园。

乙亥。十五里，发青城县。同年雅州守何正仲子方来见，招游其群从园林③。江水分流入县，滩声聒耳，以故人家悉有流渠修竹，易成幽趣。

四十五里，晚宿蜀州城外圣佛院④。

【注释】

① 长生观：旧名碧落观。在青城县北二十里。刘备蜀汉时，有范寂字无为，在青城山中修炼，刘备欲起用而不从，封为逍遥公，终得长生久视之道。刘禅将其住宅改为长生观。观内有巨楠，传说为长生亲手种下。

②“忽变”六句：夭矫，纵姿屈伸的样子。　谛视，仔细察看。眚(shěng)，眼睛生翳长膜。《四库全书》本“味江龙”作“未成龙”，

意指所画龙眚一目，故终于未成。

③ 同年：科举考试同榜考中者互称同年。 雅州：南宋隶成都府路，下辖严道、名山、卢山、百丈、荣经五县及和川夏阳等羁縻州四十六。治所在严道（今四川雅安）。 群从：堂兄弟及诸子侄。

④ 蜀州：唐代始置，南宋时升为崇庆军、崇庆府。隶成都府路，辖晋源、江原、永康、新津四县。治所在晋源（今四川崇州）。

【译文】

甲戌（六日）。从上清宫走五里下山，重到丈人观。再行二十里，在长生观休息，就是范长生修炼得道的地方。观内有孙知微画龙虎的画像，分别在殿外的两边墙壁上。画面笔势挥洒扫荡，如同云彩烟雾飞动，真是孙氏笔下尤为奇特的作品。

大殿壁上又有孙知微画“味江龙”的一堵墙。相传孙氏想要画龙但不知龙的真实模样。有男子经过，说：“你想认识真正的龙吗?”突然变化姿态，肆意屈伸放纵。孙氏在一旁仔细察看，然后画就成功了。由于细察时间太久，一只眼睛就生翳长膜，视力大减，就是为了画这幅画。原先的墙壁，宣和年间已被剥取送入京城。临行前，道士招募名画师在另外的新墙上描摹下来，现今保存的就是描摹之本。

晚间，寄宿在范氏庄园。

乙亥（七日）。陆行十五里，从青城县出发。同榜考中进士的雅州知州何正仲字子方来会见，招引至其亲戚园林中游览。岷江水分别流入各县，河滩边水声刺耳，因此周边人家都有流动的渠水、修长的竹林，容易形成幽深的意趣。

陆行四十五里，晚间留宿蜀州城外圣佛院。

【录诗】

《小憩长生观饭已遂行》：清绝长生观，再游疑后身。人间空石劫，物外自壶春。道士青精饭，先生乌角巾。回头増怅望，倦马扑征尘。（《剑南诗稿》卷八）

《范氏庄园》：夕阳尘土涨郊墟，六六峰头梦觉余。竹色唤人来下马，乱蝉深处有图书。（《石湖居士诗集》卷十八）

《青城县何子方使君同年园池》：桤縢芋垄意中行，浩荡薰风不计程。雨脚背人归玉垒，江声随马入青城。五桥今日新知路，千佛当年旧缀名。水竹光中同一笑，丐君荷露濯尘缨。（同上）

《何同年书院》：游丹灶甚雅。竹色侵晚帙，泉声漱嵌根。试通丹灶路，应到老人村。（同上）

丙子。二十里，早顿周家庄。周氏三大第，皆高爽严洁。大抵沃野所在，二百年不见兵火。居民屋室如法，有承平气象。

十里，至蜀州。郡圃内西湖极广袤[①]。荷花正盛，呼湖船泛之。系缆古木修竹间，景物甚野，为西州胜处[②]。湖中多小菱，可食。蜀无菱，至此始见之。郡守吴广仲一有广字。撤旧四相堂新之，名曰熙春。余谓不若仍其旧。四相谓唐李绛、锺绍京等[③]，皆尝为蜀州刺史者也。然但名四相，嫌限定数，乃为更名相业云。

【注释】

① 西湖：在郡圃。因皂江之水从城中流过，围绕守护的居所，就积聚多余之水成湖。

② 西州：指巴蜀地区。

③ 四相：据唐代皇甫澈《壁记》，任蜀州刺史的四位宰相为张柬之、钟绍京、李岘、王缙。与此略有不同。

【译文】

丙子（八日）。陆行二十里，在周家庄休息。周氏三大宅第，都高大轩敞，整肃洁净。大概这里地处肥田沃野，二百年间不遇战火，居民家屋舍都有规矩，富有天下太平的气象。

再行十里，到达蜀州。州府花园内的西湖极为广阔。荷花开得正盛，招呼湖中游船泛湖观赏。在古树高竹间系缆登陆，景物充满野趣，是巴蜀地区游览胜地。湖中多产小菱角，可以食用。蜀地本无菱角，到这里才见到。知州吴广仲拆除旧有的四相堂新建，取名熙春。我觉得不如仍用旧名。四相指唐代的李绛、钟绍京等，都是曾任蜀州刺史的。然而只称四相，有限于定数的不足，于是为它改名为“相业”。

【录诗】

《蜀州西湖》：荷花正盛开。水月，登舟亭也。湖阴亭外别有白莲，尤奇。蜀中无菱，至此始见之。闲随渠水来，偶到湖光里。仍呼水月舟，径度云锦地。谁云不解饮，我已荷香醉。湖阴玉婵娟，敻立红妆外。何须东阁梅，悠然自诗思。惊风入午暑，水竹有秋意。采菱不盈掬，兴与莼鲈会。遥知新津宿，魂梦亦清丽。（《石湖居士诗集》卷十八）

丁丑。三十里，早顿江原县①。前馆职张缜季长招至其曾祖所作善颂堂上②。季长之祖与司马温公、范太史同朝相善也③，论新法不合，归。二公作《善颂堂诗》以送之，使归寿其亲。诗卷皆存壁，有赵清献公宰邑时题字④。

季长之族祖浩，藏仁宗御飞白书⑤。山谷所跋者，其末句“誉天地之高厚，赞日月之光华，臣知其不能也”，今集中作“臣自知其不能也”。“自”字盖后来所增，语意方全。山谷自称“洪州分宁县双井里前史官臣黄庭坚”，盖谪戎州时所跋⑥。

四十里，宿新津县⑦。成都及此郡送客毕会。邑中借居，僦舍皆满⑧，县人以为盛。成都万里桥下之江与岷江正派合于此⑨。

【注释】

① 江原县：县名。南宋隶崇庆府。在今四川崇州。

② 馆职：唐宋时期在昭文馆、史馆、集贤院等处担任修撰、编校工作的官职总称。　张缜（？—1207）：字季长，蜀州江原（今四川崇州）人。隆兴元年进士。曾任秘书省正字等。曾与陆游同入南郑幕府，两人相交四十年。　曾祖：指张缜曾祖张公裕，曾任职太常礼院。

③ 季长之祖：指其曾祖张公裕。　司马温公：即司马光（1019—1086），字君实，陕州夏县（今属山西）人。宝元元年进士。历仕仁宗、英宗、神宗、哲宗四朝，官至尚书左仆射兼门下侍郎。主持编纂《资治通鉴》。卒赠太师、温国公。　范太史：即范镇（1007—1088），字景仁，华阳（今属四川）人。宝元元年进士。参与编修《新唐书》《仁宗实录》等。二人皆反对王安石变法，是旧党领袖。

④ 赵清献公：即赵抃（1008—1084），字阅道，衢州西安（今属浙江）人。景祐元年进士。早年曾知江原。官至参知政事。卒谥清献。

⑤ 仁宗御飞白书：一种特殊书法。参见《入蜀记》卷一（六月）二十六日注④。

⑥ 谪戎州：黄庭坚绍圣二年（1095）被贬涪州别驾，黔州安置，元符元年（1098）移置戎州。戎州，唐代称戎州，北宋政和（1111—1118）中改为叙州，隶潼川府路，辖宜宾、南溪、宣化、庆符四县，州治在宜宾，在今四川宜宾。

⑦ 新津县：县名。隶崇庆府，今为成都市新津区。

⑧ 僦舍：租赁的房舍。

⑨ 正派：指江河的主流干道，相对于支流而言。

【译文】

丁丑（九日）。陆行三十里，在江原县休息。前任秘书省正字的张缜字季长招呼我到他的曾祖父张公裕所建的善颂堂上。张缜的曾祖父与司马光、范镇同朝为官，彼此交好，因讨论当时推行的新法，意见不合，就回乡了。司马光、范镇作《善颂堂诗》为他送行，让他回乡奉养双亲。诗卷仍张挂在墙上，有赵抃任江原县令时的题字。

张缜的族祖张浩藏有仁宗皇帝御书飞白书体。黄庭坚所题跋文，它的末句说“称誉天高地厚，赞赏日月光华，为臣知道是不能的”，现今文集中说“为臣自知是不能的”，“自”字应该是后来编集时增加的，语意方才完全。黄庭坚自称“洪州分宁县双井里前史官黄庭坚”，说明这是被贬戎州时所题的跋文。

陆行四十里，留宿新津县。成都和蜀州来送行的宾客全都会聚。城中借宿旅舍，出租之屋都客满，县中居民认为盛况空前。成都万里桥下的江水和岷江的主流正汇合在这里。

【录诗】

《江原县张季长正字家善颂堂》：季长尽出先世所藏图书，壁有赵清献公为令时题名。是日食新米，坐中皆赞喜，夏初尝大旱也。我穷江源来，名胜颇追逐。薰风秀沃野，在处得奇瞩。颂堂有佳士，文字照缣竹。图书抱世守，古锦韬玉轴。黄金不满籯，故园有乔木。逡巡酒如渑，霍霍具水陆。田头新谷升，一饭香满屋。回思闵雨时，敢望遽炊玉。摩挲壁间题，明府遂州牧。山高江水长，百世照尸祝。我来坐琴坛，腼汗愧前躅。空馀烟霞痼，未许是公独。（《石湖居士诗集》卷十八）

戊寅。为送客住一日。饭罢，发遣，令各归，留者尚十五六。新津县廨上雨傍风，无一席宽洁处。送客贪于相从，欢然竟日，忘其居之陋也。

己卯。大雨，不可登修觉。修觉者，新津县对江一小山。上有绝胜亭，一望平野，可尽西川。杜子美所谓“西川供客眼，惟有此江郊[1]”。是日，雾雨昏昏，非远望所宜，故不复登。

辰初，以小舟下彭山，巳末已到[2]，与拏累船会。即解维，午后，至眉州城外江，即玻璃江也[3]。冬时水色如此。方夏，潦怒涛涨，皆黄流耳。江上小山名蟆颐，川原平远似江浙间。

城中荷花特盛，处处有池塘。他郡种荷者皆买种于眉。遍城悉是石街，最为雅洁，前守王阳英昭祖所作也。阳一作杨。景疏楼在子城上[4]，甚草草。闻旧楼在其角，尤不如今。其前多草木蔽亏[5]，无所见。

【注释】

①“杜子美”二句：出自杜甫《题新津北桥楼》。

②“辰初”三句：辰初，辰时开始，约上午七时。　巳末，巳时，上午十一时。

③“至眉州”二句：眉州，唐代称嘉州。南宋隶成都府路，辖眉山、彭山、丹棱、青神四县，州治眉山（今四川眉山）。　玻璃江，江名。因波流澄莹得名，在眉州城外。

④ 子城：大城所属的小城，也称内城及郊外的瓮城或月城。

⑤ 蔽亏：因遮蔽而半隐半现。

【译文】

戊寅（十日）。在新津为送别宾客留住一天。宴饮结束，请宾客离散，各自归家，留下的还有一半有余。新津县衙内大雨伴随着侧风，没有一处宽敞洁净的地方。送别宾客只想在一起整天狂欢，忘记了居处的简陋、

己卯（十一日）。大雨，不能登览修觉山。修觉是新津县对江的一座小山。山上有绝胜亭，平旷的田野一望无际，可以看尽西川大地。正像杜甫所说：“西川大地值得观赏的，只有这片江流旁的郊野。”这天，雨雾迷漫，不适合远望，因此未去登山。

辰时初，乘小船直下彭山县，巳时末已到。与妻儿老小之船会合。立即解缆。午后。已到眉州城外江，也就是玻璃江。冬天时水色澄澈晶莹如玻璃，现在刚入夏，波涛汹涌，但都是混黄水色罢了。江边小山名叫蟆颐山，河流原野平坦开阔像江浙一带。

眉州城中荷花尤其兴盛，处处都有池塘栽种。近旁州郡种植荷花的都从眉州购买种子。满城都是石砌的街道，最是雅致高洁，这是前任知州王阳英字昭祖所建造。景疏楼在子城之上，十分草率。听说旧楼在子城角落里，还不如现今的。楼前大多被草木遮

蔽，看不见什么。

【录诗】

《新津道中》：雨後郊原净，村村各好音。宿云浮竹色，清溜走桤阴。曲沼擎青盖，新畦艺绿针。江天空阔处，不受暑光侵。（《石湖居士诗集》卷十八）

《新津小宴之明日欲游修觉寺以雨不果呈范舍人》：风雨长亭话离别，忍看清泪湿燕脂。酒光摇荡歌云暖，不似西楼夜宴时。又：新津渡头船欲开，山亭准拟把离杯。不如意事十八九，正用此时风雨来。（《剑南诗稿》卷八）

《次韵陆务观编修新津遇雨不得登修觉山径过眉州三绝》：新津馆舍，上漏下湿，送客皆不堪忧。修觉一望，人云可见剑门，杜子美所谓“西川供客眼”处。眉山城中，悉是污池。送客多情难语离，仆夫无情车载脂。平生飘泊知何限，少似新津风雨时。又：离合纷纷怕远游，远游仍怕赋登楼。何须一望三千里，望尽西州转更愁。又：雨后蟆颐山色开，玻璃江清已可杯。绿荷红芰香四合，又入芙蓉城里来。（《石湖居士诗集》卷十八）

庚辰。刘焞文潜招集于郡圃起文堂，堂名盖为东坡设[①]。对起文又一堂，前守李石知几所作[②]，名“元祐学堂”。眉人云：“李初揭堂名，轻薄子于郡前旗亭上，亦书其榜曰‘淳熙酒肆’。”其俗大抵好论议。文潜，郡人也。

眉郡治有古灶，在厅事后，太守不敢居，扃钥奉祠之[③]。又闻军资库有一水瓮[④]，满贮石子，每月朔亦祠之，仍增水、石各一器，不知其几年，而至今不满。官府怪诬之事，未有如眉之灶、瓮者。

辛巳。招送客燕于眉山馆，与叙别。荔子已过，郡中犹余一株，皆如渥丹，尽撷以见饷[5]。偶有两柈留馆中[6]，经宿取视，绿叶红实粲然。乃知寻常用篮络盛贮，徒欲透风，不知为雨露沾洒，风日炙薄，经宿色香都变。试取数百颗，贮以大合，密封之，走介入成都，以遗高、朱二使者朱一作宋[7]，亦两夕到。二君回书云："风露之气如新[8]。"记之以告好事者。

【注释】

①"刘焞(tūn)"二句：刘焞，字文潜，眉山人。绍兴二十一年进士。官至集英殿修撰、知江陵府。此时在眉州。　起文，撰文，撰稿。

② 李石(1108—?)：字知幾，资州(今四川资阳)人。绍兴二十一年进士。曾知眉州。官至成都转运判官。善画。

③ 厅事：官署视事问案的大堂。　扃钥：锁闭。　奉祠：祭祀。

④ 军资库：军用物资的储藏处。　水瓮：腹大口小的盛水陶器。

⑤ 荔子：即荔枝。　渥丹：润泽光艳的朱砂。

⑥ 柈：同"盘"。

⑦ 走介：派遣仆役。　高、朱二使者：所指不详。

⑧ 风露：指餐风饮露。

【译文】

庚辰(十二日)。知州刘焞字文潜在州衙园圃起文堂内召集聚会。堂名是为苏轼所设。起文堂对面又有一堂，是前知州李石字知幾所建，名元祐学堂。眉州人说："当初李石刚揭开堂名，轻佻浮浪者到州衙前酒楼上，在其匾上大书'淳熙酒肆'。"当地风俗大致喜好嘲讽议论。刘焞是本地人。

眉州州衙有一口古老的灶台，在大厅之后，知州不敢居住，锁闭并行祭祀。又听说军用物资仓库有一个盛水罐，装满了石子，每月初一也行祭祀，再倒入水和石子各一罐，多少年，至今不满盈。官府内的怪异诬妄之事，没有能与眉州的古灶、水罐相比的。

辛巳(十三日)。在眉山馆设宴召集送行宾客，与大家话别。荔枝已经过时，州中还剩一株，一颗颗红润光艳，都摘下来供大家品尝。偶尔有两盘留在馆中，过一夜取出看时，绿叶红果依旧鲜亮。这才知道平时用竹篮网络储藏，只是想要通气透风，不知道被雨露沾湿、风吹日晒，过夜就颜色香味都变化了。如果取几百颗荔枝，装在大盒中密封，派仆役送进成都，赠送给高、朱二位使者，也两夜就到了。二位使君回信说："餐风饮露，气色新鲜。"记下这一窍门给喜欢讨巧的人。

壬午。发眉州。六十里，午，至中岩[①]，号西川林泉最佳处。相传为第五罗汉诺矩那道场[②]，又为慈姥龙所居。

登岸即入山径，半里有唤鱼潭。水出岩下，莫知浅深，是为龙之窟宅。人拍手潭上，则群鱼自岩下出，然莫敢玩。两年前，有监司从卒浴其中[③]，若有物曳入崖下一作岩下。翌日，尸浮出江上。

又半里，有深源泉。凡五里，至慈姥岩。岩前即寺也。凡山中岩潭亭院之榜，皆山谷书。山谷贬戎州，今叙州也。有亲故在青神，遂至眉，游中岩。自此不复西，盖元不识成都，疑有所畏避云。

入寺，侧出石磴，半里余，有三石峰[④]，平正如高楼巍阙，巀嶪奇伟，不可名状。前二峰，后一峰，如品字。前二峰之间，容一径，可以并行。至中峰之下，有石室，诺矩那庵也。旧说有天台僧，遇病僧与一木锁匙[⑤]，曰："异日至眉之中岩，以此匙扣石笋，我当出见。"已而果然。天台僧恍然识为病僧[⑥]，挈以赴海中斋会[⑦]。既回，如梦觉。自此中岩之名遂显。三峰，土人谓之石笋。余观之，乃三石楼，笋盖不足道。

傍又有宝瓶峰数百尺，上侈下缩[⑧]，真一古壶，亦甚奇怪。

送客复集山中，遂留宿。初夜，月出东岭，松桂如蒙霜雪，与诸人凭栏极谈。至夜分，散。

【注释】

① 中岩：寺名，在青神县，为诺矩罗尊者道场。游客渡江进岩口，有唤鱼潭，循山三里左右至寺中。前后有上岩、下岩。

② 诺矩那：又译诺巨罗，梵文音译，意为大力士，为佛教十八罗汉中第五位，又称静坐和尚。据说诺巨罗出家前是一名勇士，力大无比，但急躁粗鲁，专门惹祸，嗔心太重。佛祖令其静坐沉思，潜心修行，使其终成罗汉果。《梦溪笔谈》中则载唐代有诺矩罗和尚，俗名罗尧运，眉州青神人。

③ 监司：负有监察责任的官吏，宋代有转运使等。

④ 巀嶪(jié yè)：高耸貌。

⑤ 木锁匙：木制的钥匙。

⑥ 恍然：猛然领悟貌。

⑦ 斋会：佛教在特定日期的集会。

⑧ 上侈下缩：上面扩大，下面收缩。

【译文】

壬午(十四日)。从眉州出发。水行六十里，中午到达中岩，号称四川西部山林水泉最美之地。相传是第五罗汉诺矩那的修行之地，又是名为慈姥的老龙所居之处。

登岸就进入山路，半里左右有唤鱼潭。水从岩下涌出，难测深浅，这就是老龙的洞窟宅第。人在潭边拍手，群鱼就从岩下游出，但没人敢这样玩。两年前，有一个监司的随从在潭中洗浴，像是被什么东西拽进崖下。第二天，随从的尸体漂浮在江上。

又行半里，有深源泉。总共行了五里，到达慈姥岩。岩前就是寺庙。山中凡是山岩水潭、亭台庭院的匾额，都是黄庭坚所题。黄庭坚被贬戎州，如今叫叙州。有亲戚朋友在青神，就来到眉州，游览中岩。从此不再向西出游，因为他原来不熟悉成都，怀疑他有畏惧躲避之意。

进寺后，侧面有石阶路，行半里多路，有三座石峰。平正整齐像高大的楼台宫阙，高耸云天，奇特怪异，难以用言语形容。山峰前面两座，后面一座，成品字形。前面两座山峰之间，留有一条小路，可并行两人。到达中间一座山峰下，有一座石砌的屋子，这就是诺矩那寺。过去说有位天台山僧人，遇见一位得病僧人给他一把木制钥匙，说："来日到眉州的中岩，用这把钥匙叩击石笋，我会出来会见。"后来果然这样。天台山僧人猛然领悟认出是得病僧人，就被他带着去参加了海上僧人的集会。回家后，就如梦醒一样。从此中岩的名声就日渐显扬。三座山峰，当地人称之为石笋。我看起来，却是三座石楼，实在不能称为笋。

旁边又有宝瓶峰高几百尺，上部大而下部小，真像一把古代的壶，也十分奇怪。

送别的宾客再次汇集山中，于是留宿下来。夜幕降临，月亮从东边的山岭升起，松林桂树如同蒙上霜雪，与诸位宾朋凭栏畅谈。到半夜方才散去。

【录诗】

《中岩》：去眉州一程，诺巨罗尊者道场。相传昔有天台僧，遇病僧与之木钥匙云："异时至眉州中岩，扣石笋，当再相见。"后果然。今三石屹立如楼，观前两楼纯紫石，中一楼萝蔓被之，旁有宝瓶峰甚端正。山半有唤鱼潭，慈姥龙所居。世传雁荡大小龙湫亦诺巨罗道场，岂化人往来无常处耶？赤岩倚竛竮，翠逻森戌削。岑蔚岚气重，稀间暑光薄。聊寻大士处，往扣洞门鑰。双撑紫玉关，中矗翠云幄。应供华藏海，归坐宝楼阁。无法可示人，但见雨花落。不知龙湫胜，何似鱼潭乐？夜深山四来，人静天一握。惊看松桂白，月影到林壑。门前六月江，世界尘漠漠。宝瓶有甘露，一滴洗烦浊。扪天援斗杓，请为诸君酌。（《石湖居士诗集》卷十八）

癸未。早食后，与送客出寺，至慈姥岩前徘徊，皆不忍分袂[①]。复班荆[②]，小饮岩下。须臾风雨大至，岩溜垂下如布[③]，雨映松竹，一作松柏。如玉尘散飞。诸宾各即席作诗，不觉日暮，遂皆不成行。下山，复入宿寺中。

甲申。早出山，至江步，与送客先归者别。放船过青衣，入湖瀼峡，由平羌旧县至嘉州，日未晡[④]。自眉至嘉，百二十里，中岩其半途也。

谒宪使程咏之于雪堂[⑤]。雪堂者，咏之葺重堂之后一堂。深邃清凉，专以度暑。尽取所藏雪图挂四壁，而榜曰雪堂，将以馆余。余不暇迁，然未行以前，盖日造焉[⑥]。

先是余造舟于叙[⑦]，既成，泝流泊于嘉。甫毕而被召，自合江乘小舟至此。登新舰，乃治装，及载诸军封桩，稍治一行私商匿税之弊[⑧]，例留数日。

行馆之侧[⑨]，曰问月堂。虽久不葺，然月正出前檐，名不虚得。

城累大石为之，以备涨湍，虽庳而坚[⑩]。仪门之榜曰犍为郡，然非汉郡旧地也[⑪]。尤多荔枝，皆大本，轮囷数围，以九顶寺殿前槱核者为最，每岁，宪司专之[⑫]。

【注释】

① 分袂：离别。

② 班荆：指朋友相逢途中，铺荆坐地，共叙友情。典出《左传·襄公二十六年》。班，布，铺。

③ 岩溜：山崖上迅急的水流。

④ 青衣：青衣江。岷江支流大渡河的支流。发源于邛崃山脉，流经宝兴县附近始称青衣江，经雅安、洪雅至乐山附近流入大渡河。　平羌：古县名。唐代属嘉州。宋代并入龙游县。　嘉州：隶成都府路。唐代为嘉州，南宋升为嘉定府。辖龙游、夹江、犍为、峨眉、洪雅五县。府治在龙游(今四川乐山)。　日未晡：指申时，下午三至五时。

⑤ 宪使：指提点刑狱公事，即宪司的长官。宋代各路掌管司法刑狱、巡察贼盗等的机构称提点刑狱司，简称提刑司、宪司。

⑥ 日造：每日到访。

⑦ 叙：叙州。唐代为戎州。南宋隶潼川府路，辖宜宾、南溪、宣化、庆符四县，州治宜宾(今属四川)。

⑧ 封桩：宋代财政制度，岁末用度之余，都封存不动，以备急需。朝廷和各地均有封桩库。　私商：贩运私货的商人。　匿税：逃税。

⑨ 行馆：官员出行在外的临时住所。

⑩ 庳(bì)：低矮。

⑪ 仪门：城门口的第二重门。　犍为郡：嘉州在汉代称犍为郡。

⑫ 轮囷(qūn)：硕大貌。　槱(yǒu)：堆积。

【译文】

癸未(十五日)。早饭后，与送行宾客走出寺庙，到慈姥岩前徘徊往返，都不忍心离别。重又席地而坐，在岩下简易小酌。不一会儿风雨大作，山崖上水流垂直而下如同布匹，雨水映衬着松林竹丛，好像珠玉尘屑散落飞溅。各位宾客即席作诗，不知不觉中天色渐暗，就都不能离别上路。只能下山后，再留宿寺中。

甲申(十六日)。早起离开中岩，到江边渡口，与送行宾客中先回归者告别。解缆驾船经过青衣江，进入湖瀼峡，从平羌旧城直抵嘉州，还只有申时。从眉州到嘉州，总共一百二十里，中岩处于一半途程。

到雪堂拜谒提点刑狱公事程咏之。所谓雪堂，是程咏之修葺楼房后的一所厅堂。幽深清凉，专门用来避暑。将收藏的各种雪图都挂在四面墙壁，匾额上题为雪堂，想用来招待我。我没有时间迁居，但在未调任之前，几乎每天造访。

先前我曾在叙州造船，竣工后，逆流而上停泊在嘉州。刚结束工程就被召用，从合江乘小船到这里。登上新建之船，准备行装，装载各军的封桩钱，顺便整治一批贩私商人逃税的弊端，循例留住了几天。

临时馆舍的侧面，叫问月堂。虽然长久未修葺，但月亮正从前方屋檐升起，果然名不虚传。

城墙用大石垒成，用以防备水流急涨，虽然低矮却坚固。仪门上匾额题为犍为郡，但已不是汉代设郡的旧址。城中尤多荔枝，都是粗根，硕大需几人合围，而以九顶寺大殿前堆积果核的那株为第一，每年提点刑狱司专享。

【录诗】

《慈姥岩与送客酌别风雨大至凉甚诸贤用中岩韵各赋饯行诗纷然擘纸清饮终日虽无丝竹管弦而情味有余》：山灵知我厌尘土，唤起蛰雷鏖午暑。松风无力雨丝长，散作毵毵雪尘舞。岩前县溜珠帘倾，安得吹来添玉觥？诗成酒尽肠亦断，休唤佳人唱渭城。（《石湖居士诗集》卷十八）

《次韵陆务观慈姥岩酌别二绝》：送我弥旬未忍回，可怜萧索把离杯。不辞更宿中岩下，投老余年岂再来！又：明朝真是送人行，从此关山隔故情。道义不磨双鲤在，蜀江流水贯吴城。（同上）

《玻璃江一首戏效陆务观作》：玻璃江头春渌深，别时沄沄流到今。衹言日远易排遣，不道相思翻苦心。乌头可白我可去，菖花易青君易寻。人生若未免离别，不如碌碌无知音。（同上）

《余与陆务观自圣政所分袂每别辄五年离合又常以六月似有数者中岩送别之挥泪失声留此为证》：宦途流转几沉浮，鸡黍何年共一丘。动辄五年迟远信，常于三伏话羁愁。月生后夜天应老，泪浇中岩水不流。一语相开仍自解，除书闻已趣刀头。（同上）

《送范舍人还朝》：平生嗜酒不为味，聊欲醉中遗万事。酒醒客散独凄然，枕上屡挥忧国泪。君如高光那可负，东都儿童作胡语。常时念此气生瘿，况送公归觐明主。皇天震怒贼得长，三年胡星失光芒。旄头下扫在旦暮，嗟此大议知谁当？公归上前勉书策，先取关中次河北。尧舜尚不有百蛮，此贼何能穴中国。黄扉甘泉多故人，定知不作白头新。因公并寄千万意，早为神州清虏尘。（《剑南诗稿》卷八）

《问月堂酌别》：半明灯火话悲酸，此会情知後会难。四海宦游多聚散，一生情事足悲欢。鬓丝今夜不多黑，酒量彻明无数宽。醉梦登舟都不记，但闻风雨满江寒。（《石湖居士诗集》卷十八）

乙酉。泊嘉州。渡江，游凌云[①]。在城对岸，山不甚高，绵延有九山头，故又名九顶。旧名青衣山。青衣，蚕丛氏之神也[②]。旧属平羌县，县废，并属龙游。

跻石磴，登凌云寺[③]。寺有天宁阁，即大像所在[④]。嘉为众水之会，导江、沫水与岷江，皆合于山下，南流以下犍为[⑤]。沫水合大渡河由雅州而来，直捣山壁[⑥]，滩泷险恶，号舟楫至危之地。唐开元中，浮屠海通始凿山为弥勒佛像以镇之。高三百六十尺，顶围十丈，目广二丈，为楼十三层。自头面以及其足，极天下佛像之大。两耳犹以木为之。佛足去江数步，惊涛怒号，汹涌过前，不可安立正视，今谓之佛头滩。佛阁正面三峨[⑦]，余三面皆佳山，众江错流诸山间，登临之胜，自西州来，始见此耳。东坡诗："但愿身为汉嘉守，载酒常作凌云游[⑧]。"后人取其语，作载酒亭于山上。

【注释】

① 凌云：山名。又称九顶山，在城左，有九峰，名凤集、栖鸾、灵宝、就日、丹霞、祝融、拥翠、望云和兑说。

②"青衣"二句：据说古蜀王蚕丛氏衣青衣，教民农桑，民尊之为神。

③ 凌云寺：嘉州名刹。邵博《清音亭记》："天下山水之胜在蜀，蜀之胜在嘉州，州之胜在凌云寺，寺之南山又其胜也。苏子瞻名其亭曰清

音，又南山之胜也。”

④ 大像：即弥勒大佛像。

⑤ 导江：即青衣江。 沫水：即大渡河。 犍为：县名。唐代属嘉州，南宋隶嘉定府。今属四川乐山市。

⑥ 捣：冲击。

⑦ 三峨：峨眉山有大峨、中峨、小峨三座山峰。大峨山在峨眉县南百里，中峨山在峨眉县南二十里，小峨山在峨眉县南三十里。

⑧“但愿”二句：出自苏轼《送张嘉州》。

【译文】

乙酉(十七)日。停泊在嘉州。渡江游览凌云山。凌云在嘉州城对岸，山不是很高，连续不断有九个山头，因此又叫九顶山。原先叫青衣山。青衣之神，就是古代的蚕丛氏。这里旧时属于平羌县，后县被废，一起归属龙游县。

踏着石阶，登上凌云寺。寺内有天宁阁，就是弥勒大佛像所在的地方。嘉州是多条河流会聚之地。导江、沫水和岷江都会合于山下，向南奔流直到犍为县。沫水会合大渡河从雅州而来，直接冲击着山壁，滩头水急凶险，被称为舟船最为危险的地方。唐代开元年间，海通禅师开始凿开山崖塑成弥勒佛像来镇住激流。佛像高三百六十尺，顶部周长十丈，眼睛宽二丈，像造一座十三层的高楼。从头面部到脚底，是天下佛像中最大的。两只耳朵还用木料做成。佛像脚部离开江水仅几步，波涛汹涌，咆哮着从面前流过，不能站稳了正眼直视，现今称为佛头滩。佛阁正对着三峨山，其余三面都是好山头，各条江水交错流淌在多座山岭之间，登临观赏到的胜景，是从到巴蜀以来从未见到过的。苏轼诗说“但愿亲身担任嘉州郡守，常常载酒游览凌云大山。”后人截取诗中之词，在山上建起一座载酒亭。

【录诗】

《凌云九顶》：即大石佛处。初登山时，岩壁上悉为小佛，不知其数。山前佛头滩受雅江之冲，最为艰险。聊为东坡载酒游，万龛迎我到峰头。江摇九顶风雷过，云抹三峨日夜浮。古佛临流都坐断，行人

识路亦归休。酣酣午枕眠方丈，一笑闲身始自由。（《石湖居士诗集》卷十八）

丙戌。泊嘉州。游万景楼[①]，在州城，傍高丘之上。汉嘉登临山水之胜，既豪西州，而万景所见，又甲于一郡。其前大江之所经，犍为、戎、泸[②]，远山缥缈明灭，烟云无际。右列三峨，左横九顶，残山剩水，间见错出。万景之名，真不滥吹。余诗盖题为西南第一楼也[③]。

九顶之傍，有乌尤一峰[④]，小江水绕之，如巧画之图。楼前百余步，有古安乐园。山谷常游之，名轩曰涪翁[⑤]，壁间题字犹存。云“见水绕乌尤”，惟此亭耳。是时未有万景，故山谷以安乐园为胜，今不足道矣。

下山，入小巷，至广福院。中有水洞，静听洞中，时有金玉声，琅然清越[⑥]，不知水滴何许作此声也。旧名东丁水，寺亦因名东丁院，山谷更名方响洞，题诗云：“古人名此东丁水，自古丁东直到今。我为更名方响洞，要知山水有清音[⑦]。”

【注释】

① 万景楼：在郡治安乐园中。吕由诚守嘉州所建。诸县边寨，登楼一目了然。

② 泸州：隶潼川府路，辖泸川、江安、合江三县。州治泸川（今四川泸州）。

③ 余诗：指范成大作《万景楼》。见下录诗。

④ 乌尤：山名。又名离堆山，在九顶山之左。旧名乌牛，突然现于水中，如犀牛状。到黄庭坚题名涪翁亭，才称之为乌尤。

⑤“名轩”句：指命名为涪翁亭。黄庭坚号涪翁。涪翁亭在万景楼之前。

⑥ 琅然：声音清朗。

⑦“题诗”五句：指黄庭坚《题东丁水》。

【译文】

丙戌(十八日)。停泊在嘉州。游览万景楼，在州城旁边高丘之上。在嘉州登临观赏山水胜景，称雄巴蜀，而登万景楼所见，又可称一州之冠。楼前大江经过之处，犍为县、戎州、泸州，远处山川高远隐约，忽明忽暗，云雾烟霭，无边无际。右面三峨山三峰并列，左面九顶山九山绵延，零散隐现的山水，交错呈现。万景楼的名声，真不是滥竽充数。我的诗句中把它题为西南第一楼啊。

九顶山之旁，有一座乌尤峰，江水细流环绕，如同一幅巧妙的画图。万景楼前百余步，有原来的安乐园。黄庭坚常来游览，因此小轩名为涪翁，墙壁上题字还留存着。说“看见江水环绕乌尤”的，只有这座涪翁亭了。当时还没有万景楼，因此黄庭坚将安乐园作为胜地，现今则不值得说了。

走下山丘，转入小巷，来到广福院。院中有个水洞，静心倾听，洞中时常发出金属玉器的声音，清脆悠扬，不知水滴怎么会发出这样的声音。水洞旧名叫东丁水，寺庙也因此叫东丁院，黄庭坚改名为方响洞，题诗说：“古人命名这里叫东丁水，水滴丁冬从古流到今。我为它改名叫方响洞，要知山水自有清越之音。”

【录诗】

《万景楼》：在汉嘉城中山上，登览胜绝，殆冠西州，予令画工作图以归。山谷来游时，但有安乐园，未有此楼也。左披九顶云，右送大峨月。残山剩水不知数，一一当楼供胜绝。玻璃濯锦遥相通，指麾大渡来朝宗。川灵胥命各东去，我亦顺流呼短篷。诗无杰语惭风物，赖有丹青传小笔。仍添诗客倚栏看，令与山川相映发。龙弯归路绕乌尤，栋云帘雨邀人留。若为唤得涪翁起，题作西南第一楼。(《石湖居士诗集》卷十八)

《戏题方响洞》：汉嘉广福院中水洞，有声琅然，莫知其所在。旧名丁东水，山谷易今名，且题诗云：“古人名此丁东水，自古丁东直到今。我为更

名方响洞，要知山水有清音。”隔凡冰涧不可越，众真微步壶中月。徙倚含风玉佩声，何须听作蕤宾铁。（同上）

丁亥、戊子、己丑、庚寅、辛卯，泊嘉州。遣近送人马，归者十九。留家嘉州岸下，单骑入峨眉。有三山，为一列，曰大峨、中峨、小峨。中峨、小峨昔传有游者，今不复有路。惟大峨一山，其高摩霄，为佛书所记普贤大士示现之所[①]。自郡城出西门，济燕渡水，汹涌甚险。此即雅州江，其源自巂州邛部合大渡河，穿夷界千山以来[②]。过渡，宿苏稽镇。

壬辰。早发苏稽，午过符文镇。两镇市井繁遝，类壮县。符文出布，村妇聚观于道，皆行而绩麻，无索手者[③]。民皆束艾蒿于门，燃之发烟，意者熏祓秽气[④]，以为候迎之礼。

午后，至峨眉县宿。

【注释】

① 示现：佛教称菩萨应机缘而现种种化身。

② 巂（xī）州邛部：先秦属西南夷地，西汉设有越巂郡，北周设有邛部县，南宋改为邛部川。在今四川凉山彝族自治州越西县。

③ 绩麻：搓麻线以织布。　索手：空手。

④ 艾蒿：亦称萧，草名。点燃可发烟驱虫。　熏祓（fú）：熏烟去除秽气。

【译文】

丁亥（十九日）、戊子（二十日）、己丑（二十一日）、庚寅（二十二日）、辛卯（二十三日）。停泊在嘉州。遣送附近来送行的人员，九成送行人都回去了。将家属留在嘉州岸边，独自骑马进峨眉山游览。峨眉山有三座山峰，排为一列，分别叫大峨、中峨、小峨。过去相传中峨、小峨有去游览者，如今不再有路进入。只有大峨山，高入云霄，是佛书记载的普贤菩萨显现化身的地方。从州城出西门，渡过燕渡水，十分凶险。这就是雅州江，它的源头从巂州邛部会合大渡河，穿过西南少数民族千山万水而来。过渡口，在苏稽镇留宿。

壬辰(二十四日)。早上从苏稽镇出发，中午过符文镇。两镇街市繁杂，类似富庶之县。符文镇出产麻布。乡村妇女聚集街道两旁观看，都边走边搓麻线，没有空手的。百姓都把艾蒿捆成束挂在门上，点燃发出烟气，猜想是熏香去除秽气，作为欢迎的礼节。

午后，到达峨眉县宿夜。

【录诗】

《过燕渡望大峨有白气如层楼拔起丛云中》：围野千山暑气昏，大峨烟霭亦缤纷。玉峰忽起三千丈，应是兜罗世界云。(《石湖居士诗集》卷十八)

《苏稽镇客舍》：送客都回我独前，何人开此竹间轩？滩声悲壮夜蝉咽，并入小窗供不眠。(同上)

《峨眉县》：县出符文布，妇女人人绩麻，且行且观。田家束蒿然于门口为香气，以迎客。穷乡未省识旌旄，鸡犬欢呼巷陌骚。村媪聚观行绩布，野翁迎拜跽然蒿。泉清土沃稻芒蚤，县古林深槐欋高。珍重里儒来献颂，盛言千载此丘遭。(同上)

癸巳。发峨眉县。出西门，登山，过慈福、普安二院、白水庄、蜀村店。十二里，龙神堂。

自是硼谷舂淙，林樾雄深[①]。小憩华严院，过青竹桥、峨眉新观路口、梅树垭、两龙堂，一作雨龙堂。至中峰院。院有普贤阁，回环十七峰绕之。一作十二峰。背倚白崖峰。右傍最高而峻挺者，曰呼应峰。下有茂真尊者庵[2]，人迹罕至。孙思邈隐于峨眉[3]，茂真在时，常与孙相呼、相应于此云。

出院，过樟木、牛心二岭及牛心院路口，至双溪桥。乱山如屏簇，有两山相对，各有一溪出焉。并流至桥下，石堑深数十丈，窈然沉碧，飞湍喷雪，奔出桥外，则入岑蔚中[4]，可数十步，两溪合为一，以投大壑。渊渟凝湛[5]，一作湛澈。散为溪滩。滩中悉是五色及白质青章石子。水色麴尘[6]，与石色相得，如铺翠锦，非摹写可具。朝日照之，则有光彩发溪上，倒射岩壑，相传以为大士小现也[7]。

牛心寺三藏师继业[8]，自西域归过此，将开山，两石斗溪上，揽得其一，上有一目，端正透底，以为宝瑞[9]，至今藏寺中，此水遂名宝现溪。自是登危磴，过菩萨阁，当道有榜，曰"天下大峨山"，遂至白水普贤寺[10]。自县至此，步步皆峻阪，四十余里，然始是登峰顶之山脚耳。

【注释】

① 磵：同"涧"。 舂淙：水石冲击声。 林樾：林木。

② 尊者：佛教泛指有较高德行、智慧的僧人。

③ 孙思邈：约581—682年在世，京兆华原（今陕西铜川）人。唐代医药学家、道士，被后人尊为"药王"。深通老庄学说，兼通佛典。终身不仕，隐于山林，采制药物，为人治病。著有《千金要方》《千金翼方》。

④ 岑蔚：草木深茂。

⑤ 渊渟：潭水积聚不流动。 凝湛：深湛清澈。

⑥ 麴尘：同曲尘，酒曲上所生菌，色淡黄如尘，借指淡黄色。

⑦ 大士：佛教对菩萨的通称。又称西方极乐世界有三大士，即观音

菩萨、文殊菩萨和普贤菩萨，普陀山、清凉山、峨眉山分别为其道场。

⑧ 三藏师：通晓三藏的法师。三藏为佛教经典的总称，分为经（根本教义）、律（戒规威仪）、论（经义阐述）三部分。

⑨“将开山”六句：开山，指首次住持寺庙。 斗，滚落碰撞。宝瑞，祥瑞。

⑩ 当道：在山路上。 榜：匾额。 普贤：佛教菩萨名。与文殊菩萨并称，寺庙塑像多侍立于释迦牟尼佛之右，乘白象。

【译文】

癸巳（二十五日）。从峨眉县出发。由西门出即登山，经过慈福、普安两座寺院、白水庄、蜀村店。陆行十二里，到达龙神堂。

从这里开始，山涧中溪流击石有声，林木茂密高大幽深。在华严院小憩，经过青竹桥、新修峨眉观路口、梅树垭、两龙堂，到达中峰院。院内有普贤阁，周围环绕着十七座山峰，背靠着白崖峰。右边峻拔挺立的最高峰叫呼应峰。其下有茂真尊者庵，极少有人过访。孙思邈隐居在峨眉山，茂真在庵中时，常与孙思邈相互往来呼应。

离开中峰院，经过樟木、牛心两座山岭和牛心院路口，到达双溪桥。山峰凌乱如同座座屏风聚集，其中有两座山峰相对，山中各有一道溪水流出，并列流到桥下，乱石堆成的壕堑深达几十丈，幽暗呈深绿色，激流飞溅像喷射雪花，奔流出桥外，一直流入茂密的草木丛中。大约几十步外，两条溪流合二为一，投入深沟。溪水积聚不动，深湛清澈，流散为滩地。溪滩中都是五色或白底青纹的石子。水色淡黄，与石色相配，如同铺着色彩斑斓的织锦，难以描摹。早晨的阳光照在上面，像有光彩从溪流中发出，倒映到山岩沟壑，相传这就是菩萨小小的现身。

牛心寺的三藏法师继业，从西域回归经过这里，即将首次担任住持，见两块石头从山上滚落碰撞溪中，兜揽到其中一块，上有凹洞像一只眼睛，形状端正，深达石底，认定是祥瑞，至今收藏在寺庙中，溪流就命名为宝现溪。从这里登上高高的石阶，经过菩萨阁，路上有牌楼匾额，上书“天下大峨山”，就到达了白水普贤寺。从峨眉县到这里，步步都是走高坡，共四十多里，但只是登上顶峰的山脚罢了。

【录诗】

《初入大峨》：烟霞沉痼不须医，此去真同汗漫期。曾款上清临大面，仍从太白问峨眉。山中缘法如今熟，世上功名自古痴。剩作画图归挂壁，他年犹欲卧游之。（《石湖居士诗集》卷十八）

《华严寺》：众峰攒壁立，中有路一线。攀援白云梯，食顷已天半。我本紫芝曲，误落青刍栈。向来脱新羁，恍已还旧观。花烟辞少城，暑雪对大面。来从太白西，更走三峨偏。风生两腋轻，泉吼四山眩。今晨第一程，莫叹舆仆倦。（同上）

《中峰》：有普贤阁，背倚白崖峰，余七十峰共环之。茂真尊者旧庵在峰下，其旁一峰最秀，号呼应，孙思邈所往来，传云茂真与孙常相呼而应，故名。凌高蹋危峰，斗下俯幽谷。仙英馥椒兰，嘉荫矗旌纛。空翠元不雨，泄云自膏沐。暑绤森有棱，瘁肌凄欲栗。白崖如负依，金界奠苍麓。众峰拱二八，娟妙绕重屋。真人与尊者，幽居接松竹。呼之傥肯应，留我试餐玉。（同上）

《双溪》：在白水寺前，两溪各自一山来，齐出桥下，前行入林数十步，合为一水，洄而深潭，以入宝现溪。僧云："此景犹在庐山、三峡、雁荡龙湫之上，溪中旧常有两石子斗，日照溪中，常有五色光相。"冷风骚骚木叶低，洞渊阻深生怪奇。碧琳双涧黑无底，中有玉龙相对飞。雷轰雪卷入林樾，化为一龙潭底没。摩尼斗罢四山空，时有宝光岩下发。（同上）

《宝现溪》：双溪合而一，既出岩窦，散为此溪丛。三藏自西域归，过溪见两石子斗，揽得其一，今藏黑水寺。石上有一目，端正透底，溪以此得名。粲粲罨画沙，鳞鳞麹尘水。朝阳相发挥，光景艳孔翠。宁闻双溪号，但见縠纹细。神鱼不谋食，终日印潭底。跃珠本具眼，聊共阿师戏。收藏更传宝，一笑落第二。（同上）

甲午。宿白水寺。大雨，不可登山。

谒普贤大士铜像。国初，敕成都所铸。有太宗、真宗、仁宗三朝所赐御制书百余卷，七宝冠、金珠璎珞、袈裟、金银瓶钵、奁炉、匙筯、果垒、铜钟、鼓、锣、磬、蜡茶、塔、芝草之属[①]。又有崇宁中宫所赐钱幡及织成红幡等物甚多[2]，内仁宗所赐红罗紫绣袈裟，上有御书《发愿文》[3]，曰：

佛法长兴，法轮常转[4]。国泰民安，风雨顺时。干戈永息，人民安乐，子孙昌盛。一切众生，同登彼岸[5]。嘉祐七年十月十七日，福宁殿御札记[6]。

次至经藏。亦朝廷遣尚方工作宝藏也。正面为楼阙，两傍小楼夹之[7]。钉铰皆以碖石，极备奇靡。相传纯用京师端门之制[8]。经书则造于成都，用碧硾纸销银书之[9]。卷首悉有销金图画，各图一卷之事。经帘织轮相、铃杵器物及“天下太平”“皇帝万岁”等字于繁花缛叶之中[10]，今不复见此等织文矣。

次至三千铁佛殿，云：“普贤居此山，有三千徒众共住，故作此佛。”冶铸甚朴拙。

是日设供，且祷于大士，丐三日好晴以登山。

【注释】

① 瓶钵：僧人出行所带食具，瓶盛水，钵盛饭。 奁：装香炉用的笼子。 磬：佛寺所用钵状金属打击乐器。 腊茶：早春新茶，汤泛乳色。

② 崇宁：宋徽宗年号，1002 至 1106 年。 中宫：指皇后。 钱幡：画有钱币的长条形旗帜。 织成：用彩丝、金缕交织成花纹的丝织物。

③ 发愿文：又称愿文。佛教法事时表述施主愿心的文体。

④ 法轮：佛祖说法，圆通无碍，运转不息，能破众生烦恼。

⑤ 众生：佛教泛指一切人和动物。 彼岸：佛教指超脱生死的涅槃境界。

⑥ 福宁殿：北宋皇宫中的寝宫。此代指皇帝。

⑦ 经藏：存放佛经的处所。 尚方：制造帝王所用器物的官署。 傍：通“旁”。

⑧ 钉铰：用金玉镶嵌器物。 碖石：同碤石。次于玉的石块。 奇

靡：新奇华丽。 端门：宫殿的正南门。

⑨ 碧硾纸：一种专用于写经的纸。 销银：含银粉的颜料。

⑩ 经帘：同“经衣”，装经书的函套。 轮相：佛教说佛的足掌有轮形印纹。 铃杵：僧人外出时手持的响器。

【译文】

甲午（二十六日）。留宿白水寺。大雨，不能登山。

拜谒普贤大士铜像。立国之初，朝廷敕令成都所铸造。有太宗、真宗、仁宗三朝皇帝所赐御制书法百余卷，另有七种宝物装饰的冠帽、金珠串成的项饰、袈裟法衣、金银所制食具、香炉香笼、汤匙筷子、果盘、铜钟、鼓、锣、磬、新茶、塔形器物、灵芝之类。又有崇宁年间皇后所赐画有钱币的长条旗帜和绣有彩色花纹的红色旗帜等物品很多，其中仁宗所赐红绸紫绣制成的袈裟，上面绣有皇帝御书《发愿文》，说：

佛祖教义长久兴盛，说法如轮运转不息。国家太平百姓安乐，风调雨顺不失农时。战争永远止息，百姓安居乐业，子孙繁衍昌盛。一切人类动物，同登涅槃彼岸。嘉祐七年十月十七日，皇帝亲自书写。

接着去到藏经殿，也是朝廷派遣尚方官署所建造的宝库。正面是楼阁宫殿，两旁附有小楼阁。镶嵌装饰都使用碶石，极其新奇华丽。相传纯粹使用京城端门的形制。经书都在成都制造，用专用的碧硾纸、含银粉颜料写成。卷首都有含金粉颜料画的图画，各画一卷中的故事。经书函套在繁密的花叶背景上织有轮形印纹、专用响器等图案和“天下太平”“皇帝万岁”等文字，现今已见不到这样的编织图案了。

接着又去三千铁佛殿，据介绍说：“普贤大士居住此山，有三千名信徒和他共住，因此造此三千铁佛像。”佛像的铸造十分古朴简陋。

这天在佛像前陈设了供品，并且向普贤大士祈祷，乞求给予三天晴好天气以便登山。

乙未。大霁，遂登上峰。自此至峰顶光相寺、七宝岩，其高六十里。大略去县中平地不下百里，又无复蹊磴[1]。斫木作长梯，钉岩壁，缘之而上，意天下登山险峻，无此比者。余以健卒挟山轿强登。以山丁三十夫，曳大绳行前挽之，同行则用山中梯轿[2]。

出白水寺侧门，便登点心山。言峻甚，足膝点于心胸云。

过茅亭觜、石子雷、大小深坑、骆驼岭、簇店。凡言店者，当道板屋一间。将有登山客，则寺僧先遣人煮汤于店，以俟蒸炊。

又过峰门、罗汉店、大小扶舁、错喜欢、木皮里、胡孙梯、雷洞平。凡言平者，差可以讬足之处也。雷洞者，路在深崖，万仞磴道[3]，缺处则下瞰沉黑若洞然。相传下有渊水，神龙所居，凡七十二洞。岁旱，则祷于第三洞。初投香币，不应，则投死彘及妇人弊履之类，以振触之[4]，往往雷风暴发。峰顶光明岩上所谓兜罗绵云[5]，亦多出于此洞。

【注释】

① 蹊磴：登山的石阶。

② 山丁：山中成年男子。　梯轿：亦称滑竿。在两根长竹竿中，用绳索绷成梯子状，前后两人扛抬而行像轿子。

③ 磴道：山上的石径。

④ 振触：触动激发。

⑤ 兜罗绵：梵语。总称草木的花絮，可用于做被。

【译文】

乙未（二十七日）。大晴天，于是攀登高峰。从白水寺到峰顶光相寺、七宝岩，高度达六十里。大略相当于到县里的平地距离不下百里，又不再有石阶。砍树做成长梯，钉在岩壁上沿着爬上去，心想天下登山的险峻，没有能与此相比的。我被健壮的士兵夹着登山轿子强行攀登。又用山里成年男丁三十人，拽着粗绳索在前方牵拉，同行宾客则乘坐山中的梯轿。

经过茅亭嶍、石子雷、大小深坑、骆驼岭、簇店。凡是叫作“店”的，都是对着道路的一间板屋。如果有登山的客人来，寺中僧人先派人在店里烧热水，等待蒸煮食物。

又经过峰门、罗汉店、大小扶舁、错喜欢、木皮里、胡孙梯、雷洞平。凡是叫作“平”的，是刚刚可以立足的地方。所谓雷洞，路在深崖之下，石径万仞高，缺口处往下看黑沉沉像深洞一样。相传底下是深渊，神龙所居之处，共有七十二洞。遇到干旱年头，就到第三洞祈祷。开始投献香烛纸钱，没有回应，就再投死猪和妇女破鞋之类，来激发他，往往雷电狂风爆发。峰顶光明岩上所谓像草木花絮一样的云彩，也多从此洞出来。

【录诗】

《点心山》：在白水寺后，自此登峰顶。入山窘宿雨，上山贺朝霁。跬步便历险，转盼已呀气。岂惟膝点心，固已头抢地。游人贪胜践，姑吟蜀道易。（《石湖居士诗集》卷十八）

《大扶舁》：身如鱼跃上长竿，路似镜中相对看。珍重山丁扶我过，人间踽踽独行难。（同上）

《小扶舁》：食时方了大扶舁，前逢仄径仍崎岖。悬崖破栈不可玩，舆丁挟我如腾狙。平生行路险艰足，如今雪鬓应难绿。却怜苔发镇长青，千古毵毵挂高木。（同上）

《胡孙梯》：峡山有胡孙愁，予尝过之。木磴鳞鳞滑带泥，微生攲侧寄枯藜。胡孙愁处我犹过，个里如今幸有梯。（同上）

《雷洞平》：七十二洞皆在道旁，大旱有祷，投香花不应，即以大石或死彘及妇人弊履投而触之，雷雨即至。行人魄动风森森，两崖奔黑愁太阴。不知七十二洞处，侧足下窥云海深。闻有神龙依佛住，枨触须臾召雷雨。两川稻熟须好晴，我亦闲游神勿惊。（同上）

过新店、八十四盘、娑罗平。娑罗者[①]，其木叶如海桐，又似杨梅，花红白色，春夏间开，惟此山有之。初登山半即见之，至此，满山皆是。大抵大峨之上，凡草木禽虫，悉非世间所有，昔固传闻，今亲验之。余来以季夏，数日前，雪大降，木叶犹有雪渍斓斑之迹。草木之异，有如八仙而深紫，有如牵牛而大数倍，有如蓼而浅青[②]。闻春时异花尤多，但是时山寒，人鲜能识之。草叶之异者，亦不可胜数。山高多风，木不能长，枝悉下垂。古苔如乱发，鬖鬖挂木上[③]，垂至地，长数丈。又有塔松，状似杉而叶圆细，亦不能高，重重偃蹇如浮图[④]，至山顶尤多。又断无鸟雀，盖山高，飞不能上。

自娑罗平，过思佛亭、软草平、洗脚溪，遂极峰顶光相寺。亦板屋数十间，无人居。中间有普贤小殿。以卯初登山，至此已申后[⑤]。初衣暑绤[⑥]，渐高渐寒，到八十四盘，则骤寒。比及山顶，亟挟纩两重，又加毳衲驼茸之裘，尽衣笥中所藏[⑦]。系重巾，蹑毡靴，犹凛慄不自持，则炽炭拥炉危坐。山顶有泉，煮米不成饭，但碎如砂粒。万古冰雪之汁，不能熟物，余前知之，自山下携水一缶来，财自足也[⑧]。

【注释】

① 娑罗：又名柳安。常绿大乔木，质地优良。

② 八仙：八仙花，即绣球。花密集，粉红色、淡蓝色或白色。花大色美，是常见的观赏植物。　蓼：一年生或多年生草本植物，花小，白色或浅红色，生长在水边或水中。

③ 苔：又名地衣，隐花植物。根、茎、叶区别不明显，常贴在阴湿的地方生长。 鬖鬖(sān)：毛发散乱下垂貌。

④ 偃蹇(yǎn jiǎn)：层叠盘曲貌。 浮图：也作“浮屠”，佛教指佛塔。

⑤ 卯初：卯时之初，即早晨五点。 申后：申时之末，即下午五点。

⑥ 暑绤(xì)：夏天所穿粗葛布衣。

⑦“比及”四句：挟纩，披着丝绵衣服。 毳衲(cuì nà)，僧人所穿毛织衲衣。 驼茸，即驼绒，骆驼绒。 衣笥(sì)，盛衣服所用竹器。

⑧ 财：通“才”。

【译文】

经过新店、八十四盘、娑罗平。所谓娑罗，它的树叶像海桐，又像杨梅，花红白颜色，春夏之间开放，只有此山才有。起初登到半山就已看见，到这里满山都是。大致在大峨山上，凡是草木禽鸟虫豸之类，都不是一般地方能见到，原先固然是传闻，现今是亲身体验了。我来此地是夏末，几天前降下大雪，树叶上还留有雪未化尽的斑斓痕迹。草木中奇异的品种，有的像绣球花却是深紫色，有的像牵牛花却大几倍，有的像蓼花却是浅青色。听说春天奇异的花特多，但那时山上寒冷，人很少能见到。草木叶子形状奇异的，也难以计数。山高多刮风，草木难以挺立，枝条都下垂。古老的苔藓植物如同乱发，散乱挂在树上，甚至下垂至地面，长达好几丈。又有塔松，形状像杉树而叶子圆而小，也长不高，重叠密集像佛塔，到山顶特别多。此地又绝无鸟雀，是因为山太高，不能飞上来。

从娑罗平出发，经过思佛亭、软草平、洗脚溪，就到达了峰顶的光相寺。这里也是板屋几十间，无人居住。中间有一座普贤小殿。从卯时初开始登山，到此已是申时末。开始穿夏天的粗葛布衣，地势渐高，气候渐冷，到八十四盘的地方，就突然冷起来。等到了山顶，急忙披上两层丝绵衣，再加骆驼毛织成的皮衣，把衣箱里所藏衣服都穿上身。围着两重围巾，穿着衬毛皮靴，还是冷得发抖，难以控制，就烧炭抱着火炉端正坐着。山顶有泉水，用来煮米却做不成饭，只是碎成沙粒一般。万年冰雪融化之水不能煮熟食物，我以前就知道，从山下带上来一罐水，才煮成了饭。

【录诗】

《八十四盘》：冥鸿无伴鹤孤飞，回首尘笼一笑嬉。八十四盘新拄杖，万三千乘旧牙旗。石梯碧滑云生後，木叶红斑雪霁时。说与同行莫惆怅，人间捷径转嵚巇。（《石湖居士诗集》卷十八）

《婆罗平》：仙圣飞行此是家，路逢真境但惊呀。神农尝外尽灵药，天女散余多异花。岚雨逼衣寒似铁，冰泉炊米硬于沙。峰头事事殊尘世，缺甃跳梁笑井蛙。（同上）

《思佛亭晓望》：栗烈刚风刮病眸，登临何啻缓千忧。界天暑雪青城外，涌地晴云瓦屋头。浩荡他年夸北客，苍茫何处认西州？千岩万壑须寻偏，身是江湖不系舟。（同上）

《光相寺》：峰顶四时如大冬，芳花芳草春自融。苔痕花曦六月雪，木势旧偃千年风。云物为人布世界，日轮同我行虚空。浮生元自有超脱，地上可怜悲攓蓬。（同上）

移顷，冒寒登天仙桥，至光明岩。炷香小殿上，木皮盖之。王瞻叔参政尝易以瓦，为雪霜所薄[①]，一年辄碎，后复以木皮易之，翻可支二三年。人云佛现悉以午，今已申后，不若归舍，明日复来。

逡巡[②]，忽云出岩下，傍谷中，即雷洞山也。云行，勃如队仗。既当岩，则少驻。云头现大圆光，杂色之晕数重。倚立相对中，有水墨影，若仙圣跨象者[③]。一碗茶顷，光没，而其傍复现一光如前，有顷亦没。云中复有金光两道，横射岩腹，人亦谓之小现。日暮，云物皆散，四山寂然。乙夜，灯出，岩下遍满，弥望以千百计[④]。夜寒甚，不可久立。

【注释】

① 王瞻叔参政：即王之望（1104—1171），字瞻叔，襄阳谷城（今湖

北谷城)人。绍兴八年进士。官至参知政事、兼同知枢密院事。 薄：迫近，此处有侵蚀积压义。

② 逡(qūn)巡：顷刻。

③ 仙圣跨象：指普贤大士现身，普贤菩萨多以骑白象的形象示现。

④ 乙夜：二更时分。约晚上十点。 弥望：满视野，满眼望去。

【译文】

过了一会，冒着严寒登上天仙桥，到达光明岩。点着香的小殿上面，盖着树皮。王之望参政曾用瓦片替换，被霜雪侵蚀，一年就碎了，后来还是换上树皮，反而可以支撑两三年。人们说佛祖现身都在中午，如今已是申时之末，不如回宿夜处，明天再来。

顷刻间，忽然云从山岩下涌出，弥漫在山谷中，就是雷洞山深洞里出来的。云层涌动，兴起像队列。碰到山岩，就稍作停留。云端出现大圆光环，彩色的光晕有好几重。人们伫立相对，眼前似有水墨般光影，好像普贤大士骑象而来。喝一碗茶的工夫，光影消失，它的旁边重现一团如先前一样的光影，过一会也消失了。云层中又有两道金光，横着照射山岩腹地，人们也称之为小规模显现。太阳落山了，云层景物全都消散，四周山峰归于寂静。二更时分，圣灯出现，布满山岩下，满眼望去约有千百盏。夜间十分寒冷，岩上不可长久站立。

【录诗】

《七宝岩》：大峨绝顶，白水寺已在山半，由白水陡上至岩。又六十里。天如碧玉瓯，下覆白玉盘。晶光眩相射，我独居两间。正视不胜瞬，却立聊少安。但觉风浩浩，骨毛森似寒。神仙杳无处，宁论有尘寰。身轻一槁叶，两腋如飞翰。同行挽我衣，何往何当还。少留作诗去，奇哉此凭阑。(《石湖居士诗集》卷十八)

《淳熙四年六月二十七日登大峨之巅一名胜峰山佛书以为普贤大士所居连日光相大现赋诗纪实属印老刻之以为山中一重公案》：胜峰高哉摩紫青，白鹿导我登化城。住山大士喜客至，兜罗布界缤相迎。圆景明晖倚云立，艴如七宝庄严成。一光未定一光发，中有墨像随心生。白毫从地插空碧，散烛象纬天尤惊。夜神受记亦修供，照世洞然千百灯。明朝银界混一白，咫尺眩转寒凌竞。天容野色倏开闭，惨澹变化愁仙灵。人言六通欲大现，洗山急雨如盆倾。重轮桑采印岩腹，非烟非雾非丹青。我与化人中共住，镜光觌面交相呈。前山忽涌大圆相，日围月晕浮青冥。林泉草木尽含裹，是则名为普光明。言词海藏不胜赞，北峰复有金桥横。众慈久立佛事竟，一尘不起山岭狰。向来无法可宣说，为问有耳如何听？我本三生同行愿，随缘一念犹相应。此行且复印心地，衣有宝珠奚外营？题诗说偈作公案，亦使来者知吾曾。神通佛法须判断，一任热椀春雷鸣。（同上）

丙申。复登岩眺望，岩后岷山万重，少北则瓦屋山，在雅州，少南则大瓦屋，近南诏[①]，形状宛然瓦屋一间也。小瓦屋亦有光相，谓之辟支佛现此[②]。诸山之后，即西域雪山，崔嵬刻削，凡数十百峰，初日照之，雪色洞明如烂银，晃耀曙光中。此雪自古至今，未尝消也。山绵延入天竺诸蕃[③]，相去不知几千里，望之但如在几案间，瑰奇胜绝之观，真冠平生矣。复诣岩殿致祷，俄氛雾四起[④]，混然一白，僧云银色世界也。

有顷，大雨倾注，氛雾辟易[⑤]。僧云："洗岩雨也，佛将大现。"兜罗绵云复布岩下[⑥]，纷郁而上，将至岩数丈辄止。云平如玉地，时雨点有余飞。俯视岩腹，有大圆光，偃卧平云之上。外晕三重，每重有青黄红绿之色。光之正中，虚明凝湛[⑦]，观者各自见其形现于虚明之处，毫厘无隐，一如对镜，举手动足，影皆随形而不见傍人，僧云摄身光也。此光既没，前山风起云驰，风云之间，复出大圆相光[⑧]，横亘数山，尽诸异色，合集成采。峰峦草木，皆鲜妍绚蒨[⑨]，不可正视。云雾既散，而此光独明，人谓之清现。凡佛光欲现，必先布云，所谓兜罗绵世界。光相依云而出，其不依云，则谓之清现，极难得。

食顷，光渐移，过山而西。左顾雷洞，山上复出一光，如前而差小，须臾亦飞行过山外，至平野间，转徙得得⑩，与岩正相值，色状俱变，遂为金桥。大略如吴江垂虹⑪，而两圯各有紫云捧之。凡自午至未，云物净尽，谓之收岩，独金桥现，至酉后始没⑫。

同登峰顶者：幕客简世杰伯隽、杨光商卿、周杰德俊万、进士虞植子建及家弟成绩⑬。今日，复有同年杨慭伯勉、幕客李嘉谋良仲自夹江来⑭，甫至而光现。

【注释】

① 南诏：古国名。盛唐时建立的以乌蛮为主体，包括白蛮等族的政权，受唐册封，属六诏之一，因其地在其他五诏之南，故称。历十三王，唐末被灭。辖有今云南全部、四川南部、贵州西部等地。

② 光相：即佛光。　辟支佛：辟支迦佛陀的简称，又译“缘觉”，佛教中的中乘圣者，因其观十二因缘法而得道，其信众追求自身的解脱。

③ 天竺：印度的古称。

④ 氛雾：雾气。

⑤ 辟易：屏退，消失。

⑥ 兜罗绵云：像棉絮一样的云朵。

⑦ 虚明：空明，空旷明亮。　凝湛：清澈深湛。

⑧ 圆相：佛教徒参禅时，用手在地上或空中画一个圆圈。

⑨ 鲜妍绚蒨：鲜艳绚烂。蒨，茜草，根可提炼绛色(深红色)染料。

⑩ 得得：任情自得貌。

⑪ 吴江垂虹：即吴江垂虹桥，在今江苏苏州。本名利往桥，俗称长桥。始建于北宋庆历八年，为木桥，桥中央建有垂虹亭，故名垂虹桥。元代改建为联拱石桥，全用白石垒砌，长五百余米，设七十二孔，成为苏杭交通要道。

⑫“凡自”五句：自午至未，从午时(上午十一点到下午一点)到未时(下午一至三点)。　酉后，酉时(下午五至七点)之后。

⑬ 幕客：幕府宾客。　进士：指通过州县考试贡举朝廷参加礼部试的考生，如录取称进士及第。　家弟：指范成大之弟。

⑭ 同年：指科举同榜进士。　夹江：县名。南宋隶嘉州(嘉定府)。

【译文】

丙申(二十八日)。再次登上光明岩眺望。山岩后面是万重岷山，稍北则是瓦屋山，在雅州，稍南则是大瓦屋山，靠近南诏，形状完全就像一间瓦屋。小瓦屋山也有佛光，说是辟支佛在此现身。诸山之后就是西域雪山，高大峭拔，总共百十座山峰，朝阳映照下，白色的雪峰通亮，如同灿烂的银子闪耀在曙光中。这些雪从古到今未曾消融。群山绵延入印度各番邦，离开这里不知几千里远，望着却就像在眼前的案桌上。瑰丽奇异绝妙的景观，真是平生所见之最。再回到岩上小殿祈祷，雾气笼罩四周，浑然一片白色，僧人说就是银色世界。

过了一会，大雨倾盆而下，雾气消失。僧人说：“这是冲洗光明岩的雨，佛将完全现身。”兜罗绵云重新布满山岩之下，汹涌向上，将到岩顶几丈的地方就停住了。云层平展如同玉砌的地面，时有雨点飞溅。俯瞰山岩腹部，有巨大的圆形光环仰卧在平整的云层上。光环外有三重光晕，每层都有青黄红绿的颜色。光环的正中，空旷明亮而清澈深湛，观众各自看见自己的形象出现在空明之处，一毫一厘都无所隐藏，完全像照镜，举手投足，影子都随形而动但看不见旁人。僧人说这是引身之光。这种光环隐去，前山风起云涌，风云之间又出现一个硕大的光圈，横跨多座山峰，其中尽显各种奇异色彩，汇集成美丽的丝织品。峰峦和草木，都鲜艳绚烂，使人不敢正视。云雾散去，而这种光彩独自呈现，人们称之为清现。凡是佛光将现，必定先布云彩，就是所谓的兜罗绵世界。佛光一般傍云而出现，不傍云的则称为清现，极为难得一见。

一顿饭时间，光圈逐渐移动，越过山峰向西而去。向左看雷洞方向，山上重现一光圈，像前面的而稍小，不一会也飞移过山外，到平旷的原野间，运转自如，与山岩正相对，色彩形状都在变化，成为一座金桥。大致如同吴江县的垂红桥，而两桥各有紫云缭绕。从午时到未时，云彩景物消散干净，称之为收岩，独有金桥继续显现，直到酉时末才消失。

这次同登峰顶的人，有幕府宾客简世杰字伯隽、杨光字商卿、周杰德字俊万，贡举考生虞植字子建和我家弟弟成绩。今天，又有同榜进士杨熬字伯勉、幕府宾客李嘉谋字良仲从夹江赶来，刚到达就见到佛光显现。

【录诗】

《请佛阁晚望雪山数十峰如烂银晃耀曙光中》：垒块苍然是九州，大千起灭更悠悠。雪光正照天西角，日影长浮雨上头。峰顶何曾知六月，尘间想已别三秋。佛毫似欲留人住，横野金桥晚未收。（《石湖居士诗集》卷十八）

《净光轩》白水寺：翳华销尽八窗明，雨竹风泉演妙声。身世只今高几许？北峰浑共倚阑平。（同上）

丁酉。下山。始登山时，虽跻攀艰难，有绳曳其前，犹险而不危。下山时，虽复以绳縋舆后梯斗下，舆夫难着脚，既险且危。下山渐觉暑气，以次减去绵衲[①]。午至白水寺，则絺绤如故[②]。闻昨暮寺中大雷雨，峰顶夕阳快晴，元不知也。

幕客范谟季申、郭明复中行、杨辅嗣勋石湖集作商卿皆自汉嘉来会[③]，而不及余于峰顶。食后，同游黑水，过虎溪桥，奔流激湍，大略似双溪而小不及。始开山[④]，僧自白水寻胜至此，溪涨，不可渡，有虎蹲伏其傍，因遂跨之，乱流以济，故以名溪。白、黑二水，皆以石色得名。黑水前对月峰，栋宇稍洁。宿寺中东阁。

【注释】

① 绵衲：棉制僧衣。

② 絺绤(chī xì)：葛布做成的衣服，细者称絺，粗者称绤。

③ 汉嘉：即嘉州，刘宋时为汉嘉郡。

④ 开山：指最初开创寺院。

【译文】

丁酉(二十九日)。开始下山。刚登山时，虽然攀登艰难，但有绳索在前面拉拽，虽困难但不危险。下山时仍用绳索拉着轿子像阶梯量斗一样往下走，轿夫难以落脚，既困难又危险。下山时渐渐感觉到暑气袭人，依次脱去棉制僧衣。中午到达白水寺，则像先前一样穿起葛布衣衫。听闻昨天傍晚白水寺下大雷雨，那时在峰顶则是夕阳映照下的爽朗晴天，确实不知山下的天气。

幕府宾客范谟字季申、郭明复字中行、杨辅字嗣勋都从嘉州来会聚，而没赶上我去登顶。饭后，同去游览黑水，经过虎溪桥，桥下奔腾湍急的水流，大致与双溪相似而略有不及。当初寺庙开建时，僧人从白水游赏名胜到此，溪里正涨水不能渡过，还有老虎蹲伏在旁边。于是就绕着横渡过去，因此命名为虎溪。白、黑两条水流，都以水中石块的颜色得名。黑水面对月峰，房屋较整洁。夜间留宿黑水寺东阁。

【录诗】

《虎溪》：黑水寺前，虽不及双溪，亦佳处也。开山僧至此断度，一虎踞前，因跨之乱流以济。今作桥其上，水岁推荡，辄更新之。水本无心作浪波，经行偶与石相磨。不须更问桥安否？唤取于菟载我过。(《石湖居士诗集》卷十八)

秋七月戊戌，朔。离黑水，复过白水寺，前渡双溪桥，入牛心寺。雨后断路，白云峡水方涨，碧流白石，照人肺肝，如层冰积雪。篮舆下行峡浅处以入寺。飞涛溅沫，襟裙皆濡。境过清，毛发尽竦。

寺对青莲峰，有白云、青莲二阁最佳。牛心本孙思邈隐居，相传时出诸山，寺中人数见之。小说亦载招僧诵经，施与金钱，正此山故事。

有孙仙炼丹灶，在峰顶，及淘朱泉在白云峡最深处。去寺数里，水深不可涉。独访丹灶。灶旁多奇石，祠堂后一石尤佳，可以箕踞宴坐①，名玩丹石。

寺有唐画罗汉一板，笔迹超妙，眉目津津，欲与人语②。成都古画浮图像最多，以余所见，皆出此下。蜀画胡僧，惟卢楞伽之笔为第一③，今见此板，乃知楞伽源流所自，余十五板亡之矣。

【注释】

① 箕踞：张开两腿随意坐着，形似簸箕。　宴坐：闲坐，安坐。

② 一板：一幅画。　罗汉：佛教指已断绝烦恼，超出三界轮回，受天人供养的尊者，为小乘佛教的最高果位。中国寺庙中常供奉十八罗汉、五百罗汉。　津津：充满喜乐貌。

③ 胡僧：泛指西域、北地或外来的僧人。　卢楞伽：唐代画家。长安人，吴道玄弟子。擅长佛教题材，天宝末入蜀，名声更大。乾元初在大圣慈寺画行脚僧，颜真卿为其题名，时号双绝。

【译文】

秋七月戊戌（一日），朔日。离开黑水，再经过白水寺，向前渡过双溪桥，进入牛心寺。雨后道路被水截断，白云峡中水势刚涨，碧绿的水流，洁白的石块，如同层层冰凌、千年积雪，能照见人的内心。轿子往下游抬过峡水低浅处进入寺中，浪涛溅起飞沫，衣裳的前后襟都沾湿了。环境过于清幽，令人毛发悚然。

牛心寺对着青莲峰，有白云、青莲两座小阁位置最佳。牛心寺本是孙思邈隐居之地，相传他时常从山中出来，寺中僧人多次看见。小说也载有他召集僧人诵经，给予金钱，正是这山里的故事。

还有在峰顶有孙思邈炼丹灶，在白云峡最深处有淘朱泉。离开牛心寺几里，水深难以渡过。独自走访炼丹灶。灶旁多有奇异的石块，祠堂后一块石头特别奇妙，可以随意地闲坐在上面，名叫玩丹石。

寺内有唐代的一幅罗汉像画，笔势绝妙，眉目间充满喜乐，像要与人说话。成都的古画中和尚像最多，根据我所见过的，都比不上他。蜀画中的外国和尚，只有卢楞伽的画作可称第一，今日见到这幅画，才知道卢楞伽画艺源头所在，可惜其余十五幅已经亡失了。

【录诗】

《白云峡》牛心寺：双溪疑从银汉下，我欲穷源问仙舍。飞澜溅沫漱篮舆，却望两崖天一罅。疏疏暑雨滑危梯，策策山风掖高驾。幽寻险绝太奇生，莫笑退之号太华。（《石湖居士诗集》卷十八）

《孙真人庵》：何处仙翁旧隐居，青莲巉绝似蓬壶。云深未到淘朱洞，雨小先寻炼药炉。涧下草香疑可饵，林间虎伏试教呼。闲身尽办供薪水，定肯分山一半无？（同上）

此寺即继业三藏所作。业姓王氏，耀洲人①。隶东京天寿院。乾德二年，诏沙门三百人，入天竺求舍利及贝多叶书，业预遣中②。至开宝九年③，始归寺。所藏《涅盘经》一函④，四十二卷。业于每卷后，分记西域行程，虽不甚详，然地里大略可考⑤，世所罕见，录于此，以备国史之阙。

业自阶州出塞西行，由灵武、西凉、甘、肃、瓜、沙等州⑥，入伊吴、高昌、焉耆、于阗、疏勒、大石诸国，度雪岭至布路州国[7]。

又度大葱岭、雪山，至伽湿弥罗国[8]。西登大山，有萨埵太子投崖饲虎处，遂至健陀罗国[9]，谓之中印土。

又西至庶流波国及左烂陀罗国[10]。国有二寺。

又西过四大国，至大曲女城[11]，南临陷牟河，北背洹河[12]，塔庙甚多而无僧尼。

又西二程，有宝阶故基[13]。

又西至波罗柰国[14]，两城相距五里，南临洹河。

又西北十许里，至鹿野苑[15]，塔庙佛迹最夥（业自云别有传记，今不传矣）。南行十里，渡洹河。河南有大浮图。自鹿野苑西至摩羯提国[16]，馆于汉寺。寺多租入，八村隶焉。僧徒往来如归，南与杖林山相直，巍峰峃然。山北有优波掬多石室及塔庙故基[17]。南一作西南。百里有孤山，名鸡足三峰，云是迦叶入定处[18]。

【注释】

① 耀州：唐代设置，北宋隶永兴军路。在今陕西铜川。

② 乾德：宋太祖年号。乾德二年为 964 年。　舍利：梵语音译，意译即“身骨”。指高僧火化后结成的坚硬珠状物。　贝多叶书：指佛经。贝多叶，棕榈叶，印度在贝多叶上写佛经，故称。

③ 开宝：宋太祖年号。开宝九年为 976 年。

④ 涅盘经：亦作“涅槃经”，全称《大般涅槃经》，分十三品，是大乘佛教基本经典之一。北凉昙无谶译。

⑤ 地里：指两地相距里程及山川地理环境。

⑥ 阶州：南宋隶利州西路，辖福津、将利二县。在今甘肃陇南。　灵武：北宋初为灵州，后属西夏。在今宁夏灵武。　西凉：东晋十六国之一，疆域在今甘肃、新疆一带。　甘州：在今甘肃张掖。　肃州：在今甘肃酒泉。　瓜州：在今甘肃安西。　沙州：在今甘肃敦煌。

⑦ 伊吴：又作伊吾。西域古国。在今新疆哈密。　高昌：西域古国。在今新疆吐鲁番。　焉耆：又称乌夷、阿耆尼。西域古国。在今新疆焉耆回族自治县。　于阗：西域古国。在今新疆和田一带。　疏勒：西域古国。在今新疆喀什。　大石：即大食，阿拉伯帝国。地跨今亚、欧、非三洲。

⑧ 大葱岭：即帕米尔高原，波斯语意为平顶屋。地跨新疆西南部、塔吉克斯坦东南部、阿富汗东北部。　伽湿弥罗国：喜马拉雅山麓古国，在今克什米尔一带。

⑨ 投崖饲虎：佛教故事。摩诃罗陀国王幼子萨埵王子，在竹林中看见七只小虎围着饥渴羸弱的母虎，王子生大悲心，甘愿放弃自己的生命来喂养饿虎。王子就是释迦牟尼的前世。　健陀罗国：又作犍陀罗国。南亚次大陆古国。在今巴基斯坦东北部、阿富汗东部。

⑩ 左烂陀罗国：又作阇烂达罗国。北印度古王国。

⑪ 大曲女城：音译作羯若鞠阇国。古印度戒日王朝都城。在今印度国北方邦。

⑫ 宝阶：佛教指佛从天下降的步阶。

⑬ 洹河：即恒河。

⑭ 波罗柰国：即迦尸国，波罗柰是其都城。古印度国名。

⑮ 鹿野苑：在迦尸国。佛祖前世迦叶佛居于此，并常有野鹿出没，故名。释迦牟尼得道成佛后，来此初次宣讲佛法。在今印度北方邦。

⑯ 摩羯提国：又称摩揭陀国。古印度国名。国王频婆娑罗王建都王舍城后，佛祖经常在此说法。在今印度比哈尔邦。

⑰ 优波掬多石室：佛教第四代祖师优波掬多的墓室。

⑱ “南百里”三句：鸡足三峰，佛祖大弟子迦叶晚年传法二祖，入王舍城西南鸡足山入定。鸡足山前列三峰，后拖一岭，形似鸡足，故名。　入定，入于禅定，使心定于一处，不含杂念。

【译文】

这座牛心寺即是三藏法师继业所建。继业俗姓王，耀州人。原属东京天寿院。乾德二年，太宗皇帝下诏，派三百僧人去天竺国求取佛舍利和佛经，继业也在被派遣之列。至开宝九年才回到牛心寺。寺内所藏《涅盘经》一函四十二卷。继业在每卷之后，分别记录了赴西域的行程，虽然不很详细，但各地里程及山川地理环境大致可以考见，世上少见，过录在这里，以防备国家历史的遗缺。

继业从阶州离开边塞向西走，经由灵武、西凉、甘州、肃州、瓜州、沙州等地，进入伊吴、高昌、焉耆、于阗、疏勒、大食等国，经过雪岭到达布路州国。

又经过大葱岭、雪山，到达伽湿弥罗国。从西面登上大山，有萨埵王子投下山崖以身饲虎的地方，就到了健陀罗国。这里称作中印度。

又向西到达庶流波国和左烂陀罗国。该国有两座寺庙。

又向西经过四个大国，到达大曲女城。南面面临陷牟河，北面背靠恒河，宝塔、寺庙很多，但没有僧人、尼姑。

又向西两段路程，有佛从天降下阶梯的旧址。

又向西到达迦尸国波罗柰城。两城相距五里，南临恒河。

又向西北十几里，到达鹿野苑，这里宝塔、寺庙、佛祖遗迹最多(继业说另写有传记，现今已不见流传)。向南行十里，渡过恒河。河南面有大佛塔。从鹿野苑向西到达摩羯提国，留宿在汉人寺庙。寺庙多有租税收入，八个村庄隶属于它。僧人往来如同回家，南面与杖林山相对，山峰岿然耸立。山北面有优波掬多石室及佛塔寺庙的遗址。向南一百里有孤山，名叫鸡足三峰。人说是迦叶佛入定之处。

又西北百里，有菩提宝座城。四门相望，金刚座在其中，东向[①]。

又东至尼连禅河[②]。东岸有石柱，记佛旧事。自菩提座东南五里，至佛苦行处。

又西三里，至三迦叶村及牧牛女池[③]。金刚座之北门外，有师子国伽蓝[④]。

又北五里，至伽耶城[5]。

又北十里，至伽耶山，云是佛说《宝云经》处。

又自金刚座东北十五里，至正觉山[6]。

又东北三十里，至骨磨城[7]。业馆于虾罗寺，谓之南印土。诸国僧多居之。

又东北四十里，至王舍城。东南五里，有降醉象塔[8]。

又东北，登大山，细路盘纡，有舍利子塔。

又临涧有下马迎风塔。度绝壑，登山顶，有大塔庙，云是七佛说法处[9]。山北平地。

又有舍利本生塔。其北山半曰鹫峰[10]，云是佛说《法华经》处。山下即王舍城，城北山址，有温泉二十余井。

又北有大寺及迦兰陀竹园故迹[11]。

又东有阿难半身舍利塔[12]。温汤之西，有平地，直南登山，腹有毕钵罗窟[13]。业止其中，诵经百日而去。窟西，复有阿难证果塔[14]。此去新王舍城八里，日往乞食会。新王舍城中有兰若[15]，隶汉寺。

又有树提迦故宅城[16]。其西，有轮王塔[17]。

【注释】

① 菩提宝座城：即菩提伽耶，为释迦牟尼在菩提树下悟得解脱之道的地方。　金刚座：指释迦牟尼成佛之座。座后有菩提树。

② 尼连禅河：发源于孟加拉州，流经菩提伽耶以北，注入恒河。

③ 三迦叶：指佛弟子优楼频螺迦叶、那提迦叶、伽耶迦叶三兄弟。

迦叶是姓。 牧牛女：释迦牟尼苦修未成，入尼连禅河沐浴，精力不支，上岸得牧牛女喂其乳糜恢复体力。

④ 师子国：也称狮子国、僧伽罗。斯里兰卡的古称。 伽蓝：指佛寺。

⑤ 伽耶城：古印度城市。三面环山，东临尼连禅河。在今印度比哈尔邦。佛陀苦修之地。

⑥ 正觉山：也称前正觉山，在尼连禅河附近。佛陀成佛前先登此山。正觉，指成佛。

⑦ 王舍城：古印度摩揭陀国早期都城，在今印度比哈尔邦。佛陀在这里曾长期居住修行，他逝世后，在这里进行了第一次佛教结集。

⑧ 醉象：佛教比喻危害极大的迷乱之心。

⑨ 七佛：指释迦牟尼及其先出世的六佛。即过去劫中三佛毗婆尸、尸弃、毗舍浮和现在劫中四佛拘留孙、拘那舍、迦叶和释迦牟尼。

⑩ 鹫峰：即灵鹫山，为著名的佛陀说法之地。山名由来，一说山顶形状类似鹫鸟，一说山顶常栖众多鹫鸟。 《法华经》：即《妙法莲华经》。早期大乘佛教经典。

⑪ 迦兰陀竹园：即竹林精舍。在王舍城北门一里，用石头砌成，门向东开。佛陀成道后，带数百弟子四处弘法，无固定居所。富豪伽兰陀在竹林中建立精舍，供佛居住。

⑫ 阿难半身舍利塔：在竹林精舍旁。阿难也称阿难陀，意为欢喜、庆喜，为佛陀十大弟子之一，随侍佛陀二十五年。长于记忆。阿难涅槃之前离开摩揭陀国，前往毗舍离国，其时两国正要开战。阿难在两国界河升空，进入涅槃，圣体及舍利分为两半，两国各得其一，建塔供奉。

⑬ 毕钵罗窟：在王舍城东南。因窟上毕钵罗树繁生，故名。佛陀涅槃后，弟子大迦叶在窟中结集经律。

⑭ 证果：指佛徒经长期修行而悟入妙道。

⑮ 新王舍城：摩揭陀国定都旧王舍城，后毁于火灾，向北迁移到八里外新城。 兰若：指寺院。

⑯ 树提迦：生于猛火，为佛陀所救，为之取此名。后出家，成阿罗汉果。

⑰ 轮王塔：即转轮王塔。转轮王为古印度圣王，从上天感应得轮宝，转轮宝而降伏四方。

【译文】

又向西北方向一百里，有菩提宝座城。四座城门相互可见，金刚座位于中间，正面向东。

又向东到达尼连禅河。东岸有石柱，记载佛祖的往事。从菩提宝座向东南五里，可到佛祖历经磨难的修行之地。

又向西三里，到达三迦叶村和牧牛女池。金刚座的北门外，有师子国的佛寺。

又向北五里，到达伽耶城。

又向北十里，到达伽耶山，说是佛陀宣讲《宝云经》的地方。

又从金刚座向东北十五里，到达正觉山。

又向东北三十里，到达骨磨城。继业留宿在虾罗寺，这里称作南印度。各国僧人大多住在这里。

又向东北四十里，到达王舍城。东南五里，有降醉象塔。

又向东北，登大山，小路盘旋迂回，有舍利子塔。

又靠近山涧有下马迎风塔。度过深谷，登上山顶，有大塔庙，说是七佛说法的地方。山北面是平地。

又有舍利本生塔。其北面半山腰称鹫峰，说是佛陀宣讲《法华经》的地方。山下就是王舍城，城北山脚，有二十多口温泉井。

又向北有大寺庙和伽兰陀竹园的遗迹。

又向东有阿难半身舍利塔。温泉西面有平地，向南登山，又有毕钵罗窟。继业在此停留，念诵佛经百日才离去。毕钵罗窟西面，又有阿难证果塔。这里距离新王舍城八里，每天去参见乞食法会。新王舍城有寺院，隶属于汉人寺庙。

又有树提迦老宅城。其西面有轮王塔。

又北十五里，有那烂陀寺[①]。寺之南北，各有数十寺，门皆西向。其北，有四佛座。

又东北十五里，至乌岭头寺一作乌巅头寺。东南五里，有圣观自在像[②]。

又东北十里，至伽湿弥罗汉寺，寺南距汉寺八里许。自汉寺东行十二里，至却提希山。

又东七十里，有鸽寺。西北五十里，有支那西寺③，古汉寺也。西北百里，至花氏城，育王故都也④。自此渡河，北至毘耶离城，有维摩方丈故迹⑤。

又至拘尸那城及多罗聚落⑥。踰大山数重，至泥波罗国⑦。

又至磨逾里，过雪岭，至三耶寺。由故道自此入阶洲⑧。

太祖已宴驾⑨，太宗即位。业诣阙，进所得梵夹、舍利等⑩，诏择名山修习。登峨眉，北望牛心，众峰环翊⑪，遂作庵居，已而为寺。业年八十四而终。

【注释】

① 那烂陀寺：王舍城北方大寺院。原为庵摩罗园，佛陀曾在此说法三月，公元五世纪始，逐步建成佛教最高学府，唐代玄奘法师到此取经。十二世纪时为伊斯兰教徒焚毁。在今印度比哈尔邦中部巴特那东南九十公里，为世界文化遗产。

② 圣观自在像：观音菩萨像。圣观自在，又作正观自在、圣观音，六观音之一，即寻常观音菩萨。

③ 支那：古印度人称中国为支那。

④“西北”二句：花氏城，即华氏城。古印度摩揭陀国孔雀王朝都城。在恒河下游，在今印度比哈尔邦巴特那附近。 育王，即阿育王。意为无忧王。摩揭陀国孔雀王朝国王。于公元前 27 年统一全印度。初奉婆罗门教，肆意杀戮，后改信佛教，兴慈悲，施仁政，在国内建八万四千大寺及宝塔，派宣教师四方传法。

⑤“北至”二句：毘耶离城，古印度大城市。在今比哈尔邦首府巴特那北面。维摩诘居士居住地。佛陀曾在此活动，灭度后在此进行第二次经典结集。 维摩方丈，维摩诘居士的居室。维摩诘是毘耶离城的富

商，家庭美满，他又在家虔诚修行，精通佛法，宣扬教义，被称为大菩萨，深得佛陀尊重。方丈指佛寺长老的居室。

⑥ 拘尸那城：古印度末罗国都城。佛陀涅槃之地。在今印度北方邦。多罗：也作贝多罗。即贝多树，形似棕榈，叶长稠密，久雨不漏。叶可供书写，称贝叶。 聚落：村落，聚居地。

⑦ 泥波罗国：古印度国名。在今尼泊尔附近。

⑧“又至”四句：有研究者认为，继业是从尼泊尔经吐蕃(西藏地区腹地)再入汉界，这是初唐僧人即已开辟的一条路线，故称“故道”（参见霍巍《宋僧继业西巡归国路径“吉隆道”考》，载《史学月刊》2020年第8期)。该文认为，“磨逾里”或是藏文史料中的“芒域”，即今西藏日喀则地区吉隆县；“三耶寺”或是西藏佛教古寺“桑耶寺”。

⑨ 宴驾：帝王之死的婉称。宴，同“晏”。

⑩ 梵夹：此指佛书。早期以贝叶为纸写成，贝叶重叠，用板木相夹，以绳穿结，故称“贝叶装”或“梵夹装”。

⑪ 环翊：拱卫，环抱。

【译文】

又向北十五里，有那烂陀寺。此寺的南北方向，各有几十座寺庙，寺门都朝西开。其北面，有四佛座。

又向东北十五里，到达乌岭头寺。向东南五里，有观音菩萨像。

又向东北十里，到达伽湿弥罗汉寺。此寺南面距离汉人寺庙八里左右。从汉人寺庙向东走十二里，到达却提希山。

又向东七十里，有鸽寺。向西北五十里，有支那西寺，古代的汉人寺庙。向西北百里，到达花氏城，阿育王原来的都城。从这里渡河，北面到达昆耶离城，有维摩诘居士居室的遗迹。

又到达拘尸那城及多罗聚落。越过多重大山，到达泥波罗国。

又到达磨逾里，经过雪岭及三耶寺。由旧路从这里进入阶州。

此时太祖已经驾崩，太宗即位。继业去到朝廷进献所得到的佛书、舍利等物品，太宗下诏命他选择名山继续修习佛教。于是继业登上峨眉山，向北眺望牛心，群峰环抱，就造僧庵居住下来，不久建起寺院。继业享年八十四岁而圆寂。

出牛心，复过中峰之前，入新峨眉观。自观前山开新路，极峻斗下①。冒雨以游龙门，竭蹶数里②，欻至一处，涧溪自两山石门中涌出，是为龙门峡也。以一叶舟棹入石门，两岸千丈岩壁，色如碧玉，刻削光润。入峡十余丈，有两瀑布各出一岩顶，相对飞下嵌根③，有盘石承之，激为飞雨，溅沫满峡④，舟过其前，衣皆沾洒透湿。又数丈，半岩有圆龛，去水可二丈，以木梯升之，即龙洞也。峡中绀碧无底⑤，石寒水清，非复人世。舟行数十步，石壁益峻，水益湍，亟回棹。舟人云："前去更奇。"以雨大作，加飞瀑沾濡，暑肌起粟，骨惊神僕⑥，凛乎其不可以久留也。

昔尝闻峨眉双溪，不减庐山三峡。前日过之，真奇绝。及至龙门，则双溪又在下风。盖天下峡泉之胜，当以龙门为第一。要之游者自知，未之游者，必以余言为过。然其路险绝，乱石当道，将至峡，必舍舆，蹑草履，经营踬步于槎牙兀臬中⑦，方至峡口。盖大峨峰顶天下绝观，蜀人固自罕游，而龙门又胜绝于山间，游峨眉者，亦罕能到。非好奇喜事、忘劳苦而不惮疾病者，不能至焉。

复寻大路出山。初夜⑧，始至县中。

【注释】

① 斗下：陡直朝下。斗，通"陡"，突然。

② 竭蹶：颠仆倾跌，行步匆遽。

③ 嵌根：崖岸底部。

④ 洙：疑当为“珠”，或“沫”。

⑤ 绀碧：深青带红色。

⑥ 骨惊神僼(sǒng)：心惊神惧。僼，同“愯”，恐惧。

⑦ 蹞步：即“跬步”，古人行走，举足一次为跬，两次为步。 槎(chá)牙：错落不齐。 兀臬：动摇貌。

⑧ 初夜：初更。约下午八点。

【译文】

离开牛心寺从原路返回，再重新经过中峰院之前，进到新峨眉观。从观前的山中开一条新路，极其险峻陡直向下。冒雨游览龙门，跌跌撞撞行过几里，忽然来到一处，涧水从两山石门中奔涌而出，这就是龙门峡。乘一艘小船划入石门，两岸千丈高的峭壁，颜色如同碧玉，似刀削般的光洁润泽。入峡十多丈远，有两条瀑布各从一座岩顶面对面飞落下崖底，有大石块承接着，激起水花像飞雨，溅落的水珠布满峡中，小船经过面前，衣服都沾水湿透。又向前几丈，岩壁一半处有圆形的壁龛，离水面约二丈，用木梯攀爬上去，就是龙洞。山峡中深青带红不见底，石冷水清，不再像人世间。小船再行几十步，石壁更为高峻，水流更为湍急，立即掉头返回。船家说：“向前景物更奇特。”因为忽降大雨，加上飞溅的瀑布沾湿全身，暑天身上发抖，心惊神惧，感觉敬畏而不能久留了。

往日曾听闻说，峨眉山的双溪，不比庐山、三峡差。前些天经过，真称得上奇妙非常。等到了龙门，则双溪又处于下风了。天下峡谷山泉的胜景，应当推龙门峡为第一。总之游览过的人自己明白，没有游过的一定认为我的话过分了。然而它的山路险峻无比，乱石当路，接近峡谷，必须舍弃轿子，蹬上草鞋，在高低不平的山路上步行，才能到达峡口。因此大峨山峰顶的天下奇观，蜀地人自己本来就少人游观，而龙门峡又是山中最佳的景色，游览峨眉山的人也少有人到。不是猎奇好事、不怕劳苦疾病的人，不可能来到这里。

再寻找大路出山。初更时分，才回到峨眉县城。

【录诗】

《龙门峡》：插天千丈两碧城，中有玉堑空岩扃。瀑流悬布不知数，乱落嵌根飞白雨。瑶琨为室云为关，龙君所居朱夏寒。不辞击棹更深入，万一龙惊雷破山。(《石湖居士诗集》卷十八)

己亥。发峨眉。晚，至嘉州[①]。

庚子、辛丑。皆泊嘉州。

壬寅。将解缆。嘉守王亢子苍留看月榭[②]。前权守陆游务观所作，正对大峨，取李太白“峨眉山月半轮秋，影入平羌江水流[③]”之句。郡治乃在山坡上。正堂之偏，有孙真人祠[④]。祠前有丹井；又有石洞，亦有水声如东丁，号鸣玉洞。

食后，发嘉州。监司太守前路相别[⑤]。宪司吏独棹叶舟[⑥]，过佛头滩，覆于望中。子侄船上重下轻，屡欹侧不免，议易舟。仅行二十里，至王波渡宿。

蜀中称尊老者为波[⑦]，祖及外祖皆曰波，又有所谓天波、日波、月波、雷波者，皆尊之之称。此王波盖王老或王翁也。宋景文尝辩之[⑧]，谓当作“皤”字。鲁直贬涪州别驾[⑨]，自号涪皤，或从其俗云。

癸卯。发王波渡，四十里至罗护镇。岸有石如马，村人常以绳縻之，云不然为怪。百里至犍为县。县有江楼，甚高爽，下临长川。过县二十里，至下坝宿。

【注释】

① 嘉州：南宋隶成都府路，庆元间改嘉定府。辖龙游、夹江、犍为、峨眉、洪雅五县，治龙游(今四川乐山)。

② 月榭：赏月的台榭。

③“峨眉”二句：出自李白《峨眉山月歌》。平羌江，即青衣江。

④ 孙真人：即孙思邈。

⑤ 监司：宋代诸路转运使，负监察之责。

⑥ 宪司：宋代诸路的提点刑狱司。负责调查疑案，劝课农桑，考核官吏。

⑦ 尊老：指年高的长辈。

⑧ 宋景文：即宋祁（998—1061），字景文，安州安陆（今属湖北）人。与兄宋庠齐名。天圣二年进士。官至工部尚书。与欧阳修同修《新唐书》。

⑨ 涪州：南宋隶夔州路，辖涪陵、乐温、武龙三县，治涪陵（今四川涪陵）。　别驾：州郡长官的佐史。

【译文】

己亥（二日）。从峨眉县出发。晚间到达嘉州。

庚子（三日）、辛丑（四日）。都停泊在嘉州。

壬寅（五日）。即将解缆出发，嘉州知州王亢字子苍挽留游赏月榭。这是前任代理知州陆游字务观所建，正对大峨山，取名于李白诗句“峨眉山秋天半圆的月亮，倒映在平羌江水中流去”。州郡的治所在山坡上。正堂的边上，有孙真人祠。祠前有炼丹取水之井，又有石洞，也有水声如同东丁，号称鸣玉洞。

午餐后，从嘉州出发。转运使、知府在前方路上告别。提点刑狱司属吏独自驾一条小船，经过佛头滩，倾覆在视野中。子侄辈所乘船上重下轻，难免屡次倾斜，商议换船。只行进了二十里。到达王波渡宿夜。

蜀中称呼年高的长辈为波，祖父和外祖父都叫波，又有称为所谓天波、日波、月波、雷波的，都是尊敬他们的称呼。这个王波应该是王老或王翁吧。宋祁曾为之论辩，说应当作“皤”字。黄庭坚被贬为涪州别驾，自己号称“涪皤”，或许是依从当地的习俗吧。

癸卯（六日）。从王波渡出发，船行四十里到达罗护镇。岸边有石头像马匹，村里人经常用绳子拴住它，说不这样的令人奇怪。船行百里到达犍为县。县中有座江楼，十分高大轩敞，下面对着长河。经过犍为县二十里，到达下坝宿夜。

【录诗】

《别后寄题汉嘉月榭》：陆务观所作。同年，谓王子苍。万景，嘉州酒名。湖亭，明月湖也，在州治前。方作旗亭月榭，正直大峨，取太白峨眉山月之语以名。旁有一岩，景趣尤佳，子苍欲作楼未果。隐吏诗情卜筑幽，同年惜别劝淹留。试倾万景湖亭酒，来看半轮江月秋。川路虽长犹共此，夜船空载且归休。丘岩胜处频回首，好事谁能更小楼。(《石湖居士诗集》卷十八)

《既离成都故人送者远至汉嘉分袂其尤远而相及于峨眉之上者六人范季申郭中行杨商卿嗣勋李良仲谭德称口占此诗留别》：我本住林屋，风吹来锦城。锦城亦何乐？所乐多友生。相从不知久，相送不计程。横绝峨眉巅，欲去有余情。吾宗盖难弟，李郭人中英，二杨懿文德，谭子资粹清。相视心莫逆，剧谈四筵轻。明朝各回首，云水相与平。我今投绂去，行且扶藜耕。凄凉别知赋，慷慨结客行。后会岂不好，路长恐寒盟。诸贤乃不凡，骨相有功名。大厦罩群木，明廷朝万灵。王畿坦如砥，结绶当同登。道傍石湖水，谁能叩柴荆。梦中傥相见，秉烛听残更。(同上)

《犍为江楼》：河边堵立看归篷，三老开头暮欲东。涨水稠滩连峡内，浅山浮石似湘中。无人驿路榛榛草，有客江楼浩浩风。种落尘消少公事，胜裁新语寄诗筒。县令师永锡同年能诗。(《石湖居士诗集》卷十九)

卷　下

甲辰。发下坝。百里，至叙州宣化县[①]。百二十里，至叙州，才亭午[②]。叙，古戎州也。

山谷谪居在小寺中，号大死庵。后人就作祠堂，并裒墨迹刻其中[③]。方山谷谪居时，屡有锁江亭诗[④]，今江上旧基，别作新亭，颇如法锁江者。

旧戎州在对江平坡之上，与夷蛮杂处[⑤]。马湖江自夷中出，合大江。夷自马湖舟行，必过旧州下，故联锁于江口，以防其出没。今徙州治于南岸，而锁江之名犹存，犹置锁中流，但拦税而已[⑥]。

旧州有《韦皋纪功碑》[⑦]，巍然在荒榛中。对江诸夷皆重屋，林木蔚然，盛暑犹荷毡以观客舟之过江。

两岸多荔子林。郡酝旧名“重碧”，取杜子美《戎州》诗“重碧拈春酒，轻红擘荔枝”之句[⑧]。余谓“重”字不宜名酒，为更名“春碧”。印本“拈”或作“酤”，郡有碑本，乃作“粘”字。

【注释】

① 叙州：南宋隶潼川府路，辖宜宾、南溪、宣化、庆符四县，治宜宾（今四川宜宾）。　宣化县：古县名，在今四川宜宾蕨溪镇北。

② 亭午：正午。

③“山谷谪居”四句：黄庭坚北宋绍圣初因修史被贬涪州，移戎州安置，自号涪翁。　裒：辑集。

④ 锁江亭诗：如黄庭坚《锁江亭酌酒》："山绕楼台钟鼓晚，江触石矶砧杵鸣。锁江主人能致酒，愿渠久住莫终更。"

⑤ 夷蛮：古代对东方和南方各少数民族的泛称。

⑥ 拦税：在途中设卡征税。

⑦ 韦皋(745—805)：字城武。唐代京兆万年(今陕西西安)人。唐德宗时抗击泾原叛军有功，授奉义节度使。后入朝为左金吾卫大将军，出任剑南西川节度使，总镇川蜀。官至同平章事、检校太尉等，封南康郡王。卒谥忠武。他出镇蜀地二十一年，联合南诏、东蛮打击吐蕃，保障西南边陲安定，重启南方丝绸之路，推动唐代与南亚、东南亚交流。

⑧"重碧"二句：出自杜甫《宴戎州杨使君东楼》。重碧，深绿色。 拈酒，唐代口语，指拿起酒杯吃酒。 轻红，荔枝色淡红，故借指荔枝。

【译文】

甲辰(七日)。从下坝出发。舟行百里，到达叙州宣化县。再行一百二十里，到达叙州，方才正午时分。叙州就是古代的戎州。

黄庭坚当年谪居在一座小寺院中，名叫大死庵。后人就在此处建起祠堂，并辑集他的墨迹刻在祠堂中。当年黄庭坚谪居在叙州时，多次作有关于锁江亭的诗，如今江边旧址上，另筑起新亭，很像效法锁江的样子。

旧时戎州建在岷江对岸的平坡之上，与少数民族夷人混杂居住。马湖江从夷地流出，汇入岷江。夷人乘舟从马湖江出行，必须经过戎州，因而朝廷将其锁闭在江口，防止其出没异动。如今叙州城搬迁到南岸，而"锁江"的名称还在，就如同在岷江中安置一把锁，只是起到设卡征税的作用。

旧时戎州建有《韦皋纪功碑》，巍然矗立在杂乱丛生的草木中。江对面各夷族都住在楼房中，四周林木茂密，夷人盛暑天还顶着毛毡观看载客的舟船渡过岷江。

岷江两岸多有荔枝树林。郡酿名酒改用旧称"重碧"，取自杜甫在戎州的诗句"端起装着深绿色春酒的酒杯，剥开泛着淡红色果皮的荔枝。"我认为"重"字不适合用于酒名，为它改为"春碧"。刊印本"拈"字有的写作"酤"，郡中有碑刻本，则是写作"粘"字。

【录诗】

《宣化道中》：瘦草萧疏已似秋，盘陀山骨束江流。两崖若不顽如铁，争得狂澜拍岸休。(《石湖居士诗集》卷十九)

《将至叙州》：乱山满平野，涨水豪大川。仄径无辙迹，疏林有炊烟。山农旦烧畬，蛮贾暑荷毡。穷乡足荒怪，打鼓催我船。(同上)

《七夕至叙州登锁江亭山谷谪居时屡登此亭有诗四篇敬用其韵》：水口故城丘垄平，新亭乃有緪铁横。旧戎州在对江山趾，下临马湖蛮江路，蛮自江出，必过城下，故置锁以为限。今迁城过江，已失形胜，而犹于亭锁江，特以拦税而已，非本旨也。归艎击汰若飞渡，一雨彻明秋涨生。东楼锁江两重客，笔墨当代俱诗鸣。我来但醉春碧酒，星桥脉脉向三更。郡酝旧名重碧，取杜子美《东楼》诗"重碧沽春酒"之句，余更其名春碧，语意便胜。(同上)

乙巳。发叙州。十五里，有南广江来合大江，通百二十里，至南溪县。四十五里，至泸州江安县[①]。道中有滩，号张旗三滩。谓湍势奔急，张旗之顷，已过三滩也。百二十里，至泸州，方申时[②]。

大雨中不暇登眺。泸虽近年以为帅府，井邑草草，不成都会，亦以密迩夷蛮故也[③]，然在汉已为江阳县矣。

蜀中惟泸、叙之城皆以屋盖之，极类广西。叙多颓圮，泸独全好，然犹不及桂林之壮。泸、叙对江即夷界。近城有渡泸亭，竟不知诸葛孔明的从何处渡[④]。或云叙正对马湖江，马湖入诸夷路，当自彼渡也。

丙午。泊泸州。登南定楼[⑤]，为一郡佳处。前帅晁公武子止所作[⑥]，下临内江。此水自资、简州来合大江。城上有来风亭，瞰二江合处，于纳凉最宜，梁介子辅所作[⑦]。子辅盖得末疾于斯亭，竟以不起，亭名疑谶云[⑧]。

丁未。将解维，泸帅马骐德骏移具江亭。比散，风起，日亦曛[⑨]，不可行。

【注释】

① 泸州：西汉为江阳县，梁代始置泸州，南宋隶潼川府路，下辖泸川、江安、合江三县。治泸川，在今四川泸州。　江安县：即今四川江安。

② 申时：下午三至五点。

③ 密迩：贴近，靠近。

④“近城”二句：建兴三年(225)春，诸葛亮率军南征，讨伐雍闿、孟获，至秋天平定叛乱，稳定南中，为北伐奠定了基础。其《后出师表》有“五月渡泸，深入不毛，并日而食”的记载。的，确实，真正。

⑤ 南定楼：在州治，取诸葛亮《出师表》中语命名。

⑥ 前帅晁公武：晁公武(1105—1180)，字子止。济州巨野(今山东菏泽)人。绍兴二年进士。曾任四川安抚制置使、兴元府知府、成都知府等。官至吏部侍郎。家富藏书，撰有书目《郡斋读书志》。

⑦ 梁介：字子辅，成都双流人。绍兴二十七年进士。曾任四川宣抚使参议官、泸州知州、泸州安抚使等职。

⑧ 末疾：四肢疾患。　谶：谶语，预言，将来会应验的话。

⑨ 曛：天色昏暗，黄昏。

【译文】

乙巳(八日)。从叙州出发。舟行十五里，有南广江流来汇入岷江，总计一百二十里，到达南溪县。再行四十五里，到达泸州江安县。途中遇滩，叫张旗三滩。说是江流奔腾，水势湍急，张起旗帜的顷刻之间，已经行过三滩了。又行一百二十里，到达泸州，才刚到申时。

恰逢大雨，来不及登高远眺。泸州虽然近年来作为帅府，然而市井城池十分简陋，没有大都会的样子，恐怕也是因为靠近夷蛮之地的缘故吧，其实这里在汉代时已经是江阳县城了。

蜀地中只有泸州、叙州的城头都用房屋覆盖，很像广西。叙州的城楼已经坍塌毁坏，泸州则独独完好如旧，然而还是不及桂林的壮观。泸州、叙州两地隔江即对着夷人地界。城边有座渡泸亭，但竟然不清楚当年诸葛亮究竟从哪里渡泸的。有人说叙州正对着马湖江，马湖正是进入夷地的通道，应当是在那里渡江的。

丙午（九日）。停泊在泸州。登上南定楼，这是一州中最佳之处。前安抚使晁公武所建，下临内江。内江从资州、简州流来汇入岷江。城楼上有来风亭，可俯瞰两江汇合处，此地最适合纳凉，前知州梁介所建。梁介就在此亭患上四肢疾病，最终不治，怀疑亭名就是谶语。

丁未（十日）。将解缆启程，泸州安抚使马骐字德骏设宴江边亭中。待到宴散时，刮起大风，天色昏暗，不能启行。

【录诗】

《江安道中》：近泸州最险处，号张旗三滩，言张旗之顷，已过三滩，其湍急如此。泸、戎之间有渡泸亭，然不知孔明竟出何路？今锁江对岸废城，下临马湖，有韦皋纪功碑，岿然荒榛中，疑此或是古迹。秾绿连村荔子丹，瘴云将雨暗前湾。张旗且喜三滩驶，叱驭曾惊九折艰。泸水舟间迷古渡，马湖碑缺伴荒山。威名功业吾何有，无事飘飘犯百蛮。（《石湖居士诗集》卷十九）

《泸州南定楼》：归艎东下兴悠哉，小住危阑把一杯。楼下沄沄内江水，明朝同入大江来。（同上）

戊申。发泸州。百二十里，至合江县。对岸有庙曰登天王，相传为吕光庙。事苻坚，以破虏将军平蜀有功，后其子绍即天王位，登天之名或以此[①]。舟人至县，皆上谒，以鱼为享，无即以鲊[②]。又以鸠摩罗什从祀而享以饼饵[③]。

又有刘仙观，在对江安乐山。刘仙名珍，隋开皇时人[④]。山中出天符木叶[⑤]，上有篆文，如道士书符，人采以相赠遗。

蜀中送客至嘉州归尽，独杨商卿父子、谭季壬德称三人送至此[⑥]，逾千里矣，乃为留一宿以话别谭季壬一作季士。

【注释】

①“对岸”六句：吕光(337—399)：字世明，略阳郡临渭县(今甘肃秦安)人，羌族。前秦名将，后凉开国君主。以举贤良入仕，深得苻坚、王猛赏识。建元十五年(379)以破虏将军之职率军入蜀，平定李乌叛乱。苻坚兵败被杀后，吕光率军扫平河西，称雄西北，麟嘉八年(396)即天王位，国号大凉。龙飞四年(399)传位太子吕绍。

②“以鱼”二句：享，祭献。 鲊，腌鱼。

③ 鸠摩罗什(343—413)：后秦高僧，佛经翻译家。出身天竺望族，七岁随母出家，博读大小乘经论，名闻西域。吕光攻灭龟兹，劫罗什滞留凉州十六年。后秦姚兴迎罗什入长安，主持译经，译出《大般般若经》《妙法莲华经》《维摩诘经》《金刚经》和《中论》《大智度论》等大量佛教经论。 从祀：配享，陪祭。 饼饵：饼类食物。

④ 刘珍：隋代道士。什邡(今属四川)人。开皇十九年(599)在安乐山修道，后成仙飞去。隋文帝遣使访问其事迹，并诏修安乐观等。

⑤ 天符：道教称上天的符命。

⑥ 杨商卿父子：杨光，字商卿，遂宁(今属四川)人。淳熙年间曾任知富顺监。其子杨辅，字子容。父子均与范成大交好。 谭德称：即谭季壬，字德称，陵井(今四川仁寿)人。曾任崇庆府学教授。与陆游、范成大交好。

【译文】

戊申(十一日)。从泸州出发。舟行一百二十里，到达合江县。对岸有座叫登天王的寺庙，相传是前秦吕光的庙。吕光臣事前秦天王苻坚，以破虏将军的身份率军平定蜀地立功，后来它的儿子吕绍继承天王之位，登天的名字或许由此而来。舟船上的乘客到合江县都去拜谒，用鲜鱼作为祭献品。没有就用腌鱼。又用鸠摩罗什作为陪祭，而奉上米饼。

又有刘仙观，在对江安乐山上。刘仙名珍，隋代开皇年间人。山中产有带着上天符命的树叶，上面写着篆文，好像道士的画符，人们采来相互馈赠。

蜀中送行的宾客到嘉州都已返回，只有杨商卿父子和谭季壬字德称三人一直送到合江，行程已超过千里了。于是为他们在合江留宿一夜话别。

【录诗】

《题谭德称扇》：德称与杨商卿父子，送余远至泸之合江，以扇求诗，各为题一绝。蛮风吹雨瘴江肥，短草荒山鸟不飞。尽是泸南肠断句，如今分与故人归。（《石湖居士诗集》卷十九）

《题杨商卿扇》：君归我去两销魂，愁满千山锁瘴云。后夜短檠风雨暗，谁能相伴细论文。（同上）

《题杨子容扇》：双竹轩窗听读书，垂天云翼要抟扶。与君只作三年别，射策东来过石湖。（同上）

《谭德称杨商卿父子送余自成都合江亭相从至泸南合江县始分袂水行逾千里作诗以别》：合江亭前送我来，合江县里别我去。江流好合人好乖，明日东西南北路。千里追随不忍归，一杯重把知何处？临岐心曲两茫然，但祝频书无别语。（同上）

《发合江数里寄杨商卿诸公》：临分满意说离愁，草草无言只泪流。船尾竹林遮县市，故人犹自立沙头。（同上）

己酉。发合江。二百四十里，至恭州江津县[①]。二十里，过渔洞，宿泥培村。

庚戌。发泥培。六十里，至恭州。自此入峡路[②]。大抵自西川至东川，风土已不同，至峡路益陋矣。恭为州乃在一大磐石上，盛夏无水土气，毒热如炉炭燔灼，山水皆有瘴，而水气尤毒[③]。人喜生瘿，妇人尤多。自此至秭归皆然④。承平时谓之川峡，自不同年而语。军兴，置大帅司，始总名四川⑤。然法令科条，犹称川峡。

泊舟小憩报恩寺，热亦不可逃。生平不堪暑，未有如此日者。

【注释】

① 恭州江津县：恭州南宋隶夔州路。秦时置巴郡，蜀汉时属益州，曹魏属梁州，梁代置楚州，唐代你为渝州，北宋崇宁间改恭州，南宋光宗时因为潜邸升重庆府。下辖巴县、江津、壁山，治巴县。

② 峡路：指峡谷中的道路和航道。

③ 无水土气：指水文、气候、土壤等生态环境极差。 毒热：酷热。 燔灼：烧灼。 瘴：瘴气，古人认为热带山林湿热蒸郁是致人疾病的毒气。

④ 瘿：颈瘤，俗称大脖子，如甲状腺肿大等。 秭归：县名，在今湖北宜昌。

⑤ 承平时：太平年代。此指北宋时期。 军兴：指宋金开战。 大帅司：宋代诸路置安抚司，称帅司，掌管一路军政。后又设制置使司，统辖数路军务，为大帅司。 四川：四川地区北宋置川峡路，后分设西川路（又分为益州路和利州路）和峡西路（又分为梓州路和夔州路），总称四川，设四川制置使，为四川得名之始。南宋改益州路为成都府路，梓州路为潼川府路，分利州路为利州东、西路，夔州路不变。

【译文】

己酉（十二日）。从合江出发。舟行二百四十里，到达恭州江津县。又行二十里，经过渔洞，夜宿泥培村。

庚戌（十三日），从泥培村出发。舟行六十里，到达恭州。从此航道进入峡谷中。大致上从西川到东川，环境习俗已经不同，进入峡谷就更加粗陋了。恭州州治建在一块大石头上，盛夏之时生态环境极差，酷热像炉中炭火烧灼，山水之间氤氲着毒气，而水气尤有毒害。此地人常生颈瘤，妇女尤其多。从这里到秭归一带都是这样。北宋时期这里称为川峡路，自然与今日不可相比。宋、金开战以来，设置四川制置使，才开始总称四川。但是朝廷法律条令，仍用旧称川峡。

在报恩寺停船稍作休息，但酷热仍难逃避。平生不能忍受的暑热，没有可与这天相比的。

【录诗】

《过江津县睡熟不暇梢船》：西风扶橹似乘槎，水阔滩沉浪不花。梦里竹间喧急雪，觉来船底滚鸣沙。（《石湖居士诗集》卷十九）

《恭州夜泊》：草山硗确强田畴，村落熙然粟豆秋。翠竹江村非锦里，青溪夜月已渝州。小楼高下依盘石，弱缆西东战急流。入峡初程风物异，布裙跣妇总垂瘤。（同上）

辛亥。发恭州。嘉陵江自利、阆、果、合等州来合大江。百四十里，至涪州乐温县①。有张益德庙。大观中赐额“雄威”，绍兴中封忠显王②。蒲氏墨旧出此县，大韶死久矣，其族人犹卖墨，不复能大佳，亦以贱价故也③。

七十里，至涪州排亭之前。波涛大汹，渍淖如屋，不可稍船④。过州，入黔江泊。此江自黔州来合大江。大江怒涨，水色黄浊。黔江乃清泠如玻璃，其下悉是石底。自成都登舟，至此始见清江。涪虽不与蕃部杂居，旧亦夷俗，号为四人。四人者，谓华人、巴人及廪君与盘瓠之种也⑤。

自眉、嘉至此，皆产荔枝。唐以涪州任贡。杨太真所嗜，去州数里，有妃子园⑥，然其品实不高。今天下荔枝，当以闽中为第一，闽中又以莆田陈家紫为最⑦。川、广荔枝生时，固有厚味多液者，干之肉皆瘠，闽产则否。

【注释】

① 涪州乐温县：涪州南宋隶夔州路，下辖涪陵、乐温、武隆三县。治涪陵（今四川涪陵）。 乐温：今四川长寿。

②“有张益德”三句：张益德，即张飞（？—221）字益德，又作翼德，涿郡（今河北涿州）人。三国时蜀汉名将。 大观，宋徽宗年号，1107 至 1110 年。 张益德庙在乐温县之西，濒临岷江。

③“蒲氏墨”五句：蒲氏墨发明者为蒲大韶，字舜美，涪州乐温人。得墨法于黄庭坚，所制墨精美无比，为东南士大夫所乐用。其子蒲知微传其法。

④“七十里”五句：排亭，江岸供停泊、装卸所用的临时码头。 渍淖（fèn nào），漩涡。范成大《刺渍淖诗序》：“渍淖，盘涡之大者，峡江水壮则有之，有大如一间屋。” 稍船，即梢船。指停船。

⑤ 廪君：古代巴郡、南郡氏族首领名，也用以称其族。 盘瓠：泛指南方少数民族。

⑥ 妃子园：在州之西离城十五里处，荔枝树百余株，颗大肉肥，唐代杨贵妃喜爱。“一骑红尘妃子笑，无人知是荔枝来”，说的就是这里。

⑦ 陈家紫：又称陈紫，荔枝名品之一。相传为宋代兴化军陈琦家所产，色泽鲜紫。参见蔡襄《荔枝谱》卷二、洪迈《容斋四笔》“莆田荔枝”。

【译文】

辛亥（十四日）。从恭州出发，嘉陵江流经利州、阆州、果州、合州等地来汇入岷江。舟行一百四十里，到达涪州乐温县，此地有张飞庙，北宋大观年间被赐“雄威”匾额，南宋绍兴年间被封忠显王。蒲氏墨原先产于此县，蒲大韶去世已久，他的族人还在卖墨，品质不再能达到精良，也是因为价格低廉的缘故吧。

从乐温舟行七十里，到达涪州排亭之前。这里波涛汹涌，漩涡大如屋，不能停船。经过涪州，进入黔江停泊。黔江从黔州流来汇入岷江。岷江水暴涨时，水色黄浊，黔江则是清泠如同玻璃，水底都是岩石。从成都登船，到这里才见到清澈的江水。涪州虽然不同外族部落杂居，原先也是夷地风俗，被称为“四人”。所谓“四人”，指汉人、巴地人以及廪君和盘瓠的后代。

从眉州、嘉州到这里，都出产荔枝。唐代以涪州担任进贡。杨贵妃特别喜爱，离州治几里外有妃子园，但那里荔枝的品质其实并不高。如今天下的荔枝，应以闽地所产为第一，闽地又以莆田陈家紫为最佳。四川、两广的荔枝结果时，固然有味浓汁多的，晒干后果肉都瘠薄，闽地所产则饱满。

【录诗】

《大热泊乐温有怀商卿德称》：暑候秋逾浊，江流晚更浑。瘴风如火焮，岚月似烟昏。城郭廪君国，山林妃子园。故人新判袂，得句与谁论。(《石湖居士诗集》卷十九)

《涪州江险不可泊入黔江檥舟》：黄沙翻浪攻排亭，濆淖百尺呀成坑。坳洼眩转久乃平，一涡熨帖千涡生。篙师绝叫驱川灵，鸣铙飞渡如奔霆。水从岷来如浊泾，夜榜黔江聊濯缨。玻璃彻底镜面清，忽思短棹中流横，钓丝随风浮月明。(同上)

《妃子园》：涪陵荔子，天宝所贡，去州里所有此园。然峡中荔子，不及闽中远甚，陈紫又闽中之最也。露叶风枝驿骑传，华清天上一嫣然。当时若识陈家紫，何处蛮村更有园？(同上)

壬子。发涪州。过群猪滩，既险且长。水虽大涨，乱石犹森然。两傍他舟皆荡兀[①]，惊怖号呼。

百二十里，至忠州酆都县[②]。去县三里，有平都山仙都道观，本朝更名景德[③]。冒大暑往游，阪道数折，乃至峰顶。碑牒所传，前汉王方平、后汉阴长生皆在此山得道仙去[④]。有阴君丹炉及两君祠堂皆存。祠堂唐李吉甫所作[⑤]，壁亦有吉甫像。有晋、隋、唐三殿，制度率痹狭[⑥]，不突兀，故能久存。壁皆当时所画，不能尽精，惟隋殿后壁十仙像为奇笔，丰臞妍怪，各各不同，非若近世绘仙圣者一切为靡曼之状也[7]。晋殿内壁亦有溪女等像，可亚隋壁。殿前浴丹池，不甚甘凉。

满山古柏大数围，转运司岁遣官点视[8]。相传为阴君手种。余以成都孔明庙柏观之，彼止刘蜀时物，乃大此数倍。然段文昌《修观记》已云“峭壁千仞，下临沸波，老柏万栽，上荫峰顶”[9]，段时已称老柏，或真阴君所植，直差瘦耳。阴君以炼丹济人为道业，其法犹传，知石泉军章森德茂家有阴丹甚奇[10]，即阴君丹法也。

观中唐以来留题碑刻以百数，暑甚不暇遍读。道家以冥狱所寓为酆都宫，羽流云此地或是[11]。

晚行数十里，至竹平宿。

【注释】

① 荡兀：颠簸，震荡。

② 忠州酆都县：忠州，南宋隶夔州路，下辖临江、垫江、酆都、南宾、龙渠五县，治临江（今重庆忠县）。酆都，在今重庆丰都。

③“去县”三句：平都山，相传东汉阴长生在此山升仙，有其炼丹遗迹。 仙都观，亦称白鹤观，宋代更名景德宫。在平都山，林木茂密，夹路翠柏数万株，其中老柏十余株。

④ 王方平：即王远，字方平，东汉东海郡（今山东郯县）人。精研天文、谶纬之学。举孝廉，授官郎中。后弃官入山学道，桓帝时屡征不就。曹魏时在平都山飞升。 阴长生：东汉新野（今属河南）人。出身富贵之门，不慕荣位，潜身隐居，专务道术。入武当山向马鸣生学度世之道，率妻子周游天下，全家长生不老。后于平都山白日升天。二人事迹均见葛洪《神仙传》。

⑤ 李吉甫（758—814）：字弘宪，赵郡赞皇（今属河北）人。唐代政治家、地理学家。李德裕之父。以门荫入仕，曾任忠州刺史，元和年间两

次拜相。

⑥ 制度：指规模。　痹狭：同“卑狭”。低矮狭窄。

⑦“惟隋殿”四句：丰癯妍怪，指形象丰满、清瘦、妍丽、怪异。靡曼，华美，华丽。

⑧ 转运司：宋代各路掌管财赋、监察州官的长官称转运使，其官衙称转运司。

⑨ 段文昌：773—835年在世，字墨卿，一字景初，西河(今山西汾阳)人。早年入韦皋幕府，历任监察御史、翰林学士等。唐穆宗时拜相，后任西川节度使。　《修观记》：即《修仙都观记》，载《全唐文》卷六一七。

⑩ 石泉军：南宋隶成都府路，下辖石泉、龙安、神泉三县。治石泉(今四川北川)。　章森：字德茂，绵竹(今属四川)人。陆游南郑幕府同僚，后历任大理少卿、权吏部侍郎、知建康府、江陵府、兴元府等。

⑪“道家”二句：道家，此指道教。　冥狱，地狱。　羽流，指道士。

【译文】

壬子(十五日)。从涪州出发。经过群猪滩，既艰险又漫长。虽然江水大涨，江中乱石仍然矗立。两旁的舟船都颠簸不已，舟人都惊恐呼叫。

舟行一百二十里，到达忠州酆都县。离县城三里有平都山，上有仙都道观，我朝更名为景德宫。冒着酷暑前往游览，山路多次回转，才到达峰顶。根据碑文谱牒的记载，东汉王方平、阴长生都在此山得道成仙。山上阴长生炼丹炉以及两人的祠堂都留存着。祠堂为唐代李吉甫所建，墙上也有李吉甫的画像。堂中有晋代、隋代、唐代三座殿，规模低矮狭窄，不高耸突出，因而能长久留存。壁画都是建造时所画，不能都称精良，只有隋殿后壁十位神仙画像可称笔法奇妙，丰满、清瘦、漂亮、怪异，各不相同，不像近代图绘神仙的画师一律将其画成华美的样子。晋殿内壁上也有溪边女子的画像等，比隋殿略差。殿前有浴丹池，池水不够甘甜凉爽。

满山的古柏树粗达几人合抱，转运司每年派官员来点数视察。相传是阴长生亲手栽种。我用成都诸葛亮庙中柏树相比较，那只是三国蜀汉时所栽，却比这里粗几倍。但唐代段文昌所作《修仙都观记》已经说“峭壁高达千丈，下临奔涌波涛，古老柏树万株，顶部荫蔽峰顶”，段文昌时已经称古老柏树，或许真是阴长生所栽，只是稍瘦而已。阴长生以炼丹救人作为善行，他的道术仍然流传，知石泉军章森字德茂家中有丹药十分奇特，就是用的阴长生的道术。

览观中唐以来游客留题的碑刻可用百来计数，暑天太热不能全部读遍。道教将地狱所寄存之处称为酆都宫，道士都说此地或许就是。

夜晚舟行几十里，到达竹平留宿。

【录诗】

《酆都观》：在酆都县后三里平都山，旧名仙都观，相传前汉王方平、后汉阴长生得道处。阴君上升时，五云从地涌出。丹灶古柏皆其故物，晋、隋殿宇无恙，壁画悉是当时遗迹，内王母朝元队仗尤奇。道士云：“此地即所谓北都罗丰所住，又名平都福地也。”神仙得者王方平，谁其继之阴长生。飘然空飞五云軿，上宾寥阳留玉京。石炉丹气常夜明，宠光万柏森千龄。峡山逼仄岷江萦，洞宫福地古所铭。云有北阴神帝庭，太阴黑簿囚鬼灵。自从仙都启岩扃，明霞流电飞阳晶。晖景下堕铄九冰，塞绝苦道升无形。至今台殿栖岭嶙，隋圬唐垩留丹青。十仙怪奇溪女清，瑶池仙仗纷娉婷，琅璈赴节锵欲鸣。我来秋暑如炊蒸，汗流呀气扶枯藤。摩挲众迹不暇评，聊记梗概知吾曾。（《石湖居士诗集》卷十九）

癸丑。发竹平。七十里，至忠州。有四贤阁，绘刘晏、陆贽、李吉甫、白居易像，皆尝谪此州者。又有荔枝楼，乐天所作[①]。

又行五十里，至万州武宁县[②]。八十里，至万州。宿在江滨。邑里最为萧条，又不及恭、涪。蜀谚曰：“益、梓、利、夔最下，忠、涪、恭、万尤卑。”然泝江入蜀者[3]，至此即舍舟而徒，不两旬可至成都，舟行即须十旬。

甲寅。早游西山。万有西山及岑公洞，皆可游。岑叟事见严挺之碑，隋末避地得道[4]。洞隔涨江，不暇往。

西山之麓登阪，及山半，得平地，有泉溢为小湖，作亭堂其上，荷芰充满，四山紫翠环之，亦佳处也。山谷题字极称许之，湖上有烟霏阁，取题中语也[5]。

食顷回，解舟。六十里，至开江口。水自开、达州来合大江。四十里，至下岩[6]。沿江石壁下，忽嵌空为大石屋，即石壁凿为像设[7]，前有瑞光阁，阁上石岩如檐覆之，水帘落岩下排溜阁前[8]，此景甚奇。然此水乃山顶田间灌溉之余，旱则涸矣。阁前有大荔枝两株，交柯蔽映。入蜀道，至此始见荔枝。

岩壁刻字尤多，坡、谷皆有之。坡书殊不类，非其亲迹。寺屋尤弊坏。昔有刘道者创之，刘死，凿岩壁以藏骨，今有石室处可辨也[9]。

四十里，至云安军[10]。又十余里，风作水涌，泊舟宿。

【注释】

①“有四贤阁”五句：刘宴(716—780)，字士安，曹州南华(今山东东明)人。唐代理财家。幼年号称神童，举贤良方正，历任吏部尚书、同中书门下平章事、度支使、铸钱使和盐铁使等。　陆贽，字敬舆，嘉兴人。卒于忠州。参见《入蜀记》卷一六月五日注⑤。　李吉甫：参见上节注⑤。　黄庭坚有《四贤阁记》，称忠州“其地荒远瘴疠，近臣得

罪，多出为刺史、司马。”四贤都曾被贬忠州。 荔枝楼，在州城西南隅，白居易建，有《荔枝楼对酒》诗：“荔枝新熟鸡冠色，烧酒初开琥珀香。欲摘一枝倾一盏，西楼无客共谁尝？” 乐天，白居易字。

② 万州武宁县：万州，南宋隶夔州路，下辖南浦、武宁二县，治南浦（今重庆万县）。武宁县，在今万州武陵镇。

③“然泝江”四句：泝，同“溯”，逆流而上。范成大淳熙二年由桂林入蜀，即自广西经湖南至湖北公安，再舟行长江过三峡至万州，然后陆行赴成都。

④ 西山：距州治二里。 岑公洞：在岷江之南岑公岩，宽六十余丈，深四十余丈，松竹藤萝，蓊蔚葱翠，似神仙洞窟。 岑公名道愿，隋代江陵（今湖北沙市）人。文帝开皇初年因避战乱，沿江溯三峡，至万州山中修炼，以黄精为食，年百余岁。宋神宗时封虚鉴真人。 严挺之：即严浚（673—742），字挺之，唐代华州华阴（今陕西华阴）人。举进士。曾为万州司户参军，官终太子詹事。

⑤“山谷”三句：黄庭坚《留题西山勒封院》称：“僧舍留观重复，出没烟霏之间，光影在水，景物清绝，为夔路第一。”

⑥ 下岩：万州东四十里有石壁沿江，称为下岩，为当时万州一景。

⑦ 像设：供祭祀的人像或神佛之像。

⑧ 水帘：即瀑布。

⑨“昔有”四句：黄庭坚《万州下岩》诗序载，唐末有刘道者，学道于云居膺禅师，是下岩的开岩第一祖，法号道微。自凿石龛，称死就藏龛中。门人遵其命。

⑩ 云安军：南宋隶夔州路，下辖云安一县，在今重庆云阳。

【译文】

癸丑（十六日）。从竹平出发。舟行七十里，到达忠州。有四贤阁，阁中绘有刘宴、陆贽、李吉甫、白居易画像，都是曾经谪居忠州的。又有荔枝楼，白居易所建。

又舟行五十里，到达万州武宁县。再行八十里，到达万州。留宿在岷江边。城中十分萧条，比恭州、涪州更加不如。蜀地谚语说：“益州、梓州、利州、夔州最为下等，忠州、涪州、恭州、万州尤为卑下。”但逆水经岷江入蜀的人，到达这里就弃舟徒步陆行，不到二十天可到达成都，溯江舟行则须一百天。

甲寅（十七日）。早起游览西山。万州有西山和岑公洞，都可以游览。岑公事迹见于严挺之的碑文，隋代末年避乱隐居此地得道。岑公洞因江水高涨而隔绝，没有时间往访。

西山脚下登上山路，半山腰到达一片平地，有山泉涌出成为小湖，湖边建有亭堂等建筑，湖中长满莲菱，四周山坡红紫翠绿环绕，也是好去处。黄庭坚题字非常称赏。湖边有烟霏阁，取用了题字中的词。

一顿饭时间回到江边，解缆出发。舟行六十里，到达开江口。江水从开州、达州流来汇入岷江。行四十里时，到达下岩。沿江石壁之下，忽然挑空成为大石屋，靠着石壁开凿为供奉的像设，前面有瑞光阁，阁顶岩石如同屋檐覆盖着，瀑布垂落岩下的排溜阁之前，这一景象十分奇特。然而此瀑布乃是山顶灌溉田地的余水，旱季就干涸了。阁前面有大荔枝树两株，交错的枝叶遮天蔽日。沿江进入蜀地，到这里才初见荔枝。

岩壁上刻字尤其多，苏轼、黄庭坚的都有。苏轼的书法很不像，不是他的亲笔。寺庙建筑特别破败。从前有叫刘道的创立了寺庙，刘道死后，凿开岩壁收藏他的骨骸，今有石室的地方可以辨认。

舟行四十里到达云安军。再行十多里，风起浪涌，停船留宿。

【录诗】

《万州西山湖亭秋荷尚盛》：丛荟忽明眼，山腰滟湖光。列岫绕云锦，深林护风香。西山即太华，玉井余秋芳。隔江招岑仙，共擘双莲房。(《石湖居士诗集》卷十九)

《下岩》：畴昔中岩一梦残，下岩风景亦高寒。峡中无处堪停棹，雨后今朝始凭阑。不用苦求毫相现，只教长挂水帘看。山僧劝我题苍壁，坡谷前头未敢刊。(同上)

乙卯。过午，风稍息，遂行。百四十里，至夔州[①]。余前年入蜀，以重午至夔，鱼复方涨，八阵在水中，今来水更过之，六十四蕝不复得见，颇有遗恨[②]。

峡江水性大恶[3]，饮辄生瘿，妇人尤多。前过此时，婢子辈汲江而饮，数日后发热，一再宿，项领肿起，十余人悉然。至西川月余，方渐消散。守、倅乃日取水于卧龙山泉[4]，去郡十许里，前此不知也。

丙辰。泊夔州。早遣人视瞿唐，水齐仅能没滟滪之顶[5]，盘涡散出其上，谓之滟滪撒发。人云如马尚不可下，况撒发耶！是夜，水忽骤涨，渰及排亭诸簟舍[6]，亟遣人毁拆，终夜有声，及明走视，滟滪则已在五丈水下。或谓可以侥幸乘此入峡，而夔人犹难之。同行皆往瞿唐祀白帝，登三峡堂及游高斋，皆在关上[7]。高斋虽未必是杜子美所赋，然下临滟滪，亦奇观也。

【注释】

① 夔州：南宋隶夔州路，下辖奉节、巫山二县，治奉节(今重庆奉节)。

②“余前年”七句：前年入蜀，淳熙二年，范成大受任四川制置使、知成都府。 重午，即重五，端午。 鱼复，古县名，在今重庆奉节东白帝城。 八阵，即八阵图。古代用兵的一种阵法。《晋书·桓温传》称“诸葛亮造八阵图于鱼复平沙之下”。 六十四蕝(jué)，八阵图中的六十四个标志。蕝，标志。

③ 峡江：长江自奉节瞿塘峡至湖北宜昌一段，称为峡江。

④ 守倅：指知州及副职通判。 卧龙山：在奉节。上有诸葛武侯祠及寺观。又有泉，极清泠。

⑤ 水齐：水面齐平。 滟滪：即滟滪堆。瞿塘峡口浅滩。

⑥ 撒发(fà)：散开头发。 渰：同“淹”。 排亭：江岸供停泊、装卸所用的临时码头。 簟(diàn)舍：竹席搭成的房舍。

⑦“同行”三句：瞿唐，指瞿唐关。 白帝，指公孙述。 三峡堂，在瞿唐关。 高斋，在白帝城水门边。陆游《渭南文集》卷十七《东屯高斋记》，谓杜甫在夔州，将多处居所命名为“高斋”。有“高斋非一处”之句。

【译文】

乙卯(十八日)。过午时，大风稍平息，于是继续行进。舟行一百四十里，到达夔州。我前年入蜀，于端午到达夔州，鱼复的水位刚开始涨，八阵图没于水中，这次来水势更超过前年，六十四个标志再也看不见，很觉得遗憾。

峡江中水质极差，饮用了就要生颈瘤，妇女中尤其多。前年经过这里时，奴婢之类取江水吃了，几天后发热，再两天后，脖子肿起，十几人都是这样，到西川后一月多，才渐渐消失。知州、通判于是每天从卧龙山泉中取水，离城十几里，此前不知晓这种情况。

丙辰(十九日)。停泊在夔州。早上派人观察瞿塘峡水情，江水平稳，刚没过滟滪堆之顶，漩涡分散出现在江中，称为滟滪堆撒开头发。人们说马匹还不能下水，何况撒开头发呢。这天夜里，江水骤然猛涨，淹到码头上竹席搭成的各种房舍，立即派人拆毁，整夜有声响，到第二天跑去看，滟滪堆已在五丈高的水下。有人说可以凭借侥幸趁此时进峡，而夔州人还觉得为难。同行者都去瞿唐祭祀白帝，登览三峡堂和游览高斋，都在瞿唐关上。高斋虽然不一定是杜甫所描写的，但下临滟滪堆，也是奇观。

【录诗】

《鱼复浦泊舟望月出赤甲山山形断缺如鼍龙坐而张颐月自缺中腾上山顶》：月出赤甲如金盆，蹲龙呀口吐复吞。长风浩浩挟之出，影落半江沉复翻。天高夜静四山寂，惟有滩声喧水门。高斋诗翁不可作，我亦不眠终夕看。(《石湖居士诗集》卷十九)

《夔门即事》：自东川入峡，路至恭州，便有瘿俗。夹岸山悉瘴晓，入夔界，山皆杰然连三峡。夔水不可饮，取之卧龙十里之外。云安麹米春，自唐以来称之，今夔酒乃不佳。峡行风物不堪论，袢暑骄阳杂瘴氛。人入恭南多附赘，山从夔子尽侵云。竹枝旧曲元无调，麹米新篘但有闻。试觅清泠一杯水，筒泉须自卧龙分。(同上)

丁巳。水长未已，辰、巳时，遂决解维。十五里，至瞿唐口，水平如席。独滟滪之顶，犹涡纹瀺灂[1]，舟拂其上以过，摇橹者汗手死心，皆面无人色。盖天下至险之地，行路极危之时，傍观皆神惊，余已在舟中，一切付自然，不暇问，据胡床坐招头处[2]，任其荡兀。每一舟入峡数里，后舟方敢续发。水势怒急，恐猝相遇，不可解拆也。帅司遣卒执旗，次第立山之上下，一舟平安，则簸旗以招后船。旧图云："滟滪大如幞[3]，瞿唐不可触。滟滪大如马，瞿唐不可下。"此俗传"滟滪大如象，瞿唐不可上"，盖非是也。后人立石辩之，甚详。

入峡百余步，南壁有泉，相传行人欲饮水，则叫呼曰人渴也，泉出岩罅，尽一杯而止。舟行速且难梢泊，不暇考也。

峡中两岸，高岩峻壁，斧凿之痕皴皴然[4]，而黑石滩最号险恶。两山束江骤起，水势不及平，两边高而中洼下，状如茶碾之槽，舟楫易以倾侧，谓之茶槽齐[5]，万万不可行。余来，水势适平，免所谓茶槽者。又水大涨，渰没草木，谓之青草齐，则诸滩之上，水宽少浪，可以犯之而行。余之来，水未能尽漫一作没。草木，但名草根齐，法亦不可涉，然犯难以行，不可回首也。

十五里，至大溪口。水稍阔，山亦差远，夔峡之险纾矣[6]。

七十里，至巫山县宿。县人云："昨夕水大涨，滟滪恰在船底，故可下夔峡。至巫峡则不然，则须水退十丈乃可。"是夕，水骤退数丈，同行者皆有喜色。

【注释】

① 瀺灂(chán zhuó)：水流声。

② 胡床：可折叠的轻便坐具。　招头：指船老大。

③ 旧图：指旧时图经，即附有地图的地理志。　襆(fú)：包袱。

④ 皴(cūn)：中国画技法之一，用淡干墨涂染表现山石纹理、峰峦折痕的脉络形态。

⑤ 茶槽齐：指与茶槽齐平。下文青草齐、草根齐即与青草齐平、与草根齐平。

⑥ 夔峡：即瞿塘峡。　纾：纾解，缓解。

【译文】

丁巳(二十日)。江水涨个不停，辰至巳时，决定解缆。舟行十五里，到达瞿唐口，江水平整如同坐席。只有滟滪堆之顶，仍然漩涡波纹，水流声响，舟船从其上越过，摇橹的手心出汗，心灰如死，都面无人色。这是天下最险的地方，行路极危的时刻，旁观者都心惊肉跳，我却已在船上，一切交给大自然，没有时间叩问，跨着折椅坐在船老大的位置，任凭它颠簸震荡。每条船进峡几里后，后方船才敢继续出发。因为水势湍急，恐怕突然相撞，不能避开。夔州路安抚司派兵卒手执旗帜，依次站立在山坡上下，前一条船平安通过，就摇旗招呼后船。旧时图经说："滟滪堆像包袱大，瞿塘峡不可碰触。滟滪堆像马匹大，瞿塘峡不可顺流而下。"此地俗语传说"滟滪堆像大象大，瞿塘峡不可逆流而上"，应是不对的。后人曾立碑争辩，说得很详细。

进峡百余步，南面峭壁上有山泉，相传行人想要喝水，就呼叫说"人渴了"，泉水流出岩石缝隙，满一杯就停止，船行进迅速而且难以停泊，没有空去考证了。

峡中两岸，高耸的岩石峭壁，好像用斧凿削过的纹理痕迹布满其上，而黑石滩号称最为险恶。两岸山崖挤压着江面骤然抬起，水势来不及平衡，两边高而中间低下，形状就像碾茶器的凹槽，舟船容易侧翻，称之为"茶槽齐"，这种情况万万不可行船。我来时水势恰好平稳，免去了所谓茶槽的情况。如果江水大涨，淹没了草木，称之为"青草齐"，此时各滩地之上，水面宽阔少有大浪，可以冒险行船。我来时江水没能全部淹没草木，只能称

“草根齐”，按规矩也不可行。但冒险行船，实在不敢回想。

舟行十五里，到达大溪口。水面略显开阔，山峰也稍远去，瞿塘峡的惊险缓解了。

再行七十里，到达巫山县留宿。县上人说：“昨晚江水大涨，滟滪堆正好在船底下，因而可以顺流下瞿塘峡。至于巫峡则不同，必须水位降十丈才能行船。”这晚，江水骤然降低几丈，同行者都面露喜色。

【录诗】

《瞿唐行》：七月十九日至夔子，滟滪撤发不可犯，是夜水涨及山腹，诘旦视滟滪，则已在水中。土人云：“此青草齐也，可以冒险而入。”遂鼓棹略其顶而过。郡中遣候兵立山上，每一舟平安，则摇帜以招后舟。白盐、赤甲皆峡口大山，黄嵌、黑石皆峡中至险处。入峡西岸有圣泉，舟人或向之疾呼曰“人渴也”，泉即迸下一杯许，复干。余舟过甚急，未之试也。川灵知我归有程，一夜涨痕千丈生。中流击楫汹作气，夹岸簸旗呀失声。不知滟滪在船底，但觉瞿唐如镜平。凿峡疏川狠石破，号山索饮飞泉惊。白盐赤甲转头失，黑石黄嵌拼命轻。草齐增肥无泊处，竹枝凝咽空余情。人间险路此奇绝，客里惊心吾饱更。剑阁翻成蜀道易，请歌范子《瞿唐行》。(《石湖居士诗集》卷十九)

戊午。乘水退下巫峡，滩泷稠险，濆淖洄洑[①]，其危又过夔峡。

三十五里，至神女庙。庙前滩尤汹怒，十二峰俱在北岸，前后蔽亏，不能足其数。最东一峰尤奇绝，其顶分两歧，如双玉篸插半霄[②]，最西一峰似之而差小。余峰皆郁嵂非常，但不如两峰之诡特[③]。相传一峰之上，有文曰“巫”，不暇访寻。自县行半里，即入峡。时辰、巳间，日未当午，峡间陡暗如昏暮，举头仅有天数尺耳。两壁皆是奇山，其可儗十二峰者甚多[④]。烟云映发，应接不暇，如是者百余里，富哉其观山也。十二峰皆有名，不甚切，事不足录。

神女庙乃在诸峰对岸小冈之上，所谓阳云台、高唐观，人云在来鹤峰上，亦未必是⑤。神女之事，据宋玉赋云以讽襄王，其词亦止乎礼义，如“玉色頩以赪颜”“羌不可兮犯干”之语⑥，可以概见。后世不詧，一切以儿女子亵之⑦。余尝作前、后《巫山高》以辩⑧。今庙中石刻引《墉城记》⑨：“瑶姬，西王母之女，称云华夫人，助禹驱鬼神，斩石疏波，有功见纪。”今封妙用真人，庙额曰凝真观⑩，从祀有白马将军，俗传所驱之神也。

【注释】

① 渍淖：漩涡。 洄洑：湍急回旋的流水。

② 双玉篸：即双玉簪。

③ 郁律：山势曲折蜿蜒。 诡特：奇特。

④ 辰巳间：辰时至巳时之间，即上午七点至十一点。 儗(nǐ)：此处同“拟(擬)”。

⑤ 神女庙：即高唐神女庙，在巫山县西北二百五十步。 阳云台：在巫山县西北五十步。宋玉《高唐赋序》：“楚王游于阳云之台，望高唐之观。” 来鹤峰：巫山十二峰之一。

⑥ 頩(pīng)：光润美丽。 赪(chēng)颜：因羞愧而脸红。 羌：句首语助词。 犯干：触犯。

⑦ 詧(chá)：同“察”，明察。 亵(xiè)：轻慢，亵渎。

⑧ 前后《巫山高》：范成大淳熙二年入蜀途中过巫峡，作《巫山高》诗一首。此次返京途中过巫峡，又作《后巫山高》一首。见后录诗。

⑨《墉城记》：即唐末杜光庭所撰《墉城集仙录》，记录古来女子得道成仙故事。

⑩“今封”二句：北宋宣和元年神女庙改称凝真观，南宋绍兴二十年神女受封妙用真人。

【译文】

戊午(二十一日)。乘着江水退落顺流下巫峡，滩地激流，险情密布，漩涡迭现，其中的危险又胜过瞿塘峡，

舟行三十五里，到达神女庙。庙前滩地水势尤其汹涌澎湃，十二峰都出现在北岸，前后遮蔽，半隐半现，不能数清其数目。最东面一座山峰尤为奇妙绝特，其顶部分为两支，如同一双玉簪插入半空，最西面一座山峰与之相似而略小。其余诸峰曲折蜿蜒，但都不如东西两峰的奇特。相传某座山峰之上，有“巫”字形的纹饰，没有空去寻访。从巫山县出行半里地，就进入巫峡。此刻时辰在辰、巳之间，尚未到正午，江峡间突然昏暗像黄昏，抬头望去只见数尺天幕。两壁都是奇峰，其中可比拟为十二峰的很多。烟霭云雾相互辉映，使人应接不暇，像这样的情景延续一百多里，在这里观赏山景真是丰富多彩啊。十二峰都各自有名称，不十分确切，相关故事不值得记录。

神女庙是在诸峰对岸小山岗上面，所谓的阳云台、高唐观，人们说在来鹤峰上，也未必对。神女的故事，据宋玉赋说用来讽谏楚襄王，其文词也遵照“发乎情，止乎礼义”的原则，如说“因肤色光润美丽而羞愧脸红”“实不可以冒犯”之类，从中概略可见。后世之人不予明察，将所有情节用儿女之情进行亵渎，我曾撰写前、后《巫山高》之诗进行辩说。现今神女庙中碑刻引用《墉城记》的记载说：“瑶姬是西王母的女儿，称为云华夫人，帮助大禹驱除鬼神，劈开岩石，疏浚河道，有功绩记录在案。”如今受封妙用真人，祠庙匾额叫凝真观，有白马将军陪祭，世俗传说是所驱除之神。

【录诗】

《巫山高》：余旧尝用韩无咎韵题陈季陵《巫山图》，考宋玉赋意，辨高唐之事甚详。今过阳台之下，复赋乐府一首。世传瑶姬为西王母女，尝佐禹治水，庙中石刻在焉。湿云不收烟雨霏，峡船作滩梢庙矶。杜鹃无声猿叫断，惟有饥鸦迎客飞。西真功高佐禹迹，斧凿鳞皴倚天壁。上有瑶簪十二尖，下有黄湍三百尺。蔓花虬木风烟昏，藓佩翠帷香火寒。灵斿飘忽定何许，时有行人开庙门。楚客词章元是讽，纷

纷余子空嘲弄。玉色頩颜不可干，人间错说高唐梦。(《石湖居士诗集》卷十六)

《后巫山高》：余前年入峡，尝赋《巫山高》。今复作一篇。十二峰中，东西各一峰最奇，不可绘画。左右前后，余峰之可观者尚多，不止十二峰也。不问阴晴，云物常相映带，尤为胜绝。但以涨江湍怒难檥泊，鼓棹而过，不复登庙。前余以水暴涨，得下瞿唐至巫山，县人云："却须水退，始可入巫峡。"一夜水落十余丈，遂不复滞留。凝真宫前十二峰，两峰娟妙翠插空；余峰竞秀尚多有，白壁苍崖无数重。秋江漱石半山腹，倚天削铁荒行踪。造化钟奇矗瑶巘，真灵择胜探珠宫。朝云未罢暮云起，阴晴竟日长冥蒙。瑶姬作意送归客，一夜收潦仍回风。仰看馆御飞楫过，回首已在虚无中。惟余乌鸦作使者，迎船送船西复东。(《石湖居士诗集》卷十九)

巫峡山最嘉处，不问阴晴，常多云气，映带飘拂，不可绘画，余两过其下，所见皆然。岂余经过时偶如此，抑其地固然，"行云"之语[①]，亦有所据依耶？世传巫山图，皆非是；虽夔府官廨中所画亦不类。余令画史以小舠泛中流摹写[②]，始得形似。今好事者所藏，举不若余图之真也。

庙有驯鸦，客舟将来，则迓于数里之外，或直至县下。船过，亦送数里[③]。人以饼饵掷空，鸦仰喙承取不失一。土人谓之神鸦，亦谓之迎船鸦。

二十里，至东奔滩。高浪大涡，巨艑掀舞[④]，不当一槁叶，或为涡所使，如磨之旋。三老挽招竿叫呼[⑤]，力争以出涡。

二十里，过归州巴东县，有寇忠愍公祠。县亭二柏，传为公手植[⑥]。

九十里，至归州。未至州数里，曰吒滩[⑦]，其险又过东奔。土人云黄魔神所为也。连接城下大滩，曰人鲊瓮[8]。很石横卧，据江十七八。从人船倾侧，水入篷窗，危不济。闻交代胡长文给事已至夷陵，欲陆行，舟车且参辰，义不可相避，泊秭归以须之[9]。

【注释】

① 行云之语：指宋玉《高唐赋序》“旦为朝云，暮为行雨”之句，指神女。

② 画史：即画师。　小舠(dāo)：小船。

③ 驯鸦：驯养的乌鸦。参见《入蜀记》卷六及注。

④ 巨艑(biàn)：大船。

⑤ 三老：指船上舵工。

⑥ 归州：南宋隶夔州路，下辖秭归、巴东、兴山三县，治秭归(今湖北秭归)。　寇忠愍公祠：即寇准祠。参见《入蜀记》卷六及注。

⑦ 吒滩：参见《入蜀记》卷六及注。

⑧ 人鲊瓮：参见《入蜀记》卷六及注。

⑨ 交代：指前后任相接替移交。　胡长文：即胡元质(1127—1190)，字长文，平江府长洲(今属苏州)人。绍兴十八年进士。曾参掌内外制，任给事黄门、知贡举等。与范成大交厚。下文称“新制使”，故此次应来接任荆湖制置使。　参辰：参星和辰星，分别在东方和西方，比喻彼此隔绝。　须：等待。

【译文】

巫峡山峰最精彩的地方，在于不管阴天晴天，经常云雾缭绕，互相映衬飘荡，不能描摹下来，我两次经过这里，所见都是相同。难道是我经过时偶然如此，或是这里本来这样，宋玉赋中所谓“云彩流动”的词句也是有依据的呢？世间所传巫山图画，都不是真相。即使夔州官衙中所画也不像。我命画师乘小船在江中漂流进行摹画，才获得外形相似的作品。现今爱好者所藏的巫山图，全都不如我手中作品的逼真。

神女庙有驯鸦，载客之船将来，则在几里地之外迎接，或者直接送到县里。行船过，也送行几里。客人将面饼抛向空中，驯鸦仰着鸟嘴承接，一块不丢。当地人称之为“神鸦”，也称之“迎船鸦”。

再行二十里，到达东奔滩。水浪高，漩涡大，大船被掀起舞动，算不上一片枯叶，或者被漩涡所迫使，像石磨在旋转。舵工举着撑杆大声呼叫，努力冲出漩涡。

再行二十里，经过归州巴东县，有寇准的祠堂。县衙中两株柏树，相传是寇准亲手所栽。

再行九十里，到达归州。未到归州几里处叫吒滩，其险峻又超过东奔滩。当地人说是黄魔神所造成的。连接归州城下的大滩叫人鲊瓮。像很石般的岩石横躺在江中，占据了江面的十之七八成。仆从船只侧面倾斜、江水进入船窗，危险难以渡过。听闻归州继任胡元质给事黄门已经到达夷陵，打算换为陆行，舟车将隔绝难遇，道义上不可回避，只能停泊在秭归等待他。

己未。泊归州。峡路州郡固皆荒凉，未有若归之甚者。满目皆茅茨，惟州宅虽有盖瓦，缘江负山，逼仄无平地。楚熊绎始封于此，筚路蓝缕，以启山林[①]，其后始大，奄有今荆湖数千里之广[②]。

州东五里，有清烈公祠，屈平庙也。秭归之名，俗传以屈平被放，其姊女嬃先归，故以名，殆若戏论。好事者或书作此“姊归”字。

倚郭秭归县，亦传为宋玉宅。杜子美诗云：“宋玉悲秋宅[③]。”谓此县旁有酒垆，或为题作“宋玉东家”[④]。

属邑兴山县，王嫱生焉[⑤]，今有昭君台、香溪尚存。城南二里有明妃庙。余尝论归为州僻陋，为西蜀之最，而男子有屈、宋，女子有昭君。阀阅如此[⑥]，正未易忽。

庚申、辛酉。泊归州。归故尝隶湖北，近岁以地望形势正在峡中[7]，乃以属夔，是矣。而财赋仍隶湖北，岁输止二万缗，而一州两属，罢于奔命[8]，非是。当别拨此缗补湖北而并以归隶夔，始尽事理。

【注释】

① 始封于此：秭归东八里有丹阳城，又称楚王城。周武王封熊绎于丹阳之地即是这里。 “筚路蓝缕”句：语本《左传》宣公十二年，指坐着柴车、穿着破衣服去开辟山林。

② 奄有：全部占有。奄，包括，覆盖。 荆湖：南宋荆湖北路、南路，略相当于今湖北、湖南两省。

③ 倚郭：宋代州、路治所所在县。 “宋玉”句：出自杜甫《奉汉中王手札》。

④ 宋玉东家：语出宋玉《登徒子好色赋序》：“臣里之美者，莫若东家之子。”

⑤ 王嫱：即王昭君，因避晋讳改称明妃。兴山县人王攘之女，名嫱，汉元帝时待诏宫廷，不得宠幸，匈奴呼韩邪单于入朝求和亲，她自请嫁匈奴单于。

⑥ 阀阅：此指功绩和经历。

⑦ 地望形势：指地理位置。

⑧ 罢：同“疲”。

【译文】

己未(二十二日)。停泊在归州。峡江之间的州郡固然都很荒凉，但没有比归州更厉害的。满眼都是茅草屋，只有州城中的宅第虽然盖有瓦片，但沿江背山，狭窄没有平地。楚国熊绎最早被封于此地，坐着柴车、穿着破衣去开辟山林，后来才逐渐扩张，占有现今荆湖数千里的广阔土地。

州东面五里，有清烈公祠，就是屈原庙。秭归名称的来历，世俗传说屈原被流放，其姐姐叫女媭先回乡，因此得名，简直像游戏之说。好事者有的干脆写成“姊归”二字。

州治秭归县，也传说有宋玉的宅第。杜甫诗说：“宋玉在宅第中为秋天悲伤。”是说县旁有酒家，有人将它题为“宋玉东邻”。

属邑兴山县，是王嫱的出生地。现今还有昭君台、香溪等遗迹。城南二里有明妃庙。我曾论说归州作为州郡偏僻简陋，为蜀地的首位，然而男子有屈原、宋玉，女子有王昭君。功业如此，确实不应该被忽视。

庚申、辛酉(二十三日、二十四日)。停泊在归州。归州原先曾隶属荆湖北路，近年因为地理位置正在三峡中，才将其划归夔州路，这是正确的。但财政赋税仍然隶属湖北，每年贡赋京师仅二万缗，而一州分属两路，疲于奔命，这是不对的。应当另外拨付这些钱补偿湖北，同时将归州全部隶属夔州路，这才最终符合事理。

【录诗】

《夜泊归舟》：州有宋玉宅、昭君台。旧国风烟古，新凉瘴疠清。片云将客梦，微月照江声。细和悲秋赋，遥怜出塞情。荒山余阀阅，儿女擅嘉名。(《石湖居士诗集》卷十九)

《秭归郡圃绝句二首》：花竹萧骚小圃畦，官居翻似隐沦栖。巴山四合秋阳满，杜宇黄鹂相对啼。又：孤城偪仄复偪仄，前山后山青欲来。市声萧条衙鼓静，惟有叱滩喧万雷。叱滩即黄魔滩，下连人鲊瓮。(同上)

《宋玉宅》：相传秭归县治即其旧址，县左旗亭，好事者题作宋玉东家。悲秋人去语难工，摇落空山草木风。犹有市人传旧事，酒垆还在宋家东。(同上)

壬戌。泊归州。水骤退十许丈，沿岸滩石森然，人鲊瓮石亦尽出。望昨夕系舟排亭，乃在半山间。移舟近东泊。从船迁徙稍缓，为暗石作触，水入船，几破败。

癸亥。泊归州。假郡中小圃，挈孥累暂驻望洋轩。所谓圃者，崖上不能两亩，花竹萧然。有秭归、怀忠二小堂。前后山既高且近，堂堂廪廪[①]，迫而临之，如欲覆压。

甲子。泊归州。长文自峡山陆行，暮夜至归乡沱渡江，往渡头迓之。余前入蜀时，亦以江涨不可泝，自此路来，极天下之艰险。乃告峡州守管鉴、归州守叶默、倅熊浩及夔漕沈作砺[2]，请略修治。先是过麻线堆下，人告余不须登山，有浮屠法宝于山脚刊木开路，尽避麻线之厄，县尉孙某作小记龛道傍石壁上[3]。余感之，谓一道人独能办此，况以官司力耶？乃作《麻线堆诗》以遗四君。是时，余改成都路制置使，号令不及峡中，故以诗道之。继而四君皆相听许[4]，以盐、米募村夫凿石治梯级，其不可施力者，则改从他涂。除治十六七[5]，商旅遂以通行。新制使之来正赖此[6]，然犹叹咤行路之难，特不见未修治以前耳。

乙丑、丙寅。泊归州。

丁卯。欲解船，而长文固留，复泊归州。

【注释】

① 堂堂廪廪：同“堂堂凛凛”。堂堂，指容貌壮伟。凛凛，威严使人敬畏。

② 夔漕：指夔州路转运使。

③ 刊：斫伐。　小记：记事小文。　龛：作龛，放置小记。

④ 听许：听从意见，接受建议。

⑤ 除治：整治。

⑥ 新制使：指新任荆湖制置使胡元质。

【译文】

壬戌（二十五日）。停泊在归州。江水骤然退去十多丈，沿岸江滩岩石林立，人鲊瓮的石块也都露出。回望昨夜泊船的排亭，却高高在半山之间。移船靠东停泊。随从的船迁移稍迟缓，因为触碰暗礁，江水进船，差点毁坏。

癸亥(二十六日)。停泊在归州。借城中的小园圃，带妻儿老小暂住在望洋轩。所谓小圃，在山崖上不足两亩大，花草竹树稀疏，有秭归、怀忠两座小堂。前后山崖既高耸又迫近，壮伟而令人敬畏，逼迫临近，像要覆盖压下来。

甲子(二十七日)。停泊在归州。胡元质从峡中山地陆行，夜间到达归乡沱渡过大江，我去渡口迎接。我前次入蜀时，也因为大江涨水不能溯流而上，从此路来，历尽天下最艰险的地方。于是告知峡州知州管鉴、归州知州叶默、副手熊浩以及夔州路转运使沈作砺，请求略加修治。当初过麻线堆下，有人告诉我不需要登山，有僧人法宝禅师在山脚砍去树木开出道路，尽力避开麻线堆的困厄，县尉孙某撰小文记其事并作龛置道旁石壁上。我有感于此，说一个僧人独力就能办成此事，何况凭借官府的力量呢？于是作《麻线堆诗》赠送上述四人。这时，我的职务改为成都路制置使，所发命令管不到峡中，因而赋诗说到此事。接着，峡中四君都接受了我的建议，用盐、米招募村民凿石筑成阶梯，其中不能出力的，则改从其他途径尽力。整治了十分之六七，行商者就可以通行了。新的制置使赴任正靠着这条路，但还是叹息行路的困难，只是因为没看到未修治之前的情况罢了。

乙丑、丙寅(二十八日、二十九日)。停泊在归州。

丁卯(三十日)。准备解缆出发，胡元质坚持挽留，又停泊在归州。

八月戊辰，朔。发归州。两岸大石连延，蹲踞相望，顽很之态[1]，不可状名。

五里，入白狗峡。山特奇峭，峡左小溪入玉虚洞中，可容数百人。

三十里，至新滩。此滩恶名豪三峡，汉、晋时，山再崩，塞江，所以后名新滩。石乱水汹，瞬息覆溺，上下欲脱免者，必盘博陆行，以虚舟过之[2]。两岸多居民，号滩子，专以盘滩为业[3]。余犯涨潦时来，水漫羡不复见滩，击楫飞度，人翻以为快[4]。

八十里，至黄牛峡。上有洺川庙，黄牛之神也，亦云助禹疏川者[5]。庙背大峰，峻壁之上，有黄迹如牛，一黑迹如人牵之，云此其神也。庙门两石马，一马缺一耳，东坡所书欧阳公梦记及诗甚详[6]。至今人以此马为有灵，甚严惮之。古语云："朝发黄牛，暮宿黄牛。三朝三暮，黄牛如故。"言其山岧峣[7]，终日犹望见之。欧阳公诗中亦引用此语。然余顺流而下，回首即望断，"如故"之语，亦好事者之言耳。自此以往，峡山尤奇，江道转至黄牛山背，谓之假十二峰。过假十二峰之下，两岸悉是奇峰，不可数计，不可以图画摹写，亦不可以言语形容，超妙胜绝，殆有过巫阳处。欧阳公所以泝峡来游，正不为黄牛庙也。

黄牛峡尽，则扇子峡。虾蟆碚在南壁半山，有石挺出，如大蟆，呿吻向江[8]。泉出蟆背山窦中，漫流背上散下，蟆吻垂颐颔间如水帘以下于江。时水方涨，蟆去江面才丈余，闻水落时，下更有小矶承之。张又新《水品》亦录此泉[9]。蜀士赴廷对，或挹取以为砚水。过此，则峡中滩尽矣。

三十里，得南岸平地，曰平善坝。出峡舟至是皆檥泊[10]，相庆如更生。舟师、篙工皆有犒赐，上下欢然。将吏以刺字通贺[11]，不待至至喜亭也。舟将至平善坝，青天烈日中，忽大风急雨倾盆。食顷，至坝下，风定雨止，晴色如故，若江渎之神相送者[12]。

【注释】

① 顽很：形容险恶。

② 上下：指上下水，逆流而上和顺流而下。 盘博：搬运。 虚舟：空船。

③ 盘滩：指盘转船只经过险滩。 翻，反而。

④ 漫羡：无边无际。 击楫：敲击船桨。

⑤ 洺川庙：即黄牛庙，又名灵应庙。相传为诸葛亮所建。

⑥“东坡”句：欧阳修诗及苏轼跋文参见《入蜀记》卷六及注。

⑦ 岧峣(tiáo yáo)：山高峻貌。

⑧“黄牛峡尽”六句：扇子峡、蛤蟆碚，均参见《入蜀记》卷六及注。 呿(qū)吻，张开嘴唇。

⑨ 张又新《水品》：张又新，字孔昭，唐代深州陆泽(今河北深州)人。元和九年状元及第。官终左司郎。嗜茶，著有《煎茶水记》，又称《水经》《水品》，为陆羽《茶经》后又一部茶道名著，品评天下名水二十种，“峡州扇子山下之石水第四”。

⑩ 檥泊：同“舣泊”。停船靠岸。

⑪ 刺字：指名刺，古代名片。

⑫ 江渎之神：即长江之神。

【译文】

八月戊辰(初一)，朔日。从归州出发。两岸大石块连绵不绝，或蹲立，或踞伏，相互对峙，险恶的形态难以形容。

舟行五里，进入白狗峡。山峰特别奇异陡峭，左边的一条小溪流入玉虚洞中，洞内可容几百人。

再行三十里，到达新滩。此滩凭着恶名称雄三峡。汉、晋时期，两岸山峰再次崩塌，堵塞了江面，因而取名新滩。这里岩石凌乱，水势汹涌，舟船顷刻间颠覆沉溺，上下水想要免除祸患的，一定要搬运船上货物从陆地走，用空船从滩上过。两岸多住居民，号称滩子，专门以盘转船只过滩为职业。我冒险在涨水时来，江水无边无际不再见滩，敲击船桨飞度过滩，人们反而认为快捷。

再行八十里，到达黄牛滩。山上有座洺川庙，就是黄牛的神庙。也有说是帮助大禹疏浚川流的。庙后面的高峰岩壁上，有一团黄色的痕迹像头牛，又有一团黑色的痕迹像人牵着牛，说这就是黄牛的神迹。庙门前有两匹石马，其中一匹缺了一只耳朵。欧阳修所撰《黄牛峡祠》诗和苏轼所作书后说得很详细。到今天人们以为此马有灵验，很害怕它。古代谚语说："早上出发看见黄牛，夜晚留宿看见黄牛。三个早上三个夜晚，黄牛还是原样站立。"是说这座山峰高峻，整天都能望见它。欧阳修诗中也引用了这些谚语。然而我顺流而下，回头就望不见，"黄牛如故"的话，也就是好事者说说而已。从这里往后，峡中山水尤为奇特。大江水道转到黄牛山后背，称之为"假十二峰"。经过假十二峰以下，两岸都是奇峰，不能计数，不能图画摹写，也不能用言语形容，超级美妙，甚至胜过神女峰。欧阳修之所以逆流入峡来游览，真不是为了黄牛庙啊。

黄牛峡的尽头，就是扇子峡，蛤蟆碚在南面峭壁的半山腰，有石块特立而出，像只大蛤蟆，张开嘴唇向着大江。泉水从蛤蟆背后的山洞流出，随意流淌在蛤蟆背上然后散落，蛤蟆嘴唇垂在脸颊间承接落水像一道水帘垂落到江中。此时江水刚涨起，蛤蟆离江面才一丈多，听水落下时，下面还有小岩石承接着。张又新所著《水品》也著录了此泉。蜀中士大夫赴京参加廷试，有人舀取作为研墨用水。过了蛤蟆碚，三峡中的滩就走完了。

舟行三十里，看见南岸的平地，叫平善坝。出峡的舟船到这里都要停船泊岸，相互庆贺如同新生。掌舵手、撑篙工都有犒赏，船工上下一片欢腾。将帅官吏用名刺交往祝贺，等不到上至喜亭了。船只将到平善坝时，青天白日之间，忽然刮起大风，急雨倾盆。一顿饭时间，船到坝下，风停雨止，晴好天气照旧，好像是长江之神特来相送一样。

【录诗】

《黄牛峡》：庙为黄牛神所居，即石马系祠门处。东坡所书欧公诗及本事碑石在东庑。祠后高峰之上有黄牛迹，客舟甚敬之。以欧公故，石马亦有灵扁，护甚严。朝离悲秋宅，午榜叠石矶。小留黄牛庙，细读石马诗。黄牛隐见苍山里，石马至今犹馘耳。当年梦境识仙翁，马为迎门神为起。物生不朽系所逢，欧词苏笔苍苔封。山高水长翁之风，石马亦与翁无穷。(《石湖居士诗集》卷十九)

《假十二峰》：即黄牛峡山，自此直至平喜坝，千峰重复，靡不奇峭。巴东三峡数巫阳，山入西陵更郁苍。何以假为非确论，直疑溟涬弟高唐。（同上）

《扇子峡》：两岸山尤奇，殆过巫峡，蛤蟆碚在南岸。兹行看山真饱谙，今晨出峡仍穷探。南矾北矾白铁壁，千峰万峰苍玉篸。横前直疑江已断，崛起竞与天相搀。蜀山欲穷此盘礴，禹力已尽犹镌劖。望舒宫中金背蟾，泥涂脱尽余老馋。下饮岷江不知去，流涎落吻如排髯。挈瓶檥棹斟清甘，未暇煮茗和姜盐。聊将涤砚濡我笔，恍惚诗律高巉岩。（同上）

己巳。发平善坝。三十里，早食时至峡州。登至喜亭，敝甚，不称坡翁之记[①]。州宅有楚塞楼，山谷所名。古语曰："荆门虎牙[②]，楚之西塞。"夷陵即其地。自古以为重镇。三国时，又为吴之西陵。陆逊以为夷陵要害，国之关限[③]。今吴、蜀共道此地，但为蕞尔荒垒耳[④]。

郡圃又有尔雅台[⑤]，相传郭景纯注《尔雅》于此。台对一尖峰，曰郭道山，景纯所居也。

夷陵县有欧阳公祠堂，草屋一间，亦已圮坏。

对江渡即登峡山陆路之始也。向余入蜀时，以涨江不可泝，自此徒行，备尝艰厄。过渡有甘泉寺，山上有泉及姜诗妻庞氏祠，相传为涌泉跃鲤之地[⑥]。旁近又有姜诗泉，此地之信否，未可决也。

百四十里，至杨木寨，宿。向离蜀都至汉嘉，则江之两岸皆山矣。入夔州，则山忽陡高，无不摩云者。自嘉以来，东西三千里，南北绵亘[⑦]，以入蕃夷之界，又莫知其几千里，不知其几千万峰，山之多且高大如此。

然自出夷陵，至是回首西望，则杳然不复一点[8]，惟苍烟落日，云平无际，有登高怀远之叹而已。

【注释】

①“登至喜亭”三句：坡翁，谓苏东坡，然《至喜亭记》为欧阳修所作，非苏轼作。此处当有误。

② 荆门虎牙：均为山名，在今湖北宜都西北。两山隔江相对，形势险峻。

③ 陆逊（183—245），字伯言，三国吴郡吴县人。孙策婿。曾参与擒杀关羽，大败刘备，领荆州牧。孙权称帝后任孙吴丞相。　关限：关隘险阻。

④ 蕞（zuì）尔：形容小。二字原阙，据四库本补。

⑤ 尔雅台：参见《入蜀记》卷六及注。

⑥ 甘泉寺：参见《入蜀记》卷六及注。　涌泉跃鲤：相传汉代孝子姜诗母亲爱吃生鱼片，姜诗夫妇为她做时，屋旁忽有泉涌出，每天早上有双鲤鱼跃出。事见《后汉书·列女传》。

⑦ 绵亘：连绵不断。

⑧ 杳然：渺远貌。

【译文】

己巳（二日）。从平善坝出发，舟行三十里，早饭时到达峡州。登上至喜亭，破旧不堪，与欧阳修的《至喜亭记》极不相称。州中建筑有楚塞楼，由黄庭坚命名。古语说：“荆门山和虎牙山，楚地西面的要塞。”说的就是夷陵，自古以来作为重镇。三国时是孙吴的西陵，陆逊认为夷陵要害之地，是国家的关隘险阻。现今吴、蜀两地交通都通过此地，却只是一个小小的荒丘罢了。

州郡园圃中又有尔雅台，相传郭璞在这里注释《尔雅》。台对着一座带尖顶的山，叫郭道山，是郭璞的居住地。夷陵县中有欧阳修草堂一间，也已塌坏。

对江渡口就是登上峡中山地陆路的起始点，先前我进入蜀地时，因为江水暴涨不能溯流而上，从这里开始徒步行走，尝尽了艰难困厄。过渡口有甘泉寺，山上有泉水及姜诗之妻庞氏祠堂，相传是泉水喷涌、跃出双鲤鱼的地方。近旁又有姜诗泉，此地是否可信，难以确定。

舟行一百四十里，到达杨木寨，留宿。先前离开成都到嘉州，岷江两岸都是山峦。进入夔州，则山势忽然陡峭，都是直插云霄。从嘉州过来，东西达三千里，南北连绵不断，进入了外族的地界，又不知有几千里，不知其中有几千万座高峰，山脉就像这样的众多而且高大。但从夷陵出发，到这里回头向西望去，则邈远不再有一点痕迹。只见落日在云雾苍茫间，云天平展无边无际，使人生出登高怀远的感叹罢了。

【录诗】

《荆渚中流回望巫山无复一点戏成短歌》：千峰万峰巴峡里，不信人间有平地。渚宫回望水连天，却疑平地元无山。山川相迎复相送，转头变灭都如梦。归程万里今三千，几梦即到石湖边。（《石湖居士诗集》卷十九）

庚午。发杨木寨。八十里，至江陵之枝江县。四十里，至松滋县。二百十里，至荆南之沙头[1]，宿。沙头一名沙市。

辛未。泊沙头。道大堤，入城谒诸官。

壬申、癸酉。泊沙头。江陵帅辛弃疾幼安招游渚宫[2]。败荷剩水，虽有野意，而故时楼观，无一存者。后人作小堂，亦草草。旧对此有绛帐台，今在营寨中，无复遗迹。章华台在城外野寺，亦粗存梗概。询龙山落帽台，云在城北三十里，一小丘耳。息壤在子城南门外，旧记以为不可犯，畚锸所及，辄复如故，又能致雷雨[3]。唐元和中，裴宙为牧，掘之六尺，得石楼如江陵城楼状。是岁，霖雨为灾。用方士说复埋之，一夕如故。旧传如此。近岁遇旱，则郡守设祭掘之，畚其土于旁，以俟报应。往往掘至石楼之檐，则雨作矣。雨则复以故土还覆之④，不闻其壤之息也。然掘土而致雨，则辛幼安云："亲验之而信。"

甲戌。泊沙头。

【注释】

① 沙头：参见《入蜀记》卷五。

② 江陵帅：此时辛弃疾任知江陵府兼荆湖北路安抚使。 辛弃疾：南宋著名词人，字幼安，号稼轩。山东历城（今济南）人，率义军归宋。 渚宫：春秋时楚国宫名，在江陵。

③ 息壤：能自己生长、取之不竭的土壤，可以填洪水。《山海经》中有"鲧窃帝之息壤以湮洪水"的记载。 畚锸：盛土和取土的工具。

④"雨则"句："雨"字为衍文。

【译文】

庚午（三日）。从杨木寨出发。舟行八十里，到达江陵的枝江县，又行四十里，到达松滋县。再行二百十里，到达荆南的沙头，留宿。沙头又名沙市。

辛未（四日）。停泊在沙头。沿着大堤走，进城拜谒江陵的地方官。

壬申、癸酉（五日、六日）。停泊在沙头。湖北路安抚使辛弃疾字幼安招待游览渚宫。枯败的荷叶，浅浅的水池，虽带有野趣，但楚国旧时的楼阁城阙，一座也无留存。后人所建的小厅堂，也草率随意。旧时正对这里有绛帐台，位置在现今军营中，没有任何遗迹。章华台在城外的野庙中，也只是留存个轮廓。询问龙山落帽台，说在城北三十里，只是一个小土丘罢了。息壤在子城南门外，旧时记载认为不可侵犯，挖泥取土，马上恢复如常，还能招来雷雨。唐代元和年间，梁宙任州牧，掘土六尺，发现一座石楼，形状像江陵城楼。这一年，大雨连绵成灾。后来用方士的主张将石楼重新埋入，一夜恢复如初。旧时传记这样记载。近年遭遇旱灾，郡守设立祭坛，派人掘土，堆在一旁，等待报应。往往掘到石楼的屋檐，雨就落下来。就还用旧土覆盖好，没有听说土壤会自己生长。但掘土而求来雨，辛弃疾说："亲自检验后才可相信。"

甲戌(七日)。停泊在沙头。

乙亥。移舟出大江，宿江渎庙前。

丙子。发江渎庙。七十里，至公安县。登二圣寺[①]。二圣之名，江湖间竞尚之，即在处佛寺门两金刚神也。此则迁之殿上。传记载发迹灵异，大略出于梦应。云是千佛数中最后者，一名娄至德，一名青叶髻。江岸喜隤[②]，或时巨足迹印其处则隤止。

百二十五里，至石首县对岸宿。县下石矶，不可泊舟。

丁丑。发石首。百七十里，至鲁家洑。自此至鄂渚[③]，有两途。一路遵大江，过岳阳及临湘、嘉鱼二县。岳阳通洞庭处，波浪连天，有风即不可行，故客舟多避之。一路自鲁家洑入沌[④]。沌者，江旁支流，如海之泙，其广仅过运河，不畏风浪。两岸皆芦荻，时时有人家。但支港通诸小湖，故为盗区；客舟非结伴作气不可行。偶有鄂兵二百更戍，欲归过荆南，遂以舟载，使偕行。自鲁家洑避大江入沌，月明行三十里，宿。

戊寅、己卯。皆早暮行沌中。

庚辰。行过所谓百里荒者。皆湖泺茭芦[⑤]，不复人迹，巨盗之所出没。月色如昼，将士甚武。彻夜鸣橹，弓弩上弦，击鼓钲以行，至晓不止[⑥]。

【注释】

① 二圣寺：参见《入蜀记》卷五及注。

② 隤(huī)：崩塌，坠落。

③ 鄂渚：即鄂州。

④ 沌：参见《入蜀记》卷五及注。

⑤ 湖泺(pō)：即湖泊。

⑥“彻夜”四句：鸣橹，摇橹声，指船行。 鼓钲，鼓和钲，军中用以指挥进退。

【译文】

乙亥(八日)。船只行驶进入大江，留宿在江渎庙前。

丙子(九日)。从江渎庙出发。舟行七十里，到达公安县。登上二圣寺。二圣的名字，江湖之间竞相尊奉，就是佛寺大门内两尊金刚神像，这里则将其迁到大殿上。传记所载人物得志显达的灵验，大致出于梦中感应。说是千佛之中最后两名，一叫娄至德，一叫青叶髻。江岸边容易崩塌坠落，有时巨人的足迹印在其上则坠落停止。

又行一百二十五里，到达石首县对岸留宿。县城下的石矶上不能停船。

丁丑(十日)。舟行一百七十里，到达鲁家洑。从这里到鄂渚，有两条途径。一路沿着大江，经过岳阳及临湘、嘉鱼二县。岳阳连接洞庭湖的地方，波浪滔天，刮风就不可行船，因此客船大多避开。一路从鲁家洑进入沌。所谓沌，指大江旁的支流，如同大海的泙，其宽度仅超过大运河，不怕风浪。两岸都长满芦苇和荻草，时时可见人家。但支汊联通诸多小湖泊，因此是盗匪出没地区，客船不是结伴鼓气不能通过。偶尔有鄂渚二百名兵士轮番戍守，要想回到荆南，就用船载，使他们一起前去。从鲁家洑避开大江进入沌，明月下舟行三十里，留宿。

戊寅、己卯(十一日、十二日)。早晚都通行在沌中。

庚辰(十三日)。通行过所谓百里荒的地方。这里都是湖泊茭白芦苇，不见人迹，是大盗出没之地。月色如同白昼，将士十分威武。整夜摇橹行船，弓弩上弦，敲打着鼓和钲行进，到拂晓不停。

【录诗】

《鲁家洑入沌》：三江口即岳阳路，水大难行，遂入沌行。沌中最空夐处名百里荒，盗区也。过尽巴东巫峡长，荆川鼓棹更茫茫。避风怕入三江口，乘月贪行百里荒。夜后逢人尽刀剑，古来踏地皆耕桑。可怜行路难如此，一簇寒芦尚税场！（《石湖居士诗集》卷十九）

辛巳。晨出大江，午至鄂渚。泊鹦鹉洲前南市堤下①。南市在城外，沿江数万家，廛閈甚盛，列肆如栉②。酒垆楼栏尤壮丽，外郡未见其比。盖川、广、荆、襄、淮、浙贸迁之会③，货物之至者无不售，且不问多少，一日可尽，其盛壮如此。

监司帅守刘邦翰子宣而下④，皆来相见邀饭，皆曰未敢定日。及欲移具舟次，余笑曰："若定日则莫若中秋，张具则莫欲南楼⑤。"众亦笑许。

壬午。晚，遂集南楼。楼在州治前黄鹤山上。轮奂高寒，甲于湖外。下临南市，邑屋鳞差⑥。岷江自西南斜抱郡城东下。天无纤云，月色奇甚。江面如练，空水吞吐。平生所遇中秋佳月，似此夕亦有数，况复修南楼故事，老子于此，兴复不浅也⑦。

向在桂林时，默数九年之间，九处见中秋，其间相去或万里，不胜漂泊之叹，尝作一赋以自广⑧。及徙成都，两秋皆略见月。十二年间，十处见中秋。去年尝题数语于大慈楼上，今年又忽至此。通计十三年间，十一处见中秋，亦可以谓之游子。然余以病丐骸骨⑨，傥恩旨垂允，自此归田园，带月荷锄，得遂此生矣。坐中亦作乐府一篇，俾鄂人传之。

水调歌头

细数十年事，十处过中秋。今年新梦忽到，黄鹤旧山头。老子个中不浅，此会天教重见，今古一南楼。星汉淡无色，玉镜独空浮。　敛秦烟，收楚雾，熨江流。关河离合南北，依旧照清愁。想见姮娥冷眼，应笑归来霜鬓，空敝黑貂裘。酾酒问蟾兔，肯去伴沧洲[10]。

所谓十一处见中秋，今略识于此。始自酉年计之，是年直东观[11]，戌年檥船松江垂虹亭下，亥年泛阳羡罨画溪，子年守栝苍，丑年内宿玉堂[12]，寅年使虏次睢阳，卯年自西掖出泊吴兴城外[13]，辰年归石湖，巳、午年帅桂林，未、申年帅成都，而今酉年客武昌也。

癸未。泊鄂州南楼，月色如昨夜。

【注释】

① 南市：参考《入蜀记》卷五及注。

②“沿江”三句：廛闬（chán hàn）：指市肆商户。　栉（zhì）：梳子、篦子的总称，比喻排列紧密。

③ 贸迁：贩运买卖，贸易。

④ 监司帅守：监司指各路转运使司、提点刑狱司、提举常平司等，帅守指兼任安抚使的知州知府。　刘邦翰：字子宣，婺州武义（今属浙江）人。与吕祖谦交游，官至户部侍郎、总领湖广京西财赋。

⑤ 张具：陈列帷幕几筵，指设宴。　南楼：参见《入蜀记》卷五及注。

⑥“轮奂”四句：轮奂，指屋宇高大众多。　湖外，指洞庭湖以西。鳞差，鳞次栉比。

⑦ 空水：天空水色。　老子：作者自称，犹“老人”。

⑧ 尝作一赋：指作者乾道九年中秋所作《桂林中秋赋》，见《石湖居士诗集》卷三四。

⑨ 丐骸骨：指官吏请求辞官。丐，乞求。

⑩ 沧洲：指隐居之地。语本谢朓诗《之宣城郡出新林浦向板桥》："既欢怀禄情，复协沧洲趣。"

⑪ 东观：此指国史院。

⑫ 玉堂：官署名。宋代称翰林院。

⑬ 西掖：中书省的别称。

【译文】

辛巳(十四日)。早晨从大江出发，中午到达鄂渚。停泊在鹦鹉洲前面的南市堤下。南市在鄂州城外，沿江几万户人家，市场繁荣，商铺密集。酒楼勾栏尤其壮丽，其他州郡都不能与其相比。这是川、广、荆、襄、淮、浙各地区贸易的盛会，各种货物的精品无不来此出售，而且不管多少，一天内可以卖完，它的盛大壮观达到这样的境地。

路州两级监司、帅守官员以刘邦翰字子宣为首，先后都来相见宴请，都说不敢确定日期。等到要移动停泊码头时，我笑着说："若要约定日期没有比中秋更合适，设宴则没有比南楼更想去的。"大家也笑着答应了。

壬午(十五日)。晚上，就在南楼摆开宴席。南楼在州治前面黄鹤山上。楼阁地势高而天寒，在洞庭湖以西称第一。下面濒临南市，市井屋舍鳞次栉比。岷江从西南面环抱着鄂州城向东流去。天空不见一丝云彩，月色特别奇丽。江面像一匹白练，天光水色相互映照。平生所遇见的中秋好月色，像今晚的也屈指可数，何况又有修建南楼的故事烘托，此时此刻，我也是兴致不浅。

先前在桂林时，曾默数过九年之间，九处度过中秋，这中间相隔或有万里，真是承受不了这种漂泊的感叹，曾创作一篇赋自我安慰。待到迁任成都，两年中秋也都略见到月色。十二年间，在十处地方过中秋。去年曾在大慈楼上题写过几句话，今年又忽然来到这里。总计近十三年间，在十一个地方过中秋，也可以自称为游子了。但我因病请求辞官，倘若皇恩下旨允许，从此回归田园，顶着月光除草田间，就实现了此生的愿望了。在座席上也赋词一首，以待鄂州百姓传唱。

水调歌头

细算十年如梦往事，分在十地度过中秋。今年又做新梦来到，曾经莅临黄鹤山头。我在其中兴致不浅，这次上天要我重见，古今扬名的一座南楼。天河暗淡无光，明镜独自悬浮。　　聚敛秦地烟尘，收尽楚地云雾，熨平大江激流。南北山河分离依旧，月光照耀凄清哀愁。想见嫦娥目光冷峻，应笑我归来白发满头，白白穿破了黑色貂裘。斟酒敢问天官玉兔，肯去伴我隐居沧洲？

所谓十一个地方过中秋，现略记于此：从乙酉年(乾道元年)开始计算，该年值守国史院，丙戌年(乾道二年)被罢归泊船在吴江垂虹桥下，丁亥年(乾道三年)泛舟在宜兴罨画溪，戊子年(乾道四年)知处州，己丑年(乾道五年)值宿翰林院，庚寅年(乾道六年)出使金国到达睢阳，辛卯年(乾道七年)从中书舍人任上罢官泊船吴兴城外，壬辰年(乾道八年)回归故乡石湖，癸巳年(乾道九年)、甲午年(淳熙元年)知静江府兼广西安抚使，乙未年、丙申年(淳熙二、三年)知成都府兼成都制置使，而今丁酉年(淳熙四年)做客武昌。

癸未(十六日)。停泊在鄂州南楼下，月色如同昨夜。

【录诗】

《鄂州南楼》：谁将玉笛弄中秋？黄鹤归来识旧游。汉树有情横北渚，蜀江无语抱南楼。烛天灯火三更市，摇月旌旗万里舟。却笑鲈乡垂钓手，武昌鱼好便淹留。(《石湖居士诗集》卷十九)

甲申。泊鄂州。蜀兵远送者，封桩裹粮之具[①]，至此当尽数贸易，非三日不可了，故为之留。

统帅李川邀看新寨。鄂营昔皆茇舍[②]，今始易以瓦屋，方毕四分之一。登压云亭，则前后尽见，周络井井，甚有条理。将司中又有雅歌、整暇二堂，皆面江山，登览超胜。

乙酉、丙戌。泊鄂州。遣送兵之半归成都。

丁亥。风作，不可行。

戊子。早解维欲出，江风不已，至暮逾甚，又留一夕。土人云："江上社前后[3]，辄大风数日，谓之社风。上下水船悉不行。"果然。

己丑。社风稍缓，解维，小泊汉口。汉水自北岸出，清碧可鉴，合大江浊流，始不相入。行里许，则为江水所胜，浑而一色。凡水自两岸出于江者皆然。其行缓，故得澄莹。大江如激箭，万里奔流，不得不浊也。午后风息，通行。百八十里，至三江口，宿。三江之名所在多有，凡水参会处[4]，皆称之。

【注释】

① 封桩：宋代一种财政制度，指封存岁末用度余额不用，以备急需。裹粮：携带熟食干粮以备远行。

② 茇(bá)舍：指草屋。

③ 社前后：即社日前后。社日是古代祭祀土地神的日子，一般在立春、立秋后第五个戊日。此指秋社日。

④ 参会：汇集。

【译文】

甲申(十七日)。停泊在鄂州。陪送的蜀地士兵，用封桩银备办回程干粮等物，全部实现交易，没有三天不能完成，因此只能为他们留滞。

鄂州的统帅李川邀请参观新的营寨。鄂州营寨原先都是草屋，现今刚换成瓦房，才完工四分之一。登上压云亭，则军营前后，周边环绕之物，都井井有条。指挥部中又有雅歌、整暇二座厅堂，都面对江山，是登高望远的好地方。

乙酉、丙戌(十八日、十九日)。停泊在鄂州。遣送陪伴士兵的一半回成都。

丁亥(二十日)。大风起，不能行船。

戊子(二十一日)，早晨解缆准备出发，江上大风不停，到傍晚更厉害，又滞留一夜。当地人说："大江上秋社日前后就刮几天大风，称之为社风。上下水船只全部停航。"果然如此。

己丑(二十二日)。秋社日之风稍为减缓，解缆后短暂停泊在汉口。汉水从北岸流来，江水清澈见底，汇入大江的浊流，起初不相融合。流了一里左右，就被大江浊水所吞没，浑然一体。凡是支流，从两岸汇入大江的都是这样。支流的水流动缓慢，因此能清澈透明。大江像激射的箭，奔流万里，不得不浑浊啊。午后风停，舟行一百八十里，到达三江口留宿。三江的名称到处都有，凡是三条水流汇集的地方都可这样称呼。

庚寅。发三江口。辰时过赤壁，泊黄州临皋亭下[1]。赤壁，小赤土山也。未见所谓"乱石穿空"及"蒙茸""巉岩"之境[2]，东坡词赋微夸焉。

郡将招集东坡雪堂[3]。郡东山垄重复，中有平地，四向皆有小冈环之。东坡卜居时，是亦有取于风水之说。前守鸠材欲作设厅[4]，已而辍作雪堂，故稍宏壮。堂东小屋，榜曰东坡，堂前桥亭曰小桥，皆后人旁缘命之。对面高坡上，新作小亭曰高寒，姑取《水调》中语[5]，非当时故实。然此亭正对东岸武昌数峰，亦登览不凡处。

晚过竹楼[6]，郡治后赤壁山上方丈一间耳。转至栖霞楼，面势正对落日，晖景既堕，晴霞亘天末，并染川流，醺黄酣紫，照映下上，盖日日如此，命名有旨也[7]。楼之规制甚工，问其人，则曰故相秦申王生于临皋舟中[8]，黄人作庆端堂于其处，近年撤而作栖霞云。

黄冈岸下素号不可泊舟，行旅患之。余舟亦移泊一湾渚中。盖江为赤壁一矶所撄，[9]流转甚驶，水纹有晕，散乱开合全如三峡。郡议欲开澳以归宿客舟[10]，未决。

辛卯。发黄州。四十里，过巴河。水清澈，自北岸入浊流，如汉口。通行二百三十里，至桐木沟，宿。

壬辰。发桐木沟。八十里，至马头，宿。

【注释】

① 黄州临皋亭：参见《入蜀记》卷四及注。

② 乱石穿空：见苏轼《念奴娇·赤壁怀古》。　蒙茸、巉岩：见苏轼《后赤壁赋》。

③ 东坡雪堂：参见《入蜀记》卷四及注。

④ 鸠材：聚集材料。　设厅：设宴招待的厅堂。

⑤“新作”二句：高寒，见苏轼《水调歌头》中秋词中“高处不胜寒”之句。

⑥ 竹楼：参见《入蜀记》卷四及注。

⑦“转至”九句：栖霞楼，参见《入蜀记》卷四及注。　面势，形势，地势。　晖景，指日影。　醺黄，深黄带红色。　酣紫，深紫色。命名有旨，栖霞取晚霞栖留意。

⑧ 秦申王：即秦桧，死后追赠申王。

⑨ 撄：抵触，触犯。

⑩ 澳：港湾，水边弯曲可泊船之处。

【译文】

庚寅（二十三日）。从三江口出发。辰时经过赤壁，停泊在黄州临皋亭下。赤壁只是一座小红土山，没有见到所谓“凌乱岩石耸入天空”及“葱茏丛生的草木”“险峻的山岩”之类的环境，苏轼的词赋略微有些夸张了。

知州在东坡雪堂设宴招待。黄州东面山峦重叠，中间有平地，四面都有小山岗环绕。苏轼选择居处时，也吸取了风水先生的说法。前任郡守聚集材料想建造宴会厅，后来停止了改建雪堂，因此较为宏阔高大。堂东面的小屋，匾额上题“东坡”，堂前带亭之桥叫“小桥”，都是后人凭借当时记载命名的。对面高坡之上，新建的小亭名“高寒”，暂取《水调歌头》中的词句，并不是当时的实际情况。但此亭正对着东岸武昌的几座山峰，也是登高览胜的佳处。

傍晚经过竹楼，州城后面赤壁山上一丈见方的一间小楼而已。转到另一座栖霞楼，地势正对着落日，日影渐落，明丽的晚霞横亘天际，同时染红了江流，黄中带红和深紫颜色，映照上下，这样的景色天天如此，“栖霞”的命名十分贴切啊。楼的规模形制十分精细，询问建造者，则说前宰相秦桧出生在临皋亭边的船中，黄州人在该处建庆瑞堂，近年撤除而改建成栖霞楼。

黄冈岸边一向号称不可泊船，来往旅客为之犯难。我们的船也移泊到河湾的陆地边。大江被赤壁的一块石矶所触犯阻挡，流转非常迅速，水纹形成光圈，水势的散乱开合完全与三峡相同，州郡商议在这里开辟港湾让客船回归宿夜，可惜没成决议。

辛卯(二十四日)。从黄州出发。舟行四十里，过巴河。河水清澈，从北岸汇入，终如汉口一样汇合成浊流。又行二百三十里，到达桐木沟留宿。

壬辰(二十五日)。舟行八十里，到达马头留宿。

【录诗】

《题黄州临皋亭》：夏口风帆赤壁矶，雪堂酾酒竹楼棋。系舟一日黄州下，只办登临不办诗。(《石湖居士诗集》卷十九)

癸巳。发马头。百二十五里，至江州。泊琵琶亭，前守曹训子序新作，通判吕胜己隶书《琵琶行》刻石左方[①]。

甲午。泊江州。登庾楼，前临大江，后对康庐[②]，背、面皆登临奇绝。又名山大川，悉萃此楼，他处不能兼有，此独擅之。庾元亮故事，本是武昌南楼，后人以元亮尝刺江州，故亦以庾名此楼。然景物则有南楼不逮者。楼下思白堂，正直庐山双剑峰。相传此名最不利，郡中每二百年辄有兵祸。父老久愿更名，而无定论。余欲取东西二林所在，名之双林。

乙未。泊江州。早出南门，去城百里，至濂溪③。溪水阔寻丈，漫流荒田中，潴为小湖。郡守潘慈明伯龙新作周先生祠堂及小亭于溪上④。

三十里，至太平兴国宫⑤。在圣治峰下，左则香炉、石顶诸峰，右则狮子、莲花诸峰，面对蕲、黄诸山，形胜之地也。宫之尊神曰九天采访使者⑥。唐开元中，见梦玄宗，作庙于此。南唐号升元府，本朝更宫名而加号使者曰应元保运。相传唐创庙时，材木皆浮出江上，命曰神运云。绍兴初，贼李成破江州，纵兵大掠，焚宫净尽，所存止外门数间。其后道士复修建，惟真君之殿差如法，余率因陋就寡。从屋在山下及涧之外者，今皆灌木生之，猝不可复矣⑦。又道士辈各自开户牖，荒凉之象可掬⑧。

【注释】

① 琵琶亭：参见《入蜀记》卷三。　曹训：字子序。历知高州、阆州、袁州等。　吕胜己：字季克，号渭川居士，建阳（今属福建）人。从朱熹讲学。历仕江州通判，知杭州、沅州。

②“登庾楼”三句：庾楼，参见《入蜀记》卷三及注。　康庐，宋代庐山别称。

③ 濂溪：距军城五里。

④ 潘慈明：字伯龙，婺州兰溪（今属浙江）人。绍兴二十一年进士。官至荆湖南路转运使。曾知江州，创建濂溪祠。　周先生：即周敦颐（1017—1073），字茂叔，号濂溪。道州营道（今湖南道县）人。以门荫入仕，官至知南康军。北宋道学创始人，喜谈名理，精于《易》学，程颐、程颢从之受业。著有《太极图说》《通书》等。　祠堂：即濂溪祠。

朱熹有《濂溪祠记》。

⑤ 太平兴国宫：参见《入蜀记》卷三及注。

⑥ 九天采访使者：参见《入蜀记》卷四及注。

⑦ 猝：此同卒，终究。

⑧ 开户牖：指自开门派。　可掬：可双手捧取，指十分鲜明。

【译文】

癸巳(二十六日)。从马头出发。舟行一百二十五里，到达江州。停泊在琵琶亭下，前任郡守曹训字子序新建，通判吕胜己隶书《琵琶行》石碑立在左边。

甲午(二十七日)。停泊在江州。登上庾楼，前方濒临大江，后面正对庐山，两面都是登高临远的奇妙之处。名山大川都集中在此楼，其他地方不能兼有，这是它独占的优势。然而这里的景物却有南楼比不上的。楼下思白堂正对庐山双剑峰。相传这一命名最不吉利，江州每二百年就有兵祸发生。父老乡亲很早就想更名，但没有定论。我想取东林、西林二林所在，称之为“双林”。

乙未(二十七日)。停泊在江州。早上从南门出去，离城百里，到达濂溪。溪水宽达八尺至一丈，随意流淌到荒芜的田地里，积聚成小湖泊。郡守潘慈明字伯龙在濂溪旁新建了周敦颐祠堂和小亭子。

陆行三十里，到达太平兴国宫。在圣治峰下，左边为香炉峰、石顶峰等，右边则是狮子峰、莲花峰等，面对着蕲州、黄州众多山脉，真是山川壮美之地啊。道宫供奉的尊神叫九天采访使者。唐代开元年间，尊神托梦唐玄宗，在这里建起庙宇。南唐时期号称升元府，本朝更改宫名为太平兴国宫，并为使者添加封号应元保运。相传唐代创建庙宇时，木料都浮出在大江上，称之为“神运”。绍兴初年，大盗李成攻破江州，放纵兵士掳掠，焚毁大部宫殿，仅剩门外之屋几间。后来道士们逐渐重建，只有真君的大殿大致恢复原貌，其余建筑都因陋就简。山下和溪涧之外的附从建筑，如今都灌木丛生，终究难以恢复。加之道士们各自开启门派，荒凉的景象触目皆是。

【录诗】

《江州庾楼夜宴》：前瞰大江，后临庐山，登临名胜，殆甲他处。庾亮南楼乃在武昌，非此也。亮常刺江州，后人制此名，非斯楼之要。岷江漱北渚，庐阜窥南窗。名山复大川，超览兹楼双。何必元规尘，自足豪他邦。使君秋田熟，新凉篘酒缸。落景澹碧瓦，长虹吐金釭。客从三峡来，噩梦随奔泷。小留听琵琶，船旗卷修杠。请呼裂帛弦，为拊洮河腔。曲终四凭栏，倦游心始降。明发挂帆去，晓钟烟外撞。(《石湖居士诗集》卷十九)

入山五里，至东林寺，晋惠远师道场也[①]。自晋以来，为星居寺，数十年前始更十方[②]，楼阁堂殿，奇巧巨丽，然皆非晋旧屋。虎溪涓涓一沟，不能五尺阔，远师送客，乃独不肯过此，过则林虎又为号鸣焉。白莲池亦不复种花，独远公与十八贤祠堂，犹榜曰莲社。山上五杉阁，晋杉也。近年为主僧所伐。阁后舍利塔，鸠摩罗什所携来以瘗者，其屋又南唐时所改作。独聪明泉如故，商仲堪与远公谈《易》处也[③]。

凡山之故物，如袈裟、麈扇，皆已不存。承平时独有晋安帝辇、佛驮耶舍革舄、谢灵运贝叶经，更李成乱，今皆亡去[④]。成屯此寺，故与西林并，得不爇[⑤]，而唐以来诸刻皆无恙。最可称者，李邕寺碑[⑥]，开元十九年作。并张又新碑阴[⑦]，大中十年作。李讷《兀兀禅师碑》，张庭倩书[⑧]，颜鲁公题碑之两侧[⑨]，略云：

> 永泰丙午[⑩]，真卿佐吉州。夏六月，次于东林。仰庐阜之炉峰，想远公之遗烈。升神运殿，礼僧伽衣。观生法师麈尾扇、谢灵运翻《涅槃经》、

贝多梵夹，忻慕不足，聊寓刻于张、李二公耶舍禅师之碑侧。

自鲁公题后，世因传此石为张李碑。又有柳公权《复寺碑》[11]，大中十一年作，书法尤遒丽。又有李肇、蔡京、苗绅等碑[12]，皆佳。

远师塔，寺西数十步，晋杉存焉。出虎溪门，隔路有涧从东来，涧上峰如屏障，翠樾蒙密[13]，绝似杭之灵隐之飞来峰下。余嘱主僧法才作亭，名曰过溪，呼山夫锄治作址，一夕毕。僧约以冬初可断手[14]。自是东林增一胜处，而余于山中亦附晋、唐诸贤以不朽矣。

寺东北隅有新作白乐天草堂[15]。乐天元和十年为州司马，作堂香炉峰北遗爱寺南，往来游处焉。后与寺并废，今所作非元和故处也。

【注释】

① 东林寺：参见《入蜀记》卷四及注。　惠远：即慧远，见《入蜀记》卷三。

② 十方：指十方刹。佛教称不拘甲乙请各方名僧任住持的寺院。

③ 虎溪、远公与十八贤祠堂、五杉阁、聪明泉，均参见《入蜀记》卷四注。　商仲堪：即殷仲堪（？—399），陈郡长平（今河南西华）人。东晋时曾任晋陵太守、荆州刺史等。

④ 承平时：指北宋金兵未入侵时期。　晋安帝：即司马德宗，东晋第十位皇帝，396—419年在位。　佛驮耶舍：十六国时期僧人。罽宾国人，出身婆罗门种姓。能诵大小乘经数百万言，鸠摩罗什曾从其受学。后受姚兴邀请至长安说法，并与鸠摩罗什共同译出《四分律》等。　革舄：生皮所制鞋。

⑤ 不爇：未遭焚毁。

⑥ 李邕寺碑：即李邕所作《东林寺碑》。李邕（678—747），字泰和，鄂州江夏（今属湖北）人。唐代书法家。李善之子，少年成名，官终北海

太守。精于翰墨，尤擅行草。李邕于开元十九年撰写并书《东林寺碑》，行书。会昌三年刻石，原石焚毁于元代。

⑦ 张又新碑阴：见前八月戊辰注。张又新于大中十年为李邕寺碑作记于碑阴。

⑧ 李讷《兀兀禅师碑》：唐代开元十四年，江州刺史李讷作《耶舍禅师记》，李讷自称兀兀禅师。同州刺史张庭珪书。开元十七年七月刻石，颜真卿在碑侧题名。张廷倩，当为张廷珪。

⑨ 颜鲁公：即颜真卿详见《入蜀记》卷四注。

⑩ 永泰丙午：唐代宗永泰二年(765)。

⑪ 柳公权(778——865)，字诚悬，京兆华原(今陕西铜川)人。唐代书法家。元和三年状元。历仕七朝，官至太子少师。擅长书法，以骨力劲健见长，与颜真卿并称“颜柳”。　《复寺碑》：即《复东林寺碑》，大中十一年江州刺史崔黯撰文，柳公权书。后经战乱，碑裂为数段，清代收入内府珍藏，后归还一块，为东林寺镇寺之宝。

⑫ 蔡京(1047—1126)：字元长，兴化军仙游(今属福建)人。熙宁三年进士。北宋后期任宰相十七年，官至太师。书法姿媚豪健、痛快沉着，独具风格。　李肇、苗绅：均为唐代官员。

⑬ 翠樾：绿荫。　蒙密：茂密。

⑭ 断手：完成，完工。

⑮ 白乐天草堂：参见《入蜀记》卷四并注。

【译文】

进山五里，到达东林寺，晋代慧远大师的修道之处。从晋代以来，一直为星居寺，几十年前才改为十方刹。楼阁殿堂，奇异华丽，但都不是晋代的旧屋。虎溪涓涓一沟细流，不到五尺宽，慧远大师送客，却单单不肯跨过它，跨过去则林中老虎又要呼叫起来。白莲池中也不再种花，只有慧远大师和十八贤人的祠堂，还挂着“莲社”的匾额。山上五杉阁，是晋代所种的杉树，近年被住持砍伐了。阁后的舍利塔，是鸠摩罗什从西域带来埋入的，其建筑又经过南唐时期的改造。只有聪明泉如旧时一样，是殷仲堪和慧远大师高谈《周易》的地方。

凡山上寺内的旧物件，如袈裟、麈尾扇等，都已不存。北宋时尚有晋安帝车辇、佛陀耶舍皮鞋、谢灵运所书贝叶经，经过李成之乱，如今都已丢失。李成驻屯此寺，且与西林寺合并，才不被烧毁，因而唐代以来诸多碑刻都完整保留。其中最可称道的是李邕的《东林寺碑》，开元十九年所作。此外又有张又新的《东林寺碑阴记》，大中十年所作。还有李讷《兀兀禅师碑》，张廷珪书写，颜真卿题词在碑的两侧，大致说：

> 永泰丙午年，真卿辅佐吉州。夏六月，来到东林寺。仰望庐山的香炉峰，遥想慧远法师的遗留风范。登上神运宝殿，礼拜禅师袈裟。观赏生法师的麈尾扇、谢灵运翻译的《涅槃经》、贝多叶佛经，欣喜仰慕之情表达不尽，姑且寄托在张、李二公《耶舍禅师碑》的碑侧。

自颜真卿题写后，世间因此传称这块碑刻为《张李碑》。又有柳公权的《复寺碑》，大中十一年作，书法尤其遒劲秀美。又有李肇、蔡京、苗绅等碑刻，都十分精彩。

慧远法师塔在东林寺西几十步，旁边保存有晋代杉树。从虎溪门出去，隔着道路有涧水从东面流来，山涧上群峰如同屏障，绿荫茂密，非常像灵隐寺前的飞来峰下。我嘱托住持法才禅师在此处造亭，取名“过溪”，招呼山民用锄头标记亭址，一夜完成。住持约定今年冬初可以竣工。从此东林寺增添一处景致，而我在山中也依傍晋代、唐代的诸位贤人得以不朽了。

寺东北角有新造的白居易草堂。白居易元和十年任江州司马，在香炉峰北、遗爱寺南建草堂，供来往游览居处。草堂后来与东林寺一起废弃，现今重建的地方并非元和时的旧址。

【录诗】

《东林寺》：慧远师白莲社也，旁有乐天草堂。对山绝顶即天池文殊现灯处。李成焚劫南北山，独不毁二林。谈易缁经宰木春，三生犹自裊烟熏。客尘长隔虎溪水，劫火不侵香谷云。老矣懒供莲社课，归哉忺读草堂文。山头一任天灯现，个事何曾落见闻。（《石湖居士诗集》卷十九）

《过虎溪对东林苍岩翠樾下浸大涧宛似灵隐冷泉嘱长老法才作亭名曰过溪且为率山丁薙草定基一朝而毕》：过溪无限翠屏开，大笑从教虎子猜。不独山中添故事，仍教题作小飞来。（同上）

远师塔西即西林寺，惠永师道场也[①]。案：诸碑始于伪赵时竺昙现而成于惠永，规摹大略似东林而微小[②]。此地旧名香谷，永先作此寺，远徙而为邻，号东林，至今称二林焉。主寺久不得人，廊庑缺坏，榛蔓生之，惟殿堂仅存。独余主院一僧，余入山时，亦藏逃不见。

寺有《西林道场碑》，隋太常博士渤海欧阳询撰[③]，大业十二年作，而不著书人姓名。笔意清润，微有肉，酷似虞永兴，然结字之体，则全是率更法[④]。疑询在隋时作此体，入唐始加劲瘦刻削也。颜鲁公题其碑额之上，亦以永泰丙午岁游东林时来。大略谓缅怀远、现之遗烈，跻重阁，观张僧繇画佛像、梁武帝蹙绵绣锦囊，因题欧阳公撰永公碑阴[⑤]。然其实乃题碑额之上，非碑阴也。碑阴别有大中时游人题名，笔法亦不凡。

还，宿东林。

丙申。离东林。饭太平宫前草市[⑥]中。过清虚庵，在拨云峰下。晚，入城。

庐山虽号九屏[⑦]，然其实不甚深。山行皆绕大峰之足，远望只一独山也。然比他山为最高，云绕山腹则雨，云翳山顶则晴。俗云："庐山戴帽，平地安灶。庐山系腰，平地安桥。"此语可与"滟滪如象，瞿唐莫上，滟滪如马，瞿唐莫下"为对。

【注释】

① 西林寺、慧永师：参见《入蜀记》卷四并注。

② 伪赵：即前赵，十六国时期刘渊、刘曜先后建立的政权，304 至 329 年。　竺昙现：西林寺原为僧人竺昙现结庵的草舍，死后慧永继承师业，后江州刺史陶范为之立庙，名西林寺。

③ 欧阳询：557—641 年在世，字信本，潭州临湘（今湖南长沙）人。唐初书法家。隋代曾任太常博士，入唐后官至太子率更令、弘文馆学士，受封渤海县男。精通书法，于平正中见险绝，号为欧体，列名初唐四大家。

④“笔意”五句：清润，清丽温润。　肉，指笔画饱满，书法上要求肉中有骨。　虞永兴，即虞世南（558—638），字伯施，越州余姚（今属浙江）人。历仕臣、隋二代，入唐后任弘文馆学士、秘书监等，封永兴县公。　率更，指欧阳询。

⑤“大略”四句：远、现，指慧远、竺昙现。　遗烈，遗留的业迹。　张僧繇（yáo），吴郡吴中（今江苏苏州）人。梁代曾任吴兴太守等职。南朝著名画家，苦学成才，长于写真，善画佛像。列名六朝三大家。　蹙，缩减。

⑥ 草市：乡村集市。

⑦ 九屏：九道屏障，指山峰重叠。此处原衍一“然”字。

【译文】

慧远法师塔西面就是西林寺，慧永法师修道之处。案：寺中各种碑刻开始于前赵时期的僧人竺昙现，而完成于慧永法师，范围格局大致与东林寺相似而比它小。这里原名香谷，慧永先造西林寺，慧远搬来成为邻居，成为东林寺，至今合称为二林。住持长久没有合适的人选而空缺，寺内建筑缺损毁坏，杂草丛生，仅存有大殿。只留下一位僧人主持，我进山时，也躲藏逃匿不见。

寺内有《西林道场碑》，为隋代太常博士渤海人欧阳询所撰写，大业十二年作，而不著录书写者姓名。书法笔意清丽温润，稍有些饱满，极像虞世南，然而结构字体，则全然是欧阳询的笔法，怀疑欧阳询在隋代时写这种字体，进入唐代后才添加了瘦硬如雕刻的笔法。颜真卿在碑头上题字，也在永泰二年游览东林寺时所作。大致说缅怀慧远法师、竺昙现遗留的业迹，登上重重楼阁，观赏张僧繇所画佛像、梁武帝缩减的绵绣锦囊，因而题写了欧阳询所撰的慧永法师碑阴。但是实际上题写在碑头之上，不是碑背面。碑阴文别有大中年间游人题写，笔法也不一般。

从西林寺回东林寺留宿。

丙申(二十九日)。离开东林寺。在太平兴国宫前的集市上午餐。经过清虚庵，在拨云峰下。晚上进入江州城。

庐山虽然号称有九层屏障，但实际上并不很深邃。山间行走都是绕着山峰的脚下，远望只是一座单独的山峰而已。然而比较其他山数庐山最高，云气环绕半山腰就下雨，云层遮盖山顶就天晴。俗语说："庐山戴上帽子，平地安灶做饭。庐山系上腰带，平地水涨造桥。"这些话可以同"滟滪堆大如象，瞿塘峡不敢上；滟滪堆大如马，瞿塘峡不敢下"的谚语成为对子。

九月丁酉，朔。泊江州。风作，终日不行。

戊戌。风小止。巳时发江州，回望庐山渐束而高，不复迤逦之状。过湖口，望大孤如道士冠立碧波万顷中[①]，亦奇观也。

九十里，至交石夹，宿。

己亥。发交石夹。东望小孤如艾炷，午后过之。澎浪矶在其南[②]。风起波作，又行食顷。通行八十里，泊激背洲。欲拍马当[③]，风甚，不可前。江中有风，则白头浪作，便不可行。

庚子。风未止。强移船数里，至马当对岸小港中泊。

辛丑。风少缓，移舟五六里，风复作，波斯夹泊。夹中浪犹汹涌。

壬寅。泊波斯夹。日暮，风息月明，欲行。船人哄云小龙见于岸侧。竞往观，则已夜。

癸卯。发波斯夹，至皖口。北岸淮山相迎，绵延不

绝。灊、皖、琅琊，云物缥缈[④]，生平未曾著脚处也。南岸自牛矶、雁汊行几二一作三百里，至长风沙下口[⑤]，宿。

【注释】

① 大孤：即大孤山。参见《入蜀记》卷三及注。

② 小孤、澎浪矶：均参见《入蜀记》卷三及注。　艾炷：艾草揉制成的锥形颗粒，用于灸疗疾病。

③ 拍：指靠近。　马当：参见《入蜀记》卷三及注。

④ 灊、皖、琅琊：即灊山、皖山、琅琊山，均在今安徽怀宁、滁州一带。　云物：云气景物。

⑤ 长风沙：参见《入蜀记》卷三注。

【译文】

九月丁酉，朔日（一日）。停泊在江州。大风起，整天不能行进。

戊戌（二日）。风稍停止。巳时从江州出发，回望庐山逐渐收缩而更高，不再是连绵曲折的样子。经过湖口，远望大孤山好像道士的道帽立在万顷碧波之中，也是一种奇观啊。

舟行九十里，到达交石夹，留宿。

己亥（三日）。从交石夹出发。向东望去小孤山如同锥形艾草颗粒，午后经过它的旁边。澎浪矶在它的南面，刮起风波浪涌动。又行一顿饭时间。总计舟行八十里，停泊在澉背洲。想靠近马当，风大不能前行。江上有风，白头浪涌起，就不能行船。

庚子（四日）。风没有停止，勉强将船只移动几里，到马当对岸的小港湾中停泊

辛丑（五日）。风稍缓慢，船只移动五六里。风又刮起，停泊在波斯夹。夹中波浪仍然汹涌。

壬寅（六日）。停泊在波斯夹。傍晚，风停息月光明亮，准备行船，船家起哄说有人在岸边发现了一条小龙，于是争着去看，已是夜深。

癸卯(七日)。从波斯夹出发，到达皖口。北岸淮地山脉前来迎接，绵延不绝。遥望灊山、皖山、琅琊山一带，云气景物高远隐约，这是生平没有涉足过的地方啊。南岸从牛矶、雁汊舟行将近二百里，到达长风沙下口留宿。

【录诗】

《湖口望大孤》：庐阜冈势断，江流漭相通。大孤如小冠，插入㵠沧中。我欲蜕浊浪，往驭扬澜风。晃晃银色界，滢滢水晶宫。濯足望八荒，列宿罗心胸。客帆讵肯驻，搔首苍烟丛。(《石湖居士诗集》卷十九)

《澎浪矶阻风》：浦口舟藏寻丈悭，篙师抱膝朝暮间。逆风来从水府庙，浊浪欲碎小孤山。太白犹高缺蟾堕，长江未尽归鬓斑。短歌聊复怨行路，当有听者凋朱颜。(同上)

《马当洑阻风居人云非五日或七日风不止谓之重阳信》：拍岸回流逆上矶，枯杨折苇静相依。趁墟渔子晨争渡，赛庙商人晚醉归。重九信来风未懋，大千行遍昨俱非。羁愁万斛从头数，带眼今秋又减围。(同上)

《放舟风复不顺再泊马当对岸夹中马当水府即小说所载神助王勃一席清风处也戏题两绝》：万里江随倦客东，马当山嘴勒孤篷。无才解赋珠帘雨，谁肯相赊一席风。又：禁江上口柏山东，三日荒寒系短蓬。却忆宫亭湖里去，随人南北解分风。(同上)

《守风嘲舟子》：夺命稠滩百战余，守风端坐恰乘除。日长饱饭佳眠觉，闲傍芦花学钓鱼。(同上)

《佛池口大风复泊》：碧苇无思连天生，青山有情终日横。风声汹怒木朝拔，川气流光珠夜明。谁能坐守白头浪，我欲往骑金背鲸。俯仰之间抚四海，可怜步步愁江程。(同上)

《长风沙》：夕阳明远帆，高浪兀孤屿。绵绵淮山来，闪闪沙鸟去。落木两山家，炊烟南北渡。眉伸击汰行，梦愕阻风处。(同上)

甲辰。发长风沙。百里，午至池州池口。泊望淮亭，去城尚十余里。夜，大风。舟楫摇荡，通昔不寐。

乙巳。泊池州。入城，登九华楼，作重九[①]。风雨陡作，懒至齐山[②]，望之数里间。一土山极庳小，上有翠微亭，特以杜牧之诗传耳[③]。九华稍秀出，[④]然不逮所闻。夜移舟出江，却入南湖口，泊非水亭。

丙午。离池州。十数里风作，泊清溪口。

丁未。泊清溪。九华所谓九峰者[④]，至此始见之。

戊申。发清溪。泊长风沙[⑤]。

己酉。发长风沙。入夹行。晚，泊太平州。

庚戌。登凌歊台[⑥]。台宋武帝所作，为登临。往迹更兵烬，重修草草，道径亦芜莽不治[⑦]，塔寺亦萧索。

辛亥。发太平州。

【注释】

① 重九：九月初九为重阳节。

② 齐山：参见《入蜀记》卷三及注。

③ 庳小：矮小。　杜牧之诗：指杜牧《九日齐山(一作安)登高》："江涵秋影雁初飞，与客携壶上翠微。尘世难逢开口笑，菊花须插满头归。但将酩酊酬佳节，不用登临叹落晖。古往今来只如此，牛山何必泪沾衣。"

④ 九华：即九华山。　秀出：美好特出。

⑤ 长风沙：此"长风沙"与前五日(癸卯)所泊的池州以西的"长风沙"当是同名的两个地点。《入蜀记》卷三所载"长风沙"指后者。

⑥ 凌歊台：参见《入蜀记》卷二及注。

⑦ 芜莽：指杂草丛生。

【译文】

甲辰(八日)。从长风沙出发。舟行一百里，中午到达池州的池口，停泊在望淮亭，离城还有十几里。夜里刮起大风，船只摇荡，通宵睡不着。

乙巳(九日)。停泊在池州。进城，登上九华楼，举行重阳节仪式。风雨突然发生，懒得去往齐山，虽然望去只在几里地外。一座土山极其矮小，上有翠微亭，只是因杜牧的诗才得以传扬罢了。九华山稍显秀美突出，但不及所听到的。夜间移船入江中，退入南湖口，停泊在非水亭。

丙午(十日)。离开池州。十几里后起风，停泊在清溪口。

丁未(十一日)。停泊在清溪。九华山所称的九座山峰，到这里才看见。

戊申(十二日)。从清溪出发。停泊在长风沙，

己酉(十三日)。从长风沙出发。进入江上支流行进。晚间，停泊在太平州。

庚戌(十四日)。登上凌歊台。台为宋武帝登临所建。遗迹经战火化为灰烬，重建时也草草了事，道路杂草丛生，未经整治，宝塔寺院也都萧条冷落。

辛亥(十五日)。从太平州出发。

【录诗】

《九月八日泊池口》：斜景下天末，烟霏酣夕红。余晖染江色，潋滟琥珀浓。我从落日西，忽到大江东。回首旧游处，曛黄锦城中。药市并乐事，歌楼沸晴空。故人十二阑，岂复念此翁？(《石湖居士诗集》卷十九)

《池州九日用杜牧之齐山韵》：年年佳节歌式微，秋浦片帆还欲飞。万里蜀魂思远道，九歌楚调送将归。杯中山影分秋色，木末江光借夕晖。细撚黄花一枝尽，霏霏金屑满征衣。(同上)

《离池阳十里清溪口复阻风》：恰从秋浦挂籧篨，又泊清溪十里余。愁水愁风吹帽后，作云作雨授衣初。远寻草市沽新酒，牢闭篷窗理旧书。行路阻艰催老病，骚骚落雪满晨梳。(同上)

《梅根夹》：辛苦凌波棹，平安入夹船。日明渔浦网，风侧瓦窑烟。老圃容挑菜，村巫横索钱。且投人处宿，终夜得佳眠。(同上)

壬子。至建康府。泊赏心亭下。

癸丑。集玉麟堂[①]。

甲寅、乙卯。泊建康。从留守枢密建安刘公行视新修外城。自赏心亭渡南岸，由旧二水亭基登小舆，转至伏龟楼基[2]。徘徊四望，金陵山本止三面，至此则形势回互，江南诸山与淮山团栾应接[3]，无复空阙。唐人诗所谓“山围故国周遭在”者[4]，惟此处所见为然。凡游金陵者，若不至伏龟，则如未始游焉。一城之势，此地最高，如龟昂首状。楼之外，即是坡壠绵延，无濠堑，自古为受敌处。相传曹彬取李煜，自此入也[5]。

行城十之九，乃下。登舟至清溪阁[6]，南朝诸人为游息处，比年修治为阁。及小圃旁，有空地，可种植。隶漕司，不可得。自清溪泛舟，还集玉麟。

【注释】

① 玉麟堂：在府治。绍兴十五年晁谦之建。

② 赏心亭、二水亭：参见《入蜀记》卷二及注。　伏龟楼：在府城上东南隅。

③ 团栾：环绕貌。

④“山围”句：出自刘禹锡《金陵五题·石头城》。

⑤ 曹彬取李煜：开宝八年(975)，曹彬率军平南，围困建康，李煜最终降宋。

⑥ 清溪阁：在府治东北清溪上，原为梁代江总故宅。

【译文】

壬子(十六日)。到达建康府，停泊在赏心亭下。

癸丑(十七日)。汇集在玉麟堂。

甲寅、乙卯(十八、十九日)。停泊在建康府。随从留守枢密使刘公视察新修建的外城。从赏心亭渡水到南岸，从旧二水亭基址坐上小轿，转到府城东南角的伏龟楼基址，徘徊着向四周眺望。建康府城外群山原本只围着三面，到这里地形回环交错，江南群山与江淮群山环绕相接，不再有空缺。唐代诗人所谓“群山环绕着废弃的故都依然如旧”的情景，只有在这里可以看见。凡是游览建康的人，如果不到伏龟楼，就像没有游过一样。整座城市的地势，这里最高，像乌龟昂头之状。楼台之外，都是山坡田垄绵延不绝，没有壕沟陷坑，自古以来都是受攻击之地。相传曹彬攻取建康、迫降李煜就是从此进入的。

在府城上行走了十分之九，才下来。登上船到清溪阁，原来是南朝众人的游乐休憩地，近年修建为楼阁。小花园旁有空地，可以用于种植。隶属于转运司，不能利用。从清溪阁坐船，回到玉麟堂会聚。

丙辰。发建康。

丁巳。泊长芦。襆被宿寺中[①]。此为菩提达磨一苇浮渡处[②]。寺在沙洲之上，甚雄杰。江波淙啮[③]，行且及门。寺前旧有居人，今皆荡去。岸下不可泊舟，移在五里所一港中。寺有一苇堂以祠达磨。

戊午。开启法会庆圣节[④]。道场毕，登舟。

己未。至镇江府。闸已闭，运河浅淤，买小舟盘博[⑤]，不胜烦劳。

庚申、辛酉。泊镇江。

【注释】

①“泊长芦”二句：长芦，即长芦寺。参见《入蜀记》卷二及注。　襆被，整理行装。

② 菩提达磨：南印度人，通彻大乘佛教，渡海来华，在金陵见到梁武帝，北上洛阳，在北魏传授《楞伽经》等佛典，被视为禅宗的创始人。　一苇浮渡：传说达摩在江边折一片芦苇叶化为小船渡过长江，于长芦寺停留后北上。

③ 淙啮：冲击，侵蚀。

④ 法会庆圣节：为庆贺皇帝生日设立的道场。此指宋孝宗会庆节，

在十月二十二日，道场须提前一月设立。

⑤ 盘博：搬运。

【译文】

丙辰（二十日）。从建康府出发。

丁巳（二十一日）。停泊在长芦寺，整理行装宿于寺中，这是菩提达摩一叶扁舟过江北上的地方。长芦寺建在沙洲之上，十分雄伟特出。江水冲击侵蚀，将淹到寺门。寺前先前有人居住，现今已被涤荡而去。岸边不能泊船，只能移到五里左右外的一条港湾中停泊。寺中有座一苇堂以祭祀达摩禅师。

戊午（二十二日）。寺中开设法会庆贺皇帝的生日。道场完毕，登船出发。

己未（二十三日）。到达镇江府。水闸已关闭，运河水浅淤塞，雇小船搬运行李，非常烦忙劳苦。

庚申、辛酉（二十四、二十五日）。停泊在镇江。

【录诗】

《宿长芦寺方丈》：塔庙新浮水，汀洲旧布金。聊凭一苇力，与障万波侵。帆影窥门近，钟声出院深。夜阑雷破梦，欹枕听潮音。（《石湖居士诗集》卷十九）

壬戌。发镇江。久去江、浙，奔走川、广，乍入舴艋，萧然有渔钓旧想，不知其身之自天末归也[①]。

癸亥。尽夜行[②]。

甲子。至常州。

乙丑。泊常州。

丙寅。发常州。平江亲戚故旧来相迓者，陆续于道，恍然如隔世焉。

冬十月丁卯，朔。雨中行不住。

戊辰。未至浒墅十里所[3]，泊。

己巳。晚，入盘门[4]。

【注释】

①“久去”五句：范成大自乾道八年(1172)十二月七日从吴地出发出知静江府(桂林)，至此时淳熙四年(1177)九月才得返乡。 舴艋，小船。 渔钓旧想，指原先隐居的想法。 天末，天尽头，指极远之地。

② 尽：疑当作“昼”。

③ 浒墅：即许市。参见《入蜀记》卷一注。

④ 盘门：参见《入蜀记》卷一注。

【译文】

壬戌(二十六日)。从镇江出发。久离江、浙一带，奔走于广西、四川之地，一下子坐进小船，空寂落寞产生出撒网垂钓、隐居水乡的旧想法，忘记了自身是从极远的天边归来。

癸亥(二十七日)。昼夜行船。

甲子(二十八日)。到达常州。

乙丑(二十九日)。停泊在常州。

丙寅(三十日)。从常州出发。平江府的亲戚旧友来迎接的已经陆续上路，有恍然隔世的感觉。

冬十月丁卯(初一)，朔日。雨中行船不停。

戊辰(二日)。停泊在离浒墅十里左右的地方。

己巳(三日)。进入盘门。

【录诗】

《将至吴中亲旧多来相迓感怀有作》：望见家山意欲飞，古来燕晋一沾衣。回思客路岂非梦，乍听乡音真是归。新事略从年少问，故人差觉坐中稀。不须更说桑榆暖，霜后鲈鱼也自肥。(《石湖居士诗集》卷十九)

中国古代名著全本译注丛书

周易译注
尚书译注
诗经译注
周礼译注
仪礼译注
礼记译注
大戴礼记译注
左传译注
春秋公羊传译注
春秋穀梁传译注
论语译注
孟子译注
孝经译注
尔雅译注
考工记译注

国语译注
战国策译注
三国志译注
贞观政要译注
吕氏春秋译注
商君书译注
晏子春秋译注
入蜀记译注·吴船录译注

孔子家语译注
孔丛子译注
荀子译注
中说译注
老子译注
庄子译注
列子译注
孙子译注
鬼谷子译注
六韬·三略译注
管子译注
韩非子译注
墨子译注
尸子译注
淮南子译注
说苑译注
近思录译注
传习录译注
齐民要术译注
金匮要略译注
食疗本草译注
救荒本草译注
饮膳正要译注
洗冤集录译注
周髀算经译注
九章算术译注
茶经译注（外三种）修订本

酒经译注
天工开物译注
人物志译注
颜氏家训译注
山海经译注
穆天子传译注・燕丹子译注
博物志译注
搜神记全译
世说新语译注
梦溪笔谈译注
历代名画记译注

楚辞译注
文选译注
六朝文絜译注
玉台新咏译注
唐贤三昧集译注

唐诗三百首译注
花间集译注
绝妙好词译注
宋词三百首译注
古文观止译注
文心雕龙译注
文赋诗品译注
人间词话译注
唐宋传奇集全译
聊斋志异全译
子不语全译
闲情偶寄译注
阅微草堂笔记全译
陶庵梦忆译注
西湖梦寻译注
板桥杂记译注
浮生六记译注

图书在版编目(CIP)数据

入蜀记译注／（宋）陆游著；朱迎平译注. 吴船录译注／（宋）范成大著；朱迎平译注. —上海：上海古籍出版社，2024.4
（中国古代名著全本译注丛书）
ISBN 978-7-5732-1066-1

Ⅰ.①入… ②吴… Ⅱ.①陆… ②范… ③朱… Ⅲ.①游记—中国—南宋 Ⅳ.①I264.42

中国国家版本馆CIP数据核字(2024)第070083号

中国古代名著全本译注丛书
入蜀记译注
［宋］陆 游 著
朱迎平 译注
吴船录译注
［宋］范成大 著
朱迎平 译注
上海古籍出版社出版发行
（上海市闵行区号景路159弄1-5号A座5F 邮政编码201101）
（1）网址：www.guji.com.cn
（2）E-mail：guji1@guji.com.cn
（3）易文网网址：www.ewen.co
江阴市机关印刷服务有限公司印刷
开本890×1240 1/32 印张11 插页5 字数305,000
2024年4月第1版 2024年4月第1次印刷
印数：1—2,100
ISBN 978-7-5732-1066-1
I·3809 定价：58.00元
如有质量问题，请与承印公司联系